我的音乐笔记

肖复兴 著

新星出版社　NEW STAR PRESS

图书在版编目（CIP）数据

我的音乐笔记 / 肖复兴著. —— 北京：新星出版社，2017.3（2020.11 重印）
ISBN 978-7-5133-0567-9

Ⅰ.①我… Ⅱ.①肖… Ⅲ.①随笔-作品集-中国-当代 Ⅳ.①I267.1

中国版本图书馆 CIP 数据核字（2017）第 029449 号

我的音乐笔记

肖复兴 著

选题策划：张福臣
责任编辑：孙志鹏
特约编辑：王　萌
责任印制：李珊珊
装帧设计：一千遍工作室

出版发行：新星出版社
出 版 人：马汝军
社　　址：北京市西城区车公庄大街丙3号楼　　100044
网　　址：www.newstarpress.com
电　　话：010-88310888
传　　真：010-65270449
法律顾问：北京市岳成律师事务所

读者服务：010-88310811　　service@newstarpress.com
邮购地址：北京市西城区车公庄大街丙3号楼　　100044

印　　刷：大厂回族自治县彩虹印刷有限公司
开　　本：910mm×1230mm　　1/32
印　　张：12.375
字　　数：277千字
版　　次：2017年3月第一版　2020年11月第四次印刷
书　　号：ISBN 978-7-5133-0567-9
定　　价：54.00元

版权专有，侵权必究。如有质量问题，请与印刷厂联系调换。

自 序

关于音乐方面的随笔,《最后的海菲兹》是我写的第一篇,写在1989年的夏天。那是我最痴迷音乐的时候。闷热无雨和无语的夏天,无处可去,无事可干,几乎天天宅在家中,打开音响,塞进各种各样的唱片,让音乐在窄小的房间里肆无忌惮地荡漾。何以解忧,唯有音乐。

就是在这一年的初春,我出差到德国——那时还叫西德,在那里待了一个多月,攒下的马克换成美金,买了一台当时最好的山水牌音响。说来有意思,音响是要等到回国时才能取到,但我在西德期间却急不可耐地先买了好多盘CD,未雨绸缪一般,跃跃欲试。更有意思的是,那里面竟有一张是鲍勃·迪伦的《鲍勃·迪伦的档案》(*Documents of Bob Dylan*),里面一共有七首歌,其中第一首就是《大雨将至》(*A Hard Rain's A-Gonna Fall*)。绿色的底色上是年轻的鲍勃·迪伦抱着木吉他对着麦克在唱歌。

这盘CD跟随我那么多年,常常在听,却是很久以后才知道他就是赫赫有名的鲍勃·迪伦,如今的他竟然获得了诺贝尔文学奖。

如今，柏林墙早就倒了，西德没有了。

一晃竟然是27年前的事情了，真有岁月如飞，恍然如梦的感觉，人生难得再有一个27年供我挥洒。音乐和人生一起走过，只是人已苍老，而音乐依然年轻。

写了27年，我依然是个外行，只是一个只懂皮毛的发烧友而已，信笔涂鸦，无知无畏，随心所欲，落花流水，竟也蔚为文章。将这些所写的音乐笔记结集《音乐笔记》一书，是2000年的事了，这本书当时由上海学林出版社出版。想想，出版此书距今也已经有16年的时光了。今天，承蒙新星出版社不弃，让这本书得以重新整理再版，让读者可以从中看到一个爱乐者这么长时间里的爱乐轨迹，也让我有一个回过头来审视自己的机会。尽管26年来，路上留下的脚印歪歪扭扭，却毕竟有属于自己的心情和感情，雪泥鸿爪，是自己一份难得的纪念。有音乐陪伴的日子，总是美好的，即便是雾霾笼罩的日子，也因有动人而感人的旋律弥漫，而让心里明朗一些，湿润一些。

需要向读者交代的，自《音乐笔记》出版以后，这16年来我又陆陆续续写了一些了新的文字，也陆续出版了新的音乐随笔的集子，这里包括《只为聆听而存在》（河北教育出版社2002年）、《倾听与吟唱》（文汇出版社2002年）、《牧神午后》（福建教育出版社2002年）、《音乐的隔膜》（上海辞书出版社2004年）、《春天去看肖邦》（学林出版社2007年）、《天堂兄弟》（商务印书馆2010年）、《肖复兴音乐文集》三卷（学林出版社2010年）、《肖复兴音乐散文》（人民文学出版社2013年）等多种。

因此，现在由新星出版社出版的《我的音乐笔记》，是从这十余种集子里精选出来的文字。同时，也收集了这几年新写而未能结集的一些文字，希望不辜负读者的希望，能够编选一个稍稍满意的选本。这些新写的文字，大多集中在本书的卷四中，愿读者明察，也希望读者能够喜欢。当然，更希望得到读者的批评。

说到读者的批评，我觉得音乐会让人与人的心接近，我出版的每一本关于音乐的书，几乎都得到过读者的批评，指出我的浅薄和谬误，并宽容地表达他们对我的关爱。"同是天涯爱乐人，相逢何必曾相识"，这是远在美国新泽西的一位读者，在二十多年前赠我渴望得到却一直没能买到一盘唱盘时写信送我的一句话。他漂洋过海寄给我的那张唱盘，和他写给我的信，我一直珍藏着。我们能够在音乐中相逢相知，对我真的是一种福分。音乐中有世上最美好的一种境界。我始终认为包括文学在内的一切艺术，都应该向往音乐的境界，所有音乐都指向心灵的深处。音乐是我们这个世界上的泛宗教。我实在要感谢音乐对我们人生的救赎，对我们心灵的滋润。

14年前，在《聆听与吟唱》一书中，我曾经写过这样的一段话，它表达了我对音乐这样的感情，我愿意把它再一次抄录在这里——

世事沧桑，春秋演绎，生活中发生着许多有意思和没意思的变化，唯一不变的是音乐对我始终如一的陪伴，无论什么样的情况，坐在音响前听音乐，坐在电脑前写作，便立刻荣辱皆忘，月白风清，心一下子格外清静。真的，没有比听音乐和写作更惬意更快乐的事情了。实在应该感谢世界创造了它们——生活被它们所拯救，起码对我是这样。

2016年岁末写于北京

目　录

i ｜ 自　序

卷一

003 ｜ 那一晚忽然洞开的窗子

006 ｜ 巴赫和亨德尔

012 ｜ 光就是从那儿来的

017 ｜ 关于莫扎特

026 ｜ 邀舞韦伯

032 ｜ 舒曼和舒伯特

038 ｜ 李斯特之死

044 ｜ 聆听肖邦

062 ｜ 土地和音乐

069 ｜ 瓦格纳的野心

080 ｜ 勃拉姆斯笔记

090 | 疏枝横斜的勃拉姆斯

093 | 现代音乐被谁唤醒

101 | 听布鲁克纳

106 | 马勒是我们一生的朋友

113 | 我们为什么特别喜爱老柴

121 | 东方味儿的老柴

124 | 西贝柳斯的声音

130 | 格里格断章

139 | 冬天和春天里的拉赫玛尼诺夫

144 | 巴托克的启示

150 | 艺术比死亡更有力量

157 | 走近理查·施特劳斯

163 | 月光下的勋伯格

167 | 走近肖斯塔科维奇

179 | 忧郁的戴留斯

184 | 我听沃恩·威廉斯

卷二

191 | 大提琴　小提琴

197 | 单簧管　双簧管

201 | 钢琴　钢琴

205 | 竖琴长吟

210 | 音乐和爱情

216 | 音乐中的圣洁

221 | 肖邦之夜

225 | 在大剧院重逢马勒

228 | 和祖宾·梅塔联欢

232 | 黄昏的曼托瓦尼

239 | 最后的海菲兹

卷三

249 | 寻找贝多芬

254 | 春天去看肖邦

258 | 斯美塔那大街

263 | 来自波希米亚森林:德沃夏克故居记

277 | 维也纳随想曲

287 | 又见捷杰耶夫

290 | 春天的浪漫和幻想

293 | 穆洛娃的味道

296 | 天使的声音

299 | 罗西尼牌牛肉

302 | 那年在太庙看《图兰朵》

307 | 科普兰印象

312 | 面对欣德米特

317 | 偶遇德利布

321 | 到印第安纳波利斯听贝尔

324 | 用剪刀剪出来的音乐

卷四

331 | 到纽约找鲍勃·迪伦

339 | 答案在诺贝尔文学奖上飘

342 | 听恩雅

346 | 我们的上面是天空:约翰·列侬诞辰75周年纪念

350 | 加州旅店

353 | 昔日重现

356 | 沃拉涅歌声

360 | 早市上的组合

365 | 不要在地铁里睡觉

369 | 胡萝卜花之王

373 | 莲花音乐节和爵士音乐节

378 | 一万种夜莺

卷一

那一晚忽然洞开的窗子

我一直认为音乐和其他艺术形式不一样,音乐靠的更是一种心灵上的启示,冥冥中神的一种启示。当然,我指的是古典音乐。古典 Classic 一词,最早源于古罗马的拉丁语 Classicus,概念本身就包含着和谐、高雅、典范、持久的意义。能保证这些意义存在而不褪色,人为的力量是达不到的,只能求助于神。

音乐,从某种程度上说,是充满神秘感的。心灵和神,是音乐飞翔的两翼。

罗曼·罗兰说:"个人的感受,内心的体验,除了心灵和音乐之外再不需要什么。"德国哲学家莱布尼茨说:"音乐是心灵的算数练习,心灵在听音乐时计算着自己的不知。"我想说的就是这个道理,或是神作用于心灵,或是心灵参谒于神,真正美好的音乐才能诞生。而且,我坚信其他的艺术可以后天培养,大器晚成;音乐只能从童年时起步,错过童年,音乐便不会再次降临驻足。因为只有童年的心灵最纯洁而未受到污染,便也最易于得到神的启示和帮助。成年人的心,已经板结成水泥地板,神的雨露便难以渗透进去。

童年的巴赫（J. Bach, 1685—1750），便曾经得到神的启示和帮助，否则他日后就不会成为那么伟大的音乐家，起码我是这样认为。

在音乐史上没有这样的记载，但在巴赫的传记中确有这样一段生动的描述。童年的巴赫，家境贫寒，但酷爱音乐。只要汉堡有音乐会，他必会参加，虽身无分文，步行也要去。那时，巴赫15岁，住在吕内堡他的大哥家里，吕内堡和汉堡隔着一条易北河，相距30千米。为听一场音乐会，他常常一个人过河，步行到汉堡，往返60千米，对于一个孩子来说，实在是够累的了。

一次，在汉堡听完音乐会，他还想继续听明天下一场的音乐会，可是他没有一文钱，只好无奈地踏上归途，30千米的路一下子变得漫长起来。走到半路，天就黑了下来，他又没钱住店，连饿带困，只好小猫一样蜷缩在一家旅店屋檐下的草地上，熬过这一个没有音乐的寂寞之夜。沉沉睡到夜半时分，一股扑鼻的香味萦绕身旁，竟撩拨得他突然醒来。就在他刚刚醒来的一刹那，头顶上的窗子"砰"的一声忽然打开，紧接着从窗口落下一包东西，正落在他的身旁。他打开包一看，是一个喷香的鲱鱼头，鱼头里还藏着一枚丹麦金币！

是谁赐予了他今晚的晚餐？又给予了他能够返回汉堡听音乐会的费用？

巴赫感到兴奋，也格外地奇怪，他抬起头望望窗子，窗子已经关上了，只有头顶的夜空繁星怒放。他认为这肯定是上帝赐予他的恩惠，他立刻跪在草地上，对着漠漠的夜空，向上帝祷告膜拜。他相信万能的上帝一定就藏在闪烁的星光之中。

音乐史中并没有这样的记载，大概认为这只是传说而已，不足为凭。但我却是宁愿信其有，不愿信其无。即使是传说，也表明巴赫和人类对于神灵与音乐相通的感情与向往。

我不知道那扇神秘的窗子里住的究竟是什么人，为什么要默默帮助巴赫？巴赫那时还只是个名不见经传的孩子呀！莫非他或她或他们早已猜到巴赫将来的命运？那么为什么只给巴赫一个可怜的鲱鱼头？为什么不给巴赫更好一点的晚餐？或者干脆把巴赫请进屋来，给他一盏更加温暖的灯火？

我猜不出来。但我想如果那样的话，也就没有了神秘的感觉，可能也就没有了以后的巴赫。

对于孩子，对于艺术，是需要一些神秘的感觉的。过于实际和实在了，世俗的气味浓厚了，不仅会磨蚀掉孩子的想象力，更会腐蚀掉孩子纯洁的心灵。与世俗近了，与艺术就远了。

幸亏那扇窗子没有再打开。

那一晚，巴赫又返回汉堡，继续听他的音乐会。应该说在这之前，巴赫就已经迷恋上了音乐，但我宁愿认为就是从这一个夜晚开始，巴赫才真正走进了音乐。

再听巴赫的音乐，比如，短的《G弦上的咏叹调》、长的《马太受难曲》，我总能听到那种巴赫独有的庄严、典雅、深邃，那种巴赫自己的内省、含蓄、柔美。我总好像看到了那一晚忽然洞开的窗子和漫天的星光灿烂。

当然，还能依稀闻到那鲱鱼头的香味。

巴赫和亨德尔

我一直想将巴赫（J. Bach, 1685—1750）和亨德尔（G. Handel, 1685—1759）进行比较，这将是一件很有意思的事情。其实，在音乐史上，早就有人在进行着这样的比较，只不过更多的还是论述他们各自的成就。论及18世纪的音乐，不能不谈到他们两人，他们是那个时代的双子星座。罗曼·罗兰说得好："巴赫和亨德尔是两座高山，他们主宰，也终结了一个时代。"

最初引起我对他们兴趣的是，他们两人是在同一年出生，晚年又同样双目失明。巴赫结过两次婚，有过20个之多的孩子；亨德尔却终生未婚，甚至于未曾与一个女人有染。巴赫只是中学毕业，亨德尔却是大学毕业。巴赫一辈子没出过国门，好像一个乡巴佬；亨德尔却一生在欧洲云一样漫游，最后客死在英国，俨然一个英国人。巴赫生活一直并不富裕，亨德尔却可以每年有丰厚的200金币收入。巴赫的死是凄凉的，几乎无人过问；亨德尔的死却是英国政府出面，为其举行了隆重的葬礼……

从人物出发，他们有着太多的相似，又有着更多的不同。他们的相似和不同都是那样的赫然醒目,让人兴味盎然。

但我更关心的是他们的音乐。他们的音乐是那样的不同,正好呈现出那个时代两个最为辉煌的不同侧面。如果他们两人从人物到音乐都几乎是相同的,那该是多么乏味!

从音乐的角度而言,巴赫是属于宗教的,亨德尔是属于世俗的。我想这和巴赫一生笃信宗教有关,而亨德尔只是在晚年双目失明之后快要离开人世的时候,才跪拜在汉诺威的圣乔治教堂前,想起了上帝。

但有意思的是,现在听巴赫的音乐,我常常听出的不是宗教的意味,而是世俗的温馨和快乐。比如,他的许多康塔塔;比如,他的D大调的弦乐曲。也许,是我根本不懂宗教,也缺乏巴赫那种对宗教的虔诚之心。

然而,现在听亨德尔的有些音乐,尤其是他的《弥赛亚》,特别是《弥赛亚》中的广板和"哈利路亚大合唱",总能听到宗教的声音,看到那来自天国的神圣而皓洁的天光。也许,那只是我心中的宗教感觉,和18世纪完全无关。

巴赫的音乐是内省式的,它面对的是心灵,因此它的旋律总是微风细语般的沉思,是清澈的河滩上洁白的羊群在安详地散步。

亨德尔的音乐是外向型的,它面对的是世界,因此它的旋律总是跌宕起伏,是大海波涛中的船帆,一闪一闪,挂满风暴带来的清冽水珠。

我想正是由于此,巴赫的音乐大多要靠演奏器乐,他不想借助人的嗓音,只想运用音乐本身,相信音乐本身;亨德尔的音乐大多是歌剧和清唱剧,他淋漓尽致地发挥人声音的优美,相信人在音乐中的力量。

巴赫的音乐基本是为自己的、为教堂的唱诗班的、为一般平民的，格局一般不会大，是极其平易的，像是我们经常遇到的一片树下清凉的绿荫，是"明月松间照，清泉石上流"般的宁静致远；亨德尔的音乐是为宫廷的、为剧院的、为上流社会的，格局会恢宏华丽，像是他自己曾经谱写过的那节日里绚丽的焰火，是"惊风乱飐芙蓉水，密雨斜侵薜荔墙"式的天玄地黄。

同巴赫的清澈美好的音乐相比，他的生活和他的处世却大不相同。生活中的巴赫是谦卑的、世俗的、拮据的，为了生存和生活，他不止一次给达官贵人写信求救，他甚至专门为勃兰登堡的公爵献辞，并为公爵创作了《勃兰登堡协奏曲》。他的一生都只是卑贱的奴仆。

亨德尔也曾为讨好汉诺威亲王而专门为其谱写了《水上音乐》，但他大部分的生活却是鄙夷世俗的。他的清高孤傲，拒人于千里之外，尤其对那些上层人物傲慢的态度在当时的英国是很有名的，使得那些想以结交艺术家附庸风雅的上流人士对他很是愤恨，以致类似元帅之流要拜见他都不得不求助于他的学生。他对牛津大学授予他的博士称号视若粪土，根本不屑一顾。他在都柏林看到广告上写着他是亨德尔博士，大为光火，要求人立刻在节目单上改正为"亨德尔先生"。

在我的想象中，生活中的巴赫一直弓着腰，只有在音乐中才得以舒展腰身，而亨德尔却无论在生活还是在音乐之中都始终是昂着头的。巴赫是天上的一簇星光，亨德尔则是电闪雷鸣。巴赫是河上游温驯的小羊，而亨德尔则是雄风正起的老狼。

巴赫和亨德尔在音乐之中和在音乐之外，是这样的不同。我想这和他们各自不同的命运和性格有关。巴赫虽然有其固执的一面，但总的来说，他是一个平和的人，易于满足，谦虚质朴。一想到自己要养活20个孩子这样庞大的家庭,他就什么脾气也没有了。亨德尔却是一人吃饱,全家不饿,他独身一人,只在音乐中徜徉。他是一个有名的脾气暴躁的人,所有一切的感情都会毫无保留地宣泄在脸上和他那一身多余的肥肉上面。有人说他是一个饕餮,是一名暴君。罗曼·罗兰这样形容过他:"无论做什么事情,他都投入得忘了周围的环境。他有边思考边大声唠叨的习惯,所以谁都知道他在想什么。他创作时一会儿兴高采烈,一会儿涕泪交加。"想到这一点,看他暴怒的时候甚至要把一位拒绝演唱他的曲子的歌手扔到窗外,也就不会感到奇怪。

每一位艺术家的作品风格无不打上自己性格的烙印。如果他们不是音乐家,而是去当政,亨德尔不是英雄就是暴君,而巴赫则是温和的良相。作为音乐家,巴赫如同他的德文名字的含义一样,的确是条潺潺的小溪;亨德尔则是大海,时而平静,时而汹涌澎湃。

在我看来,巴赫是莫扎特的前身,而亨德尔则是贝多芬的拷贝。

有这样一件事情,我一直很感兴趣。巴赫的家乡在德国中部的格森纳赫,亨德尔的家乡在格森纳赫东北的哈雷,两地相距不足百里。按说,也算是小老乡,他们两人却一辈子始终未能得以相见。个中原因,很值得思考。我一直不明就里,一直在揣测。

据史料记载,亨德尔出国之后曾经三次回过故乡,都是来看望他的老母。巴赫一直对亨德尔很敬重,也很希望能够有机会拜望一下他。在亨德尔第一次回国之前的1713年和1716年,巴赫曾两次专程到哈雷拜访过亨德尔的老母,表示过对亨德尔的敬意和仰慕之情。1719年,亨德尔第一次回国,到德累斯顿进行宫廷演出。巴赫请一位大公写信给亨德尔请求相见,但亨德尔没有回信,回哈雷看望母亲去了。巴赫得知，立刻借大公的马车，从当时他所居住的科滕飞驰哈雷。科滕距离哈雷只有20英里，但当巴赫赶到哈雷时，亨德尔却已经返回英国了。第二次是1729年，亨德尔又回到哈雷，不巧，当时巴赫在莱比锡，正得病爬不起床，只好派大儿子拿着他亲笔写的信替他前往哈雷，邀请亨德尔来莱比锡会面。两地相距不远，也只有20英里。但是，亨德尔没有来。第三次，亨德尔再次回到家乡哈雷，巴赫已经不在人世了。

看来，他们实在是没有缘分。

我不明白，为什么他们没能见得成面，他们本来是有机会的。巴赫早就拜访过亨德尔的母亲，并表达过对他的感情，老母亲不会不向他转告，况且第一次还有大公的信件在先，他却连等一等巴赫的工夫都没有？第二次，亨德尔完全可以前往巴赫的住地莱比锡看望一下巴赫，况且巴赫还有病在身，出于礼貌也应该去一趟。即使是时间紧迫实在无法前行，总该写封信让巴赫的儿子带回去吧？

也许，这只是出于我这样常人的考虑，艺术家的思维和我们常人不大一样，所以，我们成不了艺术家。我不知道事实上亨德尔到底对巴赫的态度是什么样的，我看的书有限，看到的只是巴赫一直处于主动的位置，一直对亨德尔充满敬仰，而亨德尔总是有些傲慢。也许，亨德尔这样对待巴赫，是极其正常的，是完全符合亨德尔的性格的。如果不这样，倒不是亨德尔了，便和巴赫混为一谈了。客观地讲，以当时的地位和名望，亨德尔显然比巴赫要高上一筹，他走到哪里都被人们簇拥着；而巴赫当时只不过是莱比锡的一个教堂的乐监，音乐家的名分，是巴赫死后我们加上的。

我不想苛求亨德尔，每个人都有自己的长处和短处。我只是想说，即使生前受到冷遇寂寞的巴赫，亨德尔一时忙于自己的辉煌而忘记或忽略去看一看他的光芒，但他的光芒还是存在的。真正的光芒是掩盖不住的。从这一点来看，巴赫有其更纯朴、真挚的一面，他从来没有因为亨德尔最终没有会见他而有过什么抱怨，或对亨德尔有过什么非议。

这就是巴赫，是虔诚的宗教的巴赫和高傲的世俗的亨德尔的区别。

也许，正是由于此，我更喜爱一些巴赫的音乐。亨德尔的音乐是属于戏剧的，巴赫的则属于诗，属于梦，属于心里的话语，在他的旋律里化作音符相汇相融。

光就是从那儿来的

艺术从来都是痛苦的结晶，或是身世，或是精神上的痛苦，才使得艺术在心灵的磨砺淘洗中得以升华，而变得神圣、高贵而高尚。

我们爱说高尚，不爱说高贵，以为高贵是资产阶级或者贵族的专利。其实，没有精神上的高贵和境界上的神圣，人是高尚不起来的。

《弥赛亚》，是亨德尔历经苦难之后倾注全部热情创作的一部清歌剧。这部作品的第二部"哈利路亚大合唱"，表现的是耶稣遭受的苦难和复活。这里融入了亨德尔自己的情感和经历的影子。亨德尔在这之前曾经破产，一贫如洗，半身不遂之后更有双目失明的悲惨境遇。

我没有听过《弥赛亚》的全剧，只听过其中的"广板"，真是百听不厌。那种清澈动人的旋律，让人感到只有来自深山未被污染的清泉，或者来自上帝手中为我们洗礼的圣水才会这样的透明纯洁，能把我们尘埋网封的心过滤得明朗一些。有的音乐是一种发泄，有的音乐是一种自言自语，有的音乐是一种浅吟低唱，有的音乐是一种搔首弄姿，有的音乐是一种卖弄风情……亨德尔的这一段"广板"是来自天国的音乐，是来自心灵的音乐，它可以让人的心灵美好崇高，它可以让人在面对躁动、喧嚣和污染时保持一份清明纯净。

据说,《弥赛亚》在伦敦上演,当演唱到第二部"哈利路亚大合唱"的时候,在场的乔治二世深受感动,禁不住肃然起立,躬身倾听,带动在场所有的观众都站立起来。从此,形成了规矩,在世界各国演出只要演到这里时,观众们都莫不如此肃然起立。亨德尔的音乐和整个音乐大厅连带周围的世界,都充满神圣而庄严的气氛。

我很难想象这种情景。现在还能够出现这种情景吗?会有一种音乐,或者其他的一种艺术,能够让我们怀有如此圣洁、如此神往的心情和心地,自觉而虔诚地肃然起立,去聆听、去拜谒吗?

我们的心和我们的艺术,都难以被过滤得如此水晶般澄净空明,宗教般的虔诚景仰了。看看我们周围,当丑角变成了人生的主角,当小品成为舞台上的中心,当肥皂剧占据了人们的视线,当浅薄的二三流歌星膨胀为音乐家……我们就知道亨德尔的时代已经无可奈何地离我们远去了;亨德尔时代艺术所拥有的那种高贵、神圣的感觉,已经无可奈何地离我们远去了。现在,我们的剧场、音乐厅可以越盖越高级,我们还创造出来了更为方便而现代的电视、音响、CD、VCD、iPod……我们可以躺在被窝里、依偎在鸳鸯座里,嚼着泡泡糖、豪饮着冰啤酒,去听去看这些所谓的艺术,怎么可能会再自觉自愿一往情深地肃然起立,去聆听、去拜谒亨德尔的《弥赛亚》呢?

知道亨德尔的人不会太多,知道亨德利的人却一定很多。把心和艺术商品化、时装化、世俗化、市侩化,化妆成五彩斑斓的调色盘,腌造成八宝甜粥、九制陈梅的太多了。

满街连商店里都安上了高音喇叭,轰鸣起招揽生意的震天响的音乐,真正的音乐已经离我们而去。

所有人的口中都唱着流行的爱的小调，真正的爱已经变成人们嘴里肆意咀嚼的泡泡糖。

也许，亨德尔的音乐和时代，都离我们太遥远。现代人已经没有了这种情感、庄严和信仰。我们的情感和信仰都已经稀释得缺少了浓度，单薄得比不上一只风筝，自然只会随风飘摇；庄严和神圣，当然就只成为我们唇上的一层变色口红，或者我们西服上的镀金领带夹。

我却为那种遥远、古典的情景和情怀而感动，并对此充满着向往。人类之所以创造出了音乐和其他艺术，不就是为了让我们庸常的人生中能够涌现出这样美好的时刻吗？不就是能够让我们看到天空并不尽是污染，而存在着水洗般的蔚蓝、天使般的星辰，和金碧辉煌的太阳吗？它们就辉耀在我们的头顶并审视着我们的心灵，让我们的心得以伸展而不至于萎缩成风化的鱼干；让我们的精神知道还有美好的彼岸而不至于搁浅在尔虞我诈、物欲横流的泥沼。人只有在艺术的世界里，才能超越自身的局限和龌龊，创造出至善至美的神圣境界。

亨德尔的《弥赛亚》，为我们创造出了这样神圣而美好的境界。并不是所有的音乐、所有的艺术，都能够创造出这种境界的。难怪亨德尔对《弥赛亚》格外钟爱，在临终前八天，抱着病危的残躯，仍然坚持参加《弥赛亚》的演出，出任管风琴演奏。《弥赛亚》中，有亨德尔的心血，更有他的信仰。让蚯蚓般青筋暴露并颤抖的手指弹奏管风琴，看全场的观众肃然起立，庄严闪烁的目光和他交融相碰，那是一种怎样感人的情景呀？

晚年的海顿，在伦敦听到《弥赛亚》时，禁不住老泪纵横，洒满脸颊。他由衷地赞叹："这是多么伟大、神圣的音乐！"他由此发誓："我的一生中一定也要创作出这样一部音乐！"

看来，海顿的心和亨德尔是相通的。海顿从伦敦回到维也纳，开始创作他的《创世记》。每天写这部音乐之前，海顿都要虔诚地跪拜在神像面前，把心袒露给上苍。我们现在对自己的艺术还会有这样的虔诚吗？我们不必跪拜在神像面前，我们只要求将手洗得干净一些，将尘埋网封的心抖擞得明亮一些，将我们过早长出的老年斑去掉几颗，每天能够做得到吗？

《创世记》在维也纳演出的时候，海顿已经病卧在床，但坐在安乐椅上，他依然来到音乐会上。当听到全剧的高潮，"天上要有星光"一曲响起的时候，77岁的海顿，竟然不顾苍迈病重，神奇般地安乐椅上一下子站起来，情不自禁地指着上天高声叫道："光就是从那儿来的！"说罢，他就倒下再未醒来。

第一次在书中读到这里时，我被感动得湿润了眼角。以后，每逢想到这里时，我的心里都会泛起激动的涟漪。我的耳边似乎总响起海顿那苍老而激动人心的声音："光就是从那儿来的！"

光到底是从哪儿来的，我们现在知道吗？我们现在还关心光到底是从哪儿来的这样的问题吗？我们还能够像海顿一样即使到死之前也要抬起老迈的头颅，去寻找光是从哪儿来的吗？

每逢想到这里，我为自己和我们这个越发物化的世界而惭愧。我便情不自禁地问自己也问这个世界：现在还会出现这种情景吗？莫非我们已经站在了光明灿烂的中心，已经不再需要寻找光的照耀了？莫非它真只是一道遥远而过时的古典情景，只可远观，不可走近，难以重返现代人的心中？

是海顿和亨德尔在我们的眼里变得越来越疯疯癫癫有些傻，还是我们的艺术包括我们自身已经变得俗不可耐，越来越实际，退化得失去了这种庄严神圣、撼人心魄的力量?

我们的视力已经无可奈何地减退,看不到"天上要有星光",更看不清光到底是从哪里而来射在我们的头顶。最终,我们无法将那束庄严而神圣的光收进我们的心中。

亨德尔活着的时候曾经说过这样的话:"假如我的音乐只能使人们愉快,那我很遗憾,我的音乐的目的是使人们高尚起来。"

我们应该让我们自身和我们的艺术高尚起来。谁,哪一束光,或者什么力量,可以帮助我们高尚起来呢?

关于莫扎特

一

莫扎特是说不尽的。说不尽的莫扎特本人。不尽的人在说莫扎特，傅雷就是其一。他很喜欢莫扎特。在文章中，他曾多次谈到莫扎特。

他这样评价莫扎特："在整部艺术史上，不仅仅在音乐史上，莫扎特都是独一无二的。"他说：莫扎特的"早慧是独一无二的"。"他的创作数量的巨大，品种的繁多，质地的卓越，是独一无二的。"开创民族艺术形式的新路，"莫扎特又是独一无二的"。又说"没有一种体裁没有他登峰造极的作品，没有一种乐器没有他的经典文献"。在音乐的全能方面，"毫无疑问是绝无仅有的"。同样又是一个独一无二！

这评价很高，却是符合实际的。但如果仅仅是这样的评价，傅雷会让我很失望，因为任何一部音乐史，都是这样诉说着莫扎特的。

我感兴趣的是，傅雷不仅这样评价莫扎特，而且向我们揭示了许多他自己对莫扎特独特的体味，有种种新的发现，柳暗花明一般，令我们心头一亮，让我们再听那些熟悉的莫扎特的乐曲时，能够听出一种新鲜的滋味来。

比如，傅雷说："没有一个作曲家的音乐比莫扎特的更接近于'天籁'了。"我还没看到别人这样评价过莫扎特。可惜，傅雷没有进一步解释天籁的含义。在我领会，莫扎特音乐的天籁的成分，不仅融入他的作品，同时融入他的心和他这个人的生命里。他的妻子康斯坦兹曾经说他"作曲就像写信一样"。康斯坦兹明白莫扎特写给她的信里充满着天籁。写信和正襟危坐做文章不同，写信和一般作曲自然也不同，写信是一种倾诉，是心中音乐的流淌，在这里，音乐来自心灵，而不仅仅是五线谱。也许，康斯坦兹的话，就是对莫扎特音乐天籁最好的解释。

莫扎特的音乐不是做出来的，是真正从心灵深处流淌出来的。他的音乐才能如水一样清澈明亮。但这水不是自来水龙头里流出的水，不是人工制造灌装出来的矿泉水，不是放入许多添加剂的可乐汽水……而是从山涧流淌出来的溪水。

据说，贝多芬作曲时常常汗流浃背，而莫扎特作曲时却如写信一样轻松自然。这大概不是笑话，而是一种真实。一个音乐家可以很有才气，或非常刻苦，或很有思想，或很有新意……这一切都是可以磨炼的，可以培养的。但天籁是与生俱来的，是融入一个人的血液里的，就像一朵花该开放什么颜色就开什么颜色，就像一只鸟该长什么羽毛就长什么羽毛。有的花天生就开出与众不同的鲜艳颜色，有的鸟天生就长出不同寻常的漂亮羽毛。

莫扎特的音乐更接近于天籁，或者说莫扎特就是天籁式的音乐家，我很同意这种看法。

傅雷还说莫扎特的音乐："从来不透露他的痛苦的消息，非但没有愤怒与反抗的呼号，连挣扎的气息都找不到。""莫扎特的作品反映的不是他的生活，而是他的灵魂。是的，他从不把艺术作为反抗的工具，作为受难的证人，而只借来表现他的忍耐和天使般的温柔。"在这里，傅雷用"天使"这个词来形容莫扎特，我看极其富于特点。一个天使，一个天籁，是傅雷对莫扎特自己独特的认识和理解，也是莫扎特音乐对称的两极。

莫扎特短暂的一生，除了童年还算是幸福，用傅雷的话说，短促得"像个美丽的花炮"。其他的日子都是极其痛苦的，贫穷、疾病、忌妒、倾轧……像黑蝙蝠的影子一样紧紧跟随他的一生。但是他的音乐呢？在他所有的作品里，我们找不到一点儿对生活的抱怨，对痛苦的咀嚼，对不公平命运的抗击，对别人幸运的羡慕，或是对世界故作深沉的思考，有意无意地添加一些自以为是的所谓哲学的胡椒面……他的欢快，他的轻松，他的平和，他的和谐，他的优美，他的典雅，他的幽邃，他的单纯，他的天真，他的明静，他的清澈，他的善良……都不是装出来的，而是自然而然、情不自禁的流露。他不是那种"行到水穷处，坐看云起时"式的恬淡，不是"闲云不作雨，故傍青山飞"式的超然，不是"无风云出塞，不夜月临关"式的宁静，也不是"雁引愁心去，山衔好月来"式的心境，更不是"我生本无乡，心安是归处"式的安然……他对痛苦和苦难不是视而不见的回避或禅意的超越，而是把这痛苦和苦难嚼碎化为肥料重新撒进土地；不是让它们再长出痛苦带刺的仙人掌，而是让它们开出芬芳美丽的鲜花——这鲜花就是他天使般的音乐。傅雷说莫扎特的音乐表现出他天使般的温柔,是最恰当不过的了。

傅雷还说:莫扎特"他自己得不到抚慰,却永远抚慰着别人"。"他在现实生活中得不到幸福,他能在精神上创造出来,甚至可以说他先天就获得了这幸福,所以他反复不已地传达给我们"。傅雷说得真好!我还没有看到别人将莫扎特说得这样淋漓尽致,这样深入骨髓,这样充满着对莫扎特的理解和感谢。傅雷是莫扎特的知音。

二

有一种很奇特的现象,在音乐史或有关音乐评述文章中屡见不鲜:许多人爱把莫扎特和贝多芬进行对比,仿佛他们是一对性格迥异的亲兄弟。

比如,柴可夫斯基多次进行这样的对比:"莫扎特不像贝多芬那样掌握深刻,他的气势没有那样宽广……他的音乐中没有主观性的悲剧成分,而这在贝多芬的音乐中表现得那样强劲。"他还说:"我不喜欢贝多芬。我对他有惊异之感,但同时还有恐惧之感。我爱莫扎特却如爱一位音乐的耶稣。莫扎特的音乐充满难以企及的美,如果要举一位与耶稣并列的人,那就是莫扎特了。"

比如,丰子恺这样表述他的对比:"贝多芬的音乐实在是英雄心的表现;莫扎特的音乐是音的建筑,其存在的意义仅在于音乐美。贝多芬的音乐是他伟大灵魂的表征,故更有光辉。莫扎特的音乐是感觉的艺术,贝多芬的音乐则是灵魂的艺术。"他还说:"莫扎特的音乐是艺术的艺术,贝多芬的音乐是人生的艺术。"

很少有人拿莫扎特和其他音乐家进行对比。拿莫扎特和贝多芬对比，说明他们两人地位的重量级旗鼓相当，也说明着拿他们两人进行对比的人的心目中，对莫扎特的态度和对艺术人生的态度。

傅雷也将莫扎特和贝多芬进行比较，他这样说："如果贝多芬给我们的是战斗的勇气，那么莫扎特给我们的是无限的信心。"这句话很重要，我以为是傅雷对莫扎特认识和理解的一把钥匙，是给予我们去认识和理解莫扎特的一句箴言。这句话让我又想起傅雷说的"天籁"及"天使"这两个词。和贝多芬相比，莫扎特确实更接近天。莫扎特是梦幻般的天，贝多芬则是坚实的地。因此，我觉得傅雷仅仅说莫扎特给我们无限的信心，似乎是不够的；莫扎特还给予我们更多的梦幻般的美好、憧憬和抚慰，他能让我们的心永远湿润，而不至于那么快被世风吹得干燥、皴裂。

这样相比较而言，丰子恺说莫扎特的音乐只是"音的建筑，其存在的意义仅在于音乐美"，对莫扎特实在太不公平了。应该说，莫扎特的音乐才是灵魂的艺术；感觉的艺术，说德彪西可以，说莫扎特就不那么准确。而柴可夫斯基把莫扎特比喻成音乐的耶稣，又有些太富于神秘感了，甚至有些夸张。

从傅雷的儿子傅聪对父亲的理解，可以看出傅雷对莫扎特的一往情深，在贝多芬和莫扎特之间对莫扎特明显的倾斜。傅聪这样说："我爸爸在《家书》里有一篇讲贝多芬，他讲得很精彩，就是说贝多芬不断地在那儿斗争，可是最后人永远是渺小的。所以，贝多芬到后期，他还是承认人是渺小的。……贝多芬所追求的境界好像莫扎特是天生就有的。所以说，贝多芬奋斗了一生，到了那个地方，莫扎特一生下来就在那儿了。"这话讲得很有意思，比他父亲讲得要通俗，却更形象，比丰子恺讲得更深沉，比柴可夫斯基讲得更实在，也更能让我们接受。

我常常想傅聪讲的这句话，贝多芬一辈子奋斗好不容易才到达的地方，原来莫扎特一出生就站在那里了。这对于贝多芬来说是一个多么残酷的玩笑和现实！贝多芬和莫扎特之间的距离竟然拉开了这样长（是整整一辈子）的距离！

在我们中国，一般而言，人们对贝多芬更了解，也更为崇拜，莫扎特的地位要在贝多芬之下。我们一直崇尚的是战斗的哲学：是与天斗，其乐无穷；与地斗，其乐无穷；与人斗，其乐无穷。很长一段时间我们忽略了天、地、人三者之间的和谐关系，相濡以沫的关系，相互抚慰的关系。如果说前者的存在是生活和时代必需的，那么后者在更多的时候也是必需。如果说前者是要求我们锻炼一副外在钢铁的筋骨，那么后者则是要求我们有一个宽厚而和谐的心灵。有时候，锻炼外在的筋骨不那么困难，但培养一个完美的心灵却不是一朝一夕的事了。这样，我们就明白了，一般运动员可以从小培养，音乐家尤其是像莫扎特这样的音乐家，很难从小培养，他们大多是天生的，是可遇而不可求的。

莫扎特逝去了两百余年，人类曾出现过多少优秀的运动员乃至伟大的英雄和卓越的领袖，但是再未出现一个莫扎特。

其实，并不是我们的国家和民族天生只崇拜贝多芬式的不向命运屈服而坚强地去敲命运之门的英雄，我们一样崇拜温柔如水、天使般的莫扎特，尤其是经历了漫长而没完没了的人与人之间的斗争，在日后日复一日单调而庸常的平凡的日子里，我们离后者更近，便也更向往，更亲切。

在解释他父亲这句"假如贝多芬给我们的是战斗的勇气，那么莫扎特给我们的是无限的信心"时，傅聪这样说："我觉得中国人传统文化最多的就是这个，不过，我们虽然也需要贝多芬，但中国人在灵魂里头本来就是莫扎特。"我不知道傅聪这样的解释是否符合傅雷的本意，但这话讲得很让人深思。中国人在灵魂里头本来就是莫扎特，我们本来应该很容易接近莫扎特，可是，我们却离莫扎特那样遥远。这真的是一个悖论，不只在音乐，更表现在我们的人生与历史中。

三

我有好长一段时间轻视莫扎特，大概和看过那部《莫扎特》的电影有关，那部影片没让我对莫扎特留下什么好印象。在影片中，莫扎特似乎总是疯疯癫癫的，总是打情骂俏，总是让人嫉妒算计。

我对两百多年前的莫扎特一无所知。

我开始对莫扎特有好感，是读了巴乌斯托夫斯基写的《盲厨师》一文之后。那篇文章写得很美，四十多年前，我曾经将它全文抄过一遍，抄它时的那个春雨霏霏的夜晚，至今记忆犹新。夜雨扑窗，悄然无声，仿佛是莫扎特从遥远的地方走来，走到我的面前。是它让我走近莫扎特，让我为自己的无知和浅薄而脸红。

文章写的是1786年维也纳近郊风雪呼啸的一个夜晚。给一位伯爵夫人做了一辈子厨师的盲老人，在他的破旧木屋里奄奄一息，孤零零地就要去世了。在忏悔了一生所犯的过错之后，他唯一的愿望是能够重新看到早已经故去的他年轻时的恋人，依然出现在早春苹果花盛开的树下，向他款款走来。可是当他说完这话，就嘲笑自己这是不可能的，是自己的病把自己搞糊涂了。怎么可能让一个盲人重新看见人，而且是看见岁月倒流早已逝去的年轻时光和年轻的恋人呢？顶着风雪，走进他这间小木屋的一个年轻人，却对他一连大声说了三遍"我可帮你做到"！在盲厨师小木屋里那架落满灰尘的破钢琴旁，年轻人坐下，为老人弹奏了一支即兴曲。他弹奏的这支曲子太神奇了，在乐曲中，老人竟真的看见了自己年轻的恋人，走在了早春苹果花盛开的树下，老人打开窗子，迎面而来的大片的雪花，真的就像是那芬芳的苹果花。就在这美妙的一瞬间，老人幸福地合上了眼睛。

这个年轻人就是莫扎特。那一年莫扎特整整30岁。

这实在是一个美丽的故事。莫扎特和他的音乐都是那样神奇。美好的音乐，能够抚慰人哪怕创伤再深的灵魂，能够创造人无限向往却无法创造的奇迹。我想起歌德曾经对莫扎特的高度评价："像莫扎特那样一种现象，实在是无法解释的奇迹。"

很长一段时间，我沉浸在这个故事之中，我不知道莫扎特为那个盲厨师弹奏的是一支什么样的钢琴曲，却仿佛听到了那美妙的乐曲，心久久地在那乐曲中荡漾。我为莫扎特，也为那位盲厨师而感动。他真是个幸运的人，虽然一辈子吃过那么多苦，但有了临终前莫扎特的那支钢琴曲，他值得了，所有的苦难、辛酸都融入了音乐之中，化为永恒的旋律。并不是所有的人都能够拥有他这样的福分。

莫扎特实在是伟大的，是他让那纷飞的雪花变成了早春盛开的苹果花的。

怎么可以轻视莫扎特呢？

当然，我们必须拥有盲厨师那样对年轻时恋人和苹果花的渴望，对音乐和生活的虔诚，才能够感受到那种境界：纷飞的雪花迎面扑来，才有可能化为温馨的苹果花。如果我们梦想着飘来的最好是大把的钞票，我们临终前渴望的不是心中珍存的那一份感情，而是如何立下分赃的遗嘱……怎么可以如盲厨师一样感受出音乐给予他独特而美好难再的境界？莫扎特便离我们遥不可及，远在两百多年以后，我们便很难在音乐厅在街头，更难在家中在心中，和他相逢。

亚里士多德曾经说过："各种非理性的情欲，都可以在音乐中得到净化。"那是指听众如盲厨师那样敢于忏悔自己一生过错的人，敢于承认自己心底欲望的人，方才可以让各种欲望在音乐中得到净化。太多拥有高级音响、懂得音箱、收藏唱盘、占有音乐家如同占有庄园和情人一样富有的发烧友在我们身边泛滥，而缺少盲厨师一样的贫寒却真诚的音乐听众，我们当然很难和莫扎特相逢。

我们当然会轻视乃至漠视莫扎特。我们将许多流星般滑落的流行歌星的名字挂在嘴边，而遗忘甚至根本不知道莫扎特是谁。指着莫扎特的照片和画像，我们只能说是个外国人。

德沃夏克在布拉格音乐学院执教的时候，不允许他的学生轻视莫扎特。他曾经在他的课堂上提问一个学生：莫扎特是怎样的一个人？这个学生回答了一些似是而非的话。我想现在我们很多人都会如此答非所问，不会脸红而只会无动于衷。当时，德沃夏克非常恼火，抓住这个学生的手，把他拉到窗子旁边，指着窗外的天空厉声问他：看到了什么？学生莫名其妙，异常尴尬。德沃夏克异常气愤地反问他："你没有看见那太阳吗？"然后严肃地对全班学生讲："请记住，莫扎特就是我们的太阳！"

我们是否听得到德沃夏克这严肃而响亮的声音？

莫扎特是否能够成为我们的太阳？

我们会有时间抬起头来，望一望我们头顶的天空还有没有太阳吗？

邀舞韦伯

以前，我家里没有一盘韦伯（C. Weber，1786—1826）的唱盘。除了听说过《邀舞》是其代表作，我对韦伯几乎一无所知。

后来，我买了一套双CD唱盘，是菲利浦公司出品的韦伯作品精选。不是因为我对韦伯一下子多了多少的了解，在买这套唱盘前，我依然是除了只听过《邀舞》这支短短的曲子之外，没有听过他的任何作品。让我对韦伯产生了兴趣，激起我想要他听听他的东西，是因为我在偶然间看到了一则很短的文字。

这则文字概括起来就是这样一句话：1813年，韦伯担任布拉格歌剧院的指挥，在1817年离开布拉格迁居到德累斯顿任宫廷剧院的指挥之前这四年的时间里，一共指挥了六十余部歌剧。用小学的算术方法就可以算出来，他平均不到一个月就要指挥上演一部歌剧。天呀，不到一个月就要在一座城市上演一出新的歌剧，我们由此可以想象得出19世纪初期的布拉格，进而推想出整个欧洲艺术的辉煌。

我不知道这样的辉煌还能否出现在今天的世界上。我只知道在我们的国家是绝对不会有平均不到一个月就可以有一部歌剧或任何戏剧上演的奇迹出现。我们正在发愁的是每年能不能有一部卖座的贺岁片，或者是能不能有能够逗人发笑的小品呈现在春节联欢会上。

有时，走在凄清的北京的街道上，看到的灯光闪烁的地方，大多是餐馆或歌厅，再一想韦伯在布拉格时的四年上演六十多部歌剧的情景，心里真是很憋气。有时，走在北展剧场的门口，看见从年初到年尾演出的是一出永远不变的老柴的《天鹅湖》，心想再美的天鹅也得被我们这样耗老，耗到卖不出价钱为止。有时，走在北京人艺的剧院或王府井儿艺剧院的门口，看到被风吹雨打褪了色的剧目广告，长时间还跟屁股帘儿似的贴在门前的广告牌上，心里更是无比的难受。

不到一个月就上演一部新的歌剧，对于我们不是天方夜谭的奇迹又是什么？

所以，我买了韦伯的那两张唱盘。

1997年的秋天，我有机会去了一趟布拉格。称布拉格是一座建筑之都、一座艺术之都，绝不为过。这是一座十分美丽又富于艺术气质的城市，这样的城市，在我看来，只有巴黎或维也纳能和它相比。只是到过这座城市的音乐家太多了，而且许多是如莫扎特一样的大音乐家，便很容易把韦伯忽略掉了。在布拉格，很容易找到德沃夏克的故居，也有用斯美塔那命名的街道，甚至可以看到莫扎特的塑像，但是找不到韦伯曾经留在这座城市的什么遗迹，哪怕是他曾经住过的地方或弹过的钢琴也好。也许，是那个时期的音乐家太多，来布拉格的音乐家更多；也许，是欧洲到现在也并不怎么看重韦伯，在欧洲的音乐史上，韦伯的地位不高，只是轻轻一笔掠过，认为除了歌剧《自由射手》外，他的作品思想浅薄，室内乐和交响曲过于粗糙，缺少精雕细刻——比如朗多尔米就持这种观点。在布拉格，连买到一张韦伯的唱盘都不那么容易。

但是，韦伯担任过指挥的歌剧院还在，就屹立在沃尔塔瓦河畔。就是在这里韦伯指挥过贝多芬的《费德里奥》、莫扎特的《唐璜》《费加罗的婚礼》、斯卜尔的《浮士德》、凯鲁比尼和尼古洛的喜剧……在1813年到1817年这短短的四年时间里，韦伯将六十多部不同样式和不同风格的歌剧展现在布拉格人的面前。这四年，是韦伯27岁到31岁的四年，是他青春最宝贵的四年，因为韦伯一共才活到40岁。这四年里，他虽然没有创作出一部作品（他的《邀舞》是1819年谱写的，《自由射手》创作于1819年，《奥伯龙》写于1826年），但却是他的音乐才能发挥得淋漓尽致的四年，是为他日后创作奠定基础的四年。

走在布拉格的大街小巷，我为没有找到韦伯的一点踪迹而遗憾，但只要一想到一个音乐家在短短四年的时间里就能指挥那么多部歌剧演出，总觉得是极其辉煌的，那些美好动人的旋律花开花落不间断，春来冬去不相同，在夜晚的布拉格此起彼伏，飞溅起漫天的星花灿烂，真是为这座城市隐隐地激动，羡慕那个时期生活在这座城市的人们，便也时不时觉得会在那条小路的石板上或拐弯处不小心踩上韦伯遗留下的哪个音符。

我在布拉格生活的那短短一个多星期的日子，因有德沃夏克、斯美塔那、雅那切克而美好，也因有韦伯而美好。

在我买的那两张唱片中，几乎囊括了韦伯所有的精华。除了最为有名的《邀舞》和《音乐会曲》外，还有《自由射手》《奥伯龙》《欧利安特》《阿布哈森》的序曲，以及三首单簧管协奏曲和一首小交响曲。这些曲子，也因我去了一趟布拉格染上了别样的色彩和气韵。也许就是这样,听音乐本身,和人的心情与经历是紧密联系在一起的,心情和经历不一样,听出的音乐的滋味也会不一样。在音乐厅中,旋律的优美和听众的心情同时创造着音乐,是音乐最好的和弦与伴奏。

因此,我不大同意韦伯"思想浅薄、乐思粗糙"这样的看法。韦伯本来就不是像贝多芬那样思想深邃、大气磅礴的音乐家,我们不能要求任何一朵鲜花都去做梅花,凌霜傲雪独自开,也不必苛求一只美丽的梅花鹿去做狮子一样抖动鬃毛、回声四起的吼叫。韦伯是那种即兴式的音乐家,他的灵感如节日的焰火,是在瞬间点燃迸发;同时,他又是那种人情味浓郁的音乐家,按德彪西的说法,他就是操心他妻子的头发,也要用十六分音符打一个漂亮的蝴蝶结(在所有音乐家中,大概只有德彪西对韦伯最为推崇了),他从不刻意去用音乐表现单纯的思想,也不去表现单纯的技巧或完美,他的才华体现在他如同山涧溪水一样雀跃不止,当行则行,当止却不止,只要清澈,只要流淌,不去故作瀑布飞流三千尺、银河落九天状,他的作品更多表现在浪漫诗情的闪烁和对幻想的手到擒来的表现上。如德彪西所说:"他的大脑驾驭了一切用音乐来表现幻想的著名方法,甚至我们这个乐器种类如此繁多的时代,也没有超过他多少。"因此,听他的作品,不会因思想或时代而产生隔膜,虽然过去了近两百年,我们听他还是那样亲切,仿佛他离我们并不遥远,因为幻想和人情味不分时代而为人类所共有。

当然,最好听的还得算《邀舞》和《音乐会曲》。近两百年来,人们都这样说,说得没错。时间是一把筛子,总是将不好的淘汰,而将最好的留给我们。《邀舞》,确实甜美动人、欢快无比,又优雅无比。实在想不出还有什么能比大提琴和木管乐分别代表舞会上的男女更妙的了，一点也不牵强，真是恰到好处，情致浓郁，又不是那样写实拘谨。能够将画面转换到音乐之上，充分发挥乐器自身的作用，调动想象，架起这两者之间的桥梁，填补音符跳跃间的空白，我还真是从未见过如韦伯这样如此熨帖、天然，让人充满联想而又会心会意的音乐。后来印象派的德彪西总想借助印象派的画来表现音乐，肯定从他这儿得到过借鉴，但德彪西表现更多的不是画面本身，而是由画面而产生的音乐对幻觉和梦幻，同韦伯不一样。韦伯最后让大提琴和木管双双袅袅散去，云水茫茫，渺无踪迹，怅然中的美好和雅致，彬彬有礼又书卷气十足，只有在古典中才能找到，是现代的迪斯科中断然无法寻觅的了。

钢琴和小乐队的协奏曲《音乐会曲》，钢琴真是如同清亮的露珠，轻轻地滴落。月光照耀下的透明的树叶，有微风习习，有暗香浮动。乐队的配合色彩绚丽，像是由钢琴扯起一匹辉煌无比的丝绸，在猎猎飘舞，阳光下光点闪烁，迷惑着你的眼睛，跳跃着丰富的想象。乐曲的开头舒缓中略带忧郁，钢琴点缀其间，像是湖中被风荡漾起的丝丝涟漪，一圈圈地涌来，弥散、湿润在心中，让人仿佛置身月光下的海滨的礁石之上，浓重的夜色中有红帆船飘来，船上载着朋友、亲人或情人……

听说韦伯除了作曲，还写过不少音乐评论文章，甚至写过小说。这不但说明他的才华，也说明他性格中有跳跃不安分的一面。可惜，他在世的时间太短了，否则，他肯定在多方面会有发展。

他的文章中有许多话至今听起来依然不错。比如，他把音乐比喻为爱情，他说："爱情对人类意味着什么，音乐对于艺术、对于人类也同样意味着什么。因为音乐本身就是真正的爱情，是感情的最纯洁最微妙的语言。"

他还说过这样的话:"我们这个时代正被另一种危险性与之相当的艺术骗局所吞没。我们这个时代普遍地受到两个极不相同的事物——死亡和色情——的影响和控制。人们深受战争之恐怖的迫害,熟知各种悲惨生活,因此只追求艺术生活中最庸俗的、最富于感官刺激的方面,剧院上演着下流的西洋景。""在剧场里,我们急于要摆脱欣赏艺术作品所带来的那种拘谨不安,可以舒舒服服地靠在椅背上,让一个个场景从眼前掠过,满足于肤浅无聊的笑话和庸俗旋律的逗乐,被既无目的又无意义的老一套废话所蒙骗。"这些话对于今天仍然不无意义。因为今天我们的舞台确实依然如此,我们满足于感官刺激只是变本加厉,我们的满足于逗乐的小品更是愈演愈烈。想到这一点,再想起韦伯用四年的时间在一座城市里指挥上演六十多部歌剧的事情,只会让我们感慨和惭愧。我们现在缺少如韦伯那样真诚对待艺术的人,用他年轻的生命和真诚的心灵,来提升我们和我们的城市。

舒曼和舒伯特

舒伯特（F. Schubert）生于1797年，逝世于1828年，仅仅活了31岁。

舒曼（R. Schumann）生于1810年，逝世于1856年，活到46岁。

这两位艺术家在世的时间都不算长，而且两个人都是贫病交加，死于疾病。从病情来看，舒曼死于长期的精神病，痛苦的折磨比舒伯特更为残酷；舒伯特是喝了脏水染上肠胃病而致死，怎么也比舒曼好些。但是从贫穷的角度来看，舒伯特比舒曼还要悲惨。舒曼还有一份稳定的工作，舒伯特一生除了有过一段短暂的教书生涯之外，从来没有稳定的工作。有时，他连买写乐谱的稿纸的钱都没有，他连一件外套都没有，只好和别人合穿一件，谁出门谁穿。他的音乐那时并不值钱，现在看来极为著名的《摇篮曲》，能换一盘土豆；而同样有名的《流浪者》，只卖了两个古尔盾。舒伯特死后所有的遗产都加起来，充其量也只值二十四五个古尔盾。

最重要的，舒曼一生有一份美好的爱情，美丽善良而又才华出众的钢琴家克拉拉对他生死相依的那一份爱情，足以慰藉舒曼的心灵，并被后人传为佳话。而舒伯特一生没有一次爱情，他终生没有结婚，而且从不谈论女性。据说，舒伯特21岁，唯一一次外出到匈牙利一位伯爵家教授钢琴的时候，曾经爱上了伯爵家的小女儿，但那只是一次单恋，他从未对人家说出口，而且那女孩当时只有12岁。待六年过后那女孩18岁时，他们偶然间得以重逢，却已是云散烟去。

舒曼和舒伯特彼此一生从未相见，舒伯特比舒曼大13岁，只不过是大了一轮，如果舒伯特能够稍微活得时间再长些，我想他们如此惺惺相惜，肯定是能够相见的。舒伯特死的时候，舒曼仅仅18岁，在舒曼这18年中，舒伯特除了外出到匈牙利教书一次之外，都只生活在维也纳，而舒曼却是在莱比锡和海德堡求学，彼此遥遥相隔。而且，那时舒曼是在攻读法律，只是在业余时间学习钢琴，音乐更在遥远的天边。命运让他们天各一方。

我现在偶尔会想象，如果那时命运成全了他们，让他们能够有机会相见，那会是一种什么样的情景。我真的很难想象，以舒伯特的羞涩，舒曼的热情，他们会碰撞出什么样的火花。以他们彼此迸发出的艺术和思想的光芒，他们会如何相互辉映，彼此激励。会不会也出现摩擦，如瓦格纳和李斯特，瓦格纳和勃拉姆斯，托斯卡尼尼和普契尼。艺术性格突出的音乐家，往往会在区区小事上格格不入而产生矛盾，彼此不愉快乃至剑拔弩张。因为有那么多的艺术家，原来关系不错，但后来却闹得如一团乱麻，我对舒伯特和舒曼也不得不有些隐隐担忧。如果真的是那样，还不如不让他们两人相见呢。

当然，这只是我自己的想象而已，他们也许即使相见也不会出现这种担忧，相反没准能出现一段更为美丽的佳话呢。事实上，虽从未相见，舒曼却与舒伯特保持极其友好的关系，并对舒伯特的音乐尤其是遗作的挖掘起了重要的作用。可以说，如果没有舒曼，舒伯特的遗作C大调第九交响曲，便很难问世为大家知道并喜爱。

舒曼是一个极为热情的人，他对同时代音乐家的热烈鼓吹和提携，在音乐史上是有名的。他曾经撰写对李斯特、肖邦、柏辽兹和勃拉姆斯等人的音乐评论，如今这些文章成为音乐史上一笔不可多得的财富。在音乐家之中，能够写一手漂亮文章的有那么几位，舒曼应该说是写得最漂亮的人了。而且，他从来都是那样热情而厚道，从未像德彪西那样刻薄过。他对舒伯特更是情有独钟，不止写过一篇文章为天才早夭的舒伯特鼓吹，也不止一次为发现舒伯特这个奇才而兴奋不已、赞叹不已。说起舒伯特的音乐，他总是充满感情："没有一首作品不是倾诉他的心灵的。古往今来只有少数几首艺术作品能像舒伯特那样鲜明地保留下作者的印痕。"他还这样说过自己常常"在夜深人静的时候，当着星光树影梦到他"。读到这样的文字，总能为舒曼的真诚，也为舒伯特终于获得知音而感动。

舒伯特在世时知音并不多。只有贝多芬在看到舒伯特的乐谱时惊异地大叫过"这是谁作的曲"？但那已是贝多芬病重的晚年，舒伯特得知这一消息赶去看望贝多芬时，贝多芬已经垂危在病榻上了。贝多芬去世时，是舒伯特为贝多芬擎着火炬送葬，据说归来的途中喝酒，舒伯特竟举杯对大家说了一句："为在座的先死者干杯！"不料一语成谶，一年半后，他自己竟先死于他人。死前，他只要求能够将自己葬在贝多芬的墓旁边。

舒曼到维也纳去的那一年，对于舒伯特是极为重要的一年。那是舒伯特逝世后的第11年，即1839年，那时舒曼29岁。如果不是舒曼去了维也纳，也许舒伯特还在地下沉默。或许在以后也会有人发现舒伯特的才华，但毕竟不知要等到什么时候了，起码要推迟许多时日。

舒曼那一年去维也纳有两个目的，一是去看望贝多芬和舒伯特的墓，二是去舒伯特的哥哥家寻找舒伯特的遗作。舒曼到达维也纳郊外的维林墓园，拜访了贝多芬和舒伯特的墓地，舒伯特并没有紧挨着贝多芬的墓，中间隔着一位伯爵的墓地，舒曼特别羡慕这位伯爵能够长久地躺在他们两人的中间，有两位音乐大师陪伴。只是贝多芬的墓前有几株红玫瑰，而舒伯特的墓前没有任何装点，这让舒曼的心里多少有些替舒伯特不平。舒曼说他自己的夙愿终于如愿以偿，他还多了一个意外的收获，是在贝多芬的墓前捡到一支钢笔，他把这支钢笔当成了圣物，这给了他无限的灵感。

他在归途中拜访了舒伯特的哥哥斐迪南，斐迪南拿出舒伯特的许多遗物给他看，舒曼说他当时看到这些东西兴奋得抑制不住浑身发抖。这是一个懂得艺术又懂得心灵的音乐家具有的品质，这是只有舒曼才会有的表现，他后来将其中一些遗作以《遗物》为题发表在他主持的《音乐新报》上，让世人重新认识了舒伯特的价值。

在这次拜访中，舒曼最大的收获是发现了舒伯特的C大调的第九交响曲。他认为它具有"天堂般的长度"，并高度评价了这部交响曲："我直率地说一句，谁若是不知道这首交响曲，那么可以说他对舒伯特知道的不多。"他认为当时的交响曲多数"都只是贝多芬的微弱的回声而已"，是"海顿和莫扎特敷粉假发的可怜剪影，而这假发下面是没有头脑的"。而舒伯特的这首交响曲的意义在于"绝不只是优美动听的旋律，绝不只是表达已经被音乐家表现过成千上万次的喜悦和悲哀的情绪而已，它还蕴蓄着更多的东西。这首交响曲把我们引

35

入一个好像从未到过的境界之中"。

在具体评论这首交响曲的时候,舒曼这样写道:"这首交响曲,除了具有炉火纯青的作曲技巧以外,还洋溢着浓郁的生活气息,精细入微的明暗色调,它的每一个细节都具有深刻的表现力,全曲充满了我们已经很熟悉的舒伯特的浪漫情调。他这些神妙的漫长的乐曲——正像长篇小说一样滔滔不绝,难以遏止,而又绝不使人厌倦;恰恰相反,它有很大的吸引力,能把读者愈来愈深入地引进他的创作天地之中,流连忘返。"

舒曼回到莱比锡,将舒伯特的这首交响曲交给勃列特考普夫与格尔特出版公司出版,送给万豪斯音乐会主办机构,最后经过他的极力推荐和努力,由门德尔松指挥,在莱比锡音乐大厅演出。舒伯特一辈子都没有听到自己的什么交响曲,更不用说这首在他逝世之前才完成的第九交响曲了。但是,现在他听到了。在他的这首 C 大调第九交响曲中,他听到了自己的音乐同时也有他和舒曼的心灵共有的回声。两个伟大的音乐家,在这里紧紧握手。

我也曾经到过维也纳的维林墓园,拜访过贝多芬和舒伯特的墓地,我看见在他们两人墓地之间没有一个什么伯爵的墓,只有一条人们踩出的小小的路。我看见贝多芬和舒伯特的墓前都摆放着鲜花。从墓地来看,贝多芬的更为朴素一些,舒伯特的则雕塑得颇为漂亮,白色的大理石上雕刻着这样的题词:"死亡把丰富的宝藏,更把美丽的希望埋葬在这里了。"——或许,是后人重新修葺过的。

站在舒伯特的墓前,想起舒曼和舒伯特,人生不相见,动如参与商;想起他们这一段生死两地之间的交往,这一切该是多么的难得而感人。人世中,有许多丑恶让我们悲观甚至失去生活下去的勇气,但也有许多美好和纯洁足以让我们能够抬起头来,让我们的眼睛里充满晶莹的泪花而拭去浓重的阴霾。能够给予我们这些美好和纯洁,其中最主要的是依赖于艺术,而艺术中最重要的是依赖于音乐。因为,我已经越来越不相信人世间的那种看似真情浓郁实则虚情假意的情感;我也越来越不相信文学和影视戏剧中的伪劣的形式主义和煽情的制作方式。我只依赖于我认为好的音乐,在这样的音乐面前,人和音乐一样透明。在这样的音乐中,让我的心被过滤得没有一点杂质,暂时与世隔绝,而分外沉静安宁。

因此,千里迢迢到维也纳来,就是为了看望那些我心仪已久的音乐家。站在维林墓园前,我应该感谢那些音乐家,包括舒曼和舒伯特。

只是,行色匆匆,我没有找到舒曼的墓地。或许,舒曼的墓地没在这里,而在他的家乡杜塞尔多夫。

我也没有舒曼的运气,在贝多芬和舒伯特的墓前捡到一支给予我灵感和好运的钢笔或别的什么。我只捡了一枚椭圆形的树叶,正是深秋季节,那枚树叶金黄金黄的,如同舒曼或舒伯特遗落在这里的一个音符。

李斯特之死

　　李斯特（F. Liszt，1811—1886）年轻的时候，曾经写过一首钢琴与乐队的曲子《死之舞》。这首乐曲最早写于1838年，那时李斯特才27岁（后来在1849年又曾几度修改）。那一年，在比萨的教堂里，李斯特看到了意大利14世纪佛罗伦萨派一位画家画的一幅名为《死神的胜利》的壁画，受到强烈的震撼而创作的乐曲。在那首乐曲中，李斯特头一次触及"死亡"这一亘古的主题，只是以27岁年轻的心去触摸死神，心与手都是滚烫的，并没有对死神有什么恐惧，而只有对死神的兴趣。现在来听这首乐曲，除了开头能听到一些沉重（在我听来有些故意为之的沉重，是属于音响效果的沉重），其余更多的是轻松，钢琴独奏节奏的轻快，音色的轻盈活泼，大多是属于年轻人在青草地上跳跃的步伐，充满着几许弹性；最后钢琴和整个乐队的融合，更是充满欢快的气氛，仿佛将"死之舞"变成热烈庆祝的丰收舞。在这首乐曲中，李斯特运用了宗教乐曲"末日经"的旋律作为母体，一下子写了32个变奏，简直有些将死神拉来和他一起玩"捉迷藏"游戏的气势。

1882年，李斯特71岁那一年，创作了他一生最后一部交响诗《从摇篮到坟墓》，再一次也是最后一次触摸到"死亡"这一主题。四年之后，他真的就被死神召唤而去。他还能像27岁时那样对死神无所畏惧吗？还能对死神充满乐观而游戏的精神吗？

李斯特的晚年，不止一次这样触及"死亡"的主题，除了这部《从摇篮到坟墓》，他还写过《死神恰尔达什》《葬礼前奏曲和葬礼进行曲》《送殡船》《苦路》《枯骨》等不少和死亡有关的乐曲。不能说是到了晚年李斯特一下子被死亡的阴影所笼罩，但因为死亡时时都紧靠在他的身边，跨过这条河已经很容易，是很快就到的事情，所以成为他常常会想到的话题。1883年，他在72岁的时候写给一位朋友的信中说："从我青年时候起，我一直认为死比生简单。"这种"简单"意味着什么呢？是不是就意味着这样的迅速和容易，随时随地就可以得到？我曾经看过匈牙利人本采·萨波尔奇写的《李斯特的暮年》。这是一本非常薄的小册子，仅有六十多页，但极其细微地叙述和精到地分析了李斯特孤独的晚年。这本书的开头，讲了李斯特这样两件事，很能说明李斯特英雄末路的孤独苍凉感。

第一件事，1885年，也就是李斯特逝世的前一年，他的一个学生为他朗读叔本华的书，当读到《批评、成功和声誉》中那则有名的比喻：一个烟火匠把最绚丽多彩的烟火放给别人看，结果发觉那些人都是瞎子时，李斯特喟然长叹道："我的那些瞎眼的观众也许有朝一日受上天保佑会恢复视力的。"

第二件事，还是1885年那一年，"李斯特在岁尽年残时节去瞻仰塔索在罗马逝世时的故居（1849年李斯特38岁时曾经创作过一部《塔索：悲叹与胜利》的交响诗，他对这位伟大的诗人很崇敬），他指给他的学生看，当年这位意大利伟大诗人的遗体像英雄凯旋似的被运往神殿去戴上桂冠时，走的就是这条路。他说了这么一句话："我不会被当作英雄运往神殿，但是我的作品受到赏识的日子必将来临。不错，对我来说是来得太迟了，因为那时我已不复和你同在人间。"

这两个生活细节，很能说明晚年李斯特内心世界的孤独无助。为什么会如此孤独？是因为死神已经近在咫尺了，一切变得非常简单了吗？按照李斯特晚年的实际情况，他已经声名鹊起，作品在整个欧洲都受到推崇，崇拜者甚多，甚至连19岁的少女都拜倒在他的足下。他为什么会拥有如此的心境？他内心这种深刻的孤独感到底从何而来？

在我看来，李斯特晚年孤独的原因，作品恐怕只是其中的一方面，而且不是最重要的原因，那只是他知音恨少，尤其是与老友瓦格纳分裂之后产生的苍凉感罢了，即使后来和瓦格纳和解了，那种隔膜也是无法去掉的，想一想当李斯特为和解后的老友弹奏《送殡船》时瓦格纳无言的冷漠，便会理解李斯特的这一份心情。只是它不是最重要的原因。

最重要的原因，我以为是来自卡洛琳，这位德裔公爵维特根斯坦的夫人。这位比李斯特小八岁的卡洛琳夫人，据说长得并不漂亮。按理说，李斯特一生接触过的女人（他爱的、爱他的）不算少，为什么为卡洛琳所倾倒，并为此付出了大半生的代价，一直为大家所莫衷一是。不过，从卡洛琳夫人的身上，我倒是看到了李斯特晚年内心世界的一角。女人，尤其是男人真正刻骨铭心喜爱的女人，从来都是男人的一面镜子。

1847年是李斯特的重要年份。在这一年，他到俄国举办他的独奏音乐会，照例赢得掌声和女人的青睐，照例举办义演来捐助当地的慈善事业。在这次的俄国义演中，居然有人花了贵宾席票价一百倍的价钱买了一张票，这消息让李斯特有些吃惊。这个人就是卡洛琳夫人。他们就这样认识了，而李斯特竟然对她一见钟情，其他女人立刻烟消云散。为什么？就因为花了大价钱买了一张义演的门票？显然不会这样简单。而这位家中只奴隶就有三万名的贵夫人，为什么宁可被沙皇开除国籍、剥夺一切财产，赴汤蹈火也在所不惜，至死也要嫁给李斯特。我无法解释，只能说这个世界上虽然有许多爱情让人几乎失去信心，但不要以为这个世界上就没有了真正足以让人荡气回肠的爱情。李斯特和卡洛琳的爱情历经周折，在李斯特50岁生日时，本来教皇已经允许他和卡洛琳结婚了，却由于宗教和沙皇的原因没有结成婚。漫长等待中的煎熬，一直熬到了李斯特的晚年，一直熬到了1886年，李斯特75岁，他们还是没能成婚。这样的煎熬，难道是作品不被世人所重视所理解能够相比的吗？正是因为这种煎熬，李斯特才彻底皈依了宗教，在晚年披上袈裟，当上了神父。音乐解救不了他，他只好将这一份蚀骨的煎熬在宗教中抚平、碾碎，化解在苍茫而遥远的天国。

所以，我说卡洛琳才是李斯特晚年真正内心孤独的原因。

因此，萨波尔奇在他那本《李斯特的暮年》最后说到了问题的核心：那是一个"无家可归的李斯特，一个漂泊而不得安宁的李斯特"。

在音乐家的爱情天地中，最让我难忘的，一个是勃拉姆斯和克拉拉，一个便是李斯特和卡洛琳。他们是那样的相似，都是一生生死相恋却没有能够结婚，而且时间都是那样的漫长，勃拉姆斯和克拉拉生死恋长达43年，李斯特和卡洛琳活活煎熬了39年。想想一个人能有几个 43 年，39 年？有多少人能够熬得住这样漫长的时间？漫说 43 年、39 年，就是十年又如何？就是一年又如何？便不得不被他们的这一份纯属于古典的爱情所感动，因为现在这种爱情已经如恐龙一般稀少和稀奇了。被现代露水姻缘和物欲、情欲所泛滥着的感情包围，原本已经越来越不相信天长地久的事情，看看他们便不由得有点信了。

他们还有相同的一点，克拉拉死后不到一年，勃拉姆斯也随之命赴黄泉和克拉拉相会；李斯特死后不到半年，卡洛琳也病逝于罗马，和李斯特共赴生死。

他们还有更重要的一个共同点——

勃拉姆斯说过："我最好的旋律都来自克拉拉。"

李斯特也说过类似的话："我所有的欢乐都得自她。我所有的痛苦也总能在她那儿找到慰藉。""无论我做了什么有益的事，都必须归功于我如此热望能用妻子这个甜蜜名字称呼我的卡洛琳·维特根斯坦公爵夫人。"

听到这样的话，我真的很感动。虽然岁月隔开了一百多年的时光，这些话语仍然鲜活有力，像百年的银杏老树的树梢上仍然吹来那金黄色叶子的飒飒声，仍然清晰而柔情似水地回荡在我们头顶蔚蓝的上空。

李斯特就是这样带着对卡洛琳夫人的思念和无法弥补的遗憾死去的。

李斯特的内心能不孤独吗？

我曾经说过：鱼骨深藏在海底，可以化为美丽的珊瑚；树木深埋在地底，可以化为燃烧的煤；时光深埋在岁月里，可以化为沉甸甸的历史……那么,感情埋藏在心底,可以化为什么呢?

作为音乐家,便化为一支支美丽的乐曲。

作为我们凡人,便化为生活和我们的回忆。

聆听肖邦

一

我们常说起肖邦（F. Chopin），我们常听肖邦。说熟了，说滥了，却往往很陌生。自以为走得很近，却很可能离得很远。肖邦究竟是什么样子，其实，起码对我是一团蒙蒙的雾。很长时间，国外出版的肖邦的传记颇多，大多关注的是他和乔治·桑的浪漫之情。而我国对他的宣传，大多在于他去法国之前带走一只装满祖国泥土的银杯，去世时嘱托一定将自己的心脏运回祖国，安放在华沙的圣十字教堂。如今教堂的柱子上有一块纪念碑，上面煽情地刻着这样的话："哪里有你的爱，哪里就有你的心脏。"

肖邦被人们各取所需，肢解，分离……像一副扑克牌，任意洗牌后，你可以取出一张红桃三说这就是肖邦，你也可以取出一张梅花 A 说这才是肖邦。

确实，肖邦既有甜美的升 C 小调圆舞曲（作品 64-2）、宁静的降 B 小调夜曲（作品 9-1），又有慷慨激昂的 A 大调"军队"波兰舞曲（作品40-1）和雄浑豪壮的降A大调"英雄"波罗乃兹（作品53）。如同一枚镍币有着不同的两面一样，我们当然可以在某一时刻突出一面。我们特别爱这样做。像买肉一样，今天红烧便想切一块五花肉，明天清炒就想切一块里脊肉。

人，尤其是敏感的艺术家，其实不只是镍币的两面。他要复杂得多。他作品的内涵比其本人要复杂曲折得多。音乐，推而广之艺术，正因为如此才有魅力，是不可解的，只可意会，不可言传。因此，我不大相信后人做的任何传记，因为不可能没有揣测、臆想而偏离客观的真实；我更不相信自己为自己做的自传，心理学家早就说过："无论什么样的自传，都不会不包括自我辩护。"更何况，任何人的内心深处都会有一座埋藏自己秘密的坟墓，是到死也不会对别人讲的。要了解或走近一位艺术家，只有面向他的作品。

舒曼有一段非常有名的话，被经常引用："如果北方那个专制的沙皇知道肖邦的作品里面，就在最简单的波兰农民的玛祖卡舞曲的旋律里面，都有他的可怕的敌人在威胁着他，他一定会禁止肖邦的音乐在他统治的区域里得到演出的机会。肖邦的作品好比一门门隐藏在花丛里面的大炮。"舒曼的音乐评论是非常有见地的，可这段话说得太过了。将艺术作品比成武器，是我们在一段时间里特别爱说的话，似乎不像是舒曼讲的。事实上，沙皇一直在欣赏、拉拢肖邦，在肖邦童年的时候赠送他钻石戒指，还授予他"俄皇陛下首席钢琴家"的职位和称号。肖邦的作品不可能是一门门大炮。舒曼和我们都夸张了肖邦和音乐自身。

说出一种花的颜色，是可笑的，因为一种花绝对不是一种颜色。说出一朵花的颜色，同样是不可能的，因为没有一朵花的颜色是纯粹的一种色彩，即便是一种白，还分月白、奶白、绿白、黄白、牙白……只能说它主要的色彩罢了。

肖邦的主要色彩是什么？革命？激昂？缠绵？温柔？忧郁如水？优美似梦？在我看来，肖邦主要是以他的优美之中略带一种沉思、伤感和梦幻色彩，而使他的音乐走进我们的心中。

他的优美不是绚烂至极的一天云锦，更不是甜甜蜜蜜的无穷无尽的耳边絮语；他不是华托式的豪华的美，也不是瓦格纳气势磅礴的美，他是一种薄雾笼罩或晨曦初露的田园的美，是一种月光融融或细雨淅沥的夜色的美。

他的沉思，并不深刻，这倒不仅因为他只爱读伏尔泰，不大读别的著作。这是他的天性。他命中注定不是那种高歌击筑、碧血蓝天、风萧萧兮易水寒式的勇士，他做不出拜伦、裴多菲高扬起战旗冲锋在刀光剑影之中的举动。他只能用他自己的方式，他说过：在这样的战斗中，我能做的是当一名鼓手。他也缺乏贝多芬对于命运刻骨铭心的思考。他没有贝多芬宽阔的大脑门。

他的伤感和梦幻是交织在一起的。在这里，有些作品，他是把对祖国和爱人的情感融合在他的旋律中的。但有许多作品，他独对的是他的爱人，是他自己的喃喃自语。他并不过多宣泄自己个人的痛苦，而只把它化为一种略带伤感的苦橄榄，轻轻地品味，缓缓地飘曳，幽幽地蔓延。而且，他把它融化进自己的梦幻之中，使那梦幻不那么轻飘，像在一片种满苦艾的草地中，撒上星星点点的蓝色的勿忘我、紫色的鼠尾草，和金色的矢车菊的小花。

丰子恺先生早在六十多年前说过这样一句话："Chopin一词的发音，其本身似乎有优美之感，听起来不比Beethoven那样的尊严而可怕。"这话说得极有趣。或许人的名字真带有某种性格的色彩和宿命的影子。无论怎么说，丰先生这话让人听起来新奇而有同感，是颇值得回味的。

二

就我个人而言，我喜欢肖邦的全部的夜曲、一部分圆舞曲和他的唯一的两部协奏曲。其中更喜欢的是他的夜曲。无论前期的降B小调、降E大调（作品9-1、2），还是后期的G小调（作品37-1）、C小调（作品48-1），都让我百听不厌。前者的单纯明朗的诗意，幽静如同清澈泉水般的思绪，仿佛在月白风清之夜听到夜莺优美如歌的声响；后者的激动犹如潮水翻涌的冥想，孤寂宛若落叶萧萧的凝思，让人觉得在春雨绵绵的深夜看到未归巢的燕子飞落在枝头，摇碎树叶上晶莹的雨珠，滚落下一串串清冽的簌簌琶音。在他的G小调（作品37-1），甚至能听到万籁俱寂之中从深邃而高邈的寺院里传来肃穆、悠扬的圣乐，在天籁之际、在夜色深处，空旷而神秘地回荡，一片冰心在玉壶般，让人沉浸在玉洁冰清、云淡风轻的境界里，整个身心都被过滤得澄静透明。

肖邦的夜曲，给人的就是这样的恬静，即使有短暂的不安和骚动，也只是一瞬间的闪现，然后马上又归于星月交辉、夜月交融的柔美之中。他总是将自己忧悒的沉思、抑郁的悲哀、踯躅的徘徊、深刻的怀念……一一融化进他柔情而明朗的旋律之中。即使是如火的情感，也被他处理得温柔蕴藉，深藏在他那独特的一碧万顷的湖水之中。即使是暴风骤雨，也被他一柄小伞统统收敛起来，滴出一串串雨珠项链的童话。如果说那真是一种境界，便是"行到水穷处，坐看云起时"；如果说那真是一幅画，便是"明月松间照，清泉石上流"。

在市声喧嚣时，不易听肖邦；在欲念躁动时，也不易听肖邦。因此，在商业街的高音喇叭里，在精品屋的舒缓音乐里，甚至在灯光柔媚的咖啡厅里，都不会听到肖邦。肖邦，只适合在夜深人静时，独自一人时听，尤其是听肖邦的夜曲。肖邦的夜曲和肖邦本人一样幽婉动人。肖邦的夜曲其实就是他的内心独白，就是他一页页的日记。肖邦的夜曲是一张温柔的网，打捞上来明静的夜色，也打捞上来逝去的岁月，和自己快要磨成老茧的心以及已经风干成瘦筋腊肉一样的情感。

我有一盘美国著名的钢琴家鲁宾斯坦的CD和一盘匈牙利的钢琴家瓦萨利的磁带。他们分别演奏了肖邦的夜曲。应该说，这是两盘好带子。他们都是名家。论名气，似乎鲁宾斯坦更大些。他们各有自己的特点，鲁宾斯坦弹奏得更为炉火纯青，冷静而从容不迫，线条流畅如一道溪水从远方缓缓流来，又轻轻流向远方。但是，我更喜欢瓦萨利。瓦萨利比鲁宾斯坦多了一分热情，又不像拉赫玛尼诺夫那样过于慷慨激昂。尤其瓦萨利演奏G大调夜曲（作品32-2），这是一首演奏较少的曲子，浪漫、柔和、激动而后表现的热情，都被瓦萨利演奏得恰到好处，层次分明。他既不过分渲染，也不故意显得老成而无动于衷。

鲁宾斯坦和瓦萨利都是诠释肖邦的大家，我不清楚这是我的偏爱呢，还是他们确实有不同原因才有此偏差或说是性格。鲁宾斯坦其实原是波兰人，和肖邦同宗同祖。我只能这样解释，鲁宾斯坦离开他的祖国太久了（他1906年19岁时首次访美演出，1946年加入美国国籍）。但这样解释也并不通，因为肖邦一直也是在国外生活的呀。离开祖国太久太远，似乎都不能说明问题。那么，也许我听的是鲁宾斯坦1965年晚年的演奏，那时，他已经78岁了。技法再娴熟，也难有年轻人的热情和激情了。

瓦萨利虽是匈牙利人，毕竟和波兰同属东欧，一样的小国，感情是相通的。他1933年出生，比鲁宾斯坦年轻了46岁。当然，他要比鲁宾斯坦热情多了。再怎么说，艺术的年轻在于心灵而不在于年龄，枯枝一样的手指和血气方刚的手指弹在钢琴的黑白键上，毕竟有着不同的韵味。或许是我的偏见，我总觉得，肖邦，是不太适合老年人弹奏的，老年人也许更适合李斯特。

三

1831年，肖邦来到巴黎，除了短暂的旅行，他大部分的时间生活在巴黎并死在巴黎。他在巴黎19年，是他全部生命的一半。一个祖国沦陷、风雨漂泊的流亡者，而且又是一个那样敏感的艺术家，只身一人在巴黎那么长时间，日子并不好过，心情并不轻松。那里不是你自己的家，初到巴黎的肖邦，毕竟出师无名，他为什么待了那么长的时间？他又是靠什么力量支撑着自己在异国他乡浮萍无根飘荡了整整半生？

音乐？爱情？对祖国的忠诚？

肖邦并不复杂的短暂一生，给我们留下的却不是一串单纯简单的音符。

当然，我们可以说，1837年，肖邦断然拒绝俄国驻法大使代表沙皇授予他的"沙皇陛下首席钢琴家"的职位和称号。当大使说他得此殊荣是因为他没有参加1830年的华沙起义，他更是义正词严地说："我没有参加华沙起义，是因为我当时太年轻，但是我的心是同起义者在一起的！"而他和里平斯基的关系，也表明了这种爱国之情。里平斯基是波兰的小提琴家，号称"波兰的帕格尼尼"，到巴黎怕得罪沙皇而拒绝为波兰侨民演出，肖邦愤然与他断绝了友谊。肖邦的骨头够硬的，颇像贝多芬。

同样，我们也可以说，肖邦为了渴望进入上流社会，为了涉足沙龙，为了在巴黎扎下根，表现了他软弱的一面。他不得不去小心装扮修饰自己，去为那些贵族尤其是贵妇人演奏。他很快就学会了和上流社会一样考究的穿戴，出门总不忘戴上一尘不染的白手套，甚至从不忽略佩戴的领带，手持手杖，哪怕在商店里买珠宝首饰，也要考虑和衣着的颜色、款式相搭配，而精心挑选，犹如选择一曲最优美的装饰音符。肖邦简直成了一个纨绔子弟，颇像急于进入上流社会的于连。

其实，我们同样还可以这样说，肖邦自己开始很反感充满污浊和血腥的巴黎，所有这一切，他并不情愿，而是不得已而为之。因为他自己说过："巴黎这里有最辉煌的奢侈、有最下等的卑污、有最伟大的慈悲、有最大的罪恶；每一个行动和言语都和花柳有关；喊声、叫嚣、隆隆声和污秽多到不可想象的程度，使你在这个天堂里茫然不知所措……"但是，不知所措，只是短暂一时的，肖邦很快便打入上流社会。因为他需要上流社会，而上流社会也需要他。保罗·朗多尔米在他的《西方音乐史》中这样说肖邦："自从他涉足沙龙，加入上流社会之后，他就不愿意离开这座城市了。上流社会的人们怀着极大的热情和兴趣欢迎他，他既表现出是一个杰出的演奏家，又是一位高雅的作曲家和富有魅力的波兰人，天生具有一切优雅的仪态，才气横溢，有着在最文明的社会中熏陶出来的温文尔雅的风度。在这个社会中，他毫不费力地赢得了成功。肖邦很快就成为巴黎当时最为人所崇尚的时髦人物之一。"人要改造环境，环境同时也要改造人，鲜花为了在沙漠中生存，便无可奈何地要把自己的叶先变成刺。说到底，肖邦不是一个革命家，他只是一个音乐家。

说肖邦很快就堕入上流社会，毫不费力地赢得了成功，这话带有明显的贬义和不恭，就像肖邦快要去世时屠格涅夫说"欧洲有五十多个伯爵夫人愿意把临死的肖邦抱在怀中"一样，含有嘲讽的味道。一个流亡者，在他刚到巴黎的那一年，自己的祖国便被俄国占领，而巴黎那时刚刚推翻了专制君主，洋溢着的民主和自由气氛，正适合他音乐艺术的发展。这两个环境的明显对比以及遥远的距离，不能不撕扯着他本来就敏感而神经质的心。渴望成功，思念祖国，倾心艺术，痴迷爱情，恋慕虚荣，憎恶堕落……肖邦的内心世界，是一个矛盾交织体。他到巴黎的时候才 21 岁，只是一个穷教书匠的儿子。矛盾、彷徨、一时的软弱，都是极正常的，不正常的倒是我们爱把肖邦孱弱而被病魔一直缠身失血的脸，涂抹成一脸红光焕发的关公。

有两件这样的事情，很能说明肖邦这种矛盾的心情和处境。

一件事是他到巴黎的第二年，给巴黎的一位部长大人写了一封毛遂自荐的信。在这封信中，他说："一个不能再忍受祖国的悲惨命运而来到巴黎已将近一年的波兰人——这是我向阁下作自我介绍所能使用的全部头衔——恭顺地向您请求把音乐学院大厅供他 1 月 20 日举行音乐会用……"在他不得谦卑地请求部长大人，借助官方力量以求伸展的同时，他不忘自己的祖国和身份。设身处地替肖邦细细想想，这样的信，并不好写，比他作一曲钢琴的玛祖卡要难得多。那不仅在用词上要颇费斟酌，更主要的是那一刻低头抬手求人的时候心灵扭曲的痛苦。

另一件事是他到巴黎的时候，手里带有当时俄国占领华沙的头子康斯坦丁大公写给俄国驻外大使馆的一封介绍信。这是他通往欧洲的一张通行证，他没有动用过，不过，他也没有拒绝接受这张通行证或把它丢弃。

一个人，尤其是一个艺术家，都会有这种软弱和矛盾的时候。这一点不妨碍他的伟大，反倒看出他的真实、可爱，与凡人相通的一面。人难道不都是这样的吗？有时醒着，有时却要睡着，怎么可能要求他一天24小时都睁大一双炯炯有神、明光闪烁的眼睛呢？坚强和软弱，伟大和渺小，激情和柔情，世俗和脱俗，交织在他本人身上，才是真正的肖邦；交织在他的作品里，才是肖邦完整的音乐。

四

肖邦和许多音乐家、作家、画家是朋友。对于肖邦的作品，许多人给予赞赏。比如鲁宾斯坦就说他是"钢琴的灵魂，钢琴的游吟诗人"；里姆斯基-科萨科夫称赞肖邦的音乐是"纯旋律"。其中，给予肖邦最高评价和支持的莫过于舒曼和李斯特了，这是有目共睹的。但是，也有不少人给予肖邦批评甚至讥讽，瓦格纳恐怕是最具代表性的了，他说肖邦不过是"妇人的肖邦"。

同时，肖邦对他前辈和同时代的音乐家也给予了一针见血乃至不无偏颇的批评。比如，他批评柏辽兹音乐中所谓"奔放"是"惑人耳目"；嫌弃舒伯特的音乐粗鄙不堪；认为韦伯的钢琴曲类似歌剧，均不足取；甚至对于人们最为推崇的贝多芬，他说除了升C调奏鸣曲，贝多芬的其他作品"那些模糊不清和不够统一的地方，并不是值得推崇的非凡的独创性，而是由于他违背了永恒的原则"。就连给予过他最大支持的舒曼和李斯特，他也一样毫不留情。他对李斯特炫耀技巧的钢琴演奏公开持批判态度，讥讽李斯特的演奏听众的感觉是"迎头痛击"。而对舒曼，他更不客气，几乎被他全部否定，甚至说舒曼的名作"狂欢节"简直不是音乐。

这在今天是不可想象的，人们会说年轻的肖邦太不知天高地厚，太不懂人情世故，太恩将仇报。今天，艺术殿堂已经差不多成了市场，扯响了高八度的嗓门吆喝卖的、屈膝弯腰唱个大喏乞求买的，再弄几个哥们儿、姐们儿当"托儿"，或弄一席酒宴一勺烩出赞不绝口的过年话……应有尽有，不一而足。

我想肖邦时代的艺术殿堂也不见得就那么纯而又纯，但那时民主与自由的气氛，浪漫主义的朝气，毕竟给了肖邦一个宽厚而开阔的天地。那毕竟是资本主义的新生期，给予了艺术一块肥沃的土壤。否则，那个时期出不了那么多群星璀璨的作家、画家和音乐家。雨果、海涅、巴尔扎克、密茨凯维奇、德拉克洛瓦、舒曼、门德尔松、李斯特……数不胜数。因此，肖邦和他的这些朋友相互的批评乃至攻击，我不认为是文人相轻。我也不认为是世界充满了太多的隔膜，而使得人们彼此难以相互理解。我只认为这是肖邦和他们各自性格最淋漓尽致、无遮无拦的体现。他们都凭着自己的天性和艺术追求，来评判着自己和自己的朋友以及面对的世界。他们不想巴结什么人，也不怕得罪什么人；他们不曾为获什么大奖而说些昧心的话，也不曾想为谋得一官半职而将艺术当成敲门砖；当然，他们更不会为了一餐饭局和几个红包而将自己的良心与良知一起切碎，卖一碗清水杂碎汤。因此，他们不雇枪手、打手，更不雇吹鼓手。他们自己就是一面旗，即使不那么鲜红夺目，却一样迎风飘扬。

肖邦对别人的批评，尽管不确切，甚至过于武断，但这不妨碍他和他们的友谊，他们之间的技艺却在这种批评中得以交流，相互促进发展。缺少了真诚而爽快的批评，尽是肉麻的赞扬，艺术便是一锅糊糊没有了豆，也没有了值得珍视的东西。

我们缺少肖邦和他朋友之间这样的批评。我们也就缺少如他们一般的艺术大家。

五

肖邦和女人的关系，一直是肖邦研究者的一个多世纪以来不断的话题。毋庸置疑，肖邦和女人的关系，不仅影响着他的音乐，同时影响着他的生命。

在这个世界上，女人和艺术有着天然的联系，而男人往往是通过女人和艺术发生关系而再现艺术的。可以说，没有女人，便没有艺术。虽然在艺术家中，男人要多于女人。

据我查阅的资料，肖邦短短39年的生涯，和四个女人有过关系。每一个女人，在他的生命中都留下并不很浅的痕迹。而且，他都留有乐曲给各位女子。研究肖邦和这四个女人的关系，的确不是猎奇，而是打开进入肖邦音乐世界的一把钥匙。

肖邦爱上的第一个女人，是康斯坦奇娅。1829年的夏天，他们两人同为华沙音乐学校的学生，同是19岁，一同跌进爱河。第二年，肖邦就离开了波兰。分别，对恋人来说从来都是一场考验，更何况是在动乱年代的分别。这样的考验结果，不是将距离和思念更深地刻进爱的年轮里，就是爱因时间和距离的拉长而渐渐疏远、稀释、淡忘。初恋，常常就是这样的一枚无花果。肖邦同样在劫难逃。虽然临分手时，他们信誓旦旦，肖邦甚至说即使我死了，骨灰也要撒在你的脚下……但事实上分别不久，他们便劳燕分飞，各栖新枝了。别只责怪康斯坦奇娅的绝情，艺术家的爱情往往浪漫而多为一次性。我不想过多责怪谁是谁非，这一次昙花一现的爱情，没有给肖邦太大的打击，相反却使他创作出他一生唯一的两首钢琴协奏曲。无论是E小调第一，还是F小调第二协奏曲，都是那么甜美迷人，流水清澈、珍珠晶莹的钢琴声，让你想到月下的情思、真挚的倾诉和朦胧的梦幻。它不含丝毫的杂质，纯净得那么透明，这是只有初恋才能涌现出来的心音。这是肖邦以后成熟的作品再不会拥有的旋律。

　　我非常喜欢这两首协奏曲。它常常让我想起肖邦和康斯坦奇娅。肖邦死后整整40年，康斯坦奇娅79岁高龄的时候才去世。我不知道在那40年漫长的岁月里，她听到这两首乐曲时是什么感情？我只是常想起他们，想起纯真美好可望而不可得的爱情。也许，凡是得到的，即便是爱情，也难有这样美好了。肖邦日后和乔治·桑不就是如此吗？也许，爱情永远只是一个梦，是上帝抛向人间的一道彩虹和一团迷雾。

　　肖邦爱上的第二个女人，叫玛利娅。这是1835年6月发生的事。玛利娅比肖邦小九岁，小时候，肖邦见她的时候，她还是个相貌丑陋的小姑娘，眼下竟出落成亭亭玉立的美人了。只是这一场爱情太像一出流行的通俗肥皂剧，女的家世贵族，门不当户不对，一个回合没有打下，爱情的肥皂泡就破灭了。虽然肖邦献给人家一首 A 大调圆舞曲，不过，在我看来，这首曲子无法和献给康斯坦奇娅那两首协奏曲相媲美。想来这是理所当然的，因为无论肖邦，还是玛利娅，不过是一次邂逅相逢中产生的爱情，他们谁也没有付出那么深、那么多。艺术不过是心灵的延伸；音乐不过是心灵的回声；蹚过浅浅一道小河式的爱，溅起的自然不会惊涛拍岸，而只能是几圈涟漪。

肖邦和乔治·桑的爱，是一场马拉松式的爱，长达十年之久。该如何评价这一场姐弟恋呢？乔治·桑年长肖邦六岁，一开始就担当了"仁慈的大姐姐"的角色，爱的角色就发生了偏移，便命中注定这场爱可以爱得花团锦簇、如火如荼，却坚持不到底？还是因为乔治·桑的儿子从中作怪导致爱的破裂？或者真如人们说的那样乔治·桑是个多夫主义者，刺激了肖邦？抑或是因为他们两人性格反差太大，肖邦是女性的，而乔治·桑则是男性的，不说别的，就是抽烟，肖邦不抽，而乔治·桑不仅抽而且抽得极凶，就让两人越来越相互难以忍受？……爱情，从来都是一笔糊涂账，走路鞋子硌不硌脚，只有脚自己知道，别人的评判只是隔岸观火罢了。

据说，1848 年肖邦的最后一场音乐会和 1849 年肖邦临终前，乔治·桑曾经去看望过肖邦，都被阻拦了。这只是传说，带有戏剧性和传奇色彩。无论他们两人当时和事后究竟如何，都是他们自己的事。即使这两次他们会了面，又将如何呢？事情只要是过去了，无论对于大到国家，还是小到个人，都是历史，是翻过一页的书，而难重新再翻过来，重新更改、修饰或润滑了。人生不可重演，必然导致爱情的覆水难收。十年，人的一生没有几个十年好过，轻易地将十年筑起的爱打碎，这对于肖邦当然是致命的打击。可以说，这次的打击是他的死因之一，或者说这次打击加速了他的死亡。这就是爱的力量，或者说爱对于太沉浸、太看重于爱的人的力量。从1837年到1847年，肖邦和乔治·桑十年的爱结束后，不到两年，肖邦就与世长辞了。

其实，甜蜜得如同蜂蜜一样的爱情，在这个世界上是不存在的，是人们的一种幻想，是艺术给人们带来的一个迷梦。如果说这世界上真的存在爱情的话，爱情是和痛苦永远胶黏在一起的，妄想如轻松地剥开一张糖纸一样剥离开痛苦，爱情便也就不复存在。否则，我们无法解释肖邦在和乔治·桑在一起这十年中，为什么会涌现出这么多的作品，其中包括三首叙事曲（占其作品总数的三分之二），三首谐谑曲（占其作品总数的四分之三），两首奏鸣曲（占其作品总数的三分之二），还有大量的夜曲、玛祖卡、波罗乃兹和梦幻曲。这里尽是美妙动听的乐曲，包括肖邦和乔治·桑在西班牙修道院的废墟中，在南国的青天碧海边，在温暖的晨钟暮鼓里，创作出的G小调夜曲、升F大调即兴曲、C小调波罗乃兹，以及在诺昂乔治·桑的庄园里创作出的有名的"雨滴"前奏曲、"小狗"圆舞曲……仅从后两首曲子就可以看出他们曾经拥有过多么美好的一段时光！那两首乐曲给我们带来多少遐想，小狗滴溜溜围绕着他们，是何等欢欣畅快；细雨初歇，从房檐滴落的雨滴、钢琴声和等待心绪的交融，是何等沁人心脾……应该说，肖邦一生最多也是最好的乐曲，均创作在这个时期。

1848年的春天，因为生活拮据，肖邦抱病渡海到英国演出，在伦敦储存的钱全部付了医疗的费用，只好暂住在他的苏格兰女学生史塔林家中。史塔林爱上他，并送给他25000法郎作为生活的费用。

他回赠给史塔林两首夜曲 F 小调、降 E 大调（作品 55-1、2）。不知道回赠有没有爱情。

我是很怀疑这种说法的，因为我查阅了肖邦的年谱，这两首夜曲并不是作于 1848 年，而是作于 1843 年。纵使是赠给史塔林小姐的，这两首夜曲也无法同上述那些乐曲比拟。在肖邦的 21 首夜曲里，它们不是最出色的。或许，肖邦已经到了生命的尽头，爱无法挽救他了，或者是爱来得太晚些了，又或者是他还沉湎于以往的甜梦、噩梦里再无力跳将出来……

我无法想象。我也无法猜测肖邦短暂的一生，是否真正得到过爱情。他和这几个女人的感情算不算是他所追求的爱情。但是我能够说，这一切是爱情也好，不是爱情也好，都不能和他的那些美妙动人的乐曲相比。爱情永远存在于肖邦的音乐中，它比肖邦同时也比我们任何人都要活得更长远。

六

肖邦的一生里，没有创作出一部交响乐和歌剧，他的最大部头便是那两首钢琴协奏曲了，这是他同其他音乐家无法相比的。

肖邦的一生里，创作出的所有作品，都是钢琴曲，他用自己全部的生命致力于他最热爱的钢琴音乐之中，心无旁骛，专一而专注，也是别的音乐家同他无法比拟的。

我不知道这在音乐史中是不是绝无仅有的例子。一个音乐家，在他的艺术走向成熟的时候，一般都想尝试一下交响乐和歌剧，就像一个作家在写了些短篇之后，都想染指长篇小说一样。在一般人的评价和意识里，辉煌的交响乐、歌剧和长篇小说，才是一个大师的标志，是艺术的里程碑。

肖邦偏偏不这样认为。

为什么？是他的偏爱，是他把生命全部寄托在钢琴之中，还是病魔缠身的身体不允许他创作大部头的作品，抑或是他的性格、他的天性只爱在幽幽暗室里为两三个知心好友演奏钢琴，而不喜欢交响乐和歌剧那样暴露在光天化日之下？难道他本来就只是一条小溪，横竖只能在山里流淌，而难能流下山去，更遑论流向大海？他的恋爱都可以更换过四次，和乔治·桑十年厮守相聚的生活都可以一朝分手各奔东西，唯有这一点，他至死不渝，他只作钢琴曲，而且大部分是人们认为的钢琴曲的小品。为什么？

我不知道有没有人对此做过令人信服的解释，反正在我读过的有关肖邦的书中，没有见到，也许是我读的书太少，见识浅陋。

几乎所有肖邦的朋友都曾劝过他去创作交响乐和歌剧，其中包括他的老师埃斯内尔教授、波兰最著名的诗人密茨凯维奇，以及乔治·桑。他们都认为肖邦的最高峰和最伟大的成就，不应该仅仅是钢琴曲，而应该是交响乐和歌剧。

据说，有许多好心人总问他这个问题："你为什么不写交响乐和歌剧呢？"把他问烦了，他指着天花板反问："先生，您为什么不飞呢？"人家只好说："我不会飞……"他便不容人家说完，自己说道："我也不会，既不会飞，也不会写交响乐和歌剧！"可爱的肖邦有时候也不可爱了。有时候我们的好心人太爱以自己的意愿改造他人，不仅仅是改造凡人，同时也改造名人和伟人。

李斯特曾这样替肖邦解释："肖邦最美妙、卓绝的作品，都很容易改编为管弦乐。如果他从来不用交响乐来体现自己的构思,那只是他不愿意而已。"

李斯特的解释不能说服我。李斯特明显在为肖邦辩护,有拔高肖邦之嫌。当然,作品的体量不能说明一个音乐家成就和造诣的大小。契诃夫一生没有写过长篇小说,依然是伟大的作家;肖邦一生没有写过交响乐和歌剧,同样依然是伟大的音乐家。艺术不是买金子或钻石,分量越大便越值钱。只是我始终弄不明白为什么肖邦自己和自己较劲,一辈子就是不沾交响乐和歌剧的边。我一直想解开这个谜,我自己也和自己较劲。

肖邦一生反对炫耀的艺术效果,反对众多的乐器淹没他心爱的钢琴,这从他的那两首协奏曲就可以明显地看出来,乐队始终只是配角。他的好朋友法国著名画家德拉克洛瓦曾经提到肖邦这样对他阐述自己的思想:"我们一会儿采用小号,一会儿长笛,这是干吗?……如果音响企图取代作品的思想,那这种音响是该受指责的。"而当德拉克洛瓦的画风中出现众多热闹炫目的色彩和线条时,肖邦对此格外警惕。单纯、纯朴,一直是肖邦艺术追求的信条。他自己说过:"纯朴发挥了它的全部魅力,它是艺术臻于最高境界的标志。"这话说得再明确不过了。因此,他不会背弃自己的信条,去让他认为最能够同时又最适合这种标志的钢琴,让位于交响乐和歌剧。

这只是我的解释,但这解释也未见得说得通。难道交响乐和歌剧就一定同纯朴相违背吗?乐器的众多,就一定不单纯而华而不实吗?

当然,我们可以说肖邦太过于偏执,似乎世上的音乐只剩下钢琴一种了。但我们不得不佩服肖邦的偏执,在众多舆论面前,在众多劝说面前,乃至在众多诱惑面前,他始终恪守自己的信条,绝不动摇,绝不背叛，更不用说随风转了。我只能试图这样自己说服自己，但是我到底还是没有。肖邦的一生生活已经被人说了个透，就留下这么一点悬念吧。

其实，肖邦是个谜。

土地和音乐

威尔第（G. Verdi, 1813—1901）一直被许多人包括他的妻子朱塞平娜·斯特雷波尼称作"熊""乡下佬""野蛮人"。他也一直把自己叫作农民，在填写职业栏的时候，他索性写道"庄稼人"。

从本质而言，威尔第的确是个农民。

他创作出那个时代最伟大的歌剧：《纳布科》《阿依达》《茶花女》《欧那尼》《游吟诗人》《奥赛罗》……将19世纪意大利浪漫乐派的歌剧艺术推向顶峰。

他同时在自己的乡村亲自种植遍野的蔷薇，养殖野鸡和孔雀，并让它们繁殖出一窝窝小崽。他养了起名叫作卢卢的狗，还想培育叫作"威尔第"的新品种的良马，为此到农村的集市去挑马……

听过威尔第那动听的歌剧，知道那美妙旋律，却很难想象他养的马和孔雀，种植的蔷薇到底是什么样。孔雀的开屏、马的奔跑、蔷薇的摇曳，也和那旋律一样动人心弦、随风飘荡吗？

看不到这些孔雀、马、蔷薇的样子，只看到为威尔第写过传记的朱塞佩·塔罗齐这样描写过他的尊容："面孔严肃、冷酷，有一种暴躁、忧郁的神情，目光坚定，眉头紧皱，双颌咬紧。一个乡村贵族打扮的固执农民。"显然并不讨人喜欢。

在所有的音乐家里，还没有一个如他一样对乡村充满如此深厚感情、把自己完全农民化的人。他不是装出来的，或矫情平民化，而和那个贵族化的社会抗衡。他的一生大部分时间是在他的故乡农村布塞托的圣阿加塔别墅度过的。他在那里生活，并不是要和农民一样背向青天脸朝黄土地过苦日子。这幢别墅是在1848年威尔第37岁的时候借款30万法郎购置的，显然，这不是笔小数目，他住在了农村，却不是住在杜甫那样的为秋风所破的茅草屋。

还是那位朱塞佩·塔罗齐，他这样解剖威尔第："土地和音乐将成为他终生的事业。他过不得贫困生活。而舒伯特这个音乐天使却能安贫乐道，过着漂泊艺术家的生活。威尔第做不到，他不是音乐天使，他是弹唱诗人，是被音响、幻觉和自己迷住了的歌手。土地和音乐。音乐会衰竭，有朝一日什么也写不出来；土地却哪儿也跑不了，不管你瞅它多少次，它还是躺在你面前，你感到心里踏实，感到自己是它的主人。主人！"朱塞佩·塔罗齐分析得十分符合威尔第的心理，问题是威尔第为什么会有这种心理。

从农村走出来的威尔第，对城市一开始就没有什么好感。其原因我想在于18岁的威尔第第一次从农村来到米兰的经历，他报考音乐学院，就被无情地拒之门外；在29岁的时候他的歌剧《一日王位》惨遭失败的境遇，轻蔑的叫声、口哨声、嘲笑声将歌手的声音淹没，演出几乎无法进行下去。大约就是从那时候，威尔第决计要离开城市，他和城市有着天然的隔膜，有格格不入，乃至仇视的感觉。他那时曾经这样说过："到哪儿都行，只要不在米兰或者别的哪座大城市。

最好是去农村耕耘土地。土地不会叫人失望。"

并不仅仅是失败的时候，威尔第向往乡村，成功的时候，他一样向往土地。这是他与众不同的地方。对于他，土地不仅是一方手帕，可以渗透失败的泪水，同时也是一只酒杯，可以盛满成功的酒浆。1842年，《纳布科》使得威尔第功成名就，如日中天，米兰的贵妇人争相与他结交，出版商愿意为他一掷千金，城市向他敞开热情甚至谄媚的怀抱。这时候，威尔第依然向往乡村。他甚至对乡村的感情日益加深，为自己小时候觉得故乡布塞托的天地狭小而不喜欢它感到羞愧。现在他极愿意在故乡的田野上散步，故乡的田野让他拥有重逢故人的感情。他如观察五线谱一样仔细观察土地，看土质好坏，心里开始盘算着购置哪一片土地。那时候，他就想购置大片土地，经营农场、猪圈、葡萄园。他觉得土地是可以信赖的，是将来的依靠，是对一个饱受贫困煎熬的人的补偿。

威尔第是个怪人，他的音乐是那样豁达、细致、温情，但生活中却是那样刻板，甚至粗暴，在他的农庄里，他经常训斥、大骂他雇佣的农民。在这一点上，他确实是个地地道道的农民，脱离不了农民的本性。他对文化界尤其厌恶，除了承认诗人曼佐尼，他几乎和他们没有任何来往。他把自己关在圣阿加塔，庄园之外发生的任何事情，他都不感兴趣。他只关心他的马、牧场、田地、播种、收割、摘葡萄……朱塞佩·塔罗齐说："这就是威尔第的日常事务，调节他生活的节拍器。"

威尔第实在是一个怪人。他在世的时间很长，但不是那种靠青春活力滋养着寿命的人。他的一生都是极其孤独的，倾诉这种孤独的对象，除了音乐，就是土地，有时候，对于他来说，后者比前者更能承载他无与伦比的孤独和痛苦。因为后者有着比前者更为质朴的宁静。他没有兴趣和别人和世界来往,他只愿意在这荒无人烟的乡村和土地亲近。他的妻子说他:"对乡村生活的爱变成了一种癖好、一种疯狂、一种反常现象。"他却渴望这种生活带给自己的宁静。他不止一次说过:"这种不受任何干扰的安静对我比什么都更宝贵。""不可能找到比这里更闭塞的地方,但从另一方面看,也不可能找到能使我更自由地生活的地方。这里的这种安静使我有可能考虑、思索,这里永远不用穿任何礼服,不管是什么颜色的……""为了获得哪怕一点点宁静,我准备献出一切。"看来,他的妻子说得并不准确,或者对他并不理解。这不是一种疯狂、一种反常,而是威尔第对现实的一种反抗,对内心的一种渴求。

大概正是出于这种心情,他命中的归宿是乡村,他不可能在城市待得太久。虽然,他离不开城市,他所有的歌剧必须要在城市而不是在乡村上演,他需要城市给予自己金钱、地位和名誉。但在城市待的时间稍久,他就会说自己很无聊,痛苦到了极点,他说自己太爱那个穷乡僻壤。因此,当他的《茶花女》在威尼斯首演一结束,他就着急回到圣阿加塔去。当《堂卡洛斯》在巴黎演出一结束,他立刻回到家乡的谷地,去嗅一嗅春天的气息,去观察树木和灌木上的幼芽是怎样萌发出来的。而他的《奥赛罗》大获成功之后,米兰市的市长亲自授予他米兰市荣誉市民,并盛赞他为大师,希望看到他新的歌剧,他只是十分平静地说:"我的作曲生涯已经结束。午夜以前我还是大师威尔第,而此后又将是圣阿加塔的农民了。"

不管怎么说,威尔第对故乡农村的这种情感,让人感动。并不是所有的人,都能够从农民中走出来,又这样顽固而真情地回归于农民之中的。尽管威尔第这时候的农民情怀,和他童年少年时的农民状态,已经大不一样。但不一样的只是钱财上的变化,本质上,他依然是一个农民,是一个从血液到心理到思维到情感都融入土地之中的农民。而能够真诚坦率地承认自己是一个农民,不愿意别人称赞自己更不愿意标榜自己是一个大师,这实在让人敬重。

朱塞佩·塔罗齐在威尔第传记里,有许多地方描写威尔第对农村、对土地的感情,写得非常优美而感人:

这条通往圣阿加塔的路,他走过多少回了啊!一年四季都走过——冬天,马匹陷在泥泞里,吃力地拉动四轮马车;夏天,沿着尘土飞扬的道路,马车轻快地掠过田野。无论是白天还是太阳刚刚在地平线上升起的黎明,他都在这条路上走过。就是在夜里——黑沉沉的夜空繁星点点——他也常走。这条路已经成了他的朋友。威尔第熟悉它就像对自己一样清楚:什么砌的路面,在哪儿怎样拐弯,哪儿好走和哪儿难走。即使闭上眼睛他也认得这条路。有多少次车夫驾着车来接他,其时他坐火车回来,通常和佩平娜一起,有时独自一人。又有多少次他徒步在这条路上踽踽而行,心里充满了忧伤,脸色由于痛苦的思虑而阴沉起来。此时这一马平川的景色,这沿着道路迤逦而下的田野风光,使他得到安慰和帮助。他喜欢这块肥沃而辽阔的平原,这一排排树木和灌木丛,葡萄园和种满小麦和玉米的田野。每当他从任何地方——从彼得堡或伦敦,巴黎或马德里、维也纳,那波里或罗马——回到圣阿加塔时,他总觉得自己又进入了可靠的、能够逃避整个人世和任何威胁的港湾。这是个安静的地方,在这儿他可以真正保持自己的本色。

当他伸开腿坐在花园的藤靠椅上,仰望夏日的天空:天空是如此的辽阔,天上的云彩一直变幻到天地相接的地方。或者在晚饭后的黄昏时分,当他在别墅附近散步,白色的晕圈环绕着月亮,月亮放射出神秘的光芒。这时他想起莱奥帕尔迪的诗句(这诗是如此美妙,宛若音乐一般):"当孤寂的夜幕笼罩在银白色的田野和水面上,微风渐渐停息……"实际上,这一切都能使人感到愉悦。特别是当一个人已是如此老迈,当他已年逾八十,每天得过且过,——这是命运的恩赐。

读这样的描写,我浮想联翩,想起遥远的威尔第走在归乡之道路上那种恬淡的心情;想起暮年的威尔第仰望星空吟咏诗句的情景;眼前是一幅画面,是一阙音乐。

我也曾这样想,如果把这样的情景换到城市里来,还会有这种美好的画面和音乐吗。走在平坦而坚硬的水泥道路上和华灯灿烂的灯光下,不会有那一马平川的景色,不会有田野飘来的清风和泥土的气息了。而躺在城市高楼林立的阳台上,更不会看得清有银白色光晕的月亮和花开般灿烂的星辰,自然更不会涌出美妙的诗句和音乐来了。

应该说,农村没有亏待威尔第,给予他许多音乐的灵感,更给予他一生这样多美妙如诗如画的感觉。在这里,他和土地,和大自然相亲相近,来自田野的清风清香,来自雪峰的清新温馨,抚慰着他的身心,融化着他的灵魂,托浮着他的精神,摇曳着他的梦想。这是许多别的音乐家不曾有过的福分。

威尔第让我想起我国的王维、杜甫和白居易,他们和威尔第有着相似之处,对农村,对大自然有着肌肤相亲之情。只不过,威尔第没有王维那样超脱,没有白居易那样平易,没有杜甫那样"穷年忧黎元，叹息肠内热"的焦虑而已。

但这样说，似乎不大准确。威尔第临终之际留下遗嘱，将他的财产捐赠给养老院、医院、残疾人等慈善机构。他一样也是"穷年忧黎元，叹息肠内热"。他甚至连忠实伺候自己多年并耐心忍受他发脾气的仆人也没有忘记掉。朱塞佩·塔罗齐的传记中有这样一个动人的细节，威尔第在他的遗嘱中特地嘱咐："在我死后，立即付给在圣阿加塔我的花园里干了好多年活的农民巴西利奥·皮佐拉三千里拉。"读到这个细节时，我心里一阵感动。威尔第是个善良的农民，也是个伟大的音乐家。难怪他去世的时候，20万人自觉地聚集在米兰的街头为他哀悼送行。

朱塞佩·塔罗齐还写了一个令人感动的细节：威尔第逝世的那天清早（1901年1月27日凌晨2点50分），所有车辆路过他的逝世地——米兰旅馆附近的街道，都放慢了速度，以便不发出声响。在这样的路上，铺满了麦秸。这些麦秸是米兰市政府下令铺的，"为的是不使城市的噪声惊扰这位伟大的老人"。只有充满浪漫色彩和艺术气质的意大利，才会想起这样金黄的麦秸。

这金黄的麦秸，来自农村。这符合威尔第的心愿。即使死了，他也能闻到来自农村的气息。

瓦格纳的野心

在我眼里，瓦格纳（R. Wagner, 1813—1883）有点儿像是一个我们现在所说的"愤青"，或者如我们的鲁迅先生所说的那种"翻着跟头的小资产阶级"。在所有的音乐家中，大概没有一个能够比他更富有激情的了，只是那激情来也如风，去也如风。1849年5月德累斯顿起义时期，他和柏辽兹、李斯特一样激情澎湃，爬上克罗伊茨塔楼散发传单，遭通缉而不得不投奔李斯特，在李斯特的帮助下逃到国外，流亡了13年。1862年被赦，虽然到处指挥演出，却收入寥寥，濒于绝境，险些自杀之际，又绝处逢生，柳暗花明。巴伐利亚二世召他去慕尼黑，作为宫廷乐长，在人到中年之后给予他实现音乐伟大梦想的一切物质条件，让他度过了一生中最快乐的时光。就是在那段时间里，他住在那里的一座湖滨别墅里，和李斯特的女儿、著名指挥家彪罗（H. V. Bülow, 1830—1894）的妻子柯西玛堕入爱河，一发而不可收拾，最后在那里结婚生子，为儿子取名齐格弗里德，他的歌剧《齐格弗里德》就是为纪念儿子的出生而创作的。

与前一段悲惨想要自杀相比，他这时有些得意忘形。而在欧洲革命处于低潮时期,他曾经公开认错,摇尾乞怜,讨得一条生路;晚年,路德维希二世利用帝国势力,在距慕尼黑北200千米的拜罗伊特举办"瓦格纳音乐节",他开始虔诚地为帝国服务;以后,他又曾经为帝国主义的反动精神而鼓吹,膨胀起自己的民族主义的音符,为德国纳粹所利用,比他的音乐走得更远。

瓦格纳就是这样的一个人。我们可以说他是一个复杂得犹如一座森林的人,在这座森林中,既有参天的大树和芬芳的花朵,也有丛生的荒草和毒蘑菇。我们也可以说他是一个有着雄伟抱负的人,他一生都绝不满足于音乐,而希望超越音乐而成为一个顶天立地的人。他在年轻的时候就博览群书,13岁时自己就已经翻译过荷马诗史的前12卷。他希望集音乐、文学、哲学、历史等于一身,成为一个伟大的思想家。

保罗·亨利·朗格在《19世纪西方音乐文化史》中称他和尼采是19世纪最伟大的思想家,但在我看来,他无法和尼采相比,他的性格注定他成为不了那个时代的思想家,就连那个时代最反对他的尼采那样的哲学家都成不了。他激情澎湃、想入非非,不甘心屈居人后,总想花样翻新,又总想翻着跟头、像水银一样动荡的性格,艺术大概是他最好的去处和归宿,在音乐里,他可以神游八极,呼风唤雨。

回顾一下瓦格纳的创作过程,是很有意思的,因为他不是那种奉公守法的人,他的创作不是一条清浅平静的小溪,而是一条波澜起伏的大河,恣肆放荡,常常会莽撞得冲破了河床而导致洪水泛滥。走近他是困难的,需要一点勇气。

有史料记载,瓦格纳生平写下的第一部剧本《劳伊巴德和阿德丽特》,是他少年时模仿莎士比亚的一出悲剧,是集《哈姆·雷特》

《麦克白》《李尔王》于一体的大杂烩。他无所畏惧地让42个剧中的人物先后死去,舞台上一下子空荡荡没有一个人了,怎么办?又派遣鬼魂上场,一通云山雾罩。牛刀初试,他就是这样过足了为所欲为编戏的瘾。

他的第二部剧《结婚》,也是他的第一部歌剧,是他19岁时之作。这仍然是一部爱情的悲剧。据说,因为他最敬重的姐姐不喜欢,他就把剧本毁掉了,今天已经无法查考其踪迹。

他的第三部剧《仙女们》,是他20岁的作品。这部已经预示着日后《罗恩格林》主题的歌剧,显示了他的才华,当时却被莱比锡剧院没有任何理由地拒绝了。我想也不完全是因为瓦格纳那时太年轻无名,因为他那时的歌剧有着明显模仿韦伯的痕迹。

这样的命运,不仅对于瓦格纳,对于任何一个刚刚出道的艺术家,都是相似的。他要为此付出代价。1839年,26岁那一年,瓦格纳带着妻子和一条漂亮的纽芬兰狗到处流浪,乘船从海路来到巴黎。这是他命运转折的一年,虽然他来到巴黎时已是身无分文,只能和他那条可怜的狗一样流浪街头;虽然他带着当时名声很大的梅耶贝尔的介绍信,却依然四处碰壁,没有一家剧院收留他,他只能给人家的乐谱做校对,赚点可怜巴巴的钱勉强糊口。这一切对于他都没有什么关系,都不会妨碍他施展他的抱负和野心,因为他还带着《黎恩济》的剧本手稿。这是他来巴黎前一年创作完成的,他雄心勃勃,就要拿着它来叩开巴黎的大门。

《黎恩济》取材于14世纪罗马人民反对封建压迫的起义的真实故事,是根据英国诗人兼小说家布尔沃·利顿的同名小说改编而成。黎恩济是那个时代的青年英雄,他起义胜利后公布了到现在仍然是所有人企盼的人人平等的新法律。瓦格纳所讴歌的黎恩济这样的形象，符合了当时整个欧洲革命的大潮和瓦格纳自己心中的理想。在初到巴黎那个冷漠也寒冷的冬天，他在写作《浮士德》序曲的同时，完成了对《黎恩济》的修改。在巴黎所遭受的屈辱和贫困，让他的心和黎恩济更加接近，使得剧本融入更多的感情，也加深了反叛和渴求希望的主题。黎恩济成了他自己的幻影，在音乐中旌旗摇荡。

在这之后，他又写下了另一部重要的歌剧《漂泊的荷兰人》。根据德国诗人海涅的小说《施纳贝莱沃普斯基的回忆》中的第七章改编而成。漂泊在大海上历经千难万险去寻找爱情的荷兰人，所遭受的磨难和在孤独中的渴望，与瓦格纳在巴黎的痛苦折磨是那样的相似。无疑，无论是黎恩济，还是荷兰人，都打上了瓦格纳的烙印。尽管瓦格纳鄙薄个人情感的小打小闹式的艺术风格，他早期的作品依然抹不去那个时代浪漫主义所具有的共同的品格。他最早就是靠这样的歌剧打动了听众，赢得了世界。就像是我们在戏文里说的那样："有这碗酒垫底，就什么都不怕了。"有了《黎恩济》和《漂泊的荷兰人》这两出歌剧垫底，瓦格纳也就什么都不怕了，他不仅叩响了巴黎之门，也让整个欧洲为之倾倒。在巴黎的磨难，就这样成就了瓦格纳。

三年之后，1842年，也就是瓦格纳29岁的那一年，他终于熬到出头之日。德累斯顿歌剧院要上演他的《黎恩济》了。他激动万分，闻讯后立刻启程从陆路回国，这样可以快些，真有些"剑外忽传收蓟北，初闻涕泪满衣裳"的劲头，自然要"即从巴峡穿巫峡，便下襄阳向洛阳"了。

《黎恩济》在德累斯顿获得意想不到的成功，让瓦格纳一夜成名，他被委任为德累斯顿歌剧院的指挥，有着年薪不菲的收入，立刻甩掉了一切晦气，他像黎恩济一样从屈辱和贫寒中抬起了头成为英雄。在他彻底脱贫的同时，更重要也更令他开心的是，他终于让世人认识了他所创作的新样式的歌剧。

19世纪的欧洲是歌剧的时代。自1821年韦伯的《自由射手》上演以来，加之资产阶级革命胜利后中产阶级的出现，艺术浮华而附庸风雅，特别是在法国歌剧愈发时髦起来。这种时髦，要么是梅耶贝尔讲究排场的大歌剧，要么是奥芬巴赫轻歌曼舞的轻歌剧。瓦格纳不满足这样的歌剧，他的野心是将诗、哲学、音乐和所有的艺术种类融为一体。

从结构上，他打破了传统歌剧独立成段的形式，而是通过取消或延长终止法的手法，使得音乐连贯地发展。对于这种连绵不断的歌剧音乐新形式所造成的气势不凡的效果，俄国音乐家里姆斯基·科萨科夫曾经打过一个巧妙的比喻，他说像是"没有歇脚的一贯到顶的阶梯建筑"。形象地将瓦格纳这种新形式音乐的宏伟结构勾勒出来了。

从表演上，他打破传统，不以演员的演唱为主要形式。他认为乐音就是演员，器乐的和声就是表演，歌手只是乐音的象征，音乐才是情节的载体。他认为戏剧的关键不在于情节，也不在于演员的表演，而在于音响的效果。所以，在瓦格纳的歌剧里，庞大的乐队，多彩的乐思，激情的想象，乐队的效果，远远地压过了人声，即使能够听到人声，也只是整体音响效果中的和声而已。瓦格纳对于器乐和乐队的重视和膜拜，会让我们想起以前曾经讲过的蒙特威尔第，也能够看出柏辽兹甚至梅耶贝尔的影子，尽管，他并不喜欢柏辽兹，也曾经尖锐地批评过梅耶贝尔，但不妨碍他从他们那里的吸收。只不过，瓦格纳比他们走得更远，将其发挥到极致。

从音乐语言上,他打破了传统的大小调系,完全脱离了自然音阶的旋律和和声。使得一切的音乐手段包括调性、旋律、节奏都为了他这一新的形式服务。它可以不那么讲究,可以相互交换,可以打破重来,可以上天入地,可以为所欲为。他预示着音乐调系的解体,日后勋伯格无调系的开始。

人们将瓦格纳所创作的这种新形式的歌剧叫作交响歌剧,瓦格纳自己称之为"音乐戏剧",或索性称为"未来的戏剧"。1872年,在瓦格纳晚年,他曾经专门写过一篇题为《我的思想》一文,对他所提出的"音乐戏剧"进行了反复的说明:"这个名称的精神上的重点就落到戏剧上,人们会想到它与迄今的歌剧脚本不同,这差别在音乐戏剧中。这里的戏剧情节不仅是为传统的戏剧音乐而设置的,而是相反,音乐结构取决于一部真正戏剧的特有的需要。"他所特别强调的"音乐结构",其实就是这种交响效果在歌剧中独特的地位。他确实把歌剧演绎成了规模宏伟、音响宏伟、带有标题性的交响乐了,只不过传统中的人声已经被他有意地淹没在这样的交响乐里,成为音乐海洋中的一朵浪花而已。

在这里,我们可以看到瓦格纳博采众家之长的好胃口,在他这样讲究宏伟气势和音响效果的歌剧中,我们可以明显地看到贝多芬、亨德尔上一代音乐家的影子,也可以看到梅耶贝尔和柏辽兹的反光。如果从承继的关系来看,我们可以看出他与前者的血缘;如果从同辈的相互影响来看,我们可以看出他与后者的因缘。瓦格纳不是凭空蹦出来的"超人",如同我们那从石头缝里蹦出来的孙悟空一样。历史和时代与他个人的野心,共同造就出一个横空出世的瓦格纳。

其实,瓦格纳一生创作的歌剧很多,真正能够称之为瓦格纳自己所说的"音乐戏剧"或"未来的戏剧"的,《黎恩济》和《漂泊的荷兰人》也许还算不上,而要首推四部一组的连篇歌剧《尼伯龙根的指环》。

《尼伯龙根的指环》是瓦格纳后期创作中的重要作品,也是他一生的代表作,是他耗费了整整25年时间才得以完成的心血结晶。它由序剧《莱茵河的黄金》、第一部《女武神》、第二部《齐格弗里德》、第三部《众神的黄昏》四部音乐歌剧组成,从脚本到音乐,完全是瓦格纳自己一个人完成(事实上,瓦格纳所有的歌剧都是这样由他自己一人完成的,他愿意这样自己一个人统率全军)。瓦格纳是根据德国12世纪到13世纪的古老的民族诗史《尼伯龙根之歌》和北欧神话《埃达》改编而成。这部连篇歌剧全部演出完要长达15个小时,是迄今为止世界上最长的歌剧了,足可以上吉尼斯纪录,看完它,需要极大的耐心。因为它不是我们现在看惯的电视连续剧中的那种肥皂剧。创作者和欣赏者,一样需要比耐心更重要的超尘脱俗的修养和心境。据说,1876年在刚刚建成的拜罗伊特那座能够容纳1500个座位的罗马式的歌剧院里首演这部连篇歌剧的时候,要连演四天才能够演完。当时德国国王威廉一世和巴伐利亚王路德维希二世以及许多著名的音乐家李斯特、圣桑、柴可夫斯基都来赶赴这个盛会,轰动了整个欧洲。

在长达15个小时的漫长时间里,在古老的神话和神秘的大自然中,沉睡在莱茵河底的黄金、被锻打成的谁占有谁就遭受灭顶之灾的金指环、尼伯龙根家族的侏儒阿尔贝里希,力大无比、骁勇善战的齐格弗里德,以及女仙和神王……一个个都成为抽象的象征。这是瓦格纳极其喜爱的象征,他就是要通过这些象征,完成他的哲学讲义。庞大的故事情节、复杂的人物关系，水落石出之后，金指环带给人类灾难，必须通过爱情来获得救赎，人类所有的罪恶和丑陋，一切的矛盾和争斗，最后这样被牵引到艺术所创造的爱情中。他是那样敏感地吸取了那个时代的一切优点和弱点，他具有那个时代革命所迸发出的极大的热情和革命失败后的悲观颓丧，以及在这两者之间不屈的对理想的追求。他所孜孜不倦顽强表达的是众神的毁灭和人类的解脱这样两个主题。这两个主题，是创世纪以来一直到今天也没有得到解决的问题，瓦格纳挥斥方遒，做英雄伟人指点江山状，通过他的《尼伯龙根的指环》，给我们开了这样的一个药方。

也许在今天，一般如凡夫俗子的我们已经没有这份耐心和诚心，坐下来欣赏15个小时的演出了，或许早被他的冗长所吓跑。无论在音乐会上，还是在磁带唱片里，我们现在听到的只是其中的片段，全须全眼的瓦格纳早已不复存在，瓦格纳如浩浩的柏林墙一样只剩下残砖剩瓦被人们所收藏。能够将《尼伯龙根的指环》全部听完的，大概只是属于凤毛麟角，我们谁也赶不上威廉一世、路德维希二世以及李斯特、圣桑、柴可夫斯基，能够坐上四天的时间。

也许，我们完全不会相信他的这一套，甚至还会嘲笑他的可笑和乏味。但我们不得不向他致敬，因为我们只要想到在当时的歌剧是什么样子的，就能够知道瓦格纳这样的歌剧是多么的与众不同而别开生面。他不向公众让步，不做时尚消遣的玩偶，而希望自己的新的歌剧形式能够拥有古希腊悲剧那样的宏伟和崇高，一生为了这样的艺术理想而始终不渝地奋斗，难道不值得我们尊敬吗？因为现在这样可笑的却也值得尊敬的艺术家太少了，不少艺术家不是拜倒在金钱就是拜倒在权势的膝下，要不就被时尚的媚眼迅速地裹挟而去。而在信仰早已经被颠覆的年代里,我们不相信古老的神话,不相信神秘的象征,不相信我们自身需要自新和救赎,我们当然就会远离瓦格纳,远离包括音乐在内的一切艺术。因为从某种意义上讲,一切艺术都是泛宗教。

从这一点意义而言,瓦格纳是真正传统意大利和法国歌剧的颠覆者和革新家。他不仅使得德国有了足可以和意大利、法国抗衡的自己的歌剧,也使得全世界有了崭新的歌剧样式。他使得世界的歌剧达到了最为辉煌的顶点。他是19世纪后半叶歌剧也是音乐的英雄。他寻找的不是飞旋的泡沫、花里胡哨的脂粉或克隆逼真的赝品,而是伴随时间一样久远的艺术上的永恒和精神上的古典。

我以前很少听瓦格纳,总觉得他的作品深奥难懂,瓦格纳那不可一世的样子也有点儿拒人于千里之外。后来,我听了一盘托斯卡尼尼1945年指挥NBC交响乐乐团演奏的瓦格纳《尼伯龙根的指环》的片段,才和瓦格纳渐渐地亲近起来。我听完很感动,特别是听其中的《齐格弗里德》。那种感动,不是听完那种非常优美的旋律之后为其纯净美好的感情的感动,而是一种被那样清澈而崇高震撼之后的感动。瓦格纳有种高山雪水般的清冽明净,有种从高高的教堂彩色玻璃窗户里飘散出来圣咏般的感觉,那种高亢而高贵的音响,是那样炽烈滚烫,那样富于穿透力,像箭一样、鹰一般,直飞上浩渺的云天,久久地盘桓在我们的头顶。听瓦格纳,绝对听不出那种如今已经让耳朵磨出茧子的卿卿我我的小资情调,瓦格纳的那种如今已经少有的清澈和崇高,那种鬼斧神工的惊心动魄和波澜壮阔的激奋人心,的确如尼采所说的那样,瓦格纳更接近古希腊精神而使得艺术再生。

对瓦格纳,需要多说一句的是,19世纪下半叶和20世纪以来,反对他的、挤兑他的、朝圣他的、鄙薄他的……始终甚嚣尘上,树欲静而风不止,瓦格纳不仅对于音乐界、戏剧界的影响深远,而且在其他的领域也都具有不可磨灭的影响,特别是要研究19世纪和20世纪的德国哲学,在谈论叔本华和尼采的时候,就更不能不谈到瓦格纳,他被称为"超人"。世界范围内所形成的瓦格纳现象,是不可忽视的文化现象。在衔接19世纪和20世纪浪漫主义高潮到低潮的音乐史和文化史方面,瓦格纳现象是无法回避的。但是,长期以来瓦格纳对我们是陌生的,我们国家以前对他也是冷漠的。一直到1997年,我国第一次翻译出版《瓦格纳戏剧全集》的时候,音乐评论家刘雪枫先生曾经感慨地说:"我国对瓦格纳及其作品的认识长期受苏联意识形态的影响,个中原因实出于褊狭和蒙昧,在此似不足道。只是苏联在戈尔巴乔夫执政期间重又出现'瓦格纳热',便足以说明瓦格纳曾经遭受的冷落并非艺术本身的理由。尤其是在今日的俄罗斯,欣赏和谈论瓦格纳已成为文化界最时髦的话题之一,尽管它迟来了近70年。"

朗格在他的《19世纪西方音乐文化史》中曾经高度评价了瓦格纳,他说得非常精彩并且具有高度的概括力。他说:"自从奥菲欧斯以来,从未有一个音乐家给数代的生活与艺术以这样重大的影响,这种影响和他的音乐的内在价值是不相适应的。巴赫的音乐,贝多芬的音乐,具有更为重大的意义,但从未产生这样革命般的、广阔的后果。使得瓦格纳成为19世纪末到20世纪初欧洲文化的普遍的预言家,必然有着不同的(不只是音乐)的原因。瓦格纳不满足于仅当一个伟大的音乐家;他所创造的音乐,对于他只不过是按他的精神完全重新组织生活的渠道。他的音乐,除了是艺术之外,还是抗议和预言;但瓦格纳并不满足于通过他的艺术来提出他的抗议。他自由地运用了一切手段，这也意味着音乐的通常手段对他的目的是不够的。莫扎特或贝多芬的音乐让听者的心灵去反映音乐在他心中所引起的情感；听者参加了创作活动，因为他必须在这音乐的照明下创造他的境界和形象。瓦格纳的音乐却不给听者这样的自由。他宁肯给他完整的形成的东西，它不满足于只是指出心灵中所散发出来的东西，它试图供给全面的叙述，瓦格纳采用最完备的和多方面的音乐语言，加上可以清楚地认识的象征。他提供了一个完整的，不仅是感情方面的，而且是理智方面的纲领。这样他就能够迷住近代的富有智力的听众。"

朗格还说瓦格纳的音乐"不适宜窄小的场所。它是一个民族的声音，日耳曼民族的声音"。如今，我们时代的缤纷多彩，乱花迷眼，却缺少这样属于一个民族的声音。

勃拉姆斯笔记

一

我第一次接触勃拉姆斯（J. Brahms, 1833—1897），忘记了是在哪一本书中看到有关勃拉姆斯和克拉拉感情的记叙，便一下子被感动而很难再忘怀。

那本书记叙得过于简单，只告诉我在勃拉姆斯20岁那一年，在当时著名小提琴家约阿希姆的帮助引荐下，勃拉姆斯和舒曼相识。在舒曼的家中，勃拉姆斯第一次见到舒曼的妻子克拉拉，便一见钟情，爱上了克拉拉。但是勃拉姆斯一直把这份最真挚的感情藏在心中，从未向克拉拉吐露，一直到克拉拉和他自己都离开人世。

难道因为勃拉姆斯从未吐露心声，克拉拉就未察觉吗？这是不可能的。情到深处，往往语言是多余的，也是苍白无力的。心心相通，有时是最简单质朴的，无须缤纷的语言如盛开的花朵去夺人眼目，那一般只适合在舞台上的抒情，在生活中是用不着的。尤其音乐，音乐本身就是心灵的语言，更用不着嘴巴。被音乐包围并浸染着，克拉拉不是孩子，比勃拉姆斯大14岁，又是有过爱情经历的人，肯定知道勃拉姆斯的心意。

1854年，舒曼投莱茵河自杀被救，一直到两年后舒曼逝世，都是勃拉姆斯在克拉拉的身边，陪伴着她照料舒曼和他们的七个孩子，帮助她从痛苦和绝望中解救出来。为此，他放弃了许多出名和赚钱的机会。克拉拉心悬明镜般清楚，勃拉姆斯与其说是为了他的老师舒曼，不如说是为了克拉拉自己。

克拉拉于1896年5月在法兰克福去世。勃拉姆斯赶回法兰克福，为克拉拉亲护灵柩下葬。据说，在克拉拉的墓地前，勃拉姆斯独自一人为克拉拉了一支小提琴曲。那是一种什么情景？天苍苍，地茫茫，猎猎风吹，悠悠琴响，只有勃拉姆斯一人和克拉拉默默相对，那琴声难道不是他内心的倾诉？

此曲只应天上有，那小提琴曲一定美妙绝伦。可是，我不知道那是一支什么曲子。我一直想找到这支乐曲。我想听听从20岁到63岁埋藏在心底长达43年感情融化的乐曲，到底是什么样子。

石头深埋在海底，可以化为美丽的珊瑚；树木深埋在地底，可以化为能够燃烧的煤；时光深埋在岁月里，可以化为沉甸甸的历史。感情埋藏在心底呢？化作的乐曲是一种什么样子？

我一直没有找到这支乐曲。

二

我的有关勃拉姆斯的材料毕竟有限。我请在中央音乐学院的朋友帮我找有关勃拉姆斯的书，如今的勃拉姆斯不如迈克·杰克逊或克莱德曼般热销时髦。有谁还关心一个上一个世纪的大胡子老头和一个钢琴家的感情问题呢。如今,还会有勃拉姆斯那样把一份感情深藏43年自我折磨而心系一处、至死不渝的爱情吗?如果不是一个童话,就一定是傻帽儿到底的痴呆。"春蚕到死丝方尽,蜡炬成灰泪始干",那种古典情怀,如今已成为一道过时陈旧的风景被尘埋网封。音乐,更是将爱绑在歌词的战车上,扯旗放炮地唱响在街头巷尾,勃拉姆斯那支小提琴曲当然难找了。

可是,我一直不死心。

一个音乐家,不可能不给自己心里钟爱的爱人写下爱的乐章。

在勃拉姆斯的一生中,肯定有过专门写给克拉拉的音乐。他们还一起四手联弹演奏过钢琴。

在我所找到有限的材料中,其中有这样几首乐曲是献给克拉拉或与克拉拉有关的。

一首是他的C大调钢琴奏鸣曲。他第一次来到舒曼家,为舒曼演奏的就是这支钢琴曲。当时,舒曼让他稍稍停一下,要克拉拉一起来听。克拉拉就是在这支曲子中走进屋来,他就是在这支曲子中望见了克拉拉,眼睛一亮,一见钟情。在以后的日子里,勃拉姆斯不止一次为克拉拉演奏过这支钢琴曲,或当着克拉拉的面,或自己一人悄悄地弹奏,在克拉拉逝去的日子里,勃拉姆斯把自己关在家中三天三夜不出门弹奏克拉拉生前爱听的曲子中,就有这支钢琴曲。

这是一首勃拉姆斯早期的作品,还带有明显贝多芬的影子。据说,它取材于德国的一首古老的情歌,倒也暗合了勃拉姆斯的情怀。要说世上的事情就是这样的冥冥之中道出人心中的密码,因为在作这支曲子前,勃拉姆斯并没有见过克拉拉,他哪里会想到自己竟然用这支曲子来迎接克拉拉的出场呢。这支曲子尾声部分所展示的那种深秋景色一样明净而温柔的旋律，又是多么适合当时他第一眼望到克拉拉出现在自己眼前的感觉和心情！这是勃拉姆斯独有的旋律，是他一生音乐和做人的基本底色。

一首是 C 小调钢琴四重奏。这首曲子，勃拉姆斯一改再改，用了整整 20 年的心血完成。他自己毫不隐讳地说这首曲子是自己爱的美好的纪念和痛苦的结晶。他将这部作品交给出版商出版时给出版商写过一封信，他在信上这样明确指出："你在封面上必须画上一幅图画：一个用手枪对准的头。这样你可以形成一个音乐观念。"歌德的少年维特就是用手枪对准自己的头自杀的。在这部作品中，他倾吐出自己对克拉拉少年维特式的爱和痛苦。

这是勃拉姆斯重要的一部作品。无论开头的四部钢琴的齐奏，还是后来出现的钢琴此起彼伏、错落有致的音响，一直到最后才渐渐平和的弦乐的吟唱，还有那一段小提琴如怨如诉的独奏，大部分的时间里，都是急促的、强烈的，是勃拉姆斯少有的，倾吐出他心底无法化解的对爱的渴望和爱带给他的痛苦。这首四重奏是勃拉姆斯心电图上难得清晰显示出来的起伏的谱线。

还有一首乐曲叫作《四首最严肃的歌》。这是用《圣经》里的语句编写的乐曲，是 1896 年克拉拉去世前不久创作的。这首乐曲之后，勃拉姆斯没有再写什么别的音乐，可以说是他最后的作品了。我看到德国人维尔纳·施泰因著的《人类文明编年纪事》的《音乐和舞蹈分册》中在 1896 年这一年的纪事里，特意注明此曲是"献给克拉拉·舒曼"的。

接到克拉拉逝世的电报后，勃拉姆斯立即出发去奔丧，没有从住所里拿什么东西，只是随手拿起了这部刚写完不久的《四首最严肃的歌》的手稿。可见，这部作品对于勃拉姆斯和克拉拉是多么的重要。勃拉姆斯是赶了整整两天两夜的火车，才从瑞士赶到法兰克福又赶到了波恩克拉拉的墓地前。勃拉姆斯颤颤巍巍地拿出了《四首最严肃的歌》手稿，任五月的风吹乱他花白的鬓发，独自怆然而泣下。克拉拉再也听不到他的音乐了，这是他专门为克拉拉的生日而作的音乐呀！

我没有听过这支曲子，不知是什么样的音乐。但是这四首曲子的名字，《因为它走向人们》《我转身看见》《死亡多么冷酷》《我用人的语言和天使的语言》，都透着阴森森的感觉。

这首《四首最严肃的歌》，会不会就是在克拉拉墓地前献给克拉拉的曲子？因为在创作完这支曲子不久，克拉拉就逝世了。为什么这么巧？勃拉姆斯刚刚写完献给克拉拉的乐曲，克拉拉就与世长辞了。为什么又这么巧？在克拉拉去世 11 个月后，勃拉姆斯也与世长辞了？莫非一切都在冥冥之中有什么预兆？莫非神或者是爱已在冥冥之中安排好了一切，包括生死的时刻表？生命和艺术中真是充满着许多难解之谜。

也许，这只是我的揣测，这首乐曲根本不是勃拉姆斯在克拉拉墓地前拉的那支曲子。那支曲子，也许只埋藏在勃拉姆斯自己的心底，对谁也不诉说；只演奏给克拉拉一个人听，让谁也听不到的。那是属于他们二人世界的音乐。

罗曼·罗兰说过："每个人的心底都有一座埋藏心爱人的坟墓，那是生命的狂流冲不掉的。"

那在克拉拉墓地前献给克拉拉的音乐，一定埋藏在勃拉姆斯心底的这座坟墓中了。

三

克拉拉比勃拉姆斯大14岁，而且是一个有着七个孩子的母亲。勃拉姆斯为什么如此钟情地爱着她，而且爱得一往情深？（勃拉姆斯的母亲当年就比父亲大17岁，也许这是一种遗传基因的默默作用。）

勃拉姆斯终身没有结婚。

谁也无法取代他心目中的克拉拉。

勃拉姆斯始终没有把自己的感情向克拉拉表明。他始终让表面上和克拉拉呈现的是友情，而把爱情如折叠伞一样折叠起来，珍藏在心的深处，让它悄悄地洒着湿润的雨滴，温暖着自己的心房。

勃拉姆斯是个内向的人，他一生深居简出，他厌恶社交，沉默寡言。他的音乐也不是那种热情洋溢，愿意宣泄自己情感的作品。他给人的感觉是深沉，是蕴藉，是秋高气爽的蓝天，是烟波浩渺的湖水。他的作品，内敛而自省，古典而深沉，是那种哥特教堂寂静地立在夕阳映照下，不是那种浑身玻璃墙的新派建筑辉映着霓虹灯闪烁。因此，不宜演奏得速度过快，不宜演奏得热情澎湃。

在舒曼病重的两年之中，勃拉姆斯一直在克拉拉的身旁，从未向克拉拉表白过自己的感情。在舒曼去世之后，勃拉姆斯就离开克拉拉，再没有见面。他曾多次给克拉拉写过情书，那情书据说热情洋溢，发自肺腑，一定会如他的音乐一样动人而感人。但是，这样的情书，一封也没有发出去。内向的勃拉姆斯把这一切感情都克制住了，他自己给自己垒起一座高耸而坚固堤坝，他让曾经泛滥的感情的潮水滴水未露地都蓄在心中了。那水在心中永远不会干涸，永远不会渗漏,只会荡漾在自己的心中。我不知道勃拉姆斯这样做要花费多大的决心和气力,他要咬碎多少痛苦,要自己和自己做多少搏斗。他的克制力实在够强的。这是一种纯粹柏拉图式的爱情,是超越物欲和情欲之上的精神的爱恋。这是只有具备古典意义上的爱情的人,才能做到的。也许,爱情的价值本来就并不在于拥有,更不在于占有。有时,牺牲了婚姻,却可以让爱成为永恒。

我现在已经无法弄清克拉拉对勃拉姆斯这种态度到底怎么想的了。也许,克拉拉和勃拉姆斯一样坚强地克制着自己;也许,克拉拉的感情依然寄托在舒曼的身上,他和舒曼的爱情得来不易,经历了那样的曲折和艰难,她很难忘怀,共度了 16 年"诗与花的生活"(舒曼语),因而不想将对勃拉姆斯的感情升格而只想升华;也许,克拉拉不想让勃拉姆斯受家庭之累,自己毕竟拖着油瓶,带着七个孩子;也许,克拉拉觉得和勃拉姆斯这样的感情交往更为自然,更为可贵,更为高尚,更为纯美⋯⋯

在克拉拉和勃拉姆斯的感情交往中,我以为克拉拉是受益者。因为在我看来,勃拉姆斯给予克拉拉的更多。无论怎么说,克拉拉曾经拥有过一次精神和肉体融合为一的、完整的爱情,而勃拉姆斯却为了她,独守终身。更何况,在她最痛苦艰难的时候,是勃拉姆斯帮助了她,如风相拂,如水相拥,如影相随,搀扶着她渡过了她一生中的难关。

当然,勃拉姆斯也不是一无所获。如果克拉拉身上不具备高贵的品质,不是以一般女性难以具备的母性的温柔和爱抚,勃拉姆斯骚动的心不会那样持久地平静下来,将那激荡飞扬的瀑布化为一平如镜的湖水。两颗高尚的灵魂融合在一起,才奏出如此美好纯净的音乐。勃拉姆斯和克拉拉才将那远远超乎友谊也超乎爱情的感情，保持了长达43年之久！43年，对一个人的一生，是一个太醒目的数字，它包含的代价和滋味无与伦比。

据说，在克拉拉逝世之后，勃拉姆斯已经意识到自己也即将不久于人世了。他焚烧了自己不少手稿和信件。我不知道那里有没有他曾经写给克拉拉的情书。我们可能像永远也找不到他在克拉拉墓地前拉响的那首曲子一样，永远也找不到他写给克拉拉的情书了。

我们常说梁祝或罗密欧与朱丽叶的爱情，令人荡气回肠，成为一种经典。其实，勃拉姆斯和克拉拉一点儿不比他们差，也许比他们更为动人，更让我们沉思。

克拉拉在世的时候，勃拉姆斯把自己的每一份乐谱手稿，都寄给克拉拉。勃拉姆斯这样一往情深地说："我最美好的旋律都来自克拉拉。"听到这样的话，我的心禁不住发紧，禁不住问自己也问这个越发世故和堕落的世界：人世间真的还有这样的爱情吗？

有这样一件事情，我异常感慨。我在一本介绍勃拉姆斯的小书上看到，1896年，勃拉姆斯听到克拉拉逝世的消息时，正在瑞士休养，那时他自己也是身抱病危之躯，是位63岁的老人。当他急匆匆往法兰克福赶去的时候，忙中出错，踏上的火车却是相反方向的列车……

很久，很久，我的眼前总是浮现这个画面：火车风驰电掣而去，却是南辕北辙；呼呼的风无情地吹着勃拉姆斯花白的头发和满脸的胡须；他憔悴的脸上扑闪的不是眼泪而是焦急苍凉的夜色……

谁肯艰难际，豁达露心肝？

我为勃拉姆斯感动。

我为克拉拉感慨。

四

勃拉姆斯一辈子是不是只爱过克拉拉,除此之外,勃拉姆斯爱没爱过别人呢?

我关心勃拉姆斯的这一问题。我相信爱情之花不会只开一季。在和克拉拉分离40年这漫长的岁月里,勃拉姆斯的心再硬也不会是一块石头,也不会封闭得没有另一个女人如克拉拉般再次闯入他的生活。他不是生活在世外桃源。

如果有这样一个女人,是实际的,可信;如果没有倒让人怀疑生活和记述勃拉姆斯传的可信度了。

1858年,也就是勃拉姆斯和克拉拉分离的第三年,勃拉姆斯在哥丁根遇到一位女歌唱家阿加特,她非常喜欢勃拉姆斯的歌曲。勃拉姆斯一生创作的歌曲有二百余首,他也很喜欢歌曲,便与阿加特一起研究过歌曲的创作和演唱。阿加特爱上了他,他也爱上了阿加特,并且彼此交换了戒指。但是最终,勃拉姆斯和她无疾而终。他给阿加特写信说:"我渴望把你拥抱,但结婚是不可能的。"书中说勃拉姆斯那时自觉得自己地位不稳,不愿意阿加特受到影响。我看未必尽然。美国音乐学家盖林嘉说:"勃拉姆斯认为有了太太,受家庭束缚,会影响创作。"我看也未必尽然。心中对克拉拉充满爱情的时候,他就没想到过这样的问题吗?与克拉拉相比,恐怕阿加特要略逊一筹。初恋,是一幅永不褪色的画,又像是埋下的一颗种子,不能在当时开花,就会在未来的岁月里发芽。

后来,阿加特只好另嫁他人。

五年后，勃拉姆斯把一首 G 大调六重奏献给阿加特。曲中第二主题用阿加特的名字作为基本动机：A—G—A—DE，寄予他对阿加特并未忘怀的感情。

十年后，阿加特生下她的第二个孩子的时候，勃拉姆斯从一本画报中挑选了一首童谣编成歌曲送给阿加特和她的孩子。这就是那首勃拉姆斯非常有名的《摇篮曲》：

睡吧小宝贝，你甜蜜地睡吧，
睡在那绣着玫瑰花的被里；
睡吧小宝贝，你甜蜜地睡吧，
在梦中出现美丽的圣诞树……

这就是勃拉姆斯。完整的勃拉姆斯，活生生的勃拉姆斯，重情重义的勃拉姆斯，善良庄重的勃拉姆斯，怀旧浓郁的勃拉姆斯。他注重感情，却不滥用感情；他珍惜感情，却不沉溺感情；他善待感情，却不玩弄感情。他懂得感情并将感情化为深沉地的永恒的音乐。

疏枝横斜的勃拉姆斯

雪后的小年夜，去国家大剧院看芝加哥交响乐团的演出，我心里充满雪一样晶莹的期待。这一次，芝加哥交响乐团带来的是莫扎特的第四十一交响曲《朱庇特》和勃拉姆斯的第二交响曲。这是一个有意思的组合，选择了交响乐的前期和中后期的代表作，足踏一条河的上游和下游，让我们观赏相同的水脉涟漪和不同的沿岸风光。一个晚上，度过了一百多年的时光。

勃拉姆斯一生只有四部交响曲，听勃拉姆斯，第二交响乐是必选。这部交响曲在勃拉姆斯在世时就红遍整个欧洲，迄今一直被认为是勃拉姆斯最经典的音乐。一开始低音弦乐如蜂群在欲雨的低空下嗡嗡盘桓，先声夺人。接着，法国号和木管响起，撕破云层，洒下一道道柔和的光；然后，大提琴和中提琴响起热情又有些忧郁的歌，让那一道道的光既明亮又扑朔不定，真的是一唱三叠，有着那样层次分明的起伏，如同扯着一袭华丽的丝绸在风中在光中翩翩舞动，抖动得绸面上光斑闪烁，变幻迷离，绽开着缤纷层叠的花朵。

第三乐章，被公认为勃拉姆斯天才般的独创。这一接近回旋曲的乐章，妩媚得如同勃拉姆斯的恋人克拉拉一样丰满迷人，它那来自民间舞曲的悠扬旋律，让人想起阳光下轻快的舞蹈，双簧管在大提琴弹拨下的忧伤，宛若月光下迷离的疏影婆娑，撩起的木管和单簧管在弦乐的烘托下如夜色中的雾霭一样轻轻地荡漾。那种纯正的德意志味道，被芝加哥乐团演奏得有些怪怪的。据说，这部交响曲首演时受到了热烈的欢迎，观众忍不住站起来向勃拉姆斯致意。

很多人都认为这部交响曲是勃拉姆斯的一部田园诗，沿承贝多芬第四交响曲之风。但在我听来，田园诗只是花开的一瞬，便流云般飘散，第一乐章后半部分出现的撩人的长笛，沉痛的法国号，第二乐章最后出现的尖锐的长号，我是怎么也听不出田园的味道来了。第四乐章，让芝加哥交响乐团久负盛名的铜管乐有了用武之地，尽管可以一扫前几乐章出现的丝丝阴霾，却依然让人在欢乐中有些感伤，在激荡中有些旁枝横逸的若有所思。

或许，这就是勃拉姆斯。同他的前辈比，他已经不是莫扎特和贝多芬时代的交响思维了；同他的同辈比，他的作品不像柏辽兹的交响曲那样离经叛道，也不像浪漫派交响曲那样充满多汁起腻的多愁善感。当然，对充斥乐坛的对贝多芬时代毫无表情和生气的拙劣模仿而言，他的作品更是拉开了天壤之别的距离。克制感情，尤其克制抒情性和戏剧性，却又不屑于感情单一和世俗；期待交响乐的新思维，不满足于单摆浮搁的既定格式，这使得勃拉姆斯的交响乐在内容和形式上都极其丰富，有了宽厚的延展性。

在浪漫主义后期，勃拉姆斯最大的贡献，除了弦乐四重奏，就是对交响乐身体力行的改革。这种改革，回归古典主义，又不尽是贝多芬式的古典主义，被称之为新古典主义。对比贝多芬时代，对于音乐现实而言，音乐史家朗格曾经说："同样的河流，在勃拉姆斯是向后倒流的，而在贝多芬则是向前涌进的。"对于音乐主旨而言，朗格说："贝多芬是歌德的副本，勃拉姆斯更接近易卜生。"也就是说，勃拉姆斯更多内省，而不是贝多芬澎湃式的激流勇进，和他的后来者、激进的马勒，也拉开了明显的距离。因此，勃拉姆斯的交响曲很出名，但也很难演绎，他不如贝多芬和马勒那样可以在瞬间激荡得水花四溢，也不如柴可夫斯基那样缠绵得泪水涟涟。难就难在他的那种内省和古典精神的把握。所以，演奏勃拉姆斯交响曲，没有演奏贝多芬和马勒的那样热门，那样讨喜。在以前的版本中，卡拉扬和阿巴多指挥的柏林爱乐乐团演奏的勃拉姆斯的第二交响曲，都曾经受到过欢迎，被评为"企鹅三星"。如今，想要达到那样水准，有些难度。

在马泽尔指挥下，芝加哥交响乐团对勃拉姆斯这部第二交响曲的演绎，有能力，有节制，却也随意。久经沧海的马泽尔，像个老顽童，将一部情感丰富的音乐，处理得过于云淡风轻，特别是缺少了勃拉姆斯深埋内心的感情涌动。说实在的，远不如最后加演的勃拉姆斯和瓦格纳的两支曲子精彩，这两支曲子倒更能彰显芝加哥乐团的本色和马泽尔本人的那么一点难得的幽默。看他一手挥舞着指挥棒，一手扶着指挥台的栏杆，总觉得像看一幅丰子恺先生画的那种水墨人物画，带动得勃拉姆斯也如此一钩弯月，疏枝横斜起来。

同样的疏枝横斜，不同的是，马泽尔是抬头望月，勃拉姆斯则是低头沉思。

现代音乐被谁唤醒

2012年是德彪西（A-C. Debussy，1862—1918）诞辰150周年。全世界许多地方都在纪念他，演奏他的作品。遥想当年，19世纪末的欧洲乐坛，可不是他的天下。那天下属于瓦格纳和他的追随者布鲁克纳、马勒，以及他们的对立派勃拉姆斯等人所共同创造的音乐不可一世的辉煌。敢于不屑一顾的，在那个时代大概只有德彪西。德彪西曾经这样口出狂言道："贝多芬之后的交响曲，未免都是多此一举。"他同时发出这样粪土当年万户侯的激昂号召："要把古老的音乐之堡烧毁。"

我们知道，随着19世纪后半叶瓦格纳和勃拉姆斯这样日耳曼式音乐的崛起，原来依仗着歌剧地位而形成音乐中心的法国巴黎，已经风光不再，而将中心的位置拱手交给了维也纳。当德彪西在法国开始创作音乐的时候，一下子如同《伊索寓言》里的狼和小羊，自己只是一只小羊，处于河的下游下风头的位置，心里知道如果就这样下去，他永远只能是喝人家喝过的剩水。要想改变这种局面，要不就赶走这些已经庞大的狼，自己去站在上游；要不就彻底把水搅浑，大家喝一样的水；要不就自己去开创一条新河，主宰两岸的风光。

同时，我们也要看到，在当时法国的音乐界，两种力量尖锐对立，却并不势均力敌。以官方音乐学院、歌剧院所形成的保守派，以僵化的传统和思维定式，势力强大地压迫着企图革新艺术的音乐家。

德彪西打着"印象派"大旗，从已经被冷落并且极端保守的法国，向古老的音乐之堡杀来了。在这样行进的路上，德彪西对挡在路上的反对者直截了当地宣告："对我来说，传统是不存在的，或者，它只是一个时代的代表，它并不像人们说得那么完美和有价值。过去的尘土不那么受人尊重的！"

我们现在都把德彪西当作印象派音乐的开山鼻祖。"印象"一词最早来自法国画家莫奈的《日出印象》，当初这个词带有嘲讽的意思，如今这个词已经成为特有的艺术流派的名称，成为高雅的代名词，像标签一样可以被随意贴在任何地方。而最初德彪西的音乐确实得益于印象派绘画。虽然德彪西一生并未和莫奈见过面，艺术的气质与心境的相似，使得他们的艺术风格不谋而合，距离再远心是近的。画家塞尚曾经将他们两人做过非常地道的对比，他这样说："莫奈的艺术已经成为一种对光感的准确说明，这就是说，他除了视觉别无其他。"同样，"对德彪西来说，他也有同样高度的敏感，因此，他除了听觉别无其他"。

德彪西最初音乐的成功，还得益于法国象征派的诗歌，那时，德彪西和马拉美、魏尔伦、兰坡等诗人的密切接触（他的钢琴老师福洛维尔夫人的女儿就嫁给了魏尔伦），他所交往的这些方面的朋友远比作曲家的朋友多，他受到他们深刻的影响并直接将诗歌的韵律与意境融合在他的音乐里面，更是人所共知的事实。

德彪西是一个胸怀远大志向的人，却和那时的印象派的画家和象征派的诗人一样，并不那么走运。从巴黎音乐学院毕业之后，他和许多年轻的艺术家一样，开始了没头苍蝇似的乱闯乱撞，跑到俄罗斯梅克夫人那里当了两年钢琴老师（还爱上了梅克夫人14岁的女儿，特意向人家求婚）。好不容易博得了罗马大奖，又跑到罗马两年，毕业之际写出的《春》等作品，并未得到赏识，一气之下，提前回国，落魄如无家可归的流浪狗一样在巴黎四处流窜。我猜想，那几年，德彪西一定就像我们现在住在北京郊区艺术村里那些流浪的艺术家一样，在生存与艺术之间挣扎，只不过，那时居无定所的德彪西他们常常聚会在普塞饭店、黑猫咖啡馆和马拉美的"星期二"沙龙里罢了。

但这并不妨碍他们指点江山，激扬文字，粪土当年万户侯。生活的艰难、地位的卑贱，只能让他们更加激进地与那些高高在上者、尘埋网封者决裂得更加彻底。想象着德彪西那个时候居无定所，没有工作，以教授钢琴和撰写音乐评论为生，过着有上顿没下顿的日子，却可以不用看任何人的脸色，想骂谁就骂谁，想爱谁就爱谁（德彪西泛滥的爱情一直备受人们的指责），想写什么曲子就写什么曲子，他所树的敌大概和他所创作的音乐一般多。

我们可以说在法国他过得不富裕，却也潇洒。我们也可以说德彪西狂妄，他颇为自负地不止一次地表示了对那些赫赫有名的大师的批评，而不再如学生一样对他们毕恭毕敬。他说贝多芬的音乐只是黑加白的配方；莫扎特只是可以偶尔一听的古董；他说勃拉姆斯太陈旧，毫无新意；说柴可夫斯基的伤感太幼稚浅薄；而在他前面曾经辉煌一世的瓦格纳，他认为不过是多色油灰的均匀涂抹，嘲讽他的音乐"犹如披着沉重的铁甲迈着一摇一摆的鹅步"；而在他之后的理查·施特劳斯，他则认为是逼真自然主义的庸俗模仿；他更是不屑一顾地讥讽比他年长几岁的格里格的音乐纤弱，不过是"塞进雪花粉红色的甜品"……他口出狂言，雨打芭蕉般横扫一大片，唯我独尊地颠覆着以往的一切，雄心勃勃地企图创造出音乐新的形式，让世界为之一惊。

这一天的到来，在我看来是1894年12月22日，在巴黎阿尔古纪念堂，以首次演出他根据马拉美的同名诗谱写的管弦乐前奏曲《牧神的午后》为标志。尽管这一天的到来稍稍晚了一些，德彪西已经33岁，毕竟成功向他走来，一向为权威和名流瞩目的巴黎，将高傲的头垂向了他。尽管在这场音乐会上有圣桑和弗兰克等当时远比德彪西有名的音乐家的作品，但在全场雷鸣般的掌声中，不得不把当场重演一遍的荣誉给了《牧神的午后》。热烈的场面，令德彪西自己不敢相信。

《牧神的午后》确实好听，是那种有气质的好听，就好像我们说一个女人漂亮，不是如张爱玲笔下或王家卫摄影镜头里穿上旗袍的东方女人那种司空见惯了的好看，而是有地中海的阳光肤色、披戴着法兰西葡萄园清香的女人的好看，是卡特琳娜·德诺芙、苏菲·玛索，或朱丽叶·比诺什那种纯正法国不同凡响的惊鸿一瞥的动人。

仅仅说它好听，未免太肤浅。我们中国人可能永远无法弄明白《牧神的午后》中所说的半人半羊的牧神到底是怎么一回事，而它所迷惑的女妖又和我们《聊斋》里的狐狸精有什么区别，更会让我们莫衷一是。但我们会听得懂那种迷离的梦幻，那种诱惑的扑朔，是和现实与写实的世界不一样的，是和我们曾经声嘶力竭与背负沉重思想的音乐不一样的。特别是乐曲一开始时那长笛悠然而凄美的从天而落，飞珠跳玉般溅起木管和法国圆号的幽深莫测，还有那竖琴的几分清凉的弹拨以及后来弦乐的加入那种委婉飘忽和柔肠寸断,总是令人难以忘怀。好像是从遥远的天边飘来了一艘别样的游船招呼你上了去,风帆飘动,双桨划起,立刻眼前的风光迥异,两岸猿声啼不住,轻舟已过万重山。

好的音乐,有着永恒的魅力,时间不会在它身上落满尘埃,而只会帮它镀上金灿灿的光泽。对于已经流行了一个世纪的古典浪漫派音乐而言,《牧神的午后》是两个时代的分水岭,是新时代的启蒙。听完《牧神的午后》,我们会发现,历史其实也可以用声音来分割,一个时代有一个时代不同的声音。

对于《牧神的午后》在音乐史上的重要意义,法国当代著名作曲家皮埃尔·布列兹(P. Boulez)曾经这样的评价,我认为他说的最言简意赅:"正像现代诗歌无疑扎根于波特莱尔的一些诗歌,现代音乐是被德彪西的《牧神的午后》唤醒的。"

德彪西厌恶瓦格纳式的膨胀而毫无节制的史诗大制作,也厌恶浪漫派卿卿我我式的扇面小格局,像绘画可以不讲透视等一切规范一样,他不讲究音乐中的结构等一切逻辑因素。他把声音变为缕缕青丝,在风的微微吹拂中婆娑摇曳,在织就的绸缎中如描如画;和声也不是数学排列,而是为印象里瞬间的感觉和心目中色彩的变化,像是一个调皮的孩子故意打翻了手中的调色盘,把那纷繁的颜色一股脑地都泼洒在画布内外,自己站在一旁不动声色,静静地望着太阳眯起了眼睛。

在德彪西的时代,尽管有人反对,但这首被誉为印象派音乐的第一部作品,还是成为迄今为止在全世界范围的音乐会上法国作曲家管弦乐作品出现频率最多的景观。德彪西绝无仅有地做到了这样一点,他所开创的印象派音乐的确拉开了现代音乐的新篇章。《牧神的午后》可以成为我们认识德彪西的入场券。

当时,圣桑、福莱、夏庞蒂埃是德彪西的对头,德彪西明确批评夏庞蒂埃的写实歌剧《路易斯》以廉价美感和愚蠢艺术来愉悦巴黎的世俗和喧嚣,鄙夷不屑地痛斥这种艺术是属于计程车司机的。这在我们现在看来简直难以想象,但在那个时代没人说他不尊重他的前辈(不要说他明确反对过的贝多芬、莫扎特和勃拉姆斯、瓦格纳,是他前辈,就是同在法国的圣桑也比他大27岁、福莱比他大17岁、夏庞蒂埃比他大两岁)。

但是,我们不要误以为德彪西真的就是不讲师承、打倒一切的造反派。他对肖邦就情有独钟。据和德彪西同时代的法国著名的钢琴家玛格丽特·朗(M. Long,1874—1966)说,德彪西对肖邦极感兴趣,"用肖邦的话说,在那首降D大调练习曲上,他把所有的手指都磨破了。"几乎当时所有音乐家的重要作品,都是由玛格丽特·朗第一个演奏的,但她不敢演奏德彪西的作品,德彪西曾经专门要她到自己的钢琴前为她讲述自己的作品。所以,她的话极具真实性,她特别强调德彪西的《24首钢琴前奏曲集》和肖邦的关系:"取法是肖邦的,这个集子好像是德彪西整个创作的浓缩。"

对于德彪西来说,这些钢琴曲都是他印象派音乐的延续,是往前迈出新的步伐所制作的小品,是练习、打磨和养精蓄锐。真正对他自己富有划时代意义的,是《牧神的午后》八年之后,1902年他唯一一部歌剧《佩里亚斯和梅丽桑德》的问世。

早在1892年,德彪西在罗马留学的时候,在意大利大道的书摊上发现了梅特林克刚刚出版的剧本《佩里亚斯和梅丽桑德》,就立刻买了一本，一口气读完，爱不释手。这部戏剧演绎的是两位王子和一个漂亮少女的悲剧故事，那种命运紧握个人生命的象征力量，那种以梦境织就情节的扑朔迷离，都与德彪西的音乐理想暗合，让他和这位与他同龄的比利时剧作家一见钟情，相见恨晚。自从《牧神的午后》之后，他一直在寻找着进一步实现自己音乐理想的突破口和接口，"梅特林克的剧本正是完美的转化因素，它梦境般的情节是这些动机与非功能和声的马赛克式交织与连接思路"。《牛津音乐史》对这样关于"马赛克式交织与连接"的解释非常有意思。事实上，德彪西寻找这样连接的思路，一直是踌躇而艰难地行进着的，他一直写得很慢、很苦，他立志要把它谱写成一部歌剧。为此，他专程拜访过梅特林克，可惜梅特林克是个音盲，在听德彪西兴致勃勃为他演奏这部他倾注全部心血的《佩里亚斯和梅丽桑德》总谱的时候竟然睡着了，差点儿没把德彪西气疯。

这部《佩里亚斯和梅丽桑德》，让德彪西付出了十年的时间，他不止一次修改它。对比当时最为轰动的瓦格纳及其追随者的所谓音乐歌剧，它没有那样华丽的咏叹调结构和辉煌的交响音响效果；对比当时法国铺天盖地的轻歌剧、喜歌剧，它没有那样奢靡和轻佻讨好的悠扬旋律；对于前者，它不亦步亦趋，做摇尾狗状；对于后者，它也不迎合，做谄媚猫态。它有意弱化了乐队的和声，运用了纤细的配器，以新鲜的弦乐织体谱就了如梦如幻的境界，摒弃了外在涂抹的厚重的油彩，拒绝了一切虚张声势的浮华辞藻和貌似强大的音响狂欢，以真正的法兰西风格，使得法国歌剧在此之后才有了自己能够和瓦格纳相抗衡的新的品种。如果说瓦格纳的歌剧如同恣肆的火山熔岩的喷发，轻歌剧、喜歌剧如同缠绵的女性肌肤的相亲，那么，德彪西的这部《佩里亚斯和梅丽桑德》如同注重感官享受和瞬间印象的自然的风景——是纯粹法兰西的自然风景,而不是舞台上、宫廷里或红磨坊中矫饰的风景,更不是瓦格纳式的铺排制造出来的人工风景。罗曼·罗兰曾经高度赞扬了他的这位法国同胞这部歌剧的成就,并指出了它的意义,他称《佩里亚斯和梅丽桑德》是对瓦格纳的造反宣言:"德彪西的力量在于他拥有接近他(指格鲁克——一位18世纪的歌剧改革家)这种理想的方法……致使目前法国人只要一想起梅特林克该剧中的某段话,就会在心中相应地同时响起德彪西的音乐。"这真是一种最由衷的赞美了,因为一个民族在想起某段话或某个情景时,就能够在心中响起音乐家的音乐来,这是已经将那音乐渗透进这个民族的血液之中了。《佩里亚斯和梅丽桑德》使得德彪西彻底摆脱瓦格纳对法国歌剧的奴役,让强大的瓦格纳在真正具有法兰西精神的歌剧面前雪崩。

德彪西以他革新的精神,创造了属于他自己的音乐语言。对于这样崭新的音乐语言,不仅让当时的听众,也让百年之后的我们耳目一新。我国中央音乐学院毛宇宽教授这样说:"德彪西是欧洲作曲家中使音乐语言的构成从古典调式调性体系这个不可动摇的创作基础上解放的第一人,他跨入了另一个新的音响——音乐之地;就这一点而言,20世纪的音乐帷幕确实是由他所开启。"这种崭新的音乐语言造就了"那个无中生有的创作神奇幻境","以耳朵和心灵代替眼睛,把视觉形象,甚至光和影变成声音。不简单勾画其外形,而且表现它们内在的含义"。这样的评价,准确地说明了德彪西音乐语言的艺术特性与历史意义。

听布鲁克纳

世界上好音乐真是多的是,只是我们的耳朵不够用。

据说,因为进入网络时代,电脑的发达,媒体的多样,文字的功能将让位于屏幕和画面,人们读由文字组成的文学会越来越少,眼睛的功能将由此转移到网上。我想,即使有一天眼睛彻底从文学的书籍中撤离而逐渐退化,耳朵的功能也不会减弱,因为音乐不会消失,人们对音乐的选择,一定会远远胜于文学。这就如同我们可能因不识另外一个国家的文字,而读不懂他们的书籍,但我们却能够听懂他们的音乐;也如同回到原始时代,人们可能不识字不看字,但不会不听音乐。

当然,我指的是好音乐。现在,我们的周围垃圾的音乐,和垃圾的文字一样的多。

布鲁克纳(A. Bruckner,1824—1896)就是我所说的好音乐。虽然我只听过他的一部交响乐,好像有些太武断和偏颇。但这就像对于一个人的印象,有的人即使和你耳鬓厮磨天天如影相随,也不如有的人虽只和你只一面之缘的印象深。

我听的布鲁克纳这部交响乐是他的最后一部 D 小调第九交响曲。据说他没有写完，同舒伯特的第九交响曲一样，是未完成的作品。音乐史称布鲁克纳一生所写的十部交响曲中后三部最为登峰造极，尤以"第七"和"第九"为佳。"第七"，我没有听过；"第九"，确实名副其实。

我说它是好音乐，自然有我自己的标准，并不完全以音乐史为准。音乐史中有许多以为好的，我并不以为然。音乐史给予布鲁克纳的篇章是极少的，这是因为好的音乐家太多，便容易忽略了像布鲁克纳这样的音乐家。

有不少人说布鲁克纳的这部交响曲结构宏大、气势宏大，但这不是我认为它好的地方。我明显可以听出布鲁克纳的音乐语汇上溯到贝多芬下追到瓦格纳与其的姻缘，他追求的就是这种大道通天、大树临风的风姿。这部交响曲宏大倒是够宏大的了，但宏大得有点儿混乱，初听时让我想到曾经到巴塞罗那看到的西班牙建筑家高迪建造的那座叫作神圣家族大教堂，同布鲁克纳这部未完成交响曲一样，那也是一座未完成的艺术品，高耸入云，脚手架还搭在教堂的四周，好像还在无限伸展。辉煌倒是辉煌，宏大倒是宏大，只是多少让人在眼花缭乱之余感到庞杂得有些零乱，多少有些好大喜功的感觉。

我说它是好音乐，是听完之后主要的印象和感觉：肃穆和沉静。现在好多音乐实在闹得慌，以为加进一些热闹而时髦的多元素的作料就是创新和现代。布鲁克纳的肃穆和沉静，能让被现代生活弄得浮躁喧嚣的心铁锚一样沉入深深的海底，去享受一下真正蔚蓝而没有污染的湿润和宁静，而不是时时总是像鱼漂一样漂浮在水面上，只要稍有一条小鱼咬钩，都要情不自禁地抖动不已。布鲁克纳的肃穆和沉静，能让越发发达的物质文明揉得皱巴巴如同从老牛胃口里反刍出来的心抖擞出来，让清风抚平，使得我们的心电图不要随着外界物欲横流波动的曲线而总是跃跃欲试地起伏不止。

听布鲁克纳，感觉像是随他一起缓缓步入一片大森林中，空旷而密不透风，蓊郁而枝叶参天，大是大了些，但你不会迷路，只会随他的旋律和节奏一起感到心胸开阔而惬意。清新的森林空气带有负氧离子，是在喧嚣都市中没有的；从枝叶间透下来的绿色阳光，是燥热的紫外线辐射下的天气中没有的；而那些清澈如水晶莹如露的鸟的鸣叫声，更是即使在动物园里的鸣禽馆里也没有的天籁之声。走入这样的大森林里，即使你一身透汗淋漓，也会凉快下来，让精神宁静而舒展，让心澄净而透明，让奔波如碾道上驴子般的步子减慢下来。而踩在松软的林间小径上，有泥土的芬芳，有落叶的亲吻，更是在城市的柏油马路上或大理石铺就的宴会大厅地板上所没有的放松和自在。

难得的是这种肃穆和沉静中，有一种少有的神圣感，布鲁克纳音乐所建造的这片大森林，为我们遮挡了外面喧嚣的一切。都说布鲁克纳是虔诚的天主教徒，他所有的音乐都是为宗教而作。我不懂他的宗教，但我听得懂他音乐中那种神圣，我听得懂那是一种对于神圣的敬畏和虔诚，那是一种由信仰而超尘脱俗带来的善良的滋润和真诚。在布鲁克纳的音乐之中，我们可以发现信仰的力量，渗透在他的音符和旋律之间。仿佛布鲁克纳抬起头仰望天空，便总有灿烂的光芒辉映在头顶，便总有一种感恩的情感深埋在心头。如今，正如没有信仰的人太多，没有信仰的音乐也太多了。没有信仰的音乐可以声嘶力竭地吼唱，却只是发泄。音乐当然需要有时做成一个痰盂或一个烟灰缸，让别人来吐痰来弹弹烟灰，但音乐更应该是一片森林，让人们呼吸新鲜的空气来清洁自己的身心；更应该是一片天空，让人们仰起头来望望还有那样灿烂的阳光和那样高深莫测的云层，而不要只望见自己的鼻子尖。

据说，布鲁克纳和勃拉姆斯在那个时代是两派对立的音乐，由于勃拉姆斯日隆的名声和地位，布鲁克纳一直处于勃拉姆斯的影子笼罩之下，当时没有受到应有的重视，相反屡屡受到批评。敏感而孤独的布鲁克纳一生不断修改自己的作品，我猜想大概不是出于虚心，而是渴望被承认，被固有的体制所接纳。这是一种无力的抗争，也是一种无奈的妥协。这第九部的第三乐章，布鲁克纳修改了三年，写了六稿，一直到死也没有改完，有点儿吟得一个音，捻断数根须的味道。我不知道这种无穷尽的修改留给我们的音乐到底是好还是不好，会不会在这样来回拉锯式的修改中伤了元气，纷纷落在地上的锯末，会不会恰恰是最好的金粉。但第三乐章确实是最好听的一段，那种由弦乐、木管和管风琴组成的旋律，丝丝入扣，声声入耳，如密密缝制的软被一样紧贴你的肌肤，由于在阳光下晒过，那阳光的气味透过你的肌肤，温暖地渗透进你的心田。中间一段，所有的乐器像是仙女一般活了起来，一起摇曳着脑袋唱起歌来；管风琴在弦乐的衬托下，踏着袅袅透明的云层飘摇起来，在天国里响起嘹亮的回声，真是动人无比，纯净无比。音乐织就了一种美好而深邃的意境，让激情沉静下来，内心陷入遥远而浩渺的冥想之中，对未来、对世界、对心中的思念和惦记，有一种由衷的祈祷。仿佛黄昏时分飘来苍茫而浑厚的晚霞，远处传来悠扬而厚重的教堂钟声，将所有的思绪和这一份祈祷带到远方。只是我的一份祈祷已经世俗化，完全不属于布鲁克纳的祈祷了。

有的音乐，会让人想起豪华热烈的宴会大厅，灯红酒绿，金碧辉煌，圆舞曲昂着头优雅地荡漾，比如施特劳斯。

有的音乐，会让人想起美丽亲切的乡间田野，春风骀荡，鸟语花香，阳光挥洒在每一棵树的叶子上，比如莫扎特。

有的音乐，会让人想起激情澎湃的大海高山，白浪滔天，林涛汹涌，映衬得蓝天如同巍峨之神，比如贝多芬。

有的音乐，会让人想起清浅透明的山涧小溪，春庭残月，离人落花，细雨鱼儿出，微风燕子斜，比如舒伯特。

有的音乐，会让人想起风情万种的异国他乡，鲜花绚丽，热风淋漓，大海的潮汐涌来神奇的童话，比如里姆斯基-科萨科夫。

有的音乐，会让人想起曾经燃起过的熟悉的，或是根本没有进入过的陌生的梦境，五彩斑斓，摇曳多端，比如德彪西。

有的音乐，会让人想起理性十足深邃而丰厚的图书馆，哲思与长须一起飘逸，心神和时光上下驰骋，比如勃拉姆斯……

布鲁克纳的音乐，让我想起的是教堂，是科隆的大教堂，是维也纳的圣斯蒂芬大教堂，是罗马的西斯廷大教堂，是布鲁克纳曾经做过管风琴师的林茨大教堂……有弥撒曲在响，有经文歌在唱，有洁净的圣水在洒，有幽幽的烛光在跳，有明亮的阳光透过高高的彩色玻璃窗在辉映，有花的芬芳随着清风飘来，透进门缝在荡漾……

这时候，你不由得会双手合十，垂下头来。

马勒是我们一生的朋友

去年是马勒（G. Mahler，1860—1911）逝世百年，国家大剧院特意组织的马勒第一到第十交响曲的演出季，从7月到11月，历时五个月，规模浩大。我听了其中第一、第四、第七和第十交响曲，连同在费城听过的第五交响曲，整整听了马勒交响曲的一半，心里很是宽慰和感动。

"我们从哪儿来？我们准备到哪儿去？难道真的像叔本华说的那样，我们在出世前注定要过这种生活？难道死亡才能最终揭示人生的意义？"

可以说，马勒一生都在不停地追问着自己。他到死也没弄明白这个像乌云一样笼罩着他的人生难题。他便将所有的苦恼和困惑、迷茫和怀疑，甚至对这个世界无可奈何的悲叹和绝望，都倾注在他的音乐之中。

从马勒的音乐中，无论从格局的庞大、气势的宏伟上，还是从乐器的华丽、旋律的绚烂上，都可以明显感觉到来自他同时代的瓦格纳和布鲁克纳过于蓬勃的气息和过于丰富的表情，以及来自他的前辈李斯特和贝多芬遗传的明显印记。只要听过马勒的交响乐，会很容易找到他们的影子。比如马勒的第三交响曲，我们能听到布鲁克纳的脚步声，从马勒的第八交响曲，我们更容易听到贝多芬的声音。

在我看来，这个世界的古典音乐有这样的三支：一支来源于贝多芬、瓦格纳，还可以上溯到亨德尔；一支则来源于巴赫、莫扎特，一直延续到门德尔松、肖邦乃至德沃夏克。我将前者说成是激情型的，后者是感情型的。而另一支则是属于内省型的，是以勃拉姆斯为代表的。其他的音乐家大概都是从这三支中衍化或派生出去的，显然马勒是和第一支同宗同祖的。但是马勒和他们也不完全一样，最大的差别就在于马勒骨子里的悲观。因此，他在外表上有和贝多芬相似的激情澎湃，却难以有贝多芬的乐观和对世界充满信心的向往；他也可以有外表上和瓦格纳相似的气势宏伟，却难有瓦格纳钢铁般的意志和对现实社会顽强的反抗。

这种渗透于骨子里的悲观，来源于对世界的隔膜、充满焦虑以及茫然的责问与质疑。马勒曾经说过："我是一个三度无家可归的人……一个生活在奥地利的波希米亚人，一个生活在德国人中间的奥地利人，一个在全世界游荡的犹太人。无论在哪里都是一个闯入者，永远不受欢迎。"

马勒逝世之后，他的学生，指挥家布鲁诺·瓦尔特，在20世纪30年代开始进行马勒交响曲的挖掘和重新演绎，马勒在欧洲的影响与日俱增，如今成为全世界的热门音乐家，其交响曲的地位堪比贝多芬。越来越多的人，感受到马勒不仅属于彼时的音乐家，也属于此时的音乐家。他对人生深邃的追寻，对世界充满悲剧意识的叩问，和今天人们心里的困惑越来越接近。聆听并理解马勒的交响曲，便成为认识和走近马勒的必由之路。

我赞同这次参加我国马勒百年纪念演出的瑞士苏黎世市政厅管弦乐团指挥大卫·津曼的观点："对于马勒，先是他的声乐套曲，然后才是他的交响乐。"他录制过两套马勒的交响曲的全集，对马勒有过专门的研究。这是知音之见。和他见解相同的还有著名小提琴曲《梁祝》的演奏者我国作曲家陈钢，他说："歌曲是马勒交响曲的种子和草稿。"

这确实是走近马勒音乐的一条路径，也是打开马勒内心的一扇门。

马勒的十部交响曲，可以分为这样三部分，分别和他的声乐套曲彼此联系，互为镜像。

第一部分，第一交响曲到第四交响曲。应该和马勒的声乐套曲《少年魔角》与《流浪者之歌》一起来听。特别是"第一"，是马勒交响曲的序幕，马勒说自己的"第一"是"青年时期的习作"。比起以后特别是第五交响曲后，他交响曲的庞大的构制，复杂的心绪，及浓郁的悲剧意识，"第一"的单纯、明快，乃至第三乐章的葬礼进行曲，幽哀的死亡，也被他们演奏得如怨如诉，带有了伤感的童话色彩。

勋伯格说得对："将要形成的马勒特性的任何东西，都已经显示在第一交响曲中了。这里，他的人生之歌已经奏鸣，以后不过是将它加以扩展和呈现到极致而已。"我理解勋伯格在这里说的马勒的特性，既指他的交响曲创作，也指他的人生命运的端倪。

这支乐曲，和几年前马勒 25 岁时创作的声乐套曲《流浪者之歌》相比，同样映现青春的心情和心境。其叙事性和歌唱性特征极为明显，这也是马勒交响曲与众不同之处，特别是和浪漫派鼎盛时期古典交响乐不同的特点之一。其中歌唱性不仅表现在以后越来越多的独唱和大合唱作品中，同时也表现在他的旋律之中。

那种感时伤怀的叙事性，和旋律一起自如挥洒。第一乐章的大提琴，第二乐章的圆舞曲，第三乐章的小号和单簧管，特别是末乐章大钹敲响之后，铜管乐、木管乐、弦乐、打击乐，还有竖琴，交相辉映，此起彼伏，山呼海啸，错综复杂，音色辉煌，交响效果很好，显示了令人羡慕的青春活力。尤其是一段小提琴抒情连绵的演奏后，然后大提琴和整个弦乐的加入，几次往返反复和管乐的呼应，层次很丰富，舞台上如同扯起了袅袅飘舞的绸布，真的是风生水起，摇曳生姿。最后的高潮，八支法国号站起来，可以说是青春期马勒的一种象征。

第二部分，第五到第七交响曲。与之相对位的声乐套曲是《亡儿之歌》。从声乐套曲就可以感受到其悲剧意味已经显现，第六交响曲的别名就叫作"悲剧交响曲"。

特别值得一听的是第五交响曲。这部作品明显有贝多芬"命运"交响曲的影子。开头的独奏小号，和贝多芬"命运"开头的那种"命运动机"一样先声夺人。震弦乐随之而上，景色为之一变，小号后来的加入，一下子回环萦绕起来，阅尽春秋一般，演绎着属于马勒对于生死的悲痛与苍凉，和马勒的前几部交响曲的意味大不相同。

有了这第一乐章的对比，第四乐章的到来，才显得风来雨从，气象万千。对比悲怆之后的甜美与温暖，才有了适得其所的价值，如同鸟儿有了落栖的枝头，这枝头让马勒谱写得枝繁叶茂，芬芳迷人，而这鸟儿仿佛飞越过了暴风雨的天空，终于有了喘息和抬头望一眼并没有完全坍塌的世界的瞬间。有竖琴，有法国圆号，有小提琴、中提琴和大提琴的此起彼伏，交相辉映，层次那样的丰富，交响的效果那样浑然天成，熨帖得犹如是天鹅绒一般轻柔的微风抚摸你的心头。

第三部分，第八到第十交响曲，包括《大地之歌》。其中，第八交响曲因有两个混声合唱队和一个童声合唱队，还有八名独唱歌手，阵势空前，号称"千人交响曲"。与马勒的声乐歌曲的关系更为密切，使得声乐与器乐的结合，是贝多芬时代望尘莫及的，是马勒交响乐的辉煌巅峰。第九和第十的浓重的悲剧意识，弥漫在马勒的心灵与音乐世界的整个空间，更是达到了一个前所未有的高度。

应该特别指出马勒交响曲的慢板中的弦乐，真的很少有人像马勒这样把它们处理得这样柔美抒情、丝丝入扣，又这样丰富得水阔天清，即使在浓重悲观情绪的笼罩下，马勒也要让它们出场抚慰一下苍凉的浮生万世，给我们一些安慰和希望。如今在谈论马勒的交响曲时，我们更多愿意说他思想的复杂性与悲观性，作曲方面对古典传统技法的发展变化，以及对未来世界的预言性，却忽略了马勒对传统的继承。在这一点上，马勒对慢板的处理，最显其独到之处。其实，他的老师布鲁克纳对慢板的处理也是如此，那些动人的旋律，马勒得其精髓，可以看出彼此的传承。

我特别喜欢第五交响曲中一段最动人的慢板，这与他的《吕克特诗歌谱曲五首》中的《我在世上已不存在》的关系密切。在这首歌中唱道："我仅仅生活在我的天堂里，生活在我的爱情和歌声里。"我们便可以触摸到马勒的心绪，即使在死亡垂临的威迫之下，他依然乐观地相信爱情和音乐，这也是马勒音乐的另一重具有现实意义的价值。

对于欣赏和了解19世纪末20世纪初后浪漫派音乐尾声，作为衔接新的时代面临变革的古典音乐代表的庞然大物交响曲，马勒的交响曲的历史与现实意义，无论对于乐者还是爱乐者，如今都显得越发醒目。

作为马勒的继承人，勋伯格曾经预言：马勒所创作的作品属于未来。这个预言在今天得到了应验。我以为，马勒音乐属于未来的价值在于内容和形式两方面。在内容方面，马勒音乐对于当时流行的约翰·施特劳斯的注重享乐的唯美圆舞曲的批判，马勒音乐对于生与死的悲悯情怀，对于底层人残酷命运并将其推向生与死的边缘上进行追索、探究以及体验、表现，呈现出了今天新时代悲剧矛盾的投影，确实具有不可思议的预言的前瞻性，成为今天人们对待现存世界心灵的一种精神资源和抗衡力量。

形式方面，曾经为马勒写过传记的英国音乐家德里克·库克（他亦是马勒未完成的第十交响曲总谱的整理者），有过详尽的分析："马勒对于瓦格纳的《特里斯坦》中调性和声的边缘崩溃，进一步朝勋伯格早期无调性音乐方向推进。更进一步来说，他的'固定变奏方法'展望着序列主义音乐；发生在第九交响曲中的 Ronso-Burleake 乐章中线性对位预示了亨德米特；音乐中尖锐、迅速的转调预示了普罗科菲耶夫。马勒是那个时代转折点上的人物：他加快了浪漫主义心理紧张的速度直到它探索进入'我们的新音乐'（科普兰语）的激烈形式。"

后浪漫主义时期的音乐，如果保守派是以勃拉姆斯为代表的话，那么激进派肯定是以布鲁克纳和马勒为代表。布鲁克纳以自己的谦恭引领桀骜不驯的马勒出场。作为后浪漫主义时期音乐的最后一人，马勒结束了一个时代，为现代音乐的新人物勋伯格的新时代的到来铺垫好了出场的红地毯。就像18世纪末19世纪初的贝多芬是通往浪漫主义的桥梁一样,马勒是通往20世纪音乐的桥梁。虽然热闹的马勒百年纪念过去了,但马勒的音乐并不是即时性的,非常值得常听,他是我们一生的朋友。

我们为什么特别喜爱老柴

再没有一个国家能够比得上我们对柴可夫斯基(P. I. Tchaikovsky, 1840—1893)充满感情的了。我们似乎都愿意称他为"老柴",亲切得好像在招呼我们自己家里的一位老哥儿。

我始终弄不明白,为什么我们对柴可夫斯基如此的一往情深。或许是因为我们长期受到俄罗斯文学的影响,便近亲繁殖似的,拔出了萝卜带出了泥,对柴可夫斯基有着一种传染般的热爱,所以从骨子深处便有了一种认同感。或者是因为柴可夫斯基的音乐打通了宗教音乐与世俗民歌,有了一种抒情的歌唱性,又混合了一种浓郁的东方因素,便容易和我们天然地亲近,让我们在音乐深处能够常常和他邂逅相逢而一见如故。

柴可夫斯基就这样轻而易举地和我们相亲相近。几乎每一个喜欢音乐的中国人,特别是中国的知识分子,似乎都容易被柴可夫斯基所感染,这在他们的书中都能够找到许多溢于言表的证据。这大概是音乐史中的一个特例,或者说是一个奇怪的现象,恐怕柴可夫斯基自己也会莫名其妙吧。

丰子恺先生在20世纪初期是这样解释这种现象的:"柴可夫斯基的音乐中的悲观色彩,并不是俄罗斯音乐的一般的特质,乃柴氏一个人的特强的个性。他的音乐之所以闻名于全世界,正是其悲观的性质最能够表现在'世纪病'的时代精神的一方面的'忧郁'的缘故。"

我不知道丰先生说得是不是准确,但他指出柴可夫斯基的音乐迎合了所谓"世纪病"的时代精神一说,值得重视。而对于一直饱受痛苦、一直处于压抑状态、一直渴望一吐胸臆宣泄一番的中国人来说,柴可夫斯基确实是一帖有种微凉的慰藉感的伤湿止疼膏,对他的亲近和似曾相识是应该的。

作家王蒙在他的文章里曾经明确无误地说:"柴可夫斯基好像一直生活在我的心里。他已经成为我的生命的一部分了。"他说柴可夫斯基的作品:"多了一层无奈的忧郁,美丽的痛苦,深邃的感叹。他的感伤、多情、潇洒、无与伦比。我总觉得他的沉重叹息之中有一种特别的妩媚与舒展,这种风格像是——我只找到了——苏东坡。他的乐曲——例如《第六交响曲》(《悲怆》),开初使我想起李商隐,苍茫而又缠绵,绮丽而又幽深,温柔而又风流……再听下去,特别是第二乐章听下去,还是得回到苏轼那里去。"

另一位作家余华,在他专门谈音乐的新书《高潮》中有一篇的文章则这样说:"柴可夫斯基一点也不像屠格涅夫,鲍罗丁有点像屠格涅夫。我觉得柴可夫斯基倒是和陀思妥耶夫斯基很相近,因为他们都表达了19世纪末的绝望,那种深不见底的绝望,而且他们的民族性都是通过强烈的个人性来表达的。在柴可夫斯基的音乐中,充满了他自己生命的声音。感伤的怀旧,纤弱的内心情感,强烈的与外在世界的冲突,病态的内心分裂,这些都表现得非常真诚,柴可夫斯基是一层一层地把自己穿的衣服全部脱光。他剥光自己的衣服,不是要你们看他的裸体,而是要你们看到他的灵魂。"

非常有意思的是,他们一个把柴可夫斯基比成了苏轼和李商隐,一个把柴可夫斯基比成了陀思妥耶夫斯基。也许,你会觉得将柴可夫斯基比成苏轼和李商隐,有些牵强;而把柴可夫斯基比成了陀思妥耶夫斯基,又有些过分。但他们都是从文学中寻找到认同感和归宿感(有意思的是,美国音乐史家朗格在他的《十九世纪西方音乐文化史》一书中,则把柴可夫斯基比成英国诗人密尔顿,也是文学意义上的比拟),这一点上和我们大多数人是相同的。也就是说,我们在听柴可夫斯基的时候,已经加进我们曾经读过的文学作品的元素,有了参照物,也有了我们自己的感情成分,柴可夫斯基进入我们中国,已经不再仅仅是他自己,柴可夫斯基不得不入乡随俗。我们在柴可夫斯基里能够听到我们自己心底里许多声音,也能够从我们的声音里(包括我们的文学和音乐)听到柴可夫斯基的声音。可以说,从来没有任何一位音乐家和我们能够有如此感同身受的互动。

我们对柴可夫斯基的感情,也许还在于他同梅克夫人那不同寻常的感情。当然,这也是世界所有热爱他的人都感兴趣的地方,并不能仅仅说是我们的专利。但是,对于他们长达14年之久,而且是超越一般男女世俗的情欲与肉欲的感情,保持得那样高尚而纯洁,是我们所向往的。在一个盛产《金瓶梅》和《肉蒲团》的国度里,泛滥着的色欲和意淫,让人们对这种柏拉图式的感情更多了一份感慨。同时,在一个情感和情欲一直处于压抑的年代里,这种柏拉图的感情自然更会使知识分子多了一份慰藉和憧憬,柴可夫斯基与梅克夫人的通信集,早在20世纪40年代,我国就有了陈原先生的译本,直至现在再版不断。

我们知道，梅克夫人是在听了柴可夫斯基的《暴风雨》序曲之后格外兴奋而对他格外感兴趣的。在他们结识以后她曾经对柴可夫斯基坦白地说道："它给我的印象我简直无法对您言喻，有好几天我一直处于半疯癫状态。"她渴望能够和柴可夫斯基结识，但又不希望和他见面。她说："我更喜欢在远处思念你，在你的音乐中听你谈话，并且通过音乐分享你的感情。"而柴可夫斯基在创作了献给梅克夫人的第四交响曲并对她说这是"我们的音乐"之后，也表达着和梅克夫人同样的心声："威力无边的爱情……唯有借助音乐才能表达。"

也许，世界上再没有这样完全被音乐所融化的男女之情了吧？我反正是没听说过。关键是现在能够拥有如梅克夫人一样真正具有音乐素养的人太少——还不要说音乐才华。我们的音乐已经越来越被华而不实的晚会歌曲所包围，只是出于功利，而不是发自内心，出发地和终点站都不一样，南辕北辙是不奇怪的。

梅克夫人非常有艺术天赋，这首先来自家传，他的父亲就是个小提琴手，她自己弹一手好钢琴。所以，他们是真正心灵上的交流，真正在音乐中相会，梅克夫人不是为了附庸风雅，凭着自己有钱而豢养音乐家围绕在自己的膝下；柴可夫斯基也不是为了傍上一个富婆（要知道柴可夫斯基每年从梅克夫人那里能得到6000卢布的赞助，这在当时是一笔不少的数目），使得自己尽快地脱贫致富好爬上中产阶级的软椅。正因如此，他们才能在佛罗伦萨同住一所庄园里，本来可以有见面的机会时也要坚守诺言，梅克夫人要把自己出门散步的时间告诉柴可夫斯基，希望他能够回避，即使偶尔柴可夫斯基忘记而和她意外相遇，他们也会只是擦肩而过从不说话。正因为对感情有如此超尘脱俗的追求和把握，他们才能够坚持了 14 年之久的通信，柴可夫斯基才能向她毫不保留地倾吐了在别人那里从未说过的关于音乐创作的肺腑之言，梅克夫人也才能向他倾诉内心的一切，包括一个女人最难说出口的隐私。他们把彼此当成了知己，联系着他们的心的不是世俗的床笫之欢，而是圣洁的音乐。如果不是后来在 1890 年梅克夫人知道了柴可夫斯基是同性恋，那么也许不会中断和他的交往和通信。

从柴可夫斯基和梅克夫人的关系来看，我们可以看出他的真诚，从他的音乐中听出这份真诚来，应该是不错的了。同时，我们也可以看出柴可夫斯基长期被压抑的情感（梅克夫人毕竟比他大九岁，还有过一次红杏出墙的经历和丈夫的秘书生了一个孩子，她的丈夫就是由此而丧生。她有丰富的感情经历，还有 12 个孩子，柴可夫斯基的感情生活却是贫瘠的，他只为了掩饰自己的同性恋而有过的草率而匆忙的婚姻），从他的音乐里能够听出他的感情，有时宣泄，有时煽情，有时压抑，有时扭曲，应该也是不错的。

说起柴可夫斯基的音乐，我们爱说其特点是"忧郁"，是"眼泪汪汪的感伤主义"。当然，仅仅说是"忧郁"和"眼泪汪汪的感伤主义"是不够的。柴可夫斯基的音乐是很丰富的。我们非常熟悉的他的第一钢琴协奏曲（1875），还有他的 D 大调小提琴协奏曲（1878）、第一弦乐四重奏中的"如歌的行板"（1871）、《罗密欧与朱丽叶》幻想序曲（1869）、《意大利随想曲》（1880）、《1812 序曲》（1880），以及他有名的第四和第六交响曲（1877、1893），和他的好多部芭蕾舞剧的音乐，其中有我们最熟悉不过的《天鹅湖》（1876）、《睡美人》（1890）和《胡桃夹子》（1892）……对于柴可夫斯基的作品，我们真可谓如数家珍。但是，"忧郁"和"眼泪汪汪的感伤主义"，毕竟是感动我们的最主要部分，即使在上述的作品中，我们依然能够听到这样的感觉，春花秋月何时了，往事知多少；问君能有几多愁，恰似一江春水向东流；城上高楼接大荒，海天愁思正茫茫；青鸟不传云外信，丁香空结雨中愁……我们能够信手拈来无数诗句与老柴这些音乐链接、吻合，跃动在同一个脉搏上。

柴可夫斯基的旋律，是一听就能够听得出来的。特别是在他的管弦乐中，他能够鬼斧神工般运用得那样得心应手，见山开山、遇水搭桥一般手到擒来，那些美妙的旋律仿佛是神话里那些藏在森林里的怪物，可以随时被他调遣，任他呼风唤雨。在他的那些我们最能够接受的优美而缠绵、忧伤而敏感、忧郁而病态、委婉而女性化、细腻而神经质的旋律里，我们可以明显地感受到他的感情是那样的强烈，有火一样吞噬的魔力，有水一样浸透的力量，也有泥土一样厚重的质朴。那种浓郁的俄罗斯味道，是我们最熟悉的，也是我们最喜爱的原因了。

在这一点上，曾经尖锐批评过柴可夫斯基的朗格有过精彩的阐发："柴可夫斯基的俄罗斯性不在于他在他的作品中采用了许多俄国的主题和动机，而在于他艺术性格的不坚定性，在于他的精神状态与努力目标之间的犹豫不决。即使在他最成熟的作品中也具有这种特点。"朗格所说的这种特点，恰恰是俄罗斯一代知识分子所具有的共同特点。我们在托尔斯泰、契诃夫，特别是在屠格涅夫的文学作品中（比如屠格涅夫的小说《罗亭》），尤其能感受到那一代知识分子在面对国家与民族命运时奋斗求索的性格，这种犹豫不决中蕴涵着那一代人极大的内心痛苦。

也许明白这一点，我们才能多少理解一些柴可夫斯基音乐中的俄罗斯性，也才会多少明白一些为什么在我们中国那么多的知识分子特别是老一代的知识分子（新生代对柴可夫斯基早已经不那么感兴趣了），对柴可夫斯基那样一往情深，一听就找到了共鸣。因为在我们的政治动荡当中，我们的知识分子不正也一样是犹豫不决地摇摇晃晃，在指点江山激扬文字的意气中、在痛哭流涕的检讨中、在感恩戴德的平反中、在志得意满的怀旧中……一步步跌跌撞撞地走过来的吗？这是深藏在柴可夫斯基音乐里的俄罗斯气息，也是渗入我们骨髓里的民族性格。柴可夫斯基才不仅独属于俄罗斯的音乐，也和我们的音乐一拍即合。

我们就是这样迷恋上老柴的，或者说老柴就是这样轻车熟路地走入我们的家门，成为我们家人的。

值得记住的一点，也是值得研究的一点，是老柴开始步入我们家门的时候，在欧洲和美国，已经是包括老柴在内的古典主义和浪漫派音乐日渐式微的时候。为什么在这样历史的分界点，我们却对老柴一见如故，如获至宝？

英国学者雷金纳德·史密斯–布林德尔在他的《新音乐》一书中曾经指出：第二次世界大战之后，西欧电台播放的音乐内容发生了根本性的变化，首先播放的是"巴托克、斯特拉文斯基、欣德米特、贝尔格以及勋伯格那些被忽略的宝贵作品"。同时，他指出："这种新音乐所追求的不是甜美的旋律（哪怕是简短的），不是紧凑连贯的和声和清晰的曲式。事实上，当时，到底要追求什么样的声音人们并不明确，只知道要避免什么。"显然，那个时代，我们的上一辈慢了一拍，至少也慢了半拍。我们同样经历了第二次世界大战，饱受的磨难应该是一样的，但在战后我们的选择却是不一样的。我们选择的还是甜美的旋律、紧凑连贯的和声和清晰的曲式。我们喜爱的还是老柴式的"忧郁"和"眼泪汪汪的感伤主义",而且强烈地和其一塌糊涂地共鸣。曾经赞赏过老柴的他的俄罗斯同胞斯特拉文斯基,当时却明确地说:"音乐从本质上没有能力表现感情的任何东西——无论是感情还是思想态度,还是心理情绪。"他们都已经无情地抛弃了柴可夫斯基,而我们却把他重新拾回。我不知道该如何解释这一事实,也许,和那时我们正在革命的年代有关;或和我们的民主化进程有关;或和我们知识分子一直的软弱有关;或和我们讲究言情言志的传统文化有关。我们只是知道,老柴确实影响了我们国家的两代人,这种影响不仅是感情,而且包括音乐在内的文艺创作的思维模式。

还是布林德尔,在分析第二次世界大战之后那个特定的时代的选择时说过:"音乐历史中,以前的任何关键时期都有不得不'重新开始'的时候。"不仅仅是对于我们的老柴,我们似乎都应该有我们不得不重新开始的时候了。

东方味儿的老柴

柴可夫斯基一直是乐坛的宠儿。不过东西方乐团，在演奏柴可夫斯基时，味道是不大一样的。

那天，去国家大剧院的音乐厅听日本NHK乐团的演出，最精彩的部分在上半场。尽管下半场选取的是老柴第五交响曲，演绎得也很不错，细致而周到，特别是单簧管和圆号格外出彩，毕竟显得有些中规中矩，如同一位戴着洁白手套，举手投足都格外彬彬有礼的绅士。柴可夫斯基被演绎得具有强烈的东方色彩。

上半场，日本作曲家武满澈的《风那么缓慢》，真的是先声夺人。很久没有听到这样安静的音乐了。如今，即便是古典音乐，不少也要弄得春潮涨满一般浪花四溢，贝多芬和马勒似乎成为我们的最爱，或者是最能够显示我们能力的作品；即便不是那么热闹，也要故作高深作得怪异一些，才显得异峰突起。如此轻柔似夜风，晶莹似露水，又如此幽幽缓慢如散步的音乐，确实是久违了。它彰显出人心向往的另一面，不是闪闪发光的物质的，也不是风光旖旎的艳丽的，或故作哀伤或幽婉，其实是庸俗的、滥情的，而是一种水阔天青的意境。在舒缓至极的弦乐的衬托下，回响着轻柔的打击乐中，是深山古寺的被轻风吹拂的塔铃回荡的天音梵语，提示着人类还有另一种活法，另一种意境，另一种声音的存在。

可以清晰地感受到NHK乐团明显的东方风格，将音乐处理得细腻入微，委婉有致，在各种乐器的交响化的处理和演绎过程中，处理得那样精确，又那样含蓄内敛。

我心里暗想，看他们和我国女钢琴家陈萨合作的老柴的第一钢琴协奏曲怎么个演绎吧。这首钢琴曲演奏得太多了，大家对它过于熟悉。一开始，他们没有我想象中的那种开江一般气势不凡的轰鸣感，似乎陈萨的钢琴弱得几乎要被乐队淹没。但是，往后听，我渐渐明白了，这正是他们想要演绎的方法和效果。他们更希望表达出的不是多么强烈如火的情感，而是细腻的、美好的，又稍稍带有些忧郁的情感。似乎，他们的演绎中不完全是老柴的情感，而是融入了他们的感悟与情感。

记得陈萨在演出前曾经说过，希望将这支老钢琴曲演奏出新鲜感，就像一个故事，渐渐走向光明和温暖。她说的"就像一个故事"，说得好，演奏得也好，无形中加强了这支钢琴曲的叙事性。其节奏的温婉，技巧的节制，都不是那种炫技派所具备的。即便是她的华彩独奏，都不那么放纵。收放自如，恬淡自如，其实是一种更高的技巧。

乐队在这支钢琴曲所演绎的弦乐化，一方面更吻合老柴的风格，另一方面也彰显了乐队的风格。整齐如步兵列队、气息匀称不张扬的乐队，与动作幅度不大的尾高忠明的指挥，是那样的相得益彰。整个乐曲被处理得便不再是西方那种浓墨重彩的油画，而是如一幅东方的淡彩水墨画，细细地晕染，慢慢地洇开，将画面中那些枝叶与花朵、云影和水光,轻轻地、一笔不苟地呈现出来,直到曲终天青,余音袅袅。

有意思的是,中场休息的时候,因为我坐在座位上没动,一家日本电视台的记者,扛着摄像机随机采访,直冲着我就走了过来。他们问我对 NHK 乐团的感觉如何。我说感觉有些像拉威尔的音乐,精确得如同瑞士的钟表匠。他们似乎有些得意地笑了笑,然后又问我看中、日艺术家的合作感觉怎么样。我说感觉很好,他们联手把中国人最熟悉的老柴演奏得有些东方味儿。他们和我都开心地笑了。

西贝柳斯的声音

西贝柳斯（J. Sibelius，1865—1957）是我非常喜欢的音乐家之一。他的音乐有一种别人所不具有的独特的冷峻韵味和色彩，只要你一听准能听出来，是属于北欧风味的，是属于西贝柳斯的。

西贝柳斯对大自然有一种天生的敏感，特别能够从声音中细致入微地发掘出音乐所蕴涵着的色彩来，他一直认为世界上任何一种声音都有和它们相对应的自然色彩，音乐中的任何旋律都有和它们相呼唤的原始和声。他能够在麦田里感觉到泛音，在泛音中感受到色彩。在声音和色彩之间，他如同魔术师一样变幻多端，让色彩发出声音，让声音迸发色彩，很像我们现在所说的通感。他能够准确地指出每一个音调和色彩的关系，他曾经这样说过："A大调是蓝色的，C大调是红色的，F大调是绿色的，D大调是黄色的……"我是无法想象出调式中蕴含着这样丰富的色彩，但不能不敬佩他如此的奇思妙想。

1875年，西贝柳斯十岁，写下了他的第一部作品，大提琴和小提琴的弹拨曲《雨滴》。那时，他还是一个孩子，无论他的心情还是眼前的世界乃至音乐，呈现给他的都是如同雨滴一样的透明的颜色。

1909年，西贝柳斯在英国伦敦完成了一首d小调弦乐四重奏《亲切的声音》，表达了他对声音的情有独钟。那里抒发的是他内心的感伤，亲切的声音里流露出的色彩是什么呢。我感觉不出来，但西贝柳斯一定能够感觉得到，他才愿意用从细腻到恢宏的丰富声音给予他的弦乐以无穷的变化。那或许是阴霾之中被天光映照下变化着的铅灰色，那种色彩正和他当时的心情相吻合，生活上经济的拮据，又刚刚做完了喉症的手术逼迫他必须远离酒和雪茄烟；也和当时的时代相吻合，俄国沙皇在虎视眈眈地威胁着他的祖国芬兰，使得他的心情越发郁闷；同时和英国那总是雾蒙蒙、雨蒙蒙的鬼天气相吻合。

　　1914年，西贝柳斯赴美国参加挪福克尔音乐节并演出他的交响诗《海洋女神》。第一次到那样遥远的国度去，过大西洋时，落日下澎湃的大海给他全新的感受，伏在船舷上，他别出心裁地说海水是"酒色的"。这种色彩让我新奇也让我惊奇，因为我始终没有弄明白"酒色"到底是一种什么颜色，葡萄酒朗姆酒和杜松子酒的颜色是一样的吗。也许，那"酒色"是西贝柳斯心中对大海的印象和幻想乃至错觉的一种综合体。

　　在西贝柳斯活了92岁，在长寿的一生中，色彩和声音就是这样藤缠树一般缠绕在一起的。在音乐家中，将声音和诗缠绕一起的不少，我们称他们为音乐诗人，称他们的作品为音诗，法国作曲家肖松（E. Chausson，1855—1899）就专门写过一首音诗，流传甚广；将声音和色彩如此敏感而着意地搅和在一起的不多，在我看来大概只有西贝柳斯和德彪西吧。我们可以把他们称之为音乐画家。只是德彪西更多借鉴的是印象派画家的灵感，而西贝柳斯则更多来自传统浪漫派画家对色彩的敏感。

在西贝柳斯浩繁的作品中,最值得一听的除了有名的交响诗《芬兰颂》和后来因被海菲兹演奏而名声大震的小提琴协奏曲之外,以我之见,再有就是他的《勒明基宁组曲》中的《图奥内拉的天鹅》,和他的第四、第五交响曲了。

第一次听到《图奥内拉的天鹅》时,我就被它吸引了。那时,我不知道是什么曲子这样好听,赶紧一查,是西贝柳斯的这支《图奥内拉的天鹅》。同时,在书中我知道了勒明基宁是芬兰一位家喻户晓的英雄。早在西贝柳斯结婚度蜜月的时候,在乡间第一次从农民的嘴里听到关于这位英雄的古老的唱词,他就格外激动,那古老的旋律就深刻在他的心里,不断在发酵。也许,我们现在已经听不出来自遥远的英雄的呼吸和古老苍凉的旋律了,但我们仍然可以在弦乐的如丝似缕之中感受到图奥内拉河的水面泛起的涟漪,随风荡漾起的轻微的忧伤。柔弱如淅沥雨滴的鼓点,从浩瀚的天边传来,英国管吹出了让人心碎的幽幽鸣响,和大小提琴此起彼伏地呼应着。法国圆号吹响了,天鹅飞起来了,高贵的剪影伴随着明亮而深沉的号音(那加了弱音器的号音是天鹅的鸣叫吗),渐渐地隐没在弦乐和竖琴织就的一派云雾缥缈的水天茫茫中。

《图奥内拉的天鹅》不是一首田园诗,不是一幅风情画。它是对古典情怀的一种缅怀,对英雄逝去的一声叹息。时过境迁之后,曾经鼓荡在西贝柳斯和当时听众心中音乐的意义,如今已经变得似是而非了。但它留给我们的音响是存在不变的,那音响是奇特的,能够渗透进人的心灵。如果声音真的能够有色彩的话,西贝柳斯在这里给我们留下的是蒙蒙一片的湖蓝色中涂抹着一星惨淡的灰白。那一星灰白色,是天鹅,是圆号,是西贝柳斯颤抖的心音。

把第四和第五交响曲合在一起听，是不错的选择。西贝柳斯一生写下了七部交响曲，这两部是最值得一听的。一部是内心独白式的水滴石穿，一部是对外部世界宣泄的淋漓尽致，两部交响曲对比着也衔接着西贝柳斯的内心世界和音乐世界。

A小调第四交响曲中运用了不谐和音，因而在1910年首场演出时遭到听众的嘘声（一直到了1930年托斯卡尼尼在美国指挥演奏了它，才多少改观了人们心中对它的成见），如今却被誉为西贝柳斯最伟大的作品，世事沧桑，有时就是这样颠倒着头脚，所谓此一时彼一时。在北欧一些弱小国家里，只有西贝柳斯对交响乐投入最多，也只有他最能够驾驭这种形式，而挪威的格里格就不如他，格里格只作过一部C小调交响曲，并不有名，有名的还是他的一些钢琴小品和《培尔·金特》组曲。丹麦的尼尔森（C. Nielsen，1865—1931）和格里格与西贝柳斯都是同时代人，一生创作了六部交响曲，我听过他的第四交响曲《不灭》（正好和西贝柳斯的第五交响曲在一张唱盘里面），但远不如西贝柳斯的好听。

西贝柳斯对交响曲的认识与众不同，据说他和马勒1907年曾经在赫尔辛基有过一次会晤，当时马勒已经是声名显赫，而西贝柳斯的第四第五交响曲还没有问世，站在下风头。马勒底气十足地说："交响乐就是一切，它必须容纳万物。"西贝柳斯却针锋相对地说："交响乐的魅力在于简练。"

第四交响曲的风格可以说就是简练，精炼的乐器，清淡的和声，简约的演奏，都极其适合西贝柳斯忧郁而无从诉说的心情。

除了简练，就是曾经有人批评他这部第四交响曲音响效果的"浑浊"。的确，在这部交响曲中少了阳光灿烂，而弥漫着晦暗，声音带来的不是明快，而是晦涩，甚至是混浊。装有弱音器的大提琴以切分音的方式一出场，就预示着阴郁的乌云在压抑着沉沉地四散飘来。铜管乐的阴森，也少了本来应有的阳光般的明亮，而多了金属般的尖厉。单簧管和双簧管梦呓般的战栗，和弦乐反复交织着，失去了美好的幻想，而是一种渗透心底的哀愁和无尽的冥想，如黄昏时分的潮汐一浪浪涌上沙滩，冰凉而带有鱼腥味儿地浸湿了你的双脚。

降 E 大调第五交响曲，是西贝柳斯自己最得意之作，曾经被他先后大改过三次，在他所有作品的创作中是绝无仅有的。他在最后定稿后说："整部作品由一个生气勃勃的高潮到底，是一部胜利的交响曲。"同阴郁的第四交响曲不同，明朗注定就是这部交响曲的色彩和性格。

第一乐章，他特别爱用的法国圆号和木管轻柔却明亮地先后一出场，先把一种牧歌式的氛围清爽地演绎出来了，即使是慢板也传达出热情的声响来。当急促的弦乐响起来，立刻迸发出阳光般耀眼的光泽。在密如雨点的定音鼓的伴奏下，小号吹出愉快的声音，小提琴和弦乐摇曳着，间或是快速的木管声声，如小鸟啁啾，是大自然的明快色彩在乐队中的宣泄。

第二乐章，还是他爱用的木管和法国号，沉稳而柔弱，然后是轻轻的弦乐如露珠滚动般的弹拨，与同样轻柔的长笛的呼应，如同恋人之间彼此温馨的亲吻，纯朴动人。加进来的各种变奏，时缓时急，扑朔迷离的色彩一下子更是如万花筒一样丰富迷人。

最后一个乐章，先是中提琴，后是小提琴，然后是整个弦乐，最后是木管的加入，急促如山涧湍急的溪流，一路起伏动荡，那样飘忽不定，那样摇曳多姿，那样坚定不移。当溪流终于从林间山中流淌到开阔平坦的平地，摊开了腰身晒在阳光之下，在略带忧郁甜美的弦乐的衬托中，木管和大提琴演奏出唱诗般的灿烂的旋律，将乐曲推向了高潮，真是令人感怀不已，直觉得天高云淡，天恩浩荡，天音弥漫。

将这部交响曲听完，我不大明白西贝柳斯为什么特别爱用法国号和木管，还爱用弱音器。或许，西贝柳斯不喜欢交响曲中那种众神欢呼的高亢交响效果，比如贝多芬那样，才特别加上了弱音器吧。而法国号和木管，总会容易让我们想起田园的自然，想起被阳光晒得暖融融的草垛、河流和田埂，那种淳朴与温暖，与北欧大海之滨矗立着的嶙峋礁石呈明显的对比和对称的关系。如果这样来理解西贝柳斯这两部交响曲，我们可以把第四交响曲比作后者，即寒气凛冽的大海和礁石，在月光或风雪映衬下，所呈现的色彩一定是银灰色那种冷色调的。而第五交响曲则一定是阳光下的向日葵，或成熟了正在秋风中沉醉荡漾着的田野，所呈现的色彩是金黄色的。

西贝柳斯的音乐，无论哪一部，都能够让我们清晰地感受到他为我们抒发的色彩，尽管这色彩带有我们主观的臆想，并不见得和西贝柳斯心中的色彩相同。但那又有什么关系呢。西贝柳斯自己在他的音乐里尽情涂抹的色彩难道不也是很主观的吗。关键是他的音乐为我们提供了调色盘，可以让我们去随意想象、随意挥洒。这就够了。因为并不是所有的音乐家都能够为我们布下这样想象的空间。

西贝柳斯，这名字有时给我的感觉就是阴郁的，是那种云彩掩映下的铅灰色。听这音调，总不如莫扎特或门德尔松那样明快，有很长一段时间只要听到西贝柳斯的名字，我总要忍不住想起他的那首《悲伤圆舞曲》。或许，每一个人的名字都带有命定般的色彩，那是你生命的底色。如果你是一个艺术家，那就注定了你艺术的风格；如果你只是一个普通人，那就注定了你的性格。

格里格断章

一

1858年,爱德华·格里格(E. Grieg, 1843—1907)15岁,刚刚从九年制的小学毕业。像许多孩子一样,在大人一再的撺掇下,一定要报考一个名牌大学,他来到德国的莱比锡报考这里的音乐学院。莱比锡音乐学院,确实是一所名牌大学,在当时整个欧洲都非常有名。它是由门德尔松创办的,建立在1843年,巧得很,和格里格出生在同一个年头,似乎和格里格很有缘分。舒曼等很多有名的音乐家都曾经在这所学院里教过书。

但是,格里格那时还小,还考虑不到大人们替他想到那样长远的前途,而只看到眼前,他从家乡初来乍到德国,感到很陌生,尤其是一时无法听到挪威的家乡话,更使他感到很寂寞,他本来就不那么愿意大老远地跑到这里来考试,这时就更是心里一百个不乐意。在考场上,他只是坐在钢琴旁应付了事般地弹奏了他在乡间婚礼上听到的哈林格舞曲,完全是即兴、为了完成任务的演奏。老师没有打断他,只是最后对他说了句："半音多了点儿。"他以为不会考上了，却偏偏考上了。家乡的哈林格舞曲帮助了他。

以前，听格里格的音乐时，尤其是听他的《培尔·金特》组曲的时候，总会被他柔情似水的缠绵与深挚所感染，暗自觉得他在童年和少年的时候一定是一个听话的乖仔，就像我们这里那些好学生一样个个笔管条直。其实，不是那么一回事，他在生活中所展现的性格和作品中所流露出的性格并不完全一样。就在刚进入莱比锡音乐学院的一年级的时候，他因为迟到和校长顶嘴，被校长施莱尼茨气愤地当众斥责为劣等生。这很伤他的自尊心。第二天，他到校长室找到校长直陈他对昨天批评的不满，指责校长昨天的话太生硬且带有侮辱性。校长本来极其生气地指着大门让他走人，他却不依不饶地说："不用您指我也会走的，但您要听我把话说完！"一个15岁的孩子，就这样不容分说地激烈争辩着，直至校长转怒为喜，拍拍他的肩膀说："你这样看重名誉是好的。"

四年之后，格里格从莱比锡音乐学院毕业。校长给他的鉴定书上这样写道：

兹证明格里格品行优良，在各方面一贯为模范生。

莱比锡音乐学院校长　格·康·施莱尼茨

在很长一段时间里，我只要一想起这件事，就忍不住想幸亏格里格是在莱比锡音乐学院。不知他要是在别的地方会如何，但我敢肯定在我们中国的任何一座学院都是行不通的。考试时那样漫不经心，迟到了顶嘴，第二天还要找校长理论甚至直面批评校长，校长居然能够容忍，不但不记仇，反倒在毕业鉴定上给予那样高的评价，这在我们的学院怎么能够想象呢。

好的教育，永远对学生都是宽容的，因为好的教育和好的艺术是一样的，核心都是美和善的。将教育办成了产业，变着法子从学生腰包里掏钱，尤其是艺术院校有恃无恐地向学生多要钱，是无法同莱比锡音乐学院相比的，是无法面对他们的校长施莱尼茨的，便也很难培养出如格里格一样的学生的。

莱比锡音乐学院现在仍然在办，已经拥有 159 年的历史。有些美好的传统，并不因为年头长久就失去了历久常新的意义和魅力。

二

思乡是一切艺术家最容易患的病症。越是艺术造诣深厚的艺术家越是易患思乡病，"可惜多才庾开府，一生惆怅忆江南"。

1865 年，格里格 22 岁，独自一人到罗马。游历富于艺术气质的意大利，一直是格里格的梦想。但是真的来到了充满艺术气息、赏心悦目的罗马，他没有得到更多的快感，反而思乡病越发地蔓延。他在给朋友的信中不止一次地诉说着他因远离祖国而引起内心无法排遣的苦闷——

"我每天夜里都梦见挪威。"

"我在这里不能写作。"

"周围的一切太耀眼，太漂亮了……却丝毫没有使我感到在家乡刚发现我们的淡淡的微薄的春意的欢欣。"

……

据说，丹麦的童话家安徒生曾经偶然听过格里格的一首管风琴即兴曲《孤独的旅人》，很是欣赏，那种因远离自己的祖国而感到无法排遣的孤独，因孤独而渴望回到祖国重温春天絮语的心情，使得他们两人的心豁然相通，"日暮乡关何处是，烟波江上使人愁"。那时候，格里格正在丹麦，他和安徒生因这首《孤独的旅人》结识，安徒生正是从思乡之处敏感地感受到他的天赋，器重并鼓励这个年轻人进行音乐创作。格里格曾经为此终生感谢安徒生。

如果我们明白了上述有关格里格的经历，也就明白了格里格为什么在他的《培尔·金特》组曲里那首《索尔维格之歌》唱得那样凄婉动人了。索尔维格终于等来了历尽艰难漂洋过海而回到祖国的丈夫培尔·金特时，唱起的这首歌也成了千古绝唱。

我们也明白了为什么格里格在他去世之前嘱咐一定要把自己埋藏在他家乡卑尔根附近特罗尔豪根的一个天然洞穴里，因为那里面对的是祖国的挪威海。他说："巴赫和贝多芬那样的艺术家是高地上建立的教堂和庙宇，而我，正像易卜生在他的一部歌剧中说的，是要给人们建造他们觉得像是在家里一样幸福的园地。"祖国和归家永远是他音乐的主题。

我们也就明白了格里格在他逝世前一次音乐会演出，当他知道了门口挤满了没有买到票的年轻人，说让他们都进来吧。因为他知道他们是他的国家的年轻人。同时，我们也就明白了，为什么在他逝世的时候会有四万人自动地拥上街头为他送葬。如今还会有任何一个哪怕是再伟大的人物逝世之后有这样多的人自愿拥上街头为其送葬吗？

思乡，确实是人类共有的心理特点。特别是在如今世界动荡不安的时刻，意想不到的灾难和恐怖威胁甚至战火的蔓延，总是如暗影一样潜伏在我们四周，思乡成为人们心意相通的共同鸣响的旋律。我想，也许正因为如此，肯·尼基的一首萨克斯曲《回家》才那样风靡世界的各个角落吧。在古典音乐之中，在我看来思乡意味最浓的大概要数德沃夏克和格里格了。只有夏克的《自新大陆》第二乐章的思乡情结能够和格里格相比，如今无论你在哪里听到格里格的音乐，那种他独有的浓郁的思乡之情总会伴随着特罗尔豪根前挪威海飘荡的海风，湿漉漉地向我们扑面而来。共看明月应垂泪，一夜乡心处处同。

三

19世纪末，格里格和易卜生（H. Ibsen, 1828—1906），可以说是挪威艺术的双子星座。有了他们两人的名字出现，使得挪威这个北欧的小国，在艺术上可以和那些辉煌的欧洲大国平起平坐而显得熠熠生辉。

易卜生比格里格大15岁，格里格只比易卜生多活了一年，他们是同时代人，只是易卜生是长辈，格里格是晚辈。他们两人的关系不同寻常，格里格童年时，易卜生在格里格的故乡卑尔根剧院里工作了六年，格里格是在易卜生的戏剧影响下长大；格里格年轻尚未出名的时候第一次见到易卜生，易卜生非常看重他，并赠诗于他，称赞他："您是俄耳甫斯今世再现，从铁石心肠中引出热情的火焰，更有力地击奏琴弦，使兽心变成与人为善。"当易卜生得知格里格想谋得克里斯蒂安尼亚剧院指挥的职位，立刻给剧院的院长当时著名的文学家般生写信推荐，可惜没有成功，但他毫不怀疑格里格的才华，他写信给格里格鼓励他："您的前途要比剧院的指挥远大得多。"

1874年，易卜生极其信任地请格里格为他的戏剧《培尔·金特》谱曲，格里格也不负易卜生的期望，以《培尔·金特》一曲成功而名满天下。可以这样说，如果没有《培尔·金特》，特别是后来的《培尔·金特》组曲的流传，格里格的名气不会有现在这样大。这一年，易卜生46岁，格里格31岁，都是艺术开花结果的最佳时期。

如此说来，易卜生和格里格应该是忘年交，是好朋友。他们的确是忘年交，是好朋友，但他们到底也不是那种交心的最好的朋友。他们相互敬重的更多的是彼此的才华，他们到底也没有成为精神上的朋友。

格里格和易卜生都出生在一个商人的家庭，只是易卜生的商人家庭在他幼小的时候就已经破产，前世的鼎盛只留下一个泡影，而格里格的父亲一直是一个殷实的商人。家境的衰落，早早就在药店里给人家艰苦地当学徒（在同样的年龄时格里格在莱比锡音乐学院读书），导致易卜生走的路肯定和格里格不一样，他年轻时就热衷参加政治活动，他的作品对社会的批判也格外浓重。格里格从易卜生的身上学到不少思想上与文学上的精华，但格里格毕竟不是一个像易卜生那样政治和思想意味浓厚的艺术家。在他旋律下的培尔·金特和索尔维格，同易卜生笔下的培尔·金特和索尔维格是不一样的。在接到易卜生邀请他来谱写《培尔·金特》的来信后，他就曾经给易卜生写信说明自己希望谱写出自己心目中的培尔·金特和索尔维格。一向刚愎自用、生性多疑的易卜生，一般是不会为别人的意见所左右的，这一次却给格里格发来了电报，同意格里格的意见。这样的妥协在易卜生的生涯中是绝无仅有的，我不知该如何解释，只能用易卜生确实太爱格里格的才华来解释了。

格里格和易卜生在个人性格和艺术风格上的差别是非常大的，如今我们来听《培尔·金特》，已经完全听不出一点儿易卜生的味道了，易卜生在剧本中为我们提供的东西，我们早已经忘记了，留在我们的心中的是格里格那动人的旋律，那种美妙哀婉的音乐超越了文字，特别那首《索尔维格之歌》，已经成为情歌中的经典之作，即使你根本不知道易卜生和他剧本所描写的一切，也没关系，那凄恻迷人的音乐足以打动任何人，而这一切恰恰不是易卜生的培尔·金特和索尔维格了。

在我看来，虽然格里格得益于易卜生，但他和易卜生所走的道路是不一样的。除了他们的生活道路和个人性格因素不一样之外，他们的艺术感情流向是不一样的，而艺术说到底就是感情。在这方面，易卜生明显是抨击社会的恶，他的眼睛里不揉沙子，他愿意让自己的艺术化作刀枪匕首；而格里格显然是歌颂心灵的善，他在自己的音乐里种下的都是这样的种子，盛开的都是温馨的花朵。所以，我们不仅在易卜生的《培尔·金特》，而且在他的《玩偶之家》《群鬼》《人民公敌》等一系列剧作中，同样可以看到这样的批判的力量。而在格里格的几乎所有的作品中，我们能够听出流淌在他心底里的都是对美好和善良的咏叹。

每次想到易卜生和格里格并想将他们对比的时候，我总忍不住想起我国五四时期的鲁迅和冰心，易卜生不有些像是鲁迅吗？格里格也实在是太像是我们的冰心了。

在评价勃拉姆斯和他的老师舒曼的时候，格里格曾经说过这样的话："舒曼同他的最大的追随者勃拉姆斯不同，他是诗人，而后者始终首先是音乐家。"

套用这句话来形容格里格和易卜生之间的关系，可以这样说："易卜生和他的最大的追随者格里格不同，易卜生是社会批判家，而格里格始终首先是音乐家。"

四

好多年前，我读巴乌斯托夫斯基的小说《一篮枞果》，他写格里格在卑尔根的森林里遇见守林人八岁的女儿达格妮，答应她在她18岁的时候送她一个生日礼物。果然，在达格妮18岁生日的时候，她在奥斯陆听音乐会听到了格里格送给自己的生日礼物，一首美妙的乐曲。

巴乌斯托夫斯基把这则故事写得很美，让我感动于格里格信守诺言之余，总有一个疑问在我的心头没有解开：为什么格里格能够做到，仅仅是为了信守一个林中诺言，仅仅因为达格妮是一个漂亮可爱的小姑娘，便能够付出了十年的代价。我有些怀疑是不是巴乌斯托夫斯基的虚构。要不，就一定有别的更能够让人信服的原因。但是，巴乌斯托夫斯基没有写到。

一直到前些日子，读到张洪模教授写的传记《格里格》，看到格里格唯一的女儿亚丽珊德拉，十三个月就不幸因病夭折这一节时，我才恍然大悟。我一下子明白了巴乌斯托夫斯基为什么要那样写了。我找到了令人信服的原因，那并不是虚构，而是一个艺术家真实心灵最艺术化的体现。

只是，如果我是巴乌斯托夫斯基的话，我应该在文章中加上这样一节——

格里格俯下身子，把散落一地的枞果拾回篮子里，帮助达格妮提着一篮沉甸甸的枞果，问她："今天是你几岁的生日呀？"

"八岁。"达格妮的声音清脆得如同一声悦耳的长笛。

"八岁"，格里格禁不住在嘴边念叨了一句。如果自己的女儿亚丽珊德拉活着，早已经过八岁了。亚丽珊德拉才活了仅仅13个月呀，流星一闪，就病逝了，可怜的女儿没有能够和眼前的这个小姑娘一样过一次八岁的生日。这是他的唯一的孩子啊。

格里格望着达格妮，眼前重叠着两个小姑娘的影子。他轻轻地抚摸着达格妮一头漂亮的金发，金发上有阳光留下的温暖，还有调皮的松鼠在树间踩下的几根松针。格里格问她："小姑娘，你叫什么名字？"

"达格妮。"

"好的，亲爱的达格妮，当你年满18岁的时候，我一定送你一件生日礼物。"

这样，我就找到了文章的起承转合的理由，也找到了格里格内心世界最隐秘动人的一隅。

这样，我也就明白了，为什么他的《培尔·金特》组曲中的《索尔维格之歌》成了他最动人的乐章。在格里格的心里，索尔维格一定就是那个眼睛充满童话光芒的可爱的小姑娘达格妮，也就是自己无法忘怀的女儿亚丽珊德拉。

冬天和春天里的拉赫玛尼诺夫

春天终于来了,虽然还有些乍暖还寒的意思,毕竟阳光开始温和而变得带有橙黄色了,而柳树的枝条也开始悄悄地萌发鹅黄色的嫩芽。阴郁而寒冷的冬天,终于过去了。无论如何,这一个冬天是一个并不好过的季节,在近百年的历史中最寒冷的冬天,掠过了北京城。

我就是在这个最寒冷的冬天里,第一次听到拉赫玛尼诺夫的D小调第三钢琴协奏曲的。当时,我在音乐厅里听北京国际钢琴比赛,清一色的年轻人在钢琴上比武打擂,潮水一般灌满了整个音乐大厅。我听的是决赛,第二个出场的是位又高又壮的俄罗斯姑娘,也就二十岁上下的样子。因为手头上没有节目单,也因为对拉赫玛尼诺夫一无所知,一直到她将曲子在钢琴上弹完,我也不知道她弹的是什么。但是,她的手指刚刚按在钢琴键上,轻轻地溅落起那几个轻柔的音符,那单纯无比,清爽无比,又多少带有忧郁的调子,立刻吸引了我。(后来,我知道了,这首钢琴协奏曲的开端并不是单单吸引了我一个人,许多人都是过耳难忘,称之为一个奇妙的主题,非常俄罗斯化,具有世界性的感召力。有人说这首曲子是从一首古老的俄罗斯修道院歌曲中衍化而来的。)第二乐章的开头那凄美动人的旋律中钢琴强烈地进入，撩拨起流畅而又激动的琴声，一浪涌起一浪的冲天浪花，飞珠溅玉，水雾氤氲，挥洒得漫天闪烁，让你满脸都是潮湿的感觉。第三乐章中那种狂风暴雨式的激情洋溢，钢琴突然跳了起来，如同一位冲浪运动员似的，在乐队织就的浑厚音响之中，意气风发地上下盘桓，起伏跌宕（在一段中，能够听到冼星海《黄河大合唱》的影子），始终在浪尖波峰上不可遏制地跳跃着，恨不得将天与水拉在一起，连成一线。

当时，我不知道这就是拉赫玛尼诺夫（S. Rachmaninoff, 1873—1943）的作品，只觉得钢琴和乐队居然可以配合得如此默契，可以具有如此巨大的能量，钢琴可以演奏得如此气势磅礴，宣泄出如此耀眼辉煌的色彩来，实在是难得。

当时，给我的感觉就是这样的力度和激情，充满现代感和现代意识，和我们今天的感情与心灵没有一点隔膜，同我以前曾经听过的钢琴协奏曲不尽相同，比如拿柴可夫斯基的第一钢琴协奏曲和肖邦的两首钢琴协奏曲和它相比，柴可夫斯基的更忧郁些，肖邦的则更诗意些，都缺少它拥有的这种力度和魔力的迸发，浪漫与激情的高亢。如果说柴可夫斯基像是积雪覆盖的森林，肖邦像是月光下的山冈，它则像是灿烂阳光下雄鹰展翅高飞的蓝天，无限宽广地回响着钢琴的声音，能让钢琴无所不至、无所不能。

我真的为它激动，被它感动。它的这种力与气所呈现出的风格，很像当时门外寒风呼啸的冬天，或者说是能够征服这样肆虐逞凶的冬天的一种象征。它和我当时心中由悲观和失望隐隐激起的渴望相吻合。

有时候，悲惨的环境和软弱的心，一并渴望有一种力量来搭救自己，音乐常常就在这时不期而至。当时，那一夜滴水成冰，暴风雪正孕育在地平线外。

那晚幕间休息时，我问一位行家，方知道这就是拉赫玛尼诺夫的 D 小调第三钢琴协奏曲。他当时很激动兴奋地对我说："是拉三！"说得那样有感情，仿佛得意而亲昵地叫着他家什么亲人的小名。

后来，我在书中看到才知道，就是这首"拉三"，被称为浪漫派大师的作品达到极限的一首钢琴协奏曲，就是拉赫玛尼诺夫自己超越它都很困难，这就是为什么拉赫玛尼诺夫隔了 17 年那么久才创作出他的 G 小调第四钢琴协奏曲来，而且让人们大为失望的原因。"拉三"是他自己横在钢琴前一道难以逾越的横杆。

第二天，我到商店里买了拉赫玛尼诺夫的这首钢琴协奏曲。在这盘唱盘中还有他的另一首非常有名的 C 小调第二钢琴协奏曲，都是阿什肯纳吉的钢琴演奏。听了阿什肯纳吉之后，才对比出来昨晚那个俄罗斯小妞演奏得力度是够了，却少了一些柔韧，因缺少这两者之间的对比，很容易将钢琴弄成了嗡嗡作响的风箱。阿什肯纳吉这款录音于 1963 年，也是正值年轻的时候，但毕竟水准不同，理解的深度、演绎的感情不同，那种明暗对比，轻重缓急，十指连心，在黑白键上激荡起的旋律自然也就不同。钢琴不过是演奏者心灵的外化。发现他们两人的不同，便也发现当时在音乐厅中我的激动只是对拉赫玛尼诺夫的一种片面的理解。音乐水平的提高有赖于多听、多看，彼此间的对比，还有像阿什肯纳吉这样高手的点拨（后来在报纸上看到那位俄罗斯女孩在这一届北京国际钢琴比赛中获得第四名）。

拉赫玛尼诺夫的第二钢琴协奏曲，也是一首不可多得的好曲子。

这首是拉赫玛尼诺夫长达三年忧郁症病愈后创作的音乐，它是一首重新拾回失落的曲子，是一首寻找遗忘的曲子。因为有以往的失落和遗忘对比，有大病失意和妙手回春对比，那旋律的味道才大不一样，钢琴在这里的显现才充满心底埋藏过久如同老酒陈酿的味道。

它确实很美，乐队的协奏太美，钢琴的独奏太美，从一开始就是这样，钢琴在乐队中回响，像是一艘小船在优美而波光潋滟的湖水中荡漾，像是一只小鸟在蓊郁而腐殖质气息浓郁的森林中跳跃。钢琴清亮而清澈，乐思缠绵，浪漫而富于深情，宛若深夜里花蕊在悄悄地绽放，露珠在轻轻地凝聚。第二乐章开始中在优美无比乐队伴奏下出现的钢琴声，实在像是晶莹透彻的露珠滴落叶间下，滚落在茵茵草坪上，在黎明的玫瑰色晨曦中熠熠闪亮。听这样的琴声，让你忍不住柔肠寸断。

如果将这首第二协奏曲和拉赫玛尼诺夫的第三协奏曲相比，"第三"像是一个刚劲有力的哥哥，"第二"则像是一位柔情万种的小妹妹；"第三"像是一条湍急飞驰的大河，"第二"则像是一泓山岚树影倒映摇曳的深潭；"第三"像是清晨飞跃出海面的一轮金色的太阳，"第二"则像是黄昏回荡在晚霞里的清亮的钟声……

整整一个冬天，我常常听这盘唱盘，拉赫玛尼诺夫一直陪伴着我。许多时候，心情烦躁不堪，抑郁不舒，一团乱麻剪不断理还乱，一池浑水抽刀断水水更流……听拉赫玛尼诺夫这两首钢琴协奏曲，能让心沉静下来，或被第三所振奋，或被第二所软化，沉淀下许多杂质，抽茧剥丝一般，将许多曾经被掩藏的美好重新呈现在心里。你在拉赫玛尼诺夫的琴声中会觉得生活并不如想象的那样不可救药，并不是所有的人都在背叛爱情和良知，并不是所有的心灵都被污染成了脏兮兮的抹布,并不是所有的夜晚都没有星星,并不是所有的日子都淫雨绵绵,并不所有的天气都如同今年的冬天一样寒冷无比……

冬天终于过去了,春天来临了。立春的那一天,正赶上春节的前夕。家中的水仙年年在这时候要开花的,这一次却破例光是绿绿的叶子,没有开花。忽然想起那一年的立春,为了咬春,我们还专门到餐馆里要一盘萝卜,服务小姐端上来的是一盘朝鲜泡菜的萝卜。不管怎么说,是萝卜,是立春可以咬春的萝卜。今年的立春,却没有了萝卜,天气依然寒冷无比,我们都奔跑出了北京,奔跑到郊外的田野里,只是田野里没有萝卜,残雪尚未化尽。

现在,春天真的来了。重新将拉赫玛尼诺夫这盘唱盘拿出来听,听了一冬天了,能听出什么新的味道来吗。熟悉的旋律,熟悉的钢琴声,熟悉的"第三"中的那种浪漫和狂热煽动起的力度和激情,熟悉的"第二"中的那种被找回的岁月和回忆,熟悉的阿什肯纳吉,熟悉的拉赫玛尼诺夫……那么亲切,像是你养熟的一群小鸟,围绕着你起起落落,甚至轻轻地落在你的肩头,眨动着透明清澈的小眼睛与你对视。

不知怎么搞的,忽然觉得拉赫玛尼诺夫的第三钢琴协奏曲是属于冬天的,第二协奏曲则是属于春天的。

不是吗?你可以再去听听。

巴托克的启示

曾经有一位英国的学者论述巴托克时这样说他的音乐："拒绝为了美或放纵情感的利益而破坏其逻辑性。""如果有人坚持音乐必须是悦耳动听，那他就无法欣赏巴托克的音乐。"

巴托克（B. Bartók，1881—1945）的音乐到底是什么样子的呢？真的就不美不动听吗？这倒引起我对他的兴趣。

我买了一盘迪卡公司出品的巴托克作品集，布列兹指挥，美国芝加哥交响乐团演奏，里面包括巴托克最享有盛名的弦乐《交响协奏曲》，还有四首为管弦乐队作的小品。主要想听他的《交响协奏曲》。

实在地说，巴托克和他以前的古典和浪漫时期的音乐家的作品不尽相同，同他热爱的理查·施特劳斯、勃拉姆斯也不尽相同，他们的作品还在一定的规矩方圆中舞蹈，古典和浪漫的内核还是包容在内容和形式之中的。巴托克则想标新立异，他是想突破古典音乐尤其是新浪漫音乐的规矩，他便将两种现成的东西都置于自己的对立面：上溯历史的渊源，下数眼前的，他太想横扫千军如卷席，独树一帜。这在他早期的几首弦乐四重奏中就可以明显地看出来，在我买的这盘唱盘中的为乐队所创作的四首小品也可以看出。他的音乐做法和音响效果都和以前不完全一样，他注重出奇制胜的效果，讲究一泻千里的气势，有点儿光怪陆离。但还是和勋伯格不一样，他并没有如勋伯格走得那样远，他没有完全抛弃调性。显然，他走的不是古典与浪漫派音乐相同的路，也不是勋伯格的完全现代派的路，他走的到底是什么样的一条路呢，难道他能走成两者之间一条中间道路吗。

在听巴托克的音乐，捕捉巴托克的音乐品格和性格的时候，我的思想常常在开小差，飘移到巴托克的音乐之外。原因是我一边听一边总是忍不住在想，在巴托克所在20世纪的初期，不仅音乐是如此活跃，而且出现了连同巴托克在内的不同流派不同追求却相同在努力探索的音乐家，如德彪西、马勒、勋伯格、理查·施特劳斯、斯特拉文斯基、艾弗斯……呈一种百花齐放的局面，是如此的缤纷热闹，如同此起彼伏的浪涛奔涌；是如此互相攻击着，又互相鼓励着；是你花开罢我花开，而不是我花开时百花杀。而且，在其他艺术和非艺术领域，一样都出现了如此美不胜收的烂漫似锦的场面：比如，文学就有普鲁斯特的浩瀚巨著《追忆似水年华》占据春光，心理学有弗洛伊德的《梦的解析》一鸣惊人，美学有克罗齐的《美学》问世，科学有爱因斯坦的《相对论》的诞生和莱特兄弟的人类第一架飞机上天……就是在我们的国家，也可以如数家珍一样，数得出许多各界的豪杰，如鲁迅、蔡元培、熊十力、马一浮……足以光耀后人。

为什么在一个世纪之前的20世纪初期，这个世界会出现如此欣欣向荣的局面？英雄辈出，而且新人层出不穷，后浪推前浪，让我们后代仰慕如同仰望漫天的璀璨星辰。如今，一个新的世纪又来到了，在21世纪的初期，我们还能看得到这样的局面，看得到这样的星辰、这样的天空吗？说实话，真让我背气。在一个世无英雄，遂使竖子成名的时代，城头频换大王旗，冠以著名的这家那家的遍地都是，像评定的高级职称在日益贬值一样，不过大多是荒草丛生罢了。

我们还是回过头来看看巴托克吧。他还能给我们一些安慰。

巴托克既没有走一条古典浪漫派或新浪漫派的老路，也没有走现代派的新路，他一直在孜孜探索自己的路。他走的是民间的路。有音乐史专家说："巴托克全部创作的一根导线是熔民间音乐精髓与西方艺术音乐为一炉，技艺精湛，丰富多样。巴托克主要不搞革新，他像亨德尔那样兼收并蓄古今之精粹，雄辩地加以综合。"这话说得非常有见地，讲出了民间音乐和正统音乐、古典音乐和现代音乐、继承和创新、吸收和改造、东方和西方等诸多种关系。这些关系的处理方式和态度，表现出音乐家的创作走向和性格轨迹。对于民间音乐，并非巴托克一个人情有独钟，许多音乐家都曾对民间音乐痴迷，勃拉姆斯就曾经改编过匈牙利舞曲，德沃夏克改编过斯拉夫舞曲，而西贝柳斯和格里格也曾经把芬兰和挪威本国的民间音乐元素移植到自己的音乐创作中来。但是，有像巴托克这样把自己音乐的根深扎在民间音乐之中的音乐家吗？

曾经在一本书中看过这样的一张照片，是巴托克的老友也是匈牙利的音乐家柯达伊（Kodaly Zoltan）为他拍的：巴托克在特兰西瓦尼亚山村，用一个旧式的圆筒录音机在录制当地的民间音乐，很像我们现在热门出版的一些老照片的书上的照片，上面的那些偏远山村的村民笔直地立着，面容表情都有些呆滞，巴托克在认真地鼓捣着那架录音机。这张照片让我感受到一个世纪之前的生命气息和艺术气息，那个时代人们对艺术的真诚和投入，执着得带有孩子似的天真，不惜踏遍千山万水也要寻求真理的渴望，真是让我感动。我们现在还能出现这样的场面吗？我们的许多音乐翻录别人现成的带子（俗称"扒带子"）就马到成功了，谁还愿意那样千里迢迢地去采风。

据说，巴托克不满意自己早期简单模仿的作品，而他企图成立新匈牙利音乐学会也惨遭失败，他离开了大都市，离开了音乐的中心，而跑到了深山老林采风，带着他的老式圆筒录音机，就这样收集了两千多首民间乐曲，其中包括匈牙利本土的，也包括罗马尼亚、南斯拉夫的，还包括北非和东方的。同时，巴托克还撰写了大量论述民间音乐的论著。不知道世界音乐史上还有没有如他一样的热情、采集众多民间乐曲的音乐家。我猜想，如他一样热情的有，如他一样采集两千多首之多的少见了。巴托克惊异地发现民间音乐尤其是匈牙利的民间音乐充沛的活力和新颖的生命力，并把它们带入他的音乐，拓宽了音乐本身的疆域。

巴托克对民间音乐的钟情和付出的努力代价，在音乐家中是少有的。早在他25岁（1906年）的时候，有一次和神童小提琴家费伦茨·威切依到西班牙去演出的机会（当时巴托克为其伴奏），演出结束回匈牙利前，他去了葡萄牙，然后又到非洲，采集民歌。1913年，他再次重游非洲采风，他竟然很快地学会了当地的语言。他对那些非洲民间音乐爱不释手，他说那是些埋藏在这些国家地下最珍贵的财富、最纯洁的宝藏。有人说民歌是粗俗的甚至是色情的，难登大雅之堂，他说："最粗鄙的字眼就是这个'大雅之堂'，这个词叫我头疼。在出版美丽的民歌，特别是美丽的民歌歌词时，我吃够了它的苦头，这种民歌都是在精神和肉体亲切温存的情境中产生，或者在深切需要快乐和幽默以调剂一下单调生活时创造的。"

整日奔波在这些偏僻的山村，尤其是看到那些平日里沉默寡言的村民唱起民歌来忘记了羞涩，脸上呈现出的喜怒哀乐和歌唱这样的感情完全融为一体的时候，他越发感受到什么才是他所需要的民间音乐。这些真正地道的民间音乐，彻底地改变了他和他的音乐。他像是从一头关在城市里动物，变成了一只飞出笼子的鸟，发现了一片无限自由的天空。那时他说过许多关于民间音乐的话，现在来听听是很有意思的。比如，他曾经无情地批评过那些伪民歌："国内外以为是匈牙利音乐精神的东西，不是真正的匈牙利民歌，却是些没有根基的、拼拼凑凑的仿制品。加上吉卜赛乐队的雕琢风格。"他同时还说："那些所谓的歌曲，一年又一年地大批生产，潮涌般地不断向人们灌输。你稍不戒备，就会失去免疫力，久而不闻其臭。每个历史时期都有这类弄虚作假的'天才'，信口雌黄，歌词从头到尾都是些陈词滥调，也只配上那些叫人恶心的音符——我才不把这种东西叫作音乐呢。"这样的话，对于我们今天仍然有着警醒的启示意义。

那时巴托克不仅生活艰难，而且已经染上了不治之症白血病。虽然民间音乐并没有成为令他起死回生的一剂良药，但毕竟让他的生命充实，让他的音乐为之耳目一新。

都说巴托克的音乐不大悦耳，其实也是一种误解，只能说他的有些音乐不悦耳。这支弦乐的《交响协奏曲》的开头就很好听，不同乐器的渐渐加入，将乐曲的层次演绎得那样精致细微、色彩分明，整体的弦乐如同从湖面上掠过的一阵阵清风，带有花香，带有鸟鸣，也带有嘹亮的呼叫。巴托克自己称之第一乐章为"严峻"，第二乐章为"悲哀"，末乐章为"对生命的肯定"。听第二乐章的感觉很美，开头笼罩的哀婉情绪，在长笛和单簧管交错的呼应之下，显得格外迷人。

竖琴的颤动,合着弦乐的摇摆起伏,间或弦乐和长笛的几声尖厉的鸣叫,如鹤唳长天,大多时候弦乐如银似水般荡漾,十分抒情,圆舞曲的旋律,回旋着曳地长裙,也回旋着天空中的袅袅白云,完全是古典主义的情致。末乐章里的民间音乐的色素最为明显,那种民间乐曲的粗犷,充满野性的张力,山洪暴发般一泻千里。说《交响协奏曲》是巴托克最为出色的作品,一点不为过。

如果我们知道这支《交响协奏曲》,是在巴托克逝世前两年1943年的作品,在此之前许多时候他是一直在贫困和白血病的双重重压下艰难地活着,精神处于极度的痛苦煎熬中,许多时候没有创作也不愿意创作,是他的好友指挥家库塞维茨基的竭力约请,他才出山谱就了这支乐曲,我们就会对这支乐曲更加充满敬意。如果我们知道了巴托克创作完这支乐曲,由库塞维茨基在波士顿指挥演奏成功,而巴托克的白血病也出奇地有所好转,有了回光返照的生命的最后两年,我们就会对这支乐曲更加充满感情。我不知道别人听说《交响协奏曲》有这样的背景之后会不会涌出这样的敬意和感情,我自己就是这样对这支乐曲、对巴托克多了一份感情的。

有人说:"巴托克是活跃于1910年到1945年间并留下传世之作的四五位作曲家之一。"

这是很高的评价,这也是一个苛刻的评价。

这让我想起我在前面曾经提到过的问题,为什么在一个世纪之前的20世纪初期,这个世界会如此欣欣向荣、英雄辈出?这实在让我们后辈汗颜惭愧。其实,在那段时期,并非仅仅出现了拥有传世之作的巴托克这样四五位作曲家,但我们只要面对巴托克一个人就可以了,我们可以从巴托克的身上学到一些对艺术追求的执着与真诚。

艺术比死亡更有力量

并非说是同为意大利人,托斯卡尼尼(A. Toscanini, 1867—1957)和普契尼(G. Puccini, 1858—1924)就一定有着不解之缘。人海茫茫,本都是素不相识,一个人与另外一个人开始结识,并有着漫长时间的不解之缘,恐怕不全是偶然的因素,总有些命定般的原因。如果从托斯卡尼尼最早指挥普契尼的歌剧《艺术家生涯》开始算起,到普契尼逝世为止,他们之间的交往,起码有着28年的历史。28年,对于托斯卡尼尼也许不算太长,因为他活了整整90岁;但对于活了66岁的普契尼来说,却不能算太短,占了他生命的近二分之一。

这不能不引起我对他们极大的兴趣。

让我对他们更感兴趣的,是他们之间存在的并不仅仅是友谊,也就是说,他们之间的矛盾、冲突,乃至不可调和的厮斗,常常如一块块突兀的礁石,阻挡着他们两条河的汇合和前进,使得他们生命和艺术之流激起浪花,溅湿彼此的衣襟。我便在听托斯卡尼尼指挥的音乐,尤其是指挥普契尼的歌剧录音磁带时,常想为什么他们之间会存在这样充满矛盾的友谊。

音乐家之间,彼此结为美好而和谐的友谊的人有不少,比如舒曼和勃拉姆斯、肖邦和李斯特,还有被称为强力集团的巴拉基列夫、莫索尔斯基、鲍罗丁和里姆斯基-科萨科夫……是什么原因使得托斯卡尼尼和普契尼的友谊像是一条起伏不平的小路,让他们总是磕磕绊绊呢?

应该说,托斯卡尼尼和普契尼最初的友谊是顺风顺水的。1896年2月1日,对于他们两人都是极其重要的日子。这一天,由托斯卡尼尼指挥普契尼的歌剧《艺术家的生涯》在都灵首演。在这之前,他们两人都小有名气,公平地讲,托斯卡尼尼的名气更大些,成功地指挥了瓦格纳的《汤豪舍》和威尔第的《法尔斯塔夫》,为他带来了声誉。而普契尼在此之前还只是一个二流的作曲家,他所作曲的第一部和第二部歌剧,全遭到失败,只有一部《曼侬·列斯科》获得好评。《艺术家的生涯》是普契尼的精心之作,是他下的赌注,关系到他是否能从二流泥潭中一跃而出。但是,一直到演出之前还有评论家说《艺术家的生涯》不过是昙花一现,不会成功。因此,普契尼一直把心提到嗓子眼儿,托斯卡尼尼排练这部歌剧的时候,普契尼每天都要到场,心里惴惴不安;音乐评论界和出版商也很重视这部歌剧的首演,关注着演出是否成功。这让他两人的友谊一出场就显得气势不凡,而且有着坚实的基础。可以说托斯卡尼尼为普契尼带来了好运,他一丝不苟的排练和精彩绝伦的指挥,使得首场演出大获成功,好评如潮,一连演了23场,观众叹为观止,普契尼也更为折服。这一年,普契尼38岁,托斯卡尼尼29岁。

为什么有着这样好的友谊基础,他们的友谊会出现矛盾、波折,甚至破裂？为什么在1921年，当时欧洲最著名歌剧院斯卡拉剧院，计划演出普契尼《艺术家的生涯》《托斯卡》和《蝴蝶夫人》三部歌剧时，托斯卡尼尼坚决拒绝出任指挥，而只是派他的助手出场？而普契尼在请人出面调和不成之后，为什么气急败坏地出言不逊大骂托斯卡尼尼是"充满恶意""没有艺术家的灵魂"。真的是后来托斯卡尼尼自己解释的那种原因："我不喜欢《蝴蝶夫人》"吗，未免太简单了吧。虽然托斯卡尼尼是一个对艺术格外认真的人，对于他不喜欢的音乐，他是不会接受的，但我是不能相信仅仅是这样一个原因，会导致托斯卡尼尼果断地做出这样一个伤害普契尼同时也伤害米兰观众的决定。因为如果托斯卡尼尼真的不喜欢《蝴蝶夫人》的话，他完全还可以指挥另外两部歌剧，况且《艺术家的生涯》和《托斯卡》这两部歌剧，他都曾经指挥过，并获得成功，这时候却撒手不管了，于情于理都有些说不过去。还有一点让我不解的是，普契尼写作《蝴蝶夫人》是早在1904年，当时托斯卡尼尼批评这部歌剧"长得令人生厌"，普契尼听说后立刻改写脚本，缩短乐谱，有不少章节重写，完全是按托斯卡尼尼的意见修改了的呀。

在一本介绍托斯卡尼尼的书中，我看到这样简单几句对托斯卡尼尼和普契尼的介绍，其中说他们两人之间友谊的裂痕出现在1914年，即对第一次世界大战的看法不同，政治的态度导致了艺术的矛盾。这我就想象得出了，他们的友谊不可能不出现裂痕，即使普契尼再如何请人出面调和，也是无济于事的。想一想，第二次世界大战之后，托斯卡尼尼对曾经为法西斯垂首做过事情的富尔特温格勒和卡拉扬的态度，拒绝和他们同台演出，以及他那句著名的话："在作为音乐家的富尔特温格勒面前，我愿意脱帽致敬；但是，在作为普通人的富尔特温格勒的面前,我要戴上两顶帽子。"托斯卡尼尼对普契尼肯定不会原谅,便是很正常的事情了。

后来,在一本意大利人写的托斯卡尼尼的传记中,看到托斯卡尼尼和普契尼1914年的夏天在维亚雷焦海滨度假时,两人为刚刚爆发不久的第一次世界大战的看法不同而矛盾爆发。托斯卡尼尼是支持协约国的,而普契尼支持德国,两人因此争吵起来,托斯卡尼尼突然愤而起身,怒斥普契尼而后闭门不出,整整一个星期不上街。当有人劝他和普契尼讲和,他说:"我坚决不和他讲和,相反,碰到他要打他几个耳光!"这和他对富尔特温格勒的态度是一样的。

不过,我有时会想,如果没有发生第一次世界大战,或者虽然发生了,但是普契尼没有对托斯卡尼尼说出自己真实的看法,而是藏在心里,只谈艺术,不谈其他,他们两人之间的友谊会不会维持下去呢?是不是就不至于爆发1921年斯卡拉剧院演出矛盾了吗?

我看不见得。

性格所致,会使得看似平行的两条线越来越远。作为艺术家,有的会极端地表现在艺术之中,有的会极端地表现在艺术之外的为人处世里面,托斯卡尼尼的性格是毫无保留地表现在这两者之中。他是一个极其严谨的人,他不抽烟,不喝酒,每天排练四五个小时,排练期间不吃饭,也不饿。同普契尼一贯的折中主义不同,他是一个开弓没有回头箭的人。而且他是一个独断专行、极其固执己见的人,包括音乐在内的所有事情,他不会和别人商量,也不会听从别人的意见。他是鲁迅先生说的那种到死也不会宽容他人的人,更不会为自己的行为和想法做丝毫妥协。同时,他又是一个极其容易暴怒的人,这一点并不是后来他的名气越来越大的缘故,从一开始走上指挥台他就是这样,据说如果他发现乐队里有人没有全神贯注或是出错,他会立刻勃然大怒,毫不留情地大骂人家是"畜生",是"杂种",毫不留情面,没人敢上前制止或劝说他,可以说他的修养实在有些难以恭维,也说明他其实是一个胸无城府的人。他就像一条笔直的线,不懂得有时是应该拐弯的,哪怕稍稍有些弧度和弹性。

曾经听说有关托斯卡尼尼的一个小故事,说他一次听一位指挥家的排练,听到这位指挥的节奏不对(其实很可能是不符合他自己心目中的节奏),他丝毫不知道忍耐,不知道该给同行一点面子,立刻忍不下去了,拍起手掌,示意人家节奏应该是这样的。结果,乐队竟然按照他手掌的节奏进行演奏,把那位指挥晾到一边。

托斯卡尼尼就是这样一个性格坚硬且棱角过于分明的人。一次排练,他尚且不容于他人,他怎么能容忍和自己政治观点相左的普契尼?不少人劝他和普契尼讲和,他的妻子也这样劝他,他都不为之所动。所以,到了1921年斯卡拉剧院演出和普契尼的矛盾爆发,就是情理之中的事情了。虽然第一次世界大战已经过去了七年,他们的矛盾非但没有随时间淡化和消解,反而累积成一个解不开的死疙瘩。

即使没有这一矛盾的爆发,也还会有其他的矛盾,便是很可以理解的事情,而且可以断定是必然的事情。这里除了托斯卡尼尼性格的因素,也有普契尼的性格在起着作用。普契尼是一个和托斯卡尼尼毫不妥协的性格完全不一样的人,他对于艺术和生活的折中主义,必定要和托斯卡尼尼发生矛盾。而普契尼对于托斯卡尼尼的嫉妒,也必然是产生矛盾的另一条导火索。因此,虽然托斯卡尼尼的性格并不因为他是一个大师就一定那么可爱,但是普契尼的性格就更不可爱。两个这样性格的人偶尔相处,也许可能会迸发出美丽而夺目的火花,但要是长期相处，不爆发矛盾才怪，第一次世界大战，不过是给他们两人的矛盾火上浇油。虽只是出于偶然，却含有必然的命定，在劫难逃。

说实在的，托斯卡尼尼和普契尼这样两位意大利19世纪末期、20世纪初期最有名并且照耀了整个世界乐坛的人物，他们之间的关系就这样淡然结束，真是让我惋惜甚至扫兴，或者说有些不甘心。我一直寻找他们最后的结尾，就像读一部小说，希望读到自己期待的结尾一样，惊鸿一瞥，出乎意料，而心存一丝幻想。

幸亏不是幻想，他们的结尾多少让我感到一些安慰。虽然，他们的结尾没有在普契尼活着的时候出现（普契尼比托斯卡尼尼早死了33年），毕竟令人欣慰的结尾还是出现了，在普契尼逝世两年之后。

托斯卡尼尼突然出任普契尼的歌剧《图兰朵》的指挥。这是普契尼最后一部歌剧，是他呕心沥血之作，一直写到公主死去的时候，他自己也死去了。据说这场音乐会，全场鸦雀无声，人们看到，在音乐声中，托斯卡尼尼和普契尼又走到一起。我想这大概不是托斯卡尼尼的妥协，或对死者的一种悲悯，而是对艺术的一种真诚，《图兰朵》确实是普契尼的精心之作。

托斯卡尼尼在指挥到公主死去的时候，突然把指挥棒停在空中，整个乐队在他的指挥下戛然而止。托斯卡尼尼慢慢转过身来，对观众们说了那句《图兰朵》在我国上演时被报纸不断引用的话："歌剧到此结束，普契尼写到这儿时，心脏停止了跳动。死亡比艺术更有力量。"

这话说得充满哲理，更充满感情。这话让我感动。

更让我感动的是1946年的春天，在普契尼的歌剧《艺术家的生涯》首演50周年纪念日的那一天，托斯卡尼尼虽然人在美国，还是记起这样的日子,在电台指挥了普契尼的这部歌剧,并灌制了唱片。这一年,托斯卡尼尼已经是 79 岁的高龄。

只有在美好的音乐之中,人们才能消弥芥蒂而相会相融。托斯卡尼尼说得不对,并不是死亡比艺术更有力量,而是艺术比死亡更有力量。

走近理查·施特劳斯

我新买了一盘索尔蒂指挥理查·施特劳斯（R. Strauss, 1864—1949）作品的唱盘。这是一盘非常好的唱盘，作曲家和指挥家双子星座般相得益彰。早就知道这两位，索尔蒂虽出生在匈牙利，但一直生活在英国，凭借杰出的指挥才能被英王授予爵士，由此可以看出他的地位。只不过，我觉得理查·施特劳斯的声名还要大些，而且他专爱捡大部头的东西演绎成音乐，爱啃硬骨头一样，爱攻难点，敢上九天揽月、敢下五洋捉鳖，尤其喜欢和本来与音乐相距十万八千里的哲学联姻，做一番别出心裁的攀登。我对他一直有些敬畏，便一直对他敬而远之，没怎么听过他的作品。

之所以这回买回他的唱盘，是因为这张唱盘中有这样三部作品：《查拉图斯特拉如是说》《蒂尔·艾伦施皮格尔的恶作剧》和《莎乐美》中最有名的那段"七层纱"舞曲，都是理查·施特劳斯代表作，一直如雷贯耳，近在咫尺，却不敢走近，便总有种远在天涯的感觉。这回蓦然间重又相逢，一种走近他，非要见识一下他的好奇心油然而生。

说实话，理查·施特劳斯对哲学的浓厚兴趣且非要将哲学和音乐结合在一起的作为，令我很是怀疑。不同的领域，当然可以彼此学习借鉴，但不可能彼此融合，正如两座不同的山峰不可能融合为一座一样。偏要用完全是诉诸心灵和情感的音乐去演绎抽象的哲学，我很难想象该如何找到它们之间的契合点。这应该是完全不同的思维，非要做一种人猿的交配，实在是一种近乎残酷的事情。也许，这位四岁就学会了钢琴，六岁开始作曲，九岁写出了《节日进行曲》，16岁写出了《D小调交响曲》，17岁出版了《A大调弦乐四重奏》的天才，对音乐的功能过于夸张，对自己的音乐才能过于自信了。他以为音乐无所不能，就像记者说的那样一支笔能抵挡十万杆毛瑟枪，他以为自己只要让七彩音符在五线谱上一飞，就可以所向披靡。

我是很难想象如何用音乐将尼采这部超人思想的哲学著作《查拉图斯特拉如是说》表现出来。理查·施特劳斯从尼采著作中摘抄了这样抽象的句子："来世之人""关于灵魂渴望""关于欢乐和激情""关于学术"……作为他这部惊世骇俗作品的八个小标题，给我们听音乐时以画龙点睛的提示。但是，我还是无法想象他是如何借助音乐的形象和词汇，来将这些庞大的哲学命题解释清楚，让我们接受并感动。他的野心太大，本来是在属于他自己的音乐的江河里游泳，非要还想游到大海中去翻波涌浪。音乐，真的能成为一条鱼，可以在任何的水系中无所不在而畅游无阻吗？或者，真能在地能做连理枝，上天能做比翼鸟，下海能做珊瑚礁吗？从这张唱盘里，我是听不出来这样深奥的哲学来。除了开头不到两分钟标题为"日出"的引子，渐渐响起的高亢小号声带出的强烈的定音鼓点激越人心，还有那丰满的管风琴声袅袅不绝，多少能让我感受到一些在大海滚滚波浪中太阳冉冉升起的感觉（这种感觉多少有些受"文化大革命"中伴随着红太阳升起那种嘹亮而神圣音乐的影响和启发）之外，无一处能使我感受到理查·施特劳斯在小标题中所提示的那种哲学感觉，我无法在音乐中感受到宗教和灵魂、欢乐和激情、学术和知识……

我能感受到的是音乐自身带给我的那种美好或深邃、震撼与惊异。在"来世之人"中，我听到的是动人的抒情，缓缓而至的天光月色、清纯荡漾的深潭溪水。在"关于灵魂渴望"和"关于欢乐激情"中，我听到的是由木管乐、小号、双簧管构造的澎湃大海逐渐涌来，和无数的被风吹得鼓胀的帆船从远处飘来。在"挽歌"中，我听到的是哀婉的小提琴缥缈而来，和双簧管交相呼应，鬼火一般明灭闪烁。在"学术"中，我听到的是迂回，一唱三叹，甚至是缠绵悱恻。在"康复"中，我听到的是略带欢快的调子，然后是高昂如飞流直下的瀑布，然后是急速如湍流激荡的流水，最后精巧优美的弦乐出现，如丝似缕，优雅回旋。莫非就是气绝之后复苏的上帝露出了微笑？在"舞曲"中，我听到的是高雅，长笛、双簧管、小提琴在乐队的陪伴下像一群白鸽舞动着洁白透明的翅膀在轻盈地盘旋，似乎将所有的一切，包括艰涩的哲学都溶解在这一舞曲的旋律之中了。最后的"梦游者之歌"中，我听到的是木管、小提琴和大提琴的摇曳生姿和余音不绝如缕。哪里有那些超人的哲学和神秘的宗教，尼采离我显得很遥远，而理查·施特劳斯只是戴着一副自造的哲学与宗教的面具，踩在他自己创作的自以为是深奥的旋律上跳舞。

以我庸常的欣赏习惯和浅显的音乐水平，在理查·施特劳斯这首乐诗中，最美的一段莫过于第二节"关于灵魂的渴望"。也许，灵魂这东西是极其柔软的，需要格外仔细，这一段音乐中的弦乐非常动人，交响效果极佳，并且有着浓郁的民歌味道，听着让人直想落泪。高音的小提琴使人高蹈在高高而透明的云层中，一只风筝般轻轻地飘曳在轻柔的风中，命若纤丝，久久在你的视野里消失不去，让你涌起几分柔情万缕的牵挂。

最有意思的一节是第六节"关于学术"。在这一节中，盔甲般厚重的理念学术，变成了大提琴低沉而深情的旋律，更加抒情而轻柔的小提琴在其中游蛇一般蜿蜒地游走；变成了小号寂寞而空旷地响起，单簧管清亮而柔弱地回旋。学术变成了音乐，就像大象变成了小鸟一样，便不再是大象了，尽管都还有眼睛在闪动。

虽然这是理查·施特劳斯最富有魅力的一首曲子，但在我看来他对音乐的大胆和野心，还是大大地超过了音乐自身的制作。无论怎么说，一门艺术也好，一门学问也好，各有各的长处和短处，学问和借鉴替代不了彼此的位置，才有了这个世界的多姿多彩，也才有这个世界的秩序，脚踩两条船的实验可以，但踩得久了，两条船都很难往前划行，而人也极可能翻身下船，落入水中。

在这首音乐中，我们能听出理查·施特劳斯的大气磅礴，那种乐器色彩的华丽堂皇，那种和弦技法的驾轻就熟，效果刺激人心。但是理念的东西多了些，他想表达的东西多了些，而使得音乐本身像是一匹负载过重的骆驼，总有压弯了腰而力不胜负的感觉。

在我看来，当时风靡一时的尼采的超人哲学，不过是激发了理查·施特劳斯的想象和创作的冲动。哲学，在他的那里只是药引子，用音乐的汤汤水水一泡，尼采便成为他自己的味道。而作为一百多年以后的听众，我们听出的更不会是尼采的味道，而只是理查·施特劳斯一些标新立异的音乐织体和莫名其妙的情绪。

理查·施特劳斯的作品中有非常动听的东西，但也有非常不中听的东西。像是一艘船，时而航行在潮平两岸阔的水域，千里江陵一日还，痛快淋漓而且风光无限；时而航行在浅滩上，船的航行一下子变得艰难起来，得需要人下去拉纤，就好像需要在乐谱上注明标题方才能让人明白一些什么一样。

我还是顽固地认为，音乐是属于心灵和感情的艺术，它不适合描写，更不适合理念。一块土地只适合长一种苗，虽然非常有可能长出来的都是月牙般弯弯的，但黄瓜毕竟不能等同于香蕉。

在索尔蒂指挥的这盘唱盘中，另两部作品《蒂尔·艾伦施皮格尔的恶作剧》和《莎乐美》同样说明这样的问题。

在《蒂尔·艾伦施皮格尔的恶作剧》中，我们怎么能够听得出蒂尔那样一个进行无数个恶作剧最后被吊死的喜剧的形象呢，我们听到的只能是活泼可爱的旋律。以一支简单的乐曲，来表现如此复杂的剧情和人物，这是不可能的。音乐，是一把筛子，留下的只能是属于音乐自身能够表现的。理查·施特劳斯总是想将这把筛子变成他手中的一把铁簸箕，野心勃勃地想要将一切撮到他的这把音乐的铁簸箕之中。

同样，在《莎乐美》中，我们也难以听出莎乐美这个东方公主的艳情故事，"七层纱"舞曲，怎么能表现出莎乐美将七层轻纱舞衣一层层地脱去，最后扑倒在希律王的脚下，要求杀死先知约翰这样一系列复杂的戏剧动作呢。反正我是没听出来。我听出来的只是乐器的华丽，旋律的惊人，弦乐的美妙，色彩的鲜艳。当然，如果我们事先知道莎乐美的故事，尤其是看过比亚兹莱画的那幅莎乐美在希律王前跳舞的著名插图，我们可以借助画面从乐曲中想象出那种情节和情境。但是，如果我们事先不知道这些，或者将乐曲的名字更改为别的什么，我们依然会听出它的动听，却绝不会听出这样的复杂、残酷和享乐主义的泛滥。我们当然也可以通过乐曲想象，想象出的却完全可能是风马牛不相及的另一回事了。

对于叙事艺术比如小说戏剧来说，皮之不存，毛将焉附，人物和情节是必要的。对于音乐这门艺术，人物和情节往往是多长在它身上的赘肉，它表现的不是人物和情节，而只是我们的情感和心灵。所以，在对比包括叙事和绘画的一切艺术之后，巴尔扎克这样说："音乐会变成一切艺术之中最伟大的一个。它难道不是最深入心灵的艺术吗？您只能用眼睛去看画家给您绘画出的东西，您只能用耳朵去听诗人给您朗诵的诗词，音乐不只如此，它不是构成了您的思想，唤醒了您的麻木记忆吗？这里有千百灵魂聚在一堂……只有音乐有力量使我们返回我们的本真，然而其他艺术却只能够给我们一些有限的欢乐。"

从这一点意义上来说，小说或戏剧是有限的艺术，是属于大地上的艺术，而音乐却是无限的艺术，是属于天堂的艺术。人物和情节，只是地上的青草和鲜花，甚至可以是参天的大树，却只能生长在地上，进入不了天堂。

理查·施特劳斯偏偏想做这样的实验：要将它们拉进天堂。

月光下的勋伯格

《月光下的彼埃罗》是一个好听的名字，充满诗意和想象。彼埃罗，这三个音阶听起来很悦耳，就像我们听到玛利亚或娜塔莎这样的音阶能感觉出是美丽的姑娘一样，而"月光下"这三个字的组成作为人物出场的背景，又能让人荡漾起许多晶莹而温柔的想象。

但这只是望文生义出来的感觉和想象。听这支为诗朗诵配乐的乐曲，绝对涌不出这样的感觉和想象来。

《月光下彼埃罗》是1912年勋伯格（A. Schoenberg, 1874—1951）38岁时的作品，正是他玩无调性的高潮时期。不知当时人们听到这支乐曲时是一种什么样的反应。今天再听这支乐曲，我是听不出来一点比利时诗人吉罗所写的以意大利的那位喜剧丑角彼埃罗为主人公发笑的意思了。当时彼埃罗这个丑角是非常有名的，据说，他经常恋爱失败，受到月光的引诱而发狂地胡思乱想，以致笑话百出。也许，当时他会像我们今天的赵本山或是黄宏一样令人笑口常开吧。一个时代有一个时代的英雄，一个时代有一个时代的丑角。否则，勋伯格不会对他这样感兴趣，专门为这些诗（据说一共是21首诗）配乐的。

听《月光下的彼埃罗》，真是不如只看这支乐曲的名字。就像有些商店或餐馆的名字起得很甜美怡人，真正到那儿品尝可能满不是那么一回事一样。

乐队一共八件乐器，时而合奏，时而独奏，很难听到悦耳的旋律，也听不到交响的效果，长笛似乎没有了往日的清爽，单簧管没有往日的悠扬，小提琴也没有了往日的婉转，像是高脚鹭鸶踩在了泥泞的沼泽地里，而钢琴似乎变成了笨重的大象，只在丛林中肆意折断树枝粗鲁地蹒跚……

金属般冷森森的音阶、刺耳怪异的和声、嘈杂混乱的音色，给人更多的不是悦耳优美，而是凄厉，是冷水惊风，寒鸦掠空。我想起的不是彼埃罗那位丑角在月光下可笑的样子，而是表现主义画家如凯尔希纳那种色彩夸张、几何图形扭曲的画面。

说实话，我并不喜欢这支曲子。我宁愿听勋伯格早期的作品《升华之夜》。也许是岁月拉开了历史人物与艺术氛围的隔膜，或是和现代派音乐有距离，对无调性音乐的无知。在音乐史上，有人曾称赞勋伯格的音色是最富创造性的。勋伯格自己曾说："谐和音与不谐和音没有本质区别。"对于音乐的基本要素，勋伯格和他的同行与古典浪漫派的音乐，也与我们今天一般的欣赏习惯拉开了那样大的距离。我们也就不会奇怪了，在《月光下的彼埃罗》中，那种难以接受的杂乱的音色、尖利的和声，那些怪兽般张牙舞爪的乐器涌动，正是勋伯格要追求的效果。他就是要用这样的音响效果来搭配诗朗诵的旁白，让人不适应，同时让人耳目一新。

听惯了和谐悠扬的音乐，听惯了为诗朗诵而作的慷慨激昂或悦耳缠绵的配乐，听《月光下的彼埃罗》的感觉真是太不一样，耐着心才能听完（在这盘唱盘中还有另一支勋伯格晚年创作根据拜伦诗改编的配乐曲《拿破仑颂歌》，一样的"呕哑嘲哳难为听"）。听完之后，我想在勋伯格那个时代，古典主义盛行了那么多年，浪漫主义和新浪漫主义又主宰了那么多年，一直都是以有调性的创作手法，以优美的旋律、谐和的和声、完美的乐器、优雅的交响为人们所喜爱的，便也将耳朵磨出了厚厚的老茧，将音乐的做法形成了一种约定俗成的规律。突然，有这样的一个勋伯格闯了出来，将一直奉为美丽至极的一匹闪闪发光的丝绸上，"呲啦"一声撕破了一角，也不再用它来缝制精致而光彩夺目、拖地摇曳的晚礼服，而是缝出一件露胳膊露腿的市井服装来，得需要多么大的勇气。从这一点意义上来说，说他是富于创造性的，一点儿不假。

勋伯格还有一支和《月光下的彼埃罗》《拿破仑颂歌》类似的乐曲，叫作《华沙幸存者》，作于1948年，是勋伯格逝世前三年的作品。这支乐曲揭露了第二次世界大战德国法西斯在集中营迫害犹太人的罪行。可惜我没听过，但我想，那愤恨而充满激情的诗朗诵，配以这样刺耳尖利而凄厉冷峻甚至毛骨悚然的音乐，是最合适不过的了。勋伯格的这支《华沙幸存者》，让我想起毕加索那幅《格尔尼卡》，同样揭露法西斯的罪行，有异曲同工之妙。

同时，我也想起在北京音乐厅和中山公园音乐厅曾经举办过的唐诗朗诵会，专门请来作曲家为这些诗歌配乐，效果不错。为诗歌朗诵配乐，我不知道是否为勋伯格独创，但确实是将音乐和诗歌结合的一种不错的尝试。音乐流出自己的疆域，能够浇灌其他的土地。况且，勋伯格寻求的是音乐自身发展，方才有勇气打破墨守的成规，不惜走向极端，向平衡挑战，向传统挑战，向甜腻腻挑战，向四平八稳挑战。

据说，现在有人否定勋伯格无调性音乐创作在20世纪音乐史上的价值和意义，在20世纪伟大音乐家的名单中，除去了勋伯格的名字。虽然，我并不喜欢勋伯格的这支《月光下的彼埃罗》，但我以为是不大公正的。

美国音乐史家格劳特和帕利斯卡在他们合著的《西方音乐史》中，这样形容这支《月光下的彼埃罗》："犹如一缕月光照进玻璃杯中，呈现许多造型和颜色。"他们说的是有道理的。虽然那些造型是我们不习惯的，那些颜色是我们不喜欢的，但毕竟是属于勋伯格的创造。

走近肖斯塔科维奇

一

捷杰耶夫又来了。这一次来京的两场音乐会,他带来的是对于中国而言久违的肖斯塔科维奇(D. Shostakovich, 1906—1975)。这是我很期待的。

说是久违,因为以前对于我们中国人而言,知道更多的是民族乐派,特别是柴可夫斯基,老柴以后,则是拉赫玛尼诺夫和斯特拉维斯基。肖斯塔科维奇的专场音乐会是比较少的。

对于肖斯塔科维奇,我曾经有过误解。因为他的"第七"交响曲太有名了,只要一提起肖斯塔科维奇,准要说他的这个"第七",说在德国战火包围之中的圣彼得堡,只剩下一名指挥和15名乐手,仍然坚持演奏这支"第七",极大地鼓舞了苏联人民反法西斯的士气,从而造成全世界的影响。这样的演出,确实具有传奇色彩,使得这支"第七"不同凡响。所以,"第七"又叫作"列宁格勒交响曲",被称之为"战争的史诗"。

对于所谓音乐的史诗，我一向都抱有警惕，因为我会觉得它们延续的是贝多芬、瓦格纳的那一套路数，走的是宏大叙事的老路，音响效果多为轰轰烈烈。两年前，我到美国小住，闲来无事，在图书馆里借来一套肖氏的弦乐四重奏，共15首，拿回来一听，和我想象的肖氏不同。其音乐极其丰富，旋律富有感情，非常打动我，并非宏大叙事。遂对他刮目相看，一下子燃起我对他的兴趣，又借来他的好几盘交响曲，包括"第七"，仔细听了个够，方才发现自己的浅陋，也知道这个世界上充满了多少误解和隔膜。

坐在大剧院的音乐厅里，等待捷杰耶夫出场。这是我第一次在音乐厅里听肖氏。

我一直以为指挥家为音乐会选曲，最见其思想与艺术的造诣。每一次来北京，捷杰耶夫的选曲都不一样，都见独到的功力。有意思的是，这一次，他没有选肖氏最著名的列宁格勒交响曲，而是选择了肖氏的其他四部交响曲和两部钢琴协奏曲。其中四部交响曲，"第一"是肖氏18岁的作品，演绎着青春的心情，"第七"和"第八"是肖氏中期作品，也是当时备受打击的作品，"第十五"是肖氏最后一部交响曲，这部交响曲之后四年，他便去世了。两个晚上，捷杰耶夫和马林斯基交响乐团，带我走遍了肖氏几乎坎坷的一生。这是一次难得的音乐会，特别是对我这样对肖氏音乐不甚了解的人来说，是最生动的补课。

两场音乐会，第二场来的人更多些，心里暗想，北京的乐迷还是有水平的。最值得一听的，是"第八"和"第九"。相比刚刚听完不久的日本NHK交响乐团演奏成四平八稳的老柴，马林斯基乐团在捷杰耶夫的指挥下，更多起伏跌宕的层次和情感，整个乐队配合得浑然一体,特别是弦乐中管乐的加入,或两者的相反加入,那样的熨帖,不着痕迹,又水乳交融,风生水起。

当然,除了捷杰耶夫的指挥,还要感谢肖氏音乐本身的非凡功力。虽然肖氏崇拜马勒,但比起马勒来他更具现代性,特别是其乐器,还有短笛、小号、单簧管突兀尖锐声音的横空出世,实在具有石破天惊的感觉。它让我听到的,更多是发自身心无以言说的痛苦,而不仅仅是表面的欢乐与悲伤。同他的前辈柴可夫斯基相比,更少了泪眼汪汪手帕浸湿的那种几乎滥情的感伤。

我尤其感动于"第八",这是两天音乐会的压轴曲目。第一乐章的弦乐,就让我震撼,那种揪动心弦的悲戚,不是揪着你的衣襟,执手相看泪眼的陈情诉说,而是"黄河捧土尚可塞,北风雨雪恨难裁"的深切,随着浪一样一阵阵涌过来的音乐,层层叠叠地压在心头,拂拭不去。最后,英国管的独白,其实也是肖氏自己的独白,无字诗一样摇曳,直至曲终天青,只留下半江瑟瑟半江红。

第二乐章突兀出现的短笛,听得真让人惊心动魄,仿佛一道划过来的闪电,将你的心魂瞬间掠去。第三乐章,长号和大提琴,木管和小提琴,还有小号、巴松和定音鼓,包括三角铁的撞击,此起彼伏,汇聚成的音响,撩人,又令人目不暇接。

第四乐章中那11段的变奏,是我最期待的。弦乐、圆号、短笛、长笛,到最后单簧管的呻吟,此起彼伏,气息绵长不断。肖氏实在是太有才了,将各种乐器信手拈来于股掌之间,让它们各显其能,各尽其长,又彼此呼应,同气相投,相互辉映,交织成一天云锦霞光。

最后乐章,与"第十五"相似,也是在往返反复几次的铜管鼓钹之后渐渐的弱音收尾，所不同的是此前有一段大提琴如怨如诉吟唱般的倾诉，真的让人柔肠寸断，让人感到只有音乐才会拥有如此的穿透力，让你感受到来自心灵的痛苦，不是悲伤，不是眼泪，无法诉说时，呼天无门时，还有音乐可以帮助我们救赎。

想起当年斯大林时代对"第八"的批判，扣上的帽子说是反苏维埃和反革命的音乐。原因便是在辉煌的"第七"之后，肖氏为什么没有进一步唱响反法西斯胜利中对斯大林的赞歌，最好是出现颂歌式的独唱和大合唱，相反却要这样悲戚，最后选择渐渐消失的弱音而不是以胜利的锣鼓一般的高潮结尾。当时，批判的一条理由便是这样的悲戚，说肖氏"悲悲戚戚地站在了法西斯一边"。

音乐，在强权面前就是这样被肆意肢解和误读。此次捷杰耶夫带来马林斯基交响乐团演出前的宣传，也有人这样说，将肖氏的"第七""第八"和"第九"说成是"战争三部曲"。记得晚年的肖氏非常反感这种说法，他说："一切都归咎于战争，好像人们在战争期间才遭受折磨和杀害。"在谈到"第七"和"第八"时，他认为都属于自己的"安魂曲"。

这里牵扯到时代、政治和艺术的关系问题，但是音乐总是可以超越时代和政治的，正如肖氏的交响乐，纵使我们对肖氏和他生存的那个时代一无所知，并不妨碍我们欣赏他的音乐。我们会非常清晰地听出那里流淌出来的绝对不是欢乐和喜庆，而是痛苦和悲伤；我们可以非常明确地从中听出痛苦的深沉无比和无处不在。因为这种人类共有的痛苦超越时空，是来自心灵的，而不是来自观念。好的音乐总是能够从心灵到心灵，让我们共鸣，让我们在音乐中相逢。

为什么把人们一直认为的反法西斯战歌与史诗的"第七"说成

是自己的"安魂曲"？这是一个非常有意思的话题。也就是说，尽管"第七"有强烈的音响效果，但那并不是冒着敌人的炮火的反抗的勇气和士气，而是另含机锋。那么，这另含的机锋是什么？

音乐不同于文字和绘画，它诉诸的是听觉，反馈的是心灵，看不见，摸不着，其多义性从来就存在。同样一首乐曲，不同人听有不同的反应和感受。问题是，作曲家在音乐中倾注的感情到底是什么，是不是和我们的主观想法与传统固定的史论相违背，这是值得探讨的。如果我们的解读介入了非艺术政治化的因素，那么应该进行反思的是我们。因为是我们把自己的主观意图强行嫁接在了作曲家的音乐上面，人家作曲家本意要在这棵树上结苹果的，我们非要人家结出西红柿来。

当年，小托尔斯泰曾经专门撰写文章，高度赞扬"第七"的战争史诗意义。小托尔斯泰是不是奉命而写，我不太清楚，但我知道为了写这篇文章，他请来好几位音乐学家到他的别墅，为他讲解他并不怎么懂得音乐初级知识。小托尔斯泰的这篇文章为"第七"的定型与定性起到了重要的作用，猜想应该和我们那个时期姚文元或"梁效"的文章一样一言九鼎吧。

肖氏对小托尔斯泰非常不屑一顾。对于那个时代的作家，肖氏有自己的好恶，他欣赏的是左琴科和阿赫玛托娃。他最讨厌的是表里不一极尽谄媚之态的马雅可夫斯基，斥之为"忠心耿耿伺候斯大林的走卒"，他认为马雅可夫斯基的最高道德标准是"权力"。因此，肖氏年轻的时候，在音乐厅的排练现场，第一次见到趾高气扬的马雅可夫斯基向自己伸出两个手指时，他只伸出一个手指头回敬了这位当时正在沿着拍马奉迎的阶梯顺利往上爬的阶梯诗人。

这个小小的细节，很能说明肖氏的性格。他不是那种拍案而起、怒发冲冠的激愤之士，他自己说："我不是好斗的人。"但他的心里有一本明细账，好恶明显，忠实于自己的内心感受与良心底线。对待音乐，则越发体现了这样的一点，甚至更突兀了这样的一点。尽管当时，他也曾经为斯大林亲手抓的《攻克柏林》《难忘的1919》等多部电影配乐，并因此而多次获得过斯大林奖金。如此的名利双收，也让他颇受舆论的非议。他自己心里很清醒，他把这一类作品称之为"不体面的作品"。但他又拉出契诃夫替自己辩解："契诃夫常说，除了揭发信以外，他什么都写，我和他的看法一样。我的观点是非贵族化。"

这体现了肖氏性格的双面性，在强权下，他的软弱与抗争曲折的心理谱线。晚年的肖氏对此自省，在谈到他的老师格拉祖诺夫和他自己同样具有的软弱时，他说："这是俄罗斯知识分子的通病，所有我们这些人的通病。"同时，他格外钦佩同处于那个时代的女钢琴家尤金娜，斯大林听了她演奏莫扎特的钢琴协奏曲后，派人送给她两万卢布，她给斯大林写了一封信："谢谢你，我将日夜为你祈祷，求主原谅你在人民共和国面前犯下的大罪，主是仁慈的，他一定会原谅你。我把钱给了我所参加的教会。"

肖氏是把这些电影配乐当成自己在现实生存的妥协的手段，把这些创作当成小品看待的。他更看重并投入的是他的交响乐。在世界范围内的音乐家，肖氏的交响乐，无论从质量还是数量都是极其厚重的。因此，对待几乎众口一词的"第七"，他是非常在意的，他不满无论是官方还是民间对"第七"的误读，难以容忍。这一点充分体现了他性格中刚性的一面。按一般人的逻辑说，特别是像肖氏战前就受到《真理报》的点名批判，说他的音乐是"混乱的""形式主义的"，几乎判定了死刑。战争救赎了他,阴差阳错地让"第七"成为命运的转折。很多人会高兴不迭地顺竿往上爬呢,他自己却坚决不要这样的不实之誉。他说:"'第七'成了我最受欢迎的作品,但是,我感到悲哀的是人们并非都理解它所表达的是什么。"

晚年,他明确说:"'第七'是战前设计的,所以完全不能视为在希特勒进攻下的有感而发。"这样无可辩驳的话,对于认为"第七"是反法西斯的史诗,无疑是最有力的拨乱反正。

肖氏又说:"侵犯的主题与希特勒的进攻无关。我在创作这个主题时,想到的是人类的另一些的敌人。"那么,这另一些敌人指的是谁,这个主题是什么。他说,希特勒是罪犯,斯大林也是,他对那些战前田园诗的回忆很反感,他始终对那些"被折磨、被枪决或饿死的人感到痛苦"。他说:"等待枪决是一个折磨我一辈子的主题。"或许,今天听肖氏这样说,觉得有些危言耸听,但看到肖氏举出的一个事例,300多名盲人歌手参加官方组织的一次民歌大会,只因为没有唱斯大林的颂歌,而唱的是旧民歌,300多名盲人歌手全部被杀,我们就会明白残酷的现实更惊心动魄。

因此,肖氏义正词严地说:"我的交响曲多数是墓碑。"

在具体谈到"第七"的音乐创作动机时,肖氏更是毫不留情地推翻了很多人听了"第七"之后自以为是的政治共鸣,他说:"我是被大卫的《诗篇》深深打动而开始写第七交响曲的。这首交响曲还表达了其他内容,但是《诗篇》是推动力。大卫对血有一些很精辟的议论,说上帝要为血而报仇,上帝没有忘记受害者的呼声。"这便越发明确了"第七"的音乐属性和政治属性,和法西斯并无关联,而是对斯大林高压统治下的那个残酷年代吟唱出的愤怒的哀曲。

重新来听"第七",最好是再听完"第七"和"第八",和"第十四"和"第十五"之后,再来听"第七",会多少听出一些"安魂曲"的味道。

"安魂曲",是安慰那些被害的人和自己的灵魂,而不是为领袖量身定做的赞美诗。肖氏曾经说过一句很有意思的话:"交响乐很少是为订货而写的。"这话对于今天依然有意义,如今不仅是交响乐,有很多艺术作品是津津乐道地为订货而写,无论这订货渠道来自权力还是来自资本。总之,乐此不疲。

三

在所有俄罗斯作家中,肖氏最喜欢的是契诃夫。他把契诃夫所有的小说和剧本,连同契诃夫的笔记本和书信都读了又读。他认为"契诃夫是位非常富有音乐感的作家"。肖氏晚年一直想把契诃夫的小说《黑衣僧》改编成一部歌剧。他说:"我一定要写歌剧《黑衣僧》。可以说,这个题材摩擦着我结满老茧的灵魂。"可惜的是,肖氏临终也未能完成这部歌剧。这也成了一个肖氏之谜。

《黑衣僧》(汝龙翻译为《黑修士》,似乎不如《黑衣僧》好,黑修士可以理解为修士的肤色黑,缺少了黑衣的特指,而在小说里这位僧人来无影去无踪的幻影、黑衣飘飘无疑是平添许多气氛的),是契诃夫1873年写作的一篇中篇小说。小说写了一位叫柯甫陵的心理学硕士到一位农艺学家乡间的园子里做客。在黑麦田里,忽然遇见了他曾经梦里见过的一千年前的黑衣僧。同时,他爱上了农艺学家的女儿达尼雅,并顺利地和她结婚住回城里。婚后柯甫陵却因为见到黑衣僧而疯了，不久和达尼雅离婚。达尼雅返回乡间，迎接她的却是父亡园毁，气急之下给柯甫陵写了一封谴责和诅咒的信。此时，柯甫陵正在去往南方养病的途中。看到并撕碎这封信后，柯甫陵倒地身亡，临死前想叫女友的名字救自己，呼喊出的却是达尼雅的名字。

可以看出，小说的情节并不复杂，但因为出现黑衣僧这样一个虚幻的角色，使得小说不完全属于写实，而增添了魔幻色彩。在谈论这部不太长的中篇小说时，契诃夫说这是一部"医学作品"，描写的是一个"患自大症的青年人"。面对评论家蜂起的评论，比如说主人公的崇高志向和现实的矛盾等，契诃夫表示评论家们没有看懂他的小说。

那么，肖氏看懂了契诃夫的小说了吗？他执着地想将小说改编成歌剧，要表达的是什么样的情感和思想？能够和契诃夫相契合吗？还是要借契诃夫浇自己胸中的块垒？

如今，因为没有《黑衣僧》的这部歌剧诞生，已经无法弄清楚肖氏的真实意图了。但是，我还是非常感兴趣，企图触摸到肖氏与契诃夫之间的微妙的心理轨迹，以及音乐和文学之间的交织、交融，互为营养、互为镜像的蛛丝马迹。很多音乐家都曾经做过这样工作，比如德彪西就曾经改编梅特林克的歌剧《佩里亚斯和梅丽桑德》，理查·施特劳斯曾经把塞万提斯的小说《堂·吉诃德》改编为管弦乐。文学从来都是音乐最好的朋友。肖氏一生，除了为他的学生弗莱施曼（过早地战死在"二战"战场上）根据契诃夫的小说《罗特希尔德的小提琴》改编的歌剧写过配器之外，没有写过一部或一支关于契诃夫的音乐作品，非常遗憾。

做这样力不从心的工作，我想从这样两方面入手：一是小说中黑衣僧的形象以及对柯甫陵的影响，也就是说，为什么黑衣僧导致柯甫陵最后疯掉。

小说中，黑衣僧出现了这样几次：第一次是柯甫陵清早刚刚想起关于黑衣僧的传说，晚上便在黑麦田里遇见了黑衣僧。但仅仅照了一面，对他点点头，向他亲切而狡猾地笑笑，就脚不沾地如烟一般闪去。这一次黑衣僧的出现，带有神秘感，也带有喜悦感，就是这一次黑衣僧飘然而去之后，柯甫陵向达尼雅示爱。

第二次，还是夜间，黑衣僧出现在园林旁的一个松树后面。这一次，黑衣僧和柯甫陵有交谈，谈的是关于人的永生和真理的永恒的话题。对柯甫陵影响至深的是，黑衣僧对他说了这样的话："你的全部的生活，都带着神的、天堂的烙印，你把它们献给合理而美好的事业。"这是黑衣僧最重要的一次出现，因为这一次黑衣僧的高谈阔论，直接影响柯甫陵命运的发展，即日后的疯，以及最后的死。

第三次，婚后的一天半夜，黑衣僧坐在因思想而蒙难的柯甫陵房间的圈椅上，继续和柯甫陵交谈。这一次，谈论的中心是幸福。醒来的达尼雅，看见柯甫陵在和一个空圈椅说话，发现他病了，疯了，开始带他看病。疯时幸福，健康时却是庸庸碌碌，是上一次柯甫陵与黑衣僧谈话的延续和深入。

二是肖氏特别强调的契诃夫小说中关于葡萄牙作曲家勃拉加（1843—1924）的那首有名的《少女的祈祷》。肖氏自己说，他每次听到这支乐曲的时候，都会热泪盈眶。他设想："《少女的祈祷》一定也感动了契诃夫。否则他不会那样描写它，那样深邃地描写它。"

在小说中，关于这支《少女的祈祷》，契诃夫描写过两次。一次在开头，黑衣僧第一次出现在小说里之前，傍晚，一些客人来达尼雅家做客，和达尼雅唱起了这支小夜曲，其中，达尼雅唱女高音。就是这支曲子唱完，柯甫陵挽着达尼雅走到阳台上，对她讲起了黑衣僧的传说。这天夜里，他便在黑麦田里遇见了黑衣僧。

另一次在小说的结尾。柯甫陵看完达尼雅那封诅咒的信后，撕碎扔到窗外，信的碎片被风又吹回，落在窗台上。他走出房间，来到阳台上，忽然听见阳台下面一层有人在唱这支他非常熟悉的《少女的祈祷》。他觉得这支歌很神秘，是天神的和声，凡人听不懂，自己却忽然感到了早已忘却的欢乐。

这样的梳理，或许可以让我们多少接近一点肖氏对契诃夫这部小说钟情的原因和创作走向的思路。在我看来，黑衣僧的形象透视了肖氏的思想。在专权统治的现实面前，对于肖氏音乐的误读，曾经是肖氏特别大的痛苦，他曾经说借助于文字来演绎自己的音乐，也许是不得已的法子。借助于契诃夫和契诃夫的黑衣僧这个完全虚幻的影子，勾勒面对现实与真实却不能又不敢言说的思想和情境，便是肖氏选择黑衣僧的最好的最曲折的表达。在黑衣僧的对比下，柯甫陵的疯和死，便具有极其残酷的悲剧性，是延续着肖氏自"第四"之后的交响曲特别是晚年创作一样的脉络，呼应着一样悲天悯人的回声。同时，小说最后让达尼雅和她的父亲曾经那么美丽的园林毁掉，便和契诃夫的《樱桃园》里的樱桃园一样，具有了象征的意象。为思想而蒙难，疯；庸庸碌碌地活，健康。健康，凡夫俗子；疯了，乃至最后死了，幸福。如此充满悖论的反差与反讽，是只有经历过那种残酷的高压的政治年代，才会体味得到的。这便是经过自省之后晚年的肖氏要表达的最痛苦的内心和最深沉的音乐。

肖氏自己透露过一点这样的信息。他说："我有一部作品以契诃夫的题材为基础，就是《第十五交响曲》。这不是《黑衣僧》的草稿，而是一个主题的变奏曲。'第十五有'许多地方与《黑衣僧》有关系。"在这部《第十五交响曲》中，即使我们找不到一点黑衣僧的影子，但我们总能够听得到一点自省和痛苦。那是属于契诃夫的，属于黑衣僧的，也是属于肖氏的。

另一方面，《少女的祈祷》关系着肖氏创作这部歌剧的音乐形象和旋律的基础乃至整部歌剧的走向。在谈这支乐曲的时候，契诃夫说它"有点神秘，充满优美的浪漫主义色彩"。肖氏说："我一定要在这部歌剧中用它。"他说自己边听这首歌边在脑海里清晰地映出了这部歌剧的样子。我猜想，一定是以这样的优美浪漫，映衬那几乎使人疯狂的痛苦；用这样的神秘深邃，映衬那黑衣僧的飘忽和肖氏内心的向往。

可惜，我们再无法看到这部歌剧。我们只能从肖氏的《第十五交响曲》隐约触摸一点影子，就像隐约看见消逝在黑麦田中的幻影黑衣僧一样。

忧郁的戴留斯

忧郁不是悲伤，不是忧愁，不是心里漾起莫名的难受，当然更不是时下缠绵而不值钱的眼泪。

忧郁是一种高贵的情感，一种艺术化的心情。

如果忧郁也有色彩的话，忧郁不是猩红，不是靛青，不是苹果绿，不是柠檬黄。

忧郁在英文里是 blue，是蓝色。但在我的眼里，忧郁是一种紫色，明亮的紫色，染上一点藕荷色，就像斯皮尔伯格导演的电影《紫色》开头中在山野风里、在光点的闪烁里那摇曳一片的紫色野花。

大约 20 年前的一个暮春，那时我还在大学读书，到医院看望一位住院的朋友。那时，我们都还算年轻，还处于恋爱时期，虽然已是晚期，毕竟心里充满爱的回忆和涌出的一种无法诉说的惘然，因此即使是生病住了院，心情并不是悲伤，只是掠过一丝莫名其妙的荫翳。那家医院在遥远的郊区，很偏僻，但很安静，此外还有一个更大的优点，绿化非常好，简直像一个花园。我陪着这位朋友在病房外的花园里散步，忽然发现一架紫藤，满架缀满紫巍巍的花，满眼全是这明亮的紫色。那被风吹得翩翩舞动的紫色的花,像是无数的话语从嘴里纷纷说出来,即使说得不完整,说不出整个故事情节,却极其准确地说出了那时的心情。本来还要说好些安慰的话,一看到这紫色的花,便什么话也说不出来了,掠过心头的感情一下子很难形容,我明白那其实就是忧郁,是属于我那处于青春尾声的忧郁。那天风很大,吹得紫藤满架的花像翩翩起飞的蝴蝶,那种明亮的紫色也飞了起来,遮满眼前整个的天空,然后沉甸甸地落在心头,挥之不去,融化不开。

20年过去了,但藤萝架那一片紫色却很清晰地浮现在眼前。岁月中有如此无法抹去的颜色,总有些冥冥中命定的意思。

我国古典文学中忧伤或闲愁很多,高树多悲风,白发悲千丈,千里暮烟愁,一带伤心碧,鸿雁哪堪愁里听,万点飞花愁似雨……俯拾皆是,一川烟草,满城飞絮,梅子黄时雨,到处点染着这些离愁别绪,但这些都不是忧郁。如果说我们根本就没有忧郁,也许太绝对,但说我们缺少忧郁,那是肯定的。因为我们缺少产生忧郁的土壤,悲欢离合一杯酒,南北东西万里情,我们有的是这种感情,并有盛放这些种感情的酒杯,却没有一种为忧郁而比兴的对应物。

现代人多的是被欲望燃烧起的烦躁和郁闷,由此而来的打情骂俏只是逢场作戏,那些歌中的恨天海和生活里的悲欢离合可以是大起大落,更多的只是发泄或无奈,很少带有忧郁的色彩。如果看到在烛光摇曳下的晚餐或轻音乐中弥漫着的咖啡馆里的男女,或许有泪光盈盈,或许有酒香蒙蒙,或许有欲言又止的哀婉,或许有喟然长叹的悲凉……这一切并不是忧郁。环境、情境乃至语言和表情,都不是构成忧郁的基本元素,相反这些只是现代人作秀的方式,与其说是为自己,不如说是为了做给别人看的。忧郁,不是表演,不为显示,不是涂在脸上的粉底霜和手上的指甲油以其色彩迷惑别人,不是抹在脖颈和腋窝的香水以香味撩动别人。忧郁远离这一切,独处于遥远的一隅。

忧郁是一种高贵的感情,而且是属于资产阶级滋生的青苔,茸茸的,绿绿的,沾衣欲湿,扑面又寒。不是生在雨后树林中或王府阶前的那种,是厚厚的匍匐在那种哥特式或巴洛克式古老城堡的墙上的那种青苔,常年苍绿,四季湿润,就像是围裹在城堡前的一条古老而苍绿的丝巾。漫长的封建社会,培养了一批破落的土地主或暴发户或纨绔弟子的败家子,却不可能培养出真正的绅士贵族,忧郁的感情总显得离我们有些遥远和奢侈。就是那天我在医院里见到的紫色,也只是想象中的忧郁,或是渴望中的忧郁,用以宽慰自己、美化自己而已。

我们可以感受忧郁,却难以拥有忧郁。即使能感受到的忧郁,也只是偶尔的几次。忧郁是无多的青鸟,不是广场上飞起飞落成群的鸽子或节日里成片飞舞的彩色旗子。

另外一次感受到忧郁,便是听英国的作曲家戴留斯(F.Delius,1862—1934)的弦乐。是这样几首曲子:《孟春初闻杜鹃啼》《夏夜河上》《日落前的歌》《走向天国的花园》,还有歌剧《唐加》中的《卡琳达舞曲》以及歌剧《哈桑》中的《间奏曲和夜曲》。这位英国多产的作曲家,这位晚年同巴赫和亨德尔一样双目失明的老人,在生命临终前还在枫丹白露前的卢万河畔口授他的音乐创作,让我对他的经历和音乐充满想象。他初次给予我的这些曲子,让我听出这种忧郁的紫色,真是怪了。仿佛不期而遇,让我和一位坐在轮椅上的失明老人邂逅,他敲打在石板地上的手杖声和这从心里喷吐出的音乐,在夜风中又摇曳起纷飞一片的紫色藤萝花。

尤其是《孟春初闻杜鹃啼》《夏夜河上》和《走向天国的花园》，忧郁中渗透着一种葡萄酒酿造的甜美。也许，我们听的大喜大悲的音乐太多了（如贝多芬和柴可夫斯基），听的人工添加剂的甜果汁的音乐太多了（如约翰·施特劳斯和理查德·克莱德曼），真正品尝到这种陈年佳酿的机会太少。长期以来，我们的嗅觉和味蕾已经太不灵敏，甚至出现了问题。我们也许听不到春天杜鹃的啼鸣，看不到夏夜河上的雾霭，也无法闻到天国花园的花香。但《孟春初闻杜鹃啼》那种由弦乐反复吟咏的乐段所织就出的几分神秘，长笛几声清脆的撩拨而后荡漾进整个乐队之中那种牵心揪肺的情思；《夏夜河上》那种微风轻拂水面荡漾起一圈圈涟漪的湿润和河水远远流淌进天边夜色中的不可捉摸，让你忍不住想同大自然融为一体的感觉；忧郁实在如一股无法排除的山岚雾霭一样弥散开来，紧紧地包裹着我，满眼只能是那种让我无法拂拭去的紫色。

特别是《走向天国的花园》中的弦乐实在是太美了，这首曲子是戴留斯所有音乐中第一个闯入我耳畔的，正是这首曲子太美了，才让我注意到他并查出这首曲子的作者就是戴留斯。真的，那一天这首曲子突然从夜空中传来，如同从渺渺的云中飘逸而来，随融融的月光一起洒落在我的身上和心里，美得让我无言伫立在清凉的夜色中，一直到听完为止。尾声部分在竖琴伴随下单簧管插入后那种缥缈沁人的感觉，天茫茫，水茫茫，把你的心带到不可知的地方，你却愿意随它一起飘飞到远方，那种忧郁的色彩弥漫在眼前和心头袅袅不散。

这样说那种忧郁的感觉，总觉得说得不够准确。也许，悲伤和忧愁都可以说得出来，形容得出来，是可以和别人倾诉的，而忧郁是说不出来的，形容不出来的，尤其是不能和别人诉说的。悲伤和忧愁，都可以有表情；忧郁没有可以捕捉到的表情，忧郁只是隐藏在眼睛里的颜色，是荡漾在心里的皱纹。

忽然想起普列什文在《叶芹草》中描绘的景象——

白桦倒在了地上，在灰蒙蒙的还没有上装的树木和灌木丛中，显得那样伤感和悲凉，但一棵绿色的稠李却站着，仿佛披上用林涛做成的透明的盛装……

春天暖夜河边捕鱼，忽然看见身后站着十几个人，生怕又是偷渔网的，急奔过去，原来是十来株小白桦，夜来穿上春装，人似的地站在美丽的夜色中……

或许，这些充满诗意的图画，画出了忧郁的一部分，比任何文字的形容都要准确一些，让我们能多少捕捉到一些忧郁的影子。如果说忧郁的色彩是紫色的，那么，忧郁的核心是诗意的。

如果要为戴留斯的这些乐曲配图的话，用普列什文这样两幅林中的图画，大概多少触摸到一些戴留斯脉搏。

在夜色笼罩的林中那稠李或白桦的后面，站着的一定是戴留斯。

我听沃恩·威廉斯

听英国音乐,特别是听英国的交响乐,一定要听沃恩·威廉斯（R. V. Williams, 1872—1958）。威廉斯长寿,活了86岁,横跨了20世纪整个上半叶。那个时候正是英国交响乐辉煌的复兴期。在这个复兴期,威廉斯起着举足轻重的作用,无人可以企及。

听英国音乐,我最喜欢听的就是威廉斯和埃尔加（E. Elgar, 1857—1934）。我买过一套双碟装的英国音乐精选,里面选的主要是他们两人的音乐,外加的一个人是戴留斯（F. Delius, 1862—1934）,他们三人是英国晚期古典浪漫派音乐向现代音乐过渡时期的三剑客。其中威廉斯和埃尔加更胜一筹,他们的音乐确实非常动听,而且有孪生兄弟般相似之处,那就是他们音乐中民间音乐的营养很丰富,如威廉斯的《绿袖》、埃尔加的《加沃特舞曲》,都是典型的英国民歌旋律;再有就是他们的音乐风格都是耽于幻想,特别是他们的弦乐是真正的弦乐化,美轮美奂,将现代弦乐发挥到极致。他们的音乐都不是叙事式的,不注重描绘,而注重感性,把自己的那种富于幻想的感情融入音乐,他们都是音乐的诗人。

所不同的是：比起埃尔加，威廉斯在交响乐的角色更为醒目和重要。从1903年创作出第一交响乐《大海》开始，到1957年完成最后一部交响乐e小调第九交响乐，以半个多世纪的漫长时间，为我们精雕细刻留下九部浩繁的交响乐，可以说在英国没有一个人能够赶得上威廉斯所做出这样非凡的贡献。埃尔加，让我们记住的是他的大提琴协奏曲（女大提琴演奏家杜普雷的演奏使得杜普雷和这部作品都成为经典）和他的《谜的变奏曲》。

我是先买了一盘他的"第七"《南极交响乐》，本来是想先听听试试，回家一听，不同凡响，非常喜欢，立刻又跑了回音像店，将他所有的交响乐一网打尽都买了回来。一共八盘唱片，包括了他的《大海交响乐》《伦敦交响乐》《田园交响乐》《f小调第四交响乐》《D大调第五交响乐》《e小调第六交响乐》《南极交响乐》《d小调第八交响乐》和《e小调第九交响乐》，最后两盘唱片收录的是他的一部歌剧《约伯》和双钢琴协奏曲以及包括《绿袖》在内几乎所有的小品。伦敦爱乐乐团演奏，由多年来一直专门研究威廉斯的权威鲍尔特指挥，被企鹅评为三星保留一星，被美国TAS评为发烧名片，确实是不错的唱片。威廉斯几乎所有的音乐，都囊括在这八盘唱片里面了，半个多世纪的岁月，都浓缩在那天从夕阳之下到月落西天我家西窗旁的音响之中了。

那真是我听音乐最美好的经历了。我还从来没有一口气听了那么多的音乐，同一位音乐家在那样短的时间里，一起走过那样漫长的路程而顷刻变老。

也许是先入为主的原因吧，当我听完这八盘唱片之后，还是觉得他的《南极交响乐》最好听，还是忍不住在以后的日子里拿出这盘

185

《南极交响乐》来听，百听不厌。

这部交响乐是威廉斯为电影《南极的斯科特》配乐后发展而成的。是为南极探险而献身的斯科特的英雄主题，电影戏剧性的叙事方式，都和威廉斯感性的音乐创作风格不尽相同。更为奇怪的是，他自己在每个乐章前还特意加上了一段文字说明，更是与他的创作手法风马牛不相及。

无疑，在威廉斯的九部交响乐中，这部《南极交响乐》是他企图革新之作。他是如何将概念和材料化为他的音乐呢？探讨这样的话题，是非常有意思的，因为威廉斯师从布鲁赫（布鲁赫是一位被音乐史几乎湮没的大师，第一次听到他的《神之日》就非常难忘，一直到前年找到他的音乐作品全集，听后非常感动），热爱德彪西，而无论布鲁赫，还是德彪西，都远离着概念的主题和生硬的材料，他们所重视的音乐的旋律和意象，都来自心灵的直感，而与概念无缘。南极为什么感动了威廉斯，然后又感动了我，并不是威廉斯有着化腐朽为神奇的本事，而是无论斯科特还是南极，在威廉斯的心中都删繁就简为遥远的意象，便都在他的音乐中点石成金为动人的旋律。他没有沿着电影为他铺设的戏剧化的舞台走得更远，而只顺着自己心灵的轨迹轻车熟路地渗透蔓延，水滴石穿。因此可以说，斯科特和南极只是他播撒进他音乐里的新种子，再寒冷的冰雪在他的心中也化为温暖的溪流，流畅在他的旋律与音符之中。

没错，在这部交响乐的五个乐章中，斯科特和南极其实都并不存在，第一乐章响起来的时候，也许风雪声能够依稀感觉得到，大海的律动能够隐隐地感受得到，但那是你自己的感觉和想象，其实和威廉斯无关。当号角响起，不强烈，只是悠扬的回声，袅袅地散失在寥廊的天空。女高音和合唱队此起彼伏犹如天籁之音，只在远处隐隐约约地缥缈着，伴随着梦魇般的风声器，仿佛进入仙境，让人产生咫尺心境和苍茫宇宙交织的幻景。低音提琴衬托着渐渐高扬的木管，和最后加入的撩拨的竖琴和丝丝入扣的弦乐，如雾如织，那种清澈柔软的音质，那种如梦如幻的气质，那种如海浪一般铺天盖地涌来的高贵品质，你会立刻感到那是属于威廉斯独有的。

第三乐章开始纤弱的长笛和加弱音器的法国号，命悬一线般，细致入微，又有些阴森森的感觉，当然你也可以意念先行，感觉到是寒气逼人的南极，奔走在死亡线上的斯科特。但是管风琴出现后，效果立刻不一样了，阳光般灿烂，回响着清澈的回音，长笛再演奏的是那样的明亮而辉煌，居然还有嘹亮壮丽的镲声，心境忧郁之中带有一种大自然飘曳而来的敬畏，最后回归于悠扬的弹拨乐中荡漾起的加弱音器的法国号上，回应本乐章的开始乐思，然后过渡到下一个极其优美的乐章里，曾经被英国人认为是"天才之笔"。这个乐章不长，只有短短五分多钟，却让我觉得是最美的一个乐章了。小提琴的轻轻撩拨，双簧管简洁的乐句，很短，很抒情，回忆的色彩很浓，往返回复几次，如同鸟飞进飞出树林，然后被起伏摇曳的乐队所淹没，如短暂一瞬的美丽天光被云彩所遮掩，雁过夕阳，草迷烟渚，只留下无尽的向往。

我不大喜欢末乐章，太闹得慌，也许是追求过于壮丽的效果吧，有些剑拔弩张，不大像是威廉斯，倒有点儿像是贝多芬或马勒。那种曾在第一乐章出现过的女高音无词的歌唱和惟妙惟肖的风声器，最后又把我们带回到南极的风雪之中，余音袅袅，不绝如缕。这种不可为之强为之的描述，虽然并不是威廉斯所长，却也是一种向世俗和传统靠拢的惯性而无奈的收尾。有意思的是，英国人称赞威廉斯在交响乐形式上做出的最大贡献恰恰在结尾上。也许，是我根本没有听懂这部交响乐的尾声，也许至少在这无奈的一点上，和以往贝多芬或马勒式交响乐的结尾不一样，在闹腾之后归于冥想和沉思，又属于他威廉斯的了。或许，这矛盾的结尾，正是威廉斯自己矛盾心理在音乐中的透露，涉及主题先行和材料化解，对任何艺术家都是一道难题；奉命而作和心灵的驱使，毕竟是两种不同的创作方式，艺术从本质而言，是从心灵到心灵的流淌，而不是从物质到物质的覆盖。

威廉斯自己曾经说过这样的话："艺术，就像慈善仁爱一样，应该先从家中开始。"这是他自己的创作守则，也是我们理解他音乐的钥匙和进入一切艺术的不二法门。难道不是这样的吗，包括音乐在内的一切艺术不是从家里开始，而非得从遥远的南极出发吗，哪怕那南极至善至美、辉煌无比、拥有着英雄斯科特飘散不尽的伟大魂灵。

还是先从家中开始吧！

卷二

大提琴 小提琴

不知为什么，我对弦乐有一种天生的敏感和喜爱，总觉得那琴弦如水，渗透性更强，最能渗透进人的心田，湿润到人心的深处。

同其他乐器相比，弦乐的作用是特殊的。一般而言，钢琴被称为乐器之王，总觉得怎么也是男性化了一些，清亮而脆生生的音色，像愣愣的雨点敲打在石板上，是那种清凉激越的声响，没有弦乐那种抽丝剥茧的细腻，更适合李斯特、瓦格纳和拉赫玛尼诺夫式的激情洋溢，极其适合作为男人的手臂和胸膛。当然，肖邦力图将钢琴变得抒情和缠绵，让夜曲、船歌和华尔兹变成月色中女人温柔的曲线流溢的怀抱。但是，总是觉得比不上弦乐那种如丝似缕的感觉，总觉得钢琴更像是从山涧里流淌下来的清澈溪水或激荡的瀑布，而弦乐才有一种草坪上毛茸茸、绿茵茵的感觉，夜色中月光融融在白莲花般的云彩中轻轻荡漾的感觉。

同别的乐器就更没办法相比了。能和萨克斯相比，萨克斯更低沉阴郁，如果也有女性的色彩的话，是属于那种失意的女人或小寡妇，沙哑的喉咙让一支接一支的香烟燎坏了。和长笛相比，长笛更像是一个年轻力壮的小伙子，底气十足，嗓门嘹亮，却也单薄粗心，难有弦乐色彩的丰富和曲线的起伏蕴藉。和圆号相比，那是一个胖子，哪有那种美丽而苗条的线条飘逸。和单簧管、双簧管相比，那是一个个的瘦子，哪有那种丰满的韵味荡漾……

弦乐确实是属于女性的，女性更接近艺术的真谛，缪斯之神是女性。

有一次在人民大会堂听马泽尔指挥美国交响乐团演奏贝多芬的《命运》。定音鼓敲响刚开始时，满场还是嘈杂无比，但弦乐一响起，花朵纷纷轻柔地绽开，舒展着吐出花蕊，嘈杂立刻随着也消失了，这一片宏大又温柔的弦乐像是一张巨大无比的吸水纸，将嘈杂统统吸收殆尽。也许，只是我的错觉，是弦乐太美了，一下子占据了我的心，让我暂时遗忘了嘈杂。

还有一次也是在人大会堂，听捷杰耶夫指挥基洛夫交响乐团演奏里姆斯基－科萨科夫的《天方夜谭》，小提琴的独奏一出来，全场立刻鸦雀无声，那种异国情调如果没有小提琴的抒情的演绎，该是多么的贫乏。还能有那大海和辛巴德的船的旋律吗？还能有东方的神话和美丽向往的色彩吗？弦乐有时能起到别的乐器无法起到的作用，它们单兵作战也好，集体出击也好，总是能出人意料，将许多复杂立刻化为简易，将许多粗糙立刻滋润湿润，将许多断裂立刻连缀平滑。弦乐如水，柔韧无骨，流动性最强，能够无所不至，渗透到乐队的任何地方，将乐曲弥合一起，细针密线缝缀成你想要的任何灿烂的装束。除此之外，哪一样乐器能有这样奇特神妙的功能。

在弦乐之中，我最喜欢小提琴和大提琴。在小提琴和大提琴之中，我最喜欢大提琴。

有时想，先不用说她们得天独厚的音色和共鸣，只看她们的造型，就与其他的弦乐乐器大不相同。不用说和竖琴比，更不用和我们单薄的胡琴比了（只有我们的琵琶和她们有一争，但琵琶的线条还是单一了些，缺少起伏），小提琴和大提琴那种曲线流溢的线条，可以说是所有乐器都没有的，那完全是属于巴洛克时期的古典美的象征，是女性艺术之神的化身。

如果她们确实都属于女性的话，那么小提琴是少女，那种尖细的声音，让我想到少女瘦削的肩膀和小巧玲珑的身姿；那种细腻的柔情，让我们想到少女依在父母或情人的怀中撒娇的情景；那种如泣如诉的回旋，能让我们想到少女面向日记的倾诉。而大提琴则是成熟的女人，那种低沉或许可以说她青春不再，但也可以说她的深沉已不再如蒲公英喷泉似的随处可以将水花四溢，妄想溅湿任何人的衣裳。如果有泪的话，她也只是一个人躲在角落里悄悄地将泪花擦去。如果小提琴和大提琴同样具有特有的抒情功能的话，大提琴更适合心底埋藏已久或伤痛过深的感情，那是经历了沧桑的感情，那是"此情可待成追忆，只是当时已惘然"的感情。

如果不同意将小提琴比作少女，觉得她和大提琴一样，都是一样属于成熟的女人，只不过小提琴更欢快些，大提琴更深沉些；或者说，只不过一个瘦些，个子小些，一个胖些，个子壮些，也可以。即使这样，我以为小提琴是属于白天的女人，大提琴是属于夜晚的女人。白天的女人，在阳光下奔跑或奔波，充满活力；夜晚的女人，辗转反侧，睡不着觉，一怀愁绪，满腔幽思，点点冥想都付于惨淡的月光和幽幽的夜色中。或者说，小提琴是属于那种婚后幸福的女人，总有人围着转，自己便也总是小鸟一样喞啾地鸣啭不已，即使有着片刻的忧郁，也是春天的雨，难得雷霆大作，一般薄薄的只飘浮在云层之中；而大提琴则是那种离了婚的女人，即使没离婚也是那种家中生活不幸福的女人，始终有厚厚的云层布满头顶，所以才有那样多拂拭不去的压抑和忧郁，让大提琴声低沉地打着旋涡回还，诉说不尽，欲言又止。

在小提琴演奏家中，我最喜欢海菲兹和帕尔曼。

在大提琴演奏家中，我最喜欢杜普蕾和罗斯特罗波维奇。

我尽可能买齐杜普蕾的所有唱盘，杜普蕾演奏埃尔加和德沃夏克的大提琴协奏曲，真是无人可以比拟。听过多少次，感动多少次。那种刻骨铭心的伤痛，那种回旋不已的情思，那种对生与死、对情与爱的向往与失望，不是有过亲身的感受，不是经历了人生况味和世事沧桑变化的女人，是拉不出这样的水平和韵味来的。后来听杜普蕾演奏的海顿的两首大提琴协奏曲，再没有了这种味道。又听她演奏的贝多芬大提琴奏鸣曲的全集，是和她的丈夫巴伦伊姆1976年的合作录音，我猜想并不真的是1976年的合作，而只是重新录音而已，因为1972年杜普蕾就因为病痛的折磨离开了乐坛，她是1987年去世。这大概是杜普蕾和巴伦伯伊姆早期的录音，正是他们两人花好月圆的时候，却也没有了这种味道。看来只有埃尔加和德沃夏克的大提琴最适合她，好像是专门量体裁衣独独为她创作的一样，让杜普蕾通过它们来演绎这种感情，天造地设一般，真是最默契不过的。想想她只活了42岁便被癌症夺取了生命，惨烈的病痛之中还有更为惨烈的丈夫的背叛，万念俱灰，都倾诉给了她的大提琴。尤其是看过以她生平改编的电影《狂恋大提琴》之后，再来听她的演奏，眼前总是拂拭不去一个42岁女人的凄怆的身影，她所有无法诉说的心声，大提琴都替她委婉不尽地道出。

罗斯特罗波维奇演奏和杜普蕾略有不同。听罗斯特罗波维奇演奏舒曼的协奏曲，或柴可夫斯基的洛可可变奏曲，或舒伯特、德彪西、拉赫玛尼洛夫的奏鸣曲，或巴赫无伴奏大提琴组曲，听出的不是杜普蕾的那种心底的惨痛，忧郁难解的情结，或对生死情爱的呼号，听出的更多的是那种看惯了春秋演义之后的豁达和沉思。那是一种风雨过后的感觉，虽有落叶萧萧，落花缤纷，却也有一阵清凉和寥廓霜天的静寂。纵使一切都已经过去，眼前面目皆非，却一样别有风景。

听他演奏巴赫的无伴奏大提琴组曲，潇洒自如，如一个人静静地走在空旷的山间道上，林荫遮蔽，鸟语满山，显得那样轻快和舒展，仿佛走了那样远的路没出一点儿汗。听舒曼的协奏曲的第二乐章慢板，那种舒缓的一唱三叹，将弓弦柔和却有力地拉满，让饱满而又轻柔的回音荡漾在无尽的空间；尤其听他演奏德彪西的奏鸣曲时弹拨琴弦的声音，苍凉而有节制，声声滴落在心里，像是从树的高高枝头滴落下来落入湖中，荡起清澈的涟漪，一圈圈缓缓而轻轻地扩散开去，绵绵不尽，让人充满感慨和喟叹。为什么而感慨而喟叹？像杜普蕾那样为生死为情爱为怅惘的回忆？我看不像，曾经沧海难为水，除去巫山不是云，罗斯特罗波维奇给予你的是那种"石麟埋没藏春草，铜雀荒凉对暮云"的感觉，让你的心里沉甸甸的，有几分苍茫和苍凉，醇厚的后劲儿，久久散不去。

如果说，杜普蕾的大提琴和她的全身心融为一体，是她手臂、内心以及情感的外化和延长，那么罗斯特罗波维奇的大提琴则是他手中心爱的书或孩子，他将自己的感悟有章节地写进书中，将自己的感情以一个过来人的姿态诉说给孩子听。

如果让我来将他们两个人做一番比较，那么罗斯特罗波维奇是将心里的感受和人生的体味告诉给大提琴，大提琴则是替杜普蕾倾诉了、宣泄了心中的这一切。

听杜普蕾的大提琴，像是看一个女人毫不遮掩地将眼泪抛洒，将情感诉说，将内心展示给你看；听罗斯特罗波维奇的大提琴，则是像一位老人对你讲述着人生与艺术的哲学。

真的，如果听惯了杜普蕾和罗斯特罗波维奇，其他人的大提琴可以不去听了。我曾经在第二届北京国际音乐节中听到了梅斯基和王建的大提琴，他们演奏的是杜普蕾的拿手好戏：埃尔加和德沃夏克的协奏曲。应该说，他们卖了力气，赢得了热烈的掌声。也许是我的欣赏水平有问题，我总觉得他们离杜普蕾差了一个节气。

据说，现代音乐之中少有大提琴独奏曲。现在我们能听到的都是古典或浪漫时期的大提琴独奏曲。大提琴独奏曲最早出现在17世纪，巴赫那时创作的阿勒曼、库朗班、萨拉班等六首大提琴无伴奏曲，现在依然被人们演奏（梅斯基就在人们的掌声中加演了巴赫的两首萨拉班）。到了19世纪和20世纪初的德沃夏克和埃尔加，大提琴独奏曲可以说到了尾声，再以后便没有什么可以叫得出名字的大提琴独奏曲了。

不是现代科技进步，物质丰富，一切就都进步了，起码大提琴独奏曲就停滞在现代的门槛前了。不是什么人都能玩得了大提琴的，大提琴独奏，起码给现代人竖立起了一道难以逾越的横杆，考验着人们，也让人们珍惜。

单簧管 双簧管

听单簧管，一定要听莫扎特；听双簧管，一定要听巴赫。真的，百听不厌。他们将单簧管和双簧管的能量发挥到极致，或者说单簧管和双簧管就是专门为他们而设，莫扎特和巴赫与单簧管、双簧管天造地设，剑鞘相合。

莫扎特《A大调单簧管协奏曲》（作品622），是为当时维也纳宫廷乐队的单簧管演奏大师斯塔德勒而作，因此又叫作"斯塔德勒协奏曲"。这支协奏曲第一乐章的轻快，一定让你觉得像是赤脚蹚在清凉的溪水里，淙淙的水声里跳跃着扑朔迷离的树影和明灭闪耀的阳光，所有的声音和光影都是夏季绿色的。

第二乐章最甜美不过，美得直让人想落泪，似乎有拂拭不去的忧郁，让你想起许多往事，尤其是那些令你心动或伤感的往事——是在黄昏时分，晚霞柔和，湿雾迷蒙，远处飘来袅袅的炊烟，归巢的鸟儿在你的头顶轻轻地缭绕，那些往事如雾一样弥漫在你的心头，和着单簧管的呜咽之声一起恰如其分地弥散在你的心头。

在这一乐章中，莫扎特不仅将单簧管本来所具有的高音区域的特点信手拈来，演奏得优美动人（乐章开始时单簧管的反复咏叹，乐队弦乐的配合，可以说天衣无缝，单簧管的高音运用得如同天上的云朵，透明而浩渺），而且将单簧管的低音发挥得淋漓尽致，那些由单簧管中发出的低音，并非仅仅是呜咽，而像是水滴渗透进地底下，湿润在别人看不见的大树的树根，揪着你的心随它的旋律做海底潜行，观看难得见到的珊瑚礁和断楫残桅。然后恢复的高音，单簧管的几声独奏，音调凄厉，如鹤高飞云端，再不是刚才的样子，像是一个小姑娘转瞬之间长大成了大人——不是少女，也不是老太太，是一个略显得沧桑的中年妇女，站在你的面前，用一双曾经熟悉而动人的眼睛望着你，多少让你觉得有些面目皆非的伤感和惘然。

第三乐章单簧管的装饰音和琶音，如轻风吹皱了一池碧波，吹散了漫天柔软的蒲公英一般，会撩拨得你心绪不宁。莫扎特随心所欲地让单簧管从高音区跌落到低音区，水银泻地，一泻千里。也许这里有莫扎特的心情跌宕，也有我们每个人的心潮起伏。但是，明快的主题，莫扎特还是不愿意放弃的。单簧管到底还是莫扎特让它长出的一棵春天的树，开满鲜艳的花朵，只不过是在春雨飘来的时候，落英缤纷，撒满一地。

我听巴赫的双簧管，是听他的 F 大调（作品 1053）、D 小调（作品 1059）和 A 大调（作品 1055）三支协奏曲。

巴赫的双簧管不是他种出的开满花朵的树，而是他放牧的白羊，而且是一群小白羊羔，轻柔地徜徉在河边的青草滩上，阳光和煦，天高云淡。

如果说莫扎特的单簧管充满灵性，巴赫的双簧管则充满温情和人性。我可以想象得出莫扎特按动在单簧管的手是白皙的、青春的、跳跃的，巴赫按动在双簧管上的手背上则是有青筋如蚯蚓般隐隐在动，而手指却是沉稳地随着双簧管的按键在起伏，即使在音域升高或节奏加速时，也没有明显的变化。我甚至可以想象得出，莫扎特在演奏完他的单簧管之后，会伸出他的臂膀，情不自禁地高兴得冲你叫，单簧管在他的手中晃动得如同一条活泼的鱼。而巴赫则在演奏完他的双簧管之后，会久久地坐在椅子上，一动不动地望着你，并不说什么，只是微微地笑着，柔和的目光静如秋水，双簧管在他的身边如同一片安详的叶子。

尤其是巴赫的 A 大调，用的是柔音双簧管。这种柔音双簧管在当今的乐队里很少用，但很是细腻动听。巴赫在这支协奏曲中将这种柔音双簧管运用得出神入化，仿佛每一个音调都是放出的一条小鱼，在乐队中自由自在地游动，振鳍掉尾，在略微翻起的水波中，轻快地划出一道道漂亮的弧线。那双簧管的尾音袅袅不散，那弧线便闪着光亮，也久久不散，让你想起细雨鱼儿出，微风燕子斜的水墨画。

莫扎特的单簧管让我感到的是美好和美好后产生的怅惘和忧郁。

巴赫的双簧管则让我感到的是沉稳平和。

我常想同为木管乐器，为什么单簧管和双簧管同我国的笛子、箫或者芦笙有着那样大的区别？仅仅是因为吹口中多一片或两片簧片？我们的笛子、箫和芦笙都还带有木管本来所具有的本真的声音，而单簧管和双簧管已经改造得有铜管乐器的效果了，便将木管本来的特性改变了。我无法断定它们孰优孰劣，但总觉得单簧管和双簧管要比我们的笛子、箫、芦笙的声音丰厚一些，也容易多一些变化。也许这样说有些崇洋媚外，这样说吧，就像我们把木头烧着了，燃烧起温暖的火苗，或冒出了美丽的缕缕青烟；而他们却将木头燃烧后所产生的热量，发动起了机器，让火苗变成了另一种形体。或者说，我们用这种火煮沸了一杯清茶，而他们则用这火烧开了一壶浓浓的咖啡。

在北大荒插队的那几年，我们曾经成立过一个水平相当不错的毛泽东思想文艺宣传队，在三江平原煞有介事地到处演出。在宣传队里，有一个北京的小伙子吹单簧管，当时我们管它叫黑管。那是我第一次接触单簧管，这支在宣传队里唯一的单簧管，显得很新鲜，也很金贵。他人不错，性格内向，挺老实，黑管吹得不错，但当时黑管派不上大的用处，只有在演出样板戏《红灯记》或《红色娘子军》，需要大型的管弦乐队的时候，才会让他的黑管发挥能量。后来这个小伙子挨了个处分，差点儿被开除出宣传队。那时我已经调出了宣传队。听说是他跑到厕所的下面，仰着头看女知青上厕所，被一个正在解裤子要解手的女知青发现，吓得大叫起来，他便被逮个正着。北大荒的厕所，挖得很深，有的厕所能有一两人深，冬天的时候，大便冻得如石头一样硬邦邦，人可以走下去将大便挖走。谁想到这个小伙子竟鬼迷心窍，跑到那里去了。他本来可以好好吹他的单簧管的。他的单簧管确实吹得不错。

钢琴 钢琴

有些音乐家确实叫人匪夷所思,他们所创造的乐曲,乐思与众不同,古怪奇特,真是让我们一般凡人瞠目结舌。也许,我们所生活的世界大多是一览无余的平原,过于平坦缺少跌宕起伏而乏味无比,他们常能奇峰突起,一览众山小,而让我们只能对他们俯首称臣。

阿尔坎(C. Alkan, 1813—1888),就是这样的一位音乐家。

我买回家一盘1999年美国BMG公司新出版阿尔坎的钢琴曲集,听完之后,心中涌出的感觉是两个字:服了!用一句不大客气的话说,真是林子大了,什么鸟都有,居然还有这样的音乐家。钢琴在他的手中,当然是得心应手,像小孩子手里的橡皮泥,任他肆意揉捏,随心所欲,可以捏出想要的任何形状的东西,这东西可能我们根本认不出来是什么玩意儿,他却能为它们一一郑重命名。

这盘唱盘的第一支曲子,阿尔坎命名它为《伊索的筵席》。我实在弄不明白他为什么取这个名字,也想象不出如果伊索真的不再写寓言而去做厨师,能为我们做出什么样的筵席来。那味道是否也像阿尔坎的这支曲子一样怪异,而让我多少有些难以下咽。

这是阿尔坎作的一套《十二首小调练习曲》(作品 39) 中的最后一首,由 25 段变奏组成。一共才有八分多钟的曲子,竟有 25 段变奏,只看手指在钢琴上急如星火地忙乎了。阿尔坎有这种本事,他将曲子变成魔术师手指的袋子,在瞬息万变中撩动起焰火般绮丽炫目的色彩,变幻出一样紧接着另一样总共 25 种花样纷繁的东西。

但是说实在的,这支曲子连同下面的另一支曲子也就是他最有名的《大奏鸣曲》(作品 33),我都很难接受。并不能说阿尔坎不好,只能说自己水平有限,一时无法接近高深莫测的阿尔坎。在这两支曲子里,他毫不顾及像我这样一般水平的听众的耳朵,只顾自己在钢琴上的恣意疯狂,像是在和一位钟爱的姑娘在街头相见,站在马路中央就热烈拥抱亲吻,而且是将洒在姑娘脸上、嘴唇上、眼睛上那雨点一般的吻吻得喷喷有声,根本是旁若无人,哪里管旁边人的瞪大了眼睛的惊讶(他会说谁让你们这样的大惊小怪)! 在这里,你能听到车辚辚、风萧萧、马鸣嘶嘶、雷声隐隐、山洪滚过嶙峋的岩石、海涛卷走撕裂的桅杆……当然,也有清风掠过花开的草原,但只是偶尔的一瞬,大部分的时间里,他让他的钢琴变成他手中的画布,他像一个抽象派或根本是野兽派的画家(他绝对不是印象派,他曲子中很难听到印象中的东西,更多的是技巧的东西),兴致勃勃、亢奋昂扬,野兽派似的在画布上泼洒色彩浓烈而对比醒目的颜料,狂热而情不自禁,不管在画布上呈现出的是什么样的色块和画面。

想想他在钢琴上重重有力的弹奏,有时像发狠了似的用皮鞭抽打一匹不听话的马驹,或像抡一把笨重的斧头砍伐一棵枝叶在狂风中呼啸的大树。到处能听到大弦嘈嘈如急雨,很少能听到小弦切切如私语。但它给予我的感觉不是惊心动魄的激动和激情,更多的是浓重的色彩和诡谲的形状，构成音乐的材料——声音，无论是人声还是乐器的声音，都能最毫无遮掩地表现出情感。坦率地讲，阿尔坎的钢琴曲没有让我体会出多少感情。他也许就是这样，表现的不是感情，而是技巧，就像在其他艺术中，比如杂技、花样游泳或滑冰，都是用惊险而绚烂无比、刺激人心的形体动作所体现的技巧来征服观众。

音乐家有多种多样，有的会视真切而深刻的感情为艺术的生命，有的则将匠心独运的技巧同匠人高超的手艺相媲美。无疑，阿尔坎是那种炫技派的音乐家。他不是用他的音乐去挖掘感情之泉，而是攀爬技巧的峰巅。

难怪有音乐家认为阿尔坎这首《大奏鸣曲》是贝多芬的《槌子键琴奏鸣曲》(作品1606，槌子键琴就是古钢琴的别称)之后、艾夫斯之前最古怪的钢琴奏鸣曲。艾夫斯（S. Ives，1874—1954），是同阿尔坎一样的奇人，比阿尔坎走得更远，其创作的《康科佳钢琴奏鸣曲》(献给曾经在康科佳这块土地上生活过的爱默生、霍桑等伟大的人物)，更具冒险性，也是以难以演奏闻名；他谱写的第四交响曲需要四位指挥方能将乐曲形成整体。据说，开始时只有法国的钢琴家佩特里（E. Petri）和意大利的钢琴家布索尼（F. Busoni）认可阿尔坎，敢于演奏他的钢琴曲。我想无论是艾夫斯，还是佩特里、布索尼，他们和阿尔坎都风格相近，认为艺术的技巧是至高无上的吧。伊索的这道筵席，他们吃得津津有味。我吃不来，只能说明我的口味还是太差，或者是因为我习惯了李斯特、肖邦和拉赫玛尼诺夫的口味，一时对他的作品还吃不惯。

不过，在这盘唱盘里还有一首阿尔坎的"船歌"（作品65之6），虽然只有短短的不到三分钟，却是柔曼无比，如水般轻盈透彻，真是判若两人，想象不出竟会出自阿尔坎同一人之手。或许，这是一枚硬币的两面；或许，这就是音乐的神秘之处。

阿尔坎是个奇人，与一般人不同之处在于他在六岁时就被巴黎音乐学院录取，大概创造了年龄最小的大学生的纪录，迄今为止并未被人打破。这真的是我们一般人望尘莫及之处。

阿尔坎还有一个与一般人不同之处，在于他不愿意作为一名钢琴演奏家出头露面，风光于舞台之上和众人之中，而只愿意做一名钢琴教师，颇有些"待到山花烂漫时，她在丛中笑"的意思。他是当时巴黎最好钢琴教师。

阿尔坎的离世也和我们一般人不一样，他死于一次找书的意外，他爬到书架的最高层找书，书架突然倒下，纷纷散落的书把他压死。这一年，他已经 75 岁，要说岁数也不算小。但他完全可以再活得长些，起码不必要这样的一种死法。

不知道他这么大年纪干吗非要爬上梯子去找书，不知道他要找的是一本什么样的书。人生的神秘和音乐的神秘有着相通之处。

竖琴长吟

世界上的乐器多得真是如同田野里盛开的鲜花，绽开各自不同的花蕊，喷发出各自不同的芬芳。如果不是那一天买了一套双 CD 的竖琴协奏曲精选，那么我真的不知道竖琴竟然是那样的美妙。

买这一套唱盘时，我并不认识唱盘封套上那 Harp 的单词，但从画面上认出了就是竖琴。那竖琴画得格外漂亮，橙色的琴颈是那样丰满，奶黄色的琴弦是那样缠绵，两相的搭配，显得格外曲线流溢而有张力，像是一个韵味十足的贵妇人，是那种个头高大、胸部丰满的妇人。那一刻，我想起读小学时每天上学在路上都要碰上的一位高高胖胖又很漂亮的中年妇人，她是我们邻校的一位老师。每天见到我，她都冲我嫣然一笑，表情温和中的气质高雅，就像画面上竖琴这样子。

在历史上，竖琴大概是最古老的乐器之一了。据可考察的历史文献，早在撒马利亚人和巴比伦人的时代，竖琴就出现了。在现代挖掘出来的公元前 1200 年前的拉美西斯三世墓中的出土文物里，就有竖琴。

如果用我国的琵琶和竖琴相比，那么琵琶的历史也很悠久了，却比起竖琴要晚得多。公元五世纪从西域传进来的曲颈琵琶，如果是琵琶的老祖，那起码也比竖琴晚了17个世纪。琵琶真正的兴起是在公元六世纪之后的隋唐时期，这样算来，比竖琴就更晚了。

当然，乐器并不是如同姜越老越辣。历史只是赋予乐器一种浓重的色彩而已，古老只是笼罩在乐器上的一层影子，或者说是披在乐器上的一件披风，只起到抖动雄风的作用，像是狮子头上威武的鬃毛。真正的好坏还要看乐器本身。我想一件古老的乐器能够历经千年保持下来，总有它不可取代的魅力。

同样作为弹拨乐器，以竖琴和琵琶为例子作为比较，琵琶的外部造型和内部器官变化都不是很大，从一千五百多年前从西域进入我国的曲颈琵琶，到唐代白居易《琵琶行》中咏叹的琵琶，和现存的琵琶没什么两样，是以不变应万变的姿态对应着时代，将音乐盛放在自己一直不变的琵琶美酒夜光杯中。但竖琴的变化却很大。外部的造型虽然还是弓形为主，但琴颈、踏板和共鸣箱，都有很大的变化，1820年现代竖琴的问世，更是将其改造成七级踏板和两级变音，使得功能更为齐备，音色更为好听了。

从声音来比较的话，显然我们的琵琶要单薄，竖琴要响亮。听琵琶，我总觉得像是地底下流动的河水，那河水可以清澈，可以呜咽，可以澎湃，却总是在一个规定的区域里流淌。听竖琴，我觉得像是天空的阳光，格外灿烂，到处流淌，可以无所不在，辉映在树林山脉房屋草地，当然包括在河水之上。特别是竖琴的回声，弹拨过后在空气中那轻微的回声，虽一瞬即逝，却清纯、明澈，格外韵味十足，连空气都像初吻一样在微微地抖动，弥漫着久久不散的芬芳。即使同为弦乐的提琴，可以比它更有着缠绵和深沉，却难有这种回声。

从曲目上来比较的话，有名的琵琶曲《十面埋伏》《将军令》《昭君怨》等，都是有故事作为依托，将写意融在写实之中的。而竖琴曲，却没有这些醒目的名字，历史上几乎所有有名的竖琴曲只根据调式命名为协奏曲，既不写实，也不写意，充分运用自身的特点谱写适合竖琴的乐曲而已。在柴可夫斯基的《天鹅湖》中，我们或许还能从间或撩拨的竖琴声中，听到几许湖水水花轻轻流动的声音，在竖琴任何一首协奏曲中，我们能听出哪里是水声吗？这或许是东西方文化的差别，我们特别愿意一切都能看得见摸得着，愿意小猫吃鱼有头有尾，还有实实在在的刺。竖琴曲不愿意这样，它愿意在自己的天国里自由自在地遨游。

我买的这两张CD，几乎囊括了历史中所有有名的竖琴协奏曲。既有历史上最早的亨德尔和莫扎特的竖琴协奏曲，又有19世纪初布瓦尔迪厄（Boieldieu, 1775—1834）和现代的卡斯泰尔诺沃·泰代斯科（Castelnuovo-Tedesco, 1895—1968）、维拉·洛勃斯（Villa-Lobos, 1887—1959）和罗德里戈（Rodrigo, 1901—1999）的竖琴协奏曲，将几个世纪以来不同时代和不同风格的竖琴的风韵尽显眼底。

专门为竖琴谱写曲子的，最早要数亨德尔的这首协奏曲了。还是亨德尔雍容华贵的风格，那竖琴仿佛是身着拖地长裙的女人，和假发短剑的男人在手拉手跳着宫廷舞，头顶是燃烧着根根银蜡烛的枝形吊灯在辉映，缓步而面带矜持微笑地舞动了一圈又一圈，然后文质彬彬地踮起脚尖向你施以深度的鞠躬礼。

莫扎特的这首协奏曲是为长笛和竖琴所作，基本上还是以长笛为主，竖琴只起了辅助作用，但那点点的撩拨，却是花香动人不须多，非常像是天上的阳光闪动，落在水面上荡漾起的粼光闪闪，一闪之间，却是落花流水，蔚为文章；又宛若情人间彼此丢下的眼色，虽是瞬间，别人并没有在意，但彼此的心领神会，弥漫在整个情思之中了。

卡斯泰尔诺沃·泰代斯科的竖琴特别抒情。他仿佛是一位抒情诗人，竖琴是从他心中喷涌出来的诗句。其中一段竖琴的独奏弹拨，真的像是泉水在阳光下喷射而出，水花上飞溅着阳光的辉煌灿烂。

由于维拉·洛勃斯是巴西人，罗德里戈是西班牙人，他们的竖琴带有拉丁风情，跳跃之中那种甜美，无与伦比。罗德里戈将竖琴弹拨得像是吉他，有时弹拨得格外轻快，像是在热汗淋漓的乡村酒吧里跳起了桑巴；有时弹拨得十分轻柔，仿佛气定神闲地坐在热带的花丛树下，让浓荫和芳香一起向着火辣辣的阳光喷射着。维拉·洛勃斯的竖琴格外沉得住气，和弦乐的配合起伏摇曳，极有韵味，竖琴就像轻盈的小鸟，在弦乐织就的一片雾蒙蒙的林子间上下飞行，间或落在某一枝头，溅落下露珠如雨，清新地飘洒。尤其是从浑厚的大提琴声中穿梭出来，优雅而有节制地弹拨，仿佛惹恼了哪一棵长髯飘飘的老树爷爷，自己却在抖动着亮晶晶的羽毛，故意清脆地鸣叫几声。

将竖琴发挥得最为淋漓尽致的，大概要数布瓦尔迪厄。这位法国的音乐家对竖琴理解得最深邃，或者说最得竖琴之奥妙。其他的音乐家，似乎都将竖琴的作用发挥到适可而止的地步，总令人觉得大量的乐队声响有些淹没了竖琴。布瓦尔迪厄却尽可能地将竖琴突出，竖琴便极尽其能事，风姿绰约，仪态万千，像是一位长袖善舞者，一招一式都是风情万种。用"大弦嘈嘈如急雨，小弦切切如私语"形容它很切合。布瓦尔迪厄的这首协奏曲本身就作得一气呵成，天衣无缝，竖琴在乐队之间像是一条自由自在的鱼，每一段漂亮的旋律都荡漾成温情的水花四溢，让竖琴游成卡通片中的那有灵性的鱼，游成神话中的美人鱼，水包围着它，它戏弄着水，真是好不自在，非常甜美。竖琴在布瓦尔迪厄的手中，缓慢时是那样清幽，给人以夜晚的花香在习习的晚风中暗暗袭来的感觉，只听见它在轻轻地拨动，乐队只是随风摇曳而已；即使急切时也是那样纯净，让人觉得好像一只小船在并不大的波浪中起伏，时而强烈的乐队好像和它在故意开着玩笑，让它的船帆上溅湿几星水花。那种竖琴特有的柔美高贵的气质，被布瓦尔迪厄发挥得恰到好处，拿捏得一派天籁，水银泻地般，银光迸射，灿烂无比；多米诺骨牌纷纷倒下一样，蜿蜒着浑然天成又色彩斑斓的曲线，撞响着空气，散发出风铃般清爽而迷人的呼吸……

据说，当今演奏竖琴的权威者是西班牙的扎巴列塔，不知他是否还活着。如果还活着，他该有93岁的高龄了。可惜，我没有听过他演奏竖琴的唱盘。

音乐和爱情

今年的冬天,北京特别冷。一冬的前半截都暖和得没有下雪,缺少什么,就开始盼望着什么,人们盼望着下雪,等雪真的来了,寒冷伴随着朔风的呼啸紧跟着也来了,据说是几十年来最冷的一个冬天了。偏偏屋子里的暖气在该需要它的时候,却疲疲沓沓的,烧得不顶劲,最高温度才14度。有一次,去吃贵州的花江狗肉来抵御寒冷,但那也只是暂时的热乎,很快浑身又冰冷了下来,心情格外沮丧。那些天来,尤其是星期天休息没处可去,又冻得够呛,弄得心情十分坏,什么事情也像是被冻僵了手脚一样无法做。我唯一的去处是去买唱盘,然后回来钻进羽绒被里听音乐。今年的冬天,音乐帮助我抵御寒冷和由寒冷带来的坏心情。

买回的唱盘中有柏辽兹(H. Berlioz,1803—1869)的《幻想交响曲》,其实家里早有他的唱盘,但这盘里面还有《罗密欧与朱丽叶》和《浮士德的沉沦》等作品的片段,《幻想交响曲》也是其中的一个片段。想多听听他的音乐,他的音乐素以鬼才著称(由此他大概是被画为漫画最多的一个音乐家了,所谓画鬼容易画他难吧。其中一幅漫画画着他将电线当成五线谱,他用电线杆指挥音乐),虽然他在世时,包括瓦格纳、门德尔松在内的许多音乐家都不喜欢他。

记得有一年在国外买到一套摩纳哥出品纪念柏辽兹的邮票,十几张邮票画着的都是《浮士德的沉沦》的内容,能将一部音乐用绘画表现出来,而且是用这样多的画面来表现,大概也是以柏辽兹为最。

今年这个特别寒冷的冬天,有了柏辽兹来陪伴,不敢说我就一定有了多少温暖,起码可以不大寂寞了。本来柏辽兹的音乐也不是门德尔松、韦伯、舒伯特式的温暖或温馨的音乐。

《幻想交响曲》让你涌动起许多莫名其妙的冥想,弦乐是那样丰腴得汁水饱满,鲜艳欲滴又变化多端;《浮士德的沉沦》是另一番景色,多变的柏辽兹让你仿佛能看到鬼魅丛生、鬼火闪烁,音响效果如同节日里腾空而起的焰火,是那样色彩绚丽;《罗密欧与朱丽叶》又展示了柏辽兹别样的才华,他将传统的爱情悲剧挥洒得那样自由奔放,演奏得那样壮丽辉煌,宛若奔跑在无边无际草原上的美丽又自由自在的梅花鹿或羚羊……

冬天最寒冷的日子里,呼呼的北风肆虐地扑打着门窗,像莽撞的醉汉,找不到归家的房门。这时候,依在被窝里听柏辽兹,听他的幻想和梦想,听他的渴望和企盼,除了会被他的音乐有所震撼之外,还能勾引出你自己的许多逝去的往事,一下子和他的旋律和窗外的寒风交织在一起,显出几分悲凉、苍凉和清凉来。这时,你的心里不是稍稍温暖,而是觉得更加寒冷,一种阴森森的感觉袭上心头,就像《幻想交响曲》第三乐章中最后定音鼓后那几声凄厉的号声,缥缈地消逝在空中。幻想,有时不是那么好玩的,对于如柏辽兹一样的鬼才,幻想成就了他,让他的音乐迸发出璀璨的火花,织出一天云锦来;对于我们这样的一般常人，幻想却常常会害了我们自己，我们以为能从大海里真的捞出普希金的金鱼来，其实最后捞出的不过只是千疮百孔的破渔网和发腥的水草。

当然，这只是我自己的感觉。在柏辽兹的音乐中，柏辽兹是另外一番的模样你能想象得出这是一个无拘无束的人，是一个踩着云彩就能飞的人，是一个一夜怒放花千树、一夜恨不高千尺的人，是一个伸手可摘日月星辰，又可惊动天上仙人的人。如果将他和我国的诗人相比，他绝对不是杜甫、李商隐或李贺，只有狂放不羁的、可以让高力士为他脱靴、想象力丰沛、能够上天入地的李白能与他比肩。虽说贝多芬也狂放，但更多的是高傲、是对现实世界的投入，而柏辽兹则是将他的音乐挥洒在想象的世界里。所以，贝多芬不会像是李白，而有点像是杜甫。李商隐和李贺大概是和德彪西或拉威尔有点儿相似。

无论柏辽兹像谁，有一点可以肯定，柏辽兹不是一个快乐的人，不是一个如意的人，虽然他有过快乐和如意的时候。他的内心里藏有太多的痛苦，许多能够得到而未得到，许多美好或和他失之交臂，或被他拱手相让。他的痛苦在于他不仅让他的音乐常常生存在他的想象世界里，同时也让他自己常常生存在这个他自造的想象世界中。艺术在想象的世界中也许才会得以成功，而生活在想象的世界中常常却会事与愿违。柏辽兹常常混淆了想象世界与现实世界、艺术世界与现实世界的区别。

我一直这样认为，如柏辽兹这样一个音乐家的音乐如此，他的生活和性格一定也会不同凡响。很难想象一个在日常生活中循规蹈矩的人，穿衣服要系上风纪扣、过马路一定要走斑马线的人，会有如此超凡脱俗的想象力和奔放洒脱的创造力。这是肯定的，柏辽兹之所以成为柏辽兹，就因为他就是这样一个被当时也被现代许多人议论的人。曾经创作过《柏辽兹》的电视连续剧并将剧本编写为《柏辽兹》小说的法国导演阿兰·布瓦耶说："爱他，恨他，悉听读者尊便……唯祈读者更能了解他。"其实，了解他，和理解他的音乐一样，都并不是那么容易的事。

就我个人而言，我知道柏辽兹一生都在追求爱情，只是他所追求的爱情和我一般常人所理解的恋爱、结婚以至到居家过日子的那种平常意义上的爱情，并不一样。他所追求的爱情是他想象世界中的，就像一个画家永远总是把他心目中的爱情涂抹在画布上。所以，他爱的女人一个紧接着一个，他结婚又离婚，然后再结婚，他的一生可以说就是由一个个女人和一场场内心备受折磨的痛苦，再加上由此诞生的一支支乐曲，拼贴而成。但是他找到了他理想中或者更准确地说他想象中的爱情了吗？我以为他没有。女演员亨丽达和李茜奥是吗？钢琴家莫克是吗？童年时就爱上的那位"有一双大眼睛，穿着粉红色的鞋子"的霭丝黛是吗？

他说他自己最喜欢在下着滂沱大雨的时候到蒙玛特墓地去，因为那里埋葬着他死去的前妻。他还说："人世间只有活在心中的东西才是真实的。"他至死相信他所追求的爱情，他以为所有他曾经爱过的一切，都不会死去，都长久地活在他的心中。

然而，一切真的如他所说那样吗？

他深爱着亨丽达，开始人家并不爱他，当亨丽达小姐33岁（她比柏辽兹大三岁）青春长逝，色衰容退，并且带有14000法郎的债务，又出现在他的面前的时候，他还是如以前一样深深地爱着她，并毅然决然地娶她为妻子。在他的眼中，33岁的亨丽达小姐还是演莎士比亚戏剧中的年轻美丽的奥菲丽娅和朱丽叶,岁月在他的心中并没有褪色和苍老。与其说他仍然爱着亨丽达小姐,不如说他爱的是他心中的幻想中的奥菲丽娅和朱丽叶。

他童年时就悄悄单恋霭丝黛——霭丝黛比他大六岁,他总是爱上比他大的女人,说明他总有长不大的恋母情结——童年时只要一见到霭丝黛,他就有一种被雷电击中一般的感觉,却始终没敢向她表达感情。在他61岁的时候,两个妻子先后死去,不少曾经爱过的女人都离他而去,在最凄凉而孤独的时候,他忽然又想起了霭丝黛,竟然发了疯似的不远千里奔赴家乡去看望霭丝黛,但霭丝黛已经搬到意大利的热那亚去了,他又拖着苍老的步子赶去热那亚,终于见到了童年的梦中情人,霭丝黛都快70岁了,已经是一个满脸核桃皮一般皱纹纵横的老太太了。但是,柏辽兹还是感动不已,老泪横流。

以前,每想到这里,我常常会被柏辽兹感动,但现在,在这个北京最冷的寒风呼啸的冬天,听他的音乐之中再次想到他这件往事时,我在想这真的就是柏辽兹追求到的一份爱情吗?年近七十岁的老太太,在他的眼里其实还是童年时的霭丝黛,岁月在他的幻想中发酵,他心中爱恋的依然是童年时见到的那位"有一双大眼睛,穿着粉红色的鞋子"的霭丝黛。同亨丽达一样,他爱着的只是童年的梦中情人而已。或者说,他爱着的只是心中自造的一份顽固的幻想而已。

想到这里,也就明白了,柏辽兹为什么有不同凡响又别出一格的《幻想交响曲》了。也就明白了,在这首《幻想交响曲》第一乐章中有一个动人的乐句主题,是来自柏辽兹童年时期单恋霭丝黛时偷偷写下的一支浪漫曲。柏辽兹一生都生活在幻想里。

我同时还顽固地相信,对于艺术家,在现实世界追求不到,便在他所创作的艺术世界里获得；同时，对于艺术家，现实中的情感总是会和艺术中的情感混淆而相互的位置倒置。也许，现实中并没有什么真正的爱情，所以才会有动人的艺术出现吧。如果柏辽兹在他的年轻时候就与霭丝黛结为百年之好，还会有动人的《幻想交响曲》吗？从某种意义上讲，包括音乐在内的所有艺术，都是现实中缺少或不可得的一种填充物，是一种幻想，是白日梦。于是，才有了这样许多比现实美好得多的艺术，才能在这个北京最寒冷的冬季里听到柏辽兹这些美妙无比、才华横溢的音乐。

　　柏辽兹曾经说过："音乐和爱情是灵魂的两只翅膀。"其实，这两只翅膀是一个含义，同时都是想象或幻想。他是依靠这两只翅膀在这个世界上飞翔了66年。我们能吗？我们拥有这样两只翅膀吗？

音乐中的圣洁

对于音乐，我一直有着这样的看法，似乎离我们越是久远的越是有一种圣洁的情感，不带一点污染一般，让我们能感受到现代社会越发缺少的、难能可贵的东西；而离我们越近的，越是无可奈何地少有了这种圣洁。

也许，这不是什么奇怪的想法和看法，而是一种真实的现实。在所有的艺术之中，音乐最具有遥远历史的保鲜功能，如同远距离的导弹一样，能击中我们现代人已经不那么干净又极其脆弱的心灵。相反，越是近距离的音乐，越是无法抵御现代的喧嚣和龌龊。或真的是姜还是老的辣？或是老奶奶才比得小姑娘更懂得爱与人生的真谛？

我不止一次地听帕莱斯特里那的经文歌和弥撒曲，听蒙特威尔第的《奥菲欧》或其他圣咏，听亨德尔《弥赛亚》中的"哈利路亚"的合唱和《赛尔斯》中的广板……有一种圣洁的情感随着优雅的旋律在升腾，让再喧哗浮躁的心也能有片刻的沉静。像有一匹没有一根杂毛的、雪白洁净的马，拉着雪橇在一望无垠的雪地上轻盈地飞奔而来，是那种电影中慢镜头的感觉，马背上的鬃毛晶莹得一闪一闪，抖动得像跳着舒展的舞蹈，马蹄飞溅起的雪花无声而慢慢地飞起飞落归于一片静谧。那种感觉，是在听别的音乐没有过的。听现代音乐，能听出世事的沧桑和人性的复杂；听流行音乐，能听出心情的跌宕和世俗的瞬间美好、渴望与惘然若失；却都不会听出这种感觉来。就是听浪漫派的古典音乐，比如贝多芬、莫扎特或门德尔松，都难以听出这种感觉。

音乐的神奇就在这里，它不会欺骗你，也不会遮掩自己，我曾经说过：在音乐面前，我们和音乐一样透明。它打动你了，就是打动了你；它让你涌起什么的感情，就是什么样的感情。这是其他艺术无法比拟的，比如绘画或戏剧，会有多种多样的理解，存在着歧义和无法逾越的鸿沟。达·芬奇《蒙娜丽莎》的微笑，你可以看出不同的性格，不同的含义；莎士比亚的《哈姆·雷特》的死，你也可以找出不同的理由，设计出不同的结局。

我有一套三张盘的迪卡公司百年纪念的 Yellow Guide 古典音乐，是按音乐史中音乐家的出生顺序排列的乐曲，第一张盘中有从帕莱斯特里那、蒙特威尔第到肖邦、舒曼 共15支乐曲。非常奇怪，从第一支乐曲帕莱斯特里那的《教皇玛切尔弥撒》开始，听到第四支曲子亨德尔的"哈利路亚"，再往下听，便没有了这种圣洁的感觉。仿佛在这里筑起一道拦河大坝，将截然不同的水流一分为二，高者如九天银河，一派浩渺；低者如小溪流水，无限清浅。你可以站在大坝上观看两者不同的风景，却绝对不会将两者混淆，更不会将两者变换位置。

下一支曲子就是巴赫那有名的"G弦上的咏叹调"，虽然很喜欢巴赫，而且这是巴赫很美的一支曲子，我却没有听出那种宗教般的虔诚与圣洁。巴赫的音乐,即使是宗教音乐,也少有这种感觉。真是怪得很,一生笃信宗教的巴赫,却很难在他的音乐里听用浓郁宗教高蹈幽深的味道。巴赫的音乐,给我的总是世俗的美好、温馨、宁静和和谐。这种感觉,如果也属于宗教,是属于教堂里那些膜拜的世人,身上还沾着田野里泥土和草棍,不属于天堂里的悠悠上帝和不穿衣裳的安琪儿。

还有一位与他们处于同一时期的音乐家,也不属于天堂,他就是维瓦尔第。听他的《四季》,无论四季风光如何美好与惟妙惟肖,也只是现实世界悦耳动听的回声,听不出来自上苍那圣洁吟咏的回荡。维瓦尔第和巴赫一样,给我的感觉是世俗的。如果说两者的音乐都是洁白的,前者像是天上的袅袅的白云,巴赫和维瓦尔第是地上的安详漫步的白羊。

帕莱斯特里那、蒙特威尔第和亨德尔,在我听到的有限音乐中,只有他们三人与众不同。听他们的音乐,总有一种置身在教堂之中的感觉,是那种欧洲尖顶哥特式的教堂,阳光从绘有宗教内容的彩色玻璃窗散射进来,吟诵经文的回声在轻轻地回荡……这时音乐响起,人们情不自禁地随声合唱,声音越来越响,渐渐如天风般浩荡,在你的心中回响起寥廓的回声。我真是无法解释,为什么只有16世纪的帕莱斯特里那、17世纪的蒙特威尔第和18世纪的亨德尔,才会给我这样的感觉,而他们以后那样多如灿烂星辰的音乐家,为什么就很再给我这样的感觉了呢?

他们的音乐,总让我格外感动,总让我忍不住会时不时垂下头来躬身自省,也会时不时地仰起头来望一望天空,看一看天空是不是还像他们所在的那些个世纪一样水洗般的蔚蓝,还有没有正视我们心灵的灼热的太阳朗朗地照在我们的头顶。他们的音乐,清水洗心涤尘一般,让心被过滤得澄净透明,让我相信在这个越发肆无忌惮污染着心灵、充满卑鄙与罪恶的社会里,其实还存在着神圣和虔诚;渺渺上苍里,神一般的旨意还是存在的,你的卑下、轻薄与浮泛,甚至你的贪赃与枉法,都是有无所不在的眼睛在注视的,你不要为所欲为,你会受到规范与惩罚。

他们的音乐,给我一些安慰和多少的乐观,和现实的世界多少拉开了一些距离。这距离便透明清澈而多少圣洁一些,填充这些距离的,就是这些美好的音符。因此,在心情不好的时候,事不遂心的时候,面对现实悲观而无能为力的时候,我便会听一听他们的音乐。常常会出现这样的情况,即使心情紊乱连书都读不去下去的时候,他们的音乐却能随风潜入夜,润物细无声一般听得进去。他们的音乐,会像微风习习吹来一样,轻轻地拂去心头的阴影;也会像月光委婉出现一样,让夜晚暂时遮掩去黑暗,而用自己如银似水的月光,制造一种哪怕暂时却是高洁明澈的境界。他们的音乐,会弥漫起一种宗教的感觉,即使我并不信任何宗教,但这种宗教的感觉会让我的心感动而明亮一些,并尘埃落定般归顺于这种虔诚和圣洁的境界。

记得有一年四月的春天,我到德国科隆大教堂,正赶上复活节,欧洲的红衣大主教正在布道,教堂里的过道都站满了人,所有的人都在虔诚地聆听,偌大的教堂里鸦雀无声,只能感到从高高玻璃窗里照进来的阳光和夹杂着纤尘的空气的轻轻流动。那一瞬间,如果有音乐在心头泛起,那便是帕莱斯特里那、蒙特威尔第和亨德尔音乐的感觉。

那一年七月的夏天,我到巴黎圣母院大教堂,里面点燃着银色的蜡烛，烛光点点，连成一片，在昏暗的教堂中如同繁星闪闪。这时，我看到所有的忏悔室前和所有的神像面前，都跪拜着忏悔的人。那种求助救赎的虔诚，在幽幽烛光的映照下显得分外动人，使得一切烦扰和喧嚣消解，水落石出般只剩下心在脆弱地颤动。那一瞬间，如果有音乐在心头荡漾，那便是帕莱斯特里那、蒙特威尔第和亨德尔音乐的感觉。

肖邦之夜

一年四季中，北京的秋夜最美。今年北京的秋夜，因有一夜是傅聪演奏的"肖邦之夜"，更是平添了一分难得的美丽与温馨。

音乐并非与北京无缘。北京有无数的夜晚，不止是在秋天，歌吹乐喧，多的是"蹦迪"和伪摇滚，也不乏酒吧的靡靡之音，还有大街上伪劣音箱里迸发出燥热的电子乐声。只是没有肖邦，肖邦似乎在遥远的巴黎或者华沙。

是傅聪为我们带来了肖邦，从异国他乡，从夜的深处。

傅聪走上台，一件黑色的燕尾服，一头乌发如墨，大概是染的，微微有些谢顶。不知身体如何，记得17年前1981年他回国时曾一再说他的身体好极了。我看他此次上台的台步不那么爽朗了，毕竟是64岁的人了。

他的手指却还是那样的美，虽然缠着绷带，依然柔若无骨，触动琴键时连琴键也变得柔软如一匹黑白相间的丝绸。我坐在楼上的第一排，看得格外清楚，他的手指清风临水一般掠过琴键，那美妙的琴声便像是荡漾起一圈圈清澈动人的涟漪，偌大的剧场和我的心都被这琴声抚摸得有些平顺而湿润了。

看傅聪坐在钢琴前弹奏，我总止不住想起柏辽兹当年看肖邦在钢琴前演奏时曾经说过的话："他变成了一位诗人，歌颂着自己幻想中的主人公奥西安式的爱情和骑士风度的功勋，歌唱出他的遥远的祖国。"在我眼中，傅聪和肖邦在钢琴旁叠印着，融为一体。想想他和肖邦共同的身世，萍飘絮泊，浪迹天涯，便越发体味出柏辽兹话中最后一句的滋味。

坐在钢琴前，傅聪的确变成了一位诗人。他将肖邦的音乐演绎成为一首首透明的诗，鸟儿一样扇动着翅膀从黑白键中飞出来，让今夜的天空多了几分并不仅仅是星星和月亮的明媚，也不仅仅只飞翔着蝙蝠那驮满沉重阴影的翅膀。

说实话，傅聪带来的肖邦的钢琴曲，有我许多的遗憾。我并不大想听肖邦的前奏曲，虽然才华横溢，乐思简练，情调丰富，却怎么也褪不去练习曲的痕迹，是太小的小品。而我想听的许多乐曲，他此次吝啬并未演奏，比如肖邦最著名的最富有诗意的被誉为"抒情诗篇"的升F大调和降D大调夜曲（作品15-2、作品27-2）。但他毕竟为我们带来了那样动听的降B小调、降E大调、B大调夜曲（作品9-1、9-2、9-3），明朗宁静，凝神沉思，琴里关山，梦中明月。还有F大调第二叙事曲（作品37），如歌如诉，如怨如慕，寒树依微，夕阳明灭。还有年轻时弹奏过并拿到肖邦钢琴比赛大奖走向世界的、他最拿手的挥洒自如的玛祖卡……这就够了，因为这毕竟都是一首首玲珑剔透的诗。在一个秋天的枫树已不再那样火红、银杏已不再那样金黄的污染的季节，在一个包括音乐在内的文化世界变得王纲解体王旗变的季节，一颗赤子之心尚存，一粒诗的种子尚存，不仅保护得那样好，还能让它绽放出如此美丽清新的花朵来，已是实属不易之事了。

更何况，肖邦的前奏曲毕竟也有着动人的乐章，优雅慢板 B 小调的"雨滴"，和摇篮曲式降 D 大调的"雨滴"，会让我想起在马略尔卡岛上肖邦和乔治·桑在一起那短暂却幸福的时光；而升 F 小调的激情，降 E 大调的明朗，都让我听到明亮如同梵高描绘出的那一片金色阳光般的金属声响。

我不必埋怨傅聪为什么没有带来肖邦那些美丽而忧郁的夜曲，他大概不想把肖邦之夜弄得过分缠绵，甜蜜蜜如同一杯芬芳四溢的果汁。

是的，肖邦之夜并非是抒情之夜。那样，既误会了肖邦，也误会了傅聪。听肖邦，确实能听出缠绵和抒情，与肖邦只活到 37 岁的凄清身世对比明显，便越发对肖邦产生一种别样的情感。优秀的艺术家，都是这样不会总自恋般咀嚼自己，而会拥有一份感情与人类相通的。听肖邦，当然能听到天籁纯净的自然、色彩缤纷的田园，听出静谧，听出飘逸，听出华美，听出典雅，听出耳鬓厮磨、喁喁絮语，听出游思一缕、思绪万千，听出夜色如水、心律如歌，听出荷风送香、竹露滴清，听出桂子夜中落、天香云外飘……但听肖邦，毕竟还能听出阴郁、痛苦、焦虑和庄严，听出激情澎湃、悲壮高亢，听出严峻如山、思念似海，听出秋风铁马、铜板金铍，听出碧海青天、长风明月，听出断鸿声远、天涯望尽，听出万里寒烟、一片冰心，听出栏杆拍遍、雕弓挽满，听出潮平两岸阔，风正一帆悬，听出夜阑卧听风吹雨，铁马冰河入梦来……

听肖邦，其实也就是在听傅聪。他是用肖邦的乐曲在钢琴上说着自己的心里话，或者说他是在和肖邦彼此诉说着心里话。只不过钢琴上的肖邦是年轻时的肖邦，他去世时还不到40岁，而钢琴旁的傅聪已进入老年，听傅聪便多了几分沧桑和达观，既有"别来沧海事，语罢暮天钟"的心境，也有"秋水共长天一色，落霞与孤鹜齐飞"的意境。

不过，在我看来。除了年龄的差别，他们确实有着太多的相似，命运、情感、天性和对音乐的感悟、感觉。我想起17年前傅聪自己说过的话："我觉得，肖邦呢，就好像是我的命运。我的天生的气质，就好像肖邦就是我。"也就理解了为什么在这个秋夜他为我们带来的是肖邦，而且是这样演绎着肖邦，不愿意把肖邦仅仅演奏成一个"钢琴王子"式的、口香糖式的肖邦。

演出结束了，大家拼命地为他鼓掌，他双手抱在胸前深深地向大家鞠躬。今晚的夜色真好，好像真的滤掉了许多喧嚣和燥热，好像真的充满着几分宁静和沉思，好像真的在路的远方、在夜的深处，有着亲切的呼唤和等待……是因为有这美妙的琴声，像空气像花香一样弥散在夜色之中；是因为有肖邦向我们走来，用他那有些冰凉却柔软的手指，用他善感的心和美好的音乐，将夜色和我们一起拥抱。我知道以后会有许许多多的夜晚在等待着我们，但肖邦之夜并不多。也不能奢求夜夜都是肖邦之夜，那么，肖邦也就像夜夜狂欢未尽的迪斯科和卡拉OK一样不值钱了。许多的美好，就是这样的转瞬即逝。

回家的路上，起风了，吹起了尘土和落叶一起飘飘欲飞。

在大剧院重逢马勒

一直渴望能够在音乐厅里听一回马勒的《第五交响曲》。这个念头，源于十多年前的一个冬天，半夜里睡不着，辗转反侧，摸着黑摸到一盘磁带，放在CD机里听，开始不知是谁的曲子，那曲子恰是一种悲凉心情的注解和化解，听着就被它感动。那种弦乐的清澈，让你想起城市里根本不会出现的清泉之水，和即使孩子的眼里也难得的清纯的眼泪。本想听着音乐就能入睡的，相反更睡不着了。索性打开灯，一看才知道原来是马勒的《第五交响曲》的第四乐章。维也纳爱乐乐团演奏，布列兹指挥。

终于，瑞士苏黎世市政厅管弦乐团来到了国家大剧院，带来了马勒的《第五交响曲》，指挥是大卫·津曼。如今的指挥，对马勒都有了兴趣，马勒忽然热了起来，但演绎马勒，不少指挥不是趋于保守，就是显得有些疯癫。对于大卫·津曼，我可以信赖。他录制过两套马勒交响曲的全集，对马勒有过专门的研究。而且，我极其赞同他的观点："对于马勒，先是他的声乐套曲，然后才是他的交响乐。"

等待着马勒，主要是等待着马勒这支交响曲的第四乐章。有了上半场对舒伯特"第七"未完成交响曲有节制的演奏,特别是弦乐的出色发挥,对下半场的马勒更加充满底气。不过说实在的,马勒的开场并不先声夺人。独奏的小号,气息渐绝似的,远没有贝多芬"命运交响曲"开头的那种"命运动机"震撼人心。也许,是贝多芬的先入为主吧。但弦乐一上来,景色为之一变,小号后来的加入,一下子回环萦绕起来。大卫·津曼不事张扬,阅尽春秋,演绎着属于马勒对于生死的悲痛与苍凉。

必须得有这第一乐章的对比,第四乐章的到来,才显得风来雨从,气象万千。对比悲怆之后的甜美与温暖,才有了适得其所的价值,如同鸟儿有了落栖的枝头,这枝头让马勒谱写得枝繁叶茂,芬芳迷人,而这鸟儿仿佛飞越过了暴风雨的天空,终于有了喘息和抬头望一眼并没有完全坍塌的世界的瞬间。有竖琴,有小提琴、中提琴和大提琴的此起彼伏,交相辉映,层次那样的丰富,交响的效果那样浑然天成,犹如是天鹅绒一般轻柔的微风抚摸你的心头。难得的是大卫·津曼处理得那样云淡风轻,他甚至倚在指挥台后的架子上,很享受的样子,也像经过了漫长旅程之后有些疲惫而放松的样子。

在我听过的所有的交响曲的慢板中,我是把它放在第一的位置上。真的很少有马勒这样柔美抒情得丝丝入扣,又这样丰富得水阔天清。在谈论马勒的交响曲时,如今更多愿意说他思想的复杂性与悲剧意识,作曲方面对古典传统技法的发展变化,以及对未来世界的预言性,却忽略了马勒对传统的继承。在这一点上,马勒对慢板的处理,最显其独到之处。其实,他的老师布鲁克纳对慢板的处理,也是如此,那些动人的旋律,马勒得其精髓,可以看出彼此的传承。

此外,还要看到这一段最动人的慢板,与他的《吕克特诗歌谱曲五首》中的《我在世上已不存在》的关系。在这首歌中唱道:"我仅仅生活在我的天堂里,生活在我的爱情和歌声里。"由此我们便可以触摸到马勒的心绪,即使在死亡垂临的威迫之下,他依然乐观的原因,他相信爱情和音乐。这也就是大卫·津曼说的:"对于马勒,先是他的声乐套曲,然后才是他的交响乐。"这是走近马勒音乐的一条路径,也是打开马勒内心的一扇门。

和祖宾·梅塔联欢

到国家大剧院看祖宾·梅塔携西班牙瓦伦西亚皇家歌剧院交响乐团的演出,像是和祖宾·梅塔一起联欢。

上下半场所选择的曲目,很像是为新年联欢会的特制。特别是后半场小施特劳斯作品专场,更像是维也纳新年音乐会的翻版。更特别的是,最后加演的一曲《拉德斯基进行曲》,已经退场的祖宾·梅塔在乐队小鼓的击打下又被请了回来,显得那样的别致而亲切。在祖宾·梅塔的指挥下,观众们左右前后楼上楼下,和他互动,和乐队呼应,山连山、水连水一般,更像是和祖宾·梅塔围成一圈,手拉手在唱歌跳舞。观众和祖宾·梅塔,都显得那样开心。春节将近,真的像是一场迎春联欢会。

祖宾·梅塔的幽默、亲民色彩,让这场基本由小品组成的音乐会,显得格外活泼可爱。整场音乐会,十余个曲目联袂而出,犹如活泼的鱼儿跳跃而出,飞溅得水花如玉,如同泼水节泼出的清亮亮的水花一样,欢快无比地溅了观众的一身。

其实,这场音乐会的上半场更值得一听。对于中国听众,起码对于我，上半场的音乐作品很少能够听到。上半场的五个音乐作品，都是西班牙本土作曲家的精彩选段。我们的交响乐舞台，近年来更偏重如贝多芬等古典和如马勒等的新古典。除了经典的德奥音乐，便是柴可夫斯基和肖斯塔科维奇的俄苏音乐。如这场音乐会上半场全部是西班牙本土音乐的音乐会，几乎很难听到。

从这个角度而言，虽然这五个作品都是小品，多少有些拼盘的感觉，但却显得格外的别致而清新，和听得过多的那些德奥与俄苏音乐相比，糖吃多了不甜，而它们便以自己的特色，更容易让人耳目一新。

这五个曲目，包括夏彼的《捣乱者》和《士兵的战鼓》两首前奏曲，格拉纳多斯的《戈雅之画》间奏曲，法雅的《西班牙舞曲》第一号，希门尼斯的《阿隆索的婚礼》间奏曲。和贝多芬或马勒与他们的作品相比，这几位作曲家和作品，都显得有些陌生。如今我们的舞台，几乎已经成了菜市场，在古典音乐的舞台上，由于我们的腰包越来越鼓，重金之下必有勇夫，请来的世界各地的交响乐团，走马灯一样频繁，令人目不暇接，却不是良莠不齐，就是所演奏的曲目大同小异。选择好的乐团，选择新颖的曲目，不仅成为交响乐演出组织者费脑筋的事，也成了乐迷头痛的事情。

这场音乐会上半场所选择的作家和曲目，值得称道的是它的新。其风格各异，也尽量做到了新鲜一些的变化，或俏皮，或抒情，或奔放，或激越，或欢快，足见选曲时的精心和眼光，而且充分考虑到了乐团各方乐手的发挥。这支年轻的乐团，不仅弦乐不错，铜管和木管乐也不错，尤其好的是三位打击乐的乐手，既不喧宾夺主，又能体现自身的特点，常常能够灵光一闪，既恰到好处，又淋漓尽致。特别是在《捣乱者》的开端和《士兵的战鼓》的中间部分，打击乐几乎起到了主角的作用。

对于我而言，最值得一听的是格拉纳多斯的《戈雅之画》间奏曲。间奏曲是一种非常独特而美好的音乐形式。它是歌剧幕间休息而形成的一种别致的音乐。我第一次听玛尔蒂斯的歌剧《乡村骑士》间奏曲，立刻被吸引，一下子忘不了，从此对间奏曲格外钟情。格拉纳多斯的《戈雅之画》间奏曲，真的是一支优美的间奏曲。它由作曲家根据自己的钢琴曲改编的歌剧而来，是钢琴曲中所没有的创作。和钢琴曲相比，交响曲无疑为其如虎添翼，让其更为丰富，有了情思多层次的展现，有了肢体多方面的交融。

让音乐和绘画联姻，让音符和色彩与线条对话，并不是格拉纳多斯的首创。不过，无论作为画家戈雅，还是作为音乐家格拉纳多斯，都是西班牙的骄傲，都是西班牙的艺术符号。是格拉纳多斯第一次以西班牙民族音乐的语言方式，为戈雅的美术造像，就和格里格以他的《培尔金特》的音乐，让易卜生和格里格成为挪威的双子星座一样，格拉纳多斯也以自己的音乐让他和戈雅成为那个时代西班牙的双子星座。更重要的是，格拉纳多斯不仅让世界更多的人知道了戈雅和自己，更让世界知道并喜爱上了西班牙自己的音乐。其历史地位和音乐价值，和当时斯美塔那、德沃夏克、西贝柳斯和格里格成为本土的民族乐派的奠基人一样。格拉纳多斯也是西班牙民族音乐的奠基者和开拓者；这位只活了49岁早逝的音乐家，实在是了不起的。

格拉纳多斯的音乐，和戈雅的画一样，值得一听。这支《戈雅之画》间奏曲，是我第一次在现场听，也许是先入为主，觉得在祖宾·梅塔和瓦伦西亚皇家歌剧院交响乐团的演绎下，如诗如画，非常优美动人。特别是在前一支曲子夏彼的《捣乱者》开端节奏鲜明的鼓乐的对比下,这支间奏曲开端的弦乐,柔若无骨却清风似水的缓缓渗入,真让人感到是那样清澈见底又柔情似水一般的感觉。坐在我旁边两位年轻的姑娘,有些疑惑地悄悄在说,不是说西班牙奔放吗?西班牙确实有斗牛士凛凛雄风一样的奔放,有巴塞罗那阳光如火一样的奔放,却也有柔情和幽美的一面,就像月光下的地中海,就像细雨中的瓦伦西亚,就像这支《戈雅之画》间奏曲的开端。

黄昏的曼托瓦尼

可以毫不遮掩并毫不夸张地讲，在当今世界我所听过的轻音乐乐队中，曼托瓦尼（A. P. Mantovani）是最出色的。起码在我的心目中，谁也无法和他比肩。我曾经情不自禁向不少人推荐过曼托瓦尼，并将我买的磁带送给他们听，以致我原来保存的曼托瓦尼的磁带越来越少，不得不重新购买。

二十多年前，我在北京灯市口的一家音像商店里买了第一盘曼托瓦尼的磁带（Mantovani Magic DECCAG 公司出品）。那时，我对轻音乐队一无所知，连听都没听说过有这么一个曼托瓦尼，随手买下它，与其说是冥冥中的缘分，不如说是瞎猫碰死耗子，纯粹瞎蒙的，只是看封套上的曼托瓦尼有些像我稍微熟悉的海菲兹。其实，在我们中国人来看，外国人大多长得有点儿相像。

带子里的第一支曲子，就一下子抓住了我的心，深深地吸引了我。弦乐轻轻地荡漾着，仿佛从遥远的天边隐隐地传来，忽然在管乐的撩拨下掀起了弦乐一起在最高音区飞翔，柔曼而婉转，弥漫在整个眼前的世界，仿佛有一只神奇的大手轻轻地抚摸了一下，大地上所有的花同时绽开了芬芳的花瓣。然后是在大提琴微微弹拨衬托下小提琴的一段独奏，色彩温柔，朦胧而带有一点回忆和忧伤，真是柔肠寸断，至情至爱，美丽至极，让人涌出一种"此曲只有天上有"的感觉。

这支曲子叫作Misty，不知别人怎样翻译，我将它叫作《薄雾蒙蒙》。这名字很适合曲子的氛围和我听后的心境。在我听来，所有曼托瓦尼的乐曲中，它是最出色的几首之一。

其实，听曼托瓦尼，完全可以不必看它们的曲名。虽然它们的曲名都很动听，比如《星尘》《秋叶》《鸳鸯茶》《蒙娜丽莎》《小青苹果》《爱情是多姿多彩的》《烟雾迷住你的眼睛》《漫步在黑森林》《献给忧郁女人的红玫瑰》……不过，这些都只是它们的代号，曼托瓦尼一般并不在意它们的名字，也不看重它们表面跳跃的情致。曼托瓦尼演绎的是自己的情感，那种情感，在曼托瓦尼所有的演奏中，几乎是万变不离其宗的，即是对逝去的古典情怀的一种追忆，只不过在他的追忆中，有他自己的沙里淘金，有他自己的精雕细刻，有他的执着和痴情，有他对古典精神的理解和诠释，有他对当今尘世中失衡与失落的珍贵的东西的温情的反抗和执意的打捞。

当然，这里的曲名许多并不是曼托瓦尼主观所为，而是来自他对民歌的选择，便也带上民歌原本名字质朴的气息，比如，典型的《鸳鸯茶》《月亮河》《伦敦德里小调》《一路平安》，都让曼托瓦尼染上了他自己强烈的色彩，让这些民歌传遍世界许多地方。曼托瓦尼对民歌的钟爱，对民歌的重新改造和开掘，是他对音乐的一种态度。他不仅仅将古典囿于那些伟大的音乐家的身上，而且是将其扩展到经久不衰的民歌领域。将民间清澈的溪水引进来，与这些古典音乐家的河流交汇相融，使得河床扩宽加深。这是曼托瓦尼的旋律不仅动听，而且朴素平易、根深叶茂的一个原因。

曼托瓦尼自己创作的乐曲并不太多（只有 Cara Mia 等为数有限的乐曲），一般都是他对古典音乐家作品的改造和演绎，尽管在一些乐曲中有属于他自己改造，比如加入一些拉丁和爵士的元素，但总有其明显恒定的风格。听多了，或许会感到他有些为我所用得太厉害，经过他的指挥棒一挥和他特有的弦乐的轻揉慢搓，就像把所有音乐家的作品都煮在他特制的大锅里，温火慢炖煮熟之后全浸泡出一种味道，过于缠绵悱恻了些。其实，并不完全是这样的，曼托瓦尼只不过太热爱他的弦乐，尤其是他那占满乐队大多数的小提琴，便极其容易将那些古典乐章都请到他的弓弦上比试一番，就像一位武林高手总愿意让人和他比试拳脚，或一位高超的棋手爱让你和他在纹枰上对阵一样。或许，这和他的父亲老曼托瓦尼就是一位技艺高超的小提琴手有关，曼托瓦尼自己很小就开始了他的小提琴弹奏生涯，他对小提琴实在是太情有独钟。

曼托瓦尼对古典音乐家和作品的选择和改造，有他的美学标准。他不是那种深刻的音乐家，他便不想将其乐队演奏得过于阳春白雪，只是少数人的知音。他不是将自己和乐队向那些古典大师靠拢，而是将那些大师向自己向现代人靠拢。他也不是让音乐侵入理性，而是让感性弥漫音乐。正是这种姿态，他将那些大师头上几个世纪的假头套摘去，将身上笔挺的燕尾服脱去，将程序和规范复杂的起承转合剥去，而轻松洒脱地走下台来和大家握手言欢。他拉着这些古典大师的手，让他们一步就走到了现代，让他们变得年轻。曼托瓦尼将古典音乐从高深莫测的殿堂中请下来，可能做了过多的减法，会使得古典音乐失去了一些什么，但使其变得通俗易懂而为更广大的听众接受。

曼托瓦尼改造和演绎古典大师的作品的方法、标准及其效果，同当代其他轻音乐队是极其不同的。与曼托瓦尼并驾齐驱号称当今世界三大轻音乐队的另外两支，即詹姆斯·拉斯特（James Last）和保罗·莫里亚（Paul Mauriat）相比，后两者也都有古典大师音乐作品的专辑，曼托瓦尼和他们的绝不相同，不仅在于后两者多了许多打击乐（大概因为詹姆斯·拉斯特最早是演奏铜管乐的，保罗·莫里亚以前是弹奏钢琴的，而曼托瓦尼则是一位小提琴家），让古典重新镀了金漆一样，洋溢得更加节奏明亮、辉煌灿烂和热闹非凡，重要在于曼托瓦尼注重古典典雅的意境，将那一份美好和温馨更加细化，做细致入微的处理，打磨得更加玲珑剔透，蓝水晶一般透明，紫丝绒一般熨帖，细腻非常，珍贵无限。就像打开一瓶陈年老酒，詹姆斯·拉斯特和保罗·莫里亚是要把酒倒进现代的磨花透明所高脚杯中，他不，他要把酒装进古老的木制的碗里，虽然淳朴却弥漫着古典的气质和气息。因此他的古典演绎更具有浓重的怀旧色彩，让你觉得似乎时光倒流，忍不住旧梦重温；让你总觉得似乎如此美好在与你失之交臂而充满恍惚惘然无比珍惜之感。

在曼托瓦尼的古典音乐专辑中，有一盘题为《歌剧中的著名旋律》（Great melodies from the operas）的 CD，是 DECCA 公司根据 1978 年曼托瓦尼还在世时录音，1984 年出版的版本。这是一盘非常好听的 CD，听曼托瓦尼演奏弗洛托的《玛尔塔》、威尔第的《阿依达》、普契尼的《托斯卡》、比才的《卡门》，以及瓦格纳的《汤豪舍》，会觉出与听歌剧里这些唱段不一样的感受。曼托瓦尼像是专门从中挑出最缠绵打动人心的旋律，就如同攀登上最高的山崖，钻进深深的山洞，将清冽而甘甜的泉水从泉眼里为我们打了出来，让我们一饮而尽,实在是畅快无比,美味无比。

曼托瓦尼乐队最拿手的是他的弦乐,尤其是庞大的小提琴队伍。曼托瓦尼将小提琴队伍发挥到了极致。虽然他偶尔也运用木管乐器、小号、钢琴和手风琴,但他只是让它们作为陪衬,绝不会让它们作为主角。他总是让小提琴出尽风头,他总是让小提琴在高音区和低音区上穷碧落下黄泉一般尽情表现,在百转千回的对比中,显得那样的明澈,那样的飘逸,那样的绕指柔肠而绵延不绝。他让自己的小提琴织就的弦乐,溪水般四处流淌,浪潮般此起彼伏,瀑布般叠加而落,花开花落般缤纷满地,细雨潇潇般迷蒙满天,撩起你的内心最为温情的一角,昆虫的薄翼微微颤动着,和着他的旋律一起共鸣。当世界变得越来越嘈杂,情感越来越粗糙,心越来越疲惫,能够感受一些温馨,是人们普遍的欠缺和渴望,抒情便成了曼托瓦尼乐队最大的特点,小提琴就是他心中的诗。

与其说曼托瓦尼把握住了世态人心,不如说是他的天性使然,他无可选择地将自己内心和小提琴所蕴含的抒情特性发挥得淋漓尽致。可以这样说,在这些所有美妙的曲子里,都可以听到他的小提琴声,他的每一把小提琴都像是伸出了一只轻柔无比的小手,紧紧攥着你的心,随那美妙的旋律款款飞舞。像铺开一天云锦,曼托瓦尼让那一把把小提琴变成了一把把梭子,把他的弦乐织得那样灿烂而妩媚丰腴,让你的心里总涌起一种碧海青天、梦里关山的感觉,让你的心和眼睛一起湿润,手禁不住伸出去,想要在漠漠的夜空中握住他那遥远的手。

我确实非常喜欢曼托瓦尼,有一次我看到两张一套纪念曼托瓦尼逝世十周年的螺纹胶木唱片,因为听这种唱片比较麻烦,当时没有买，后来非常后悔，跑去买再也没有买到。那是曼托瓦尼在世时的现场录音，非常珍贵。除了这一次，十年来，凡是我见到的曼托瓦尼的磁带和CD，我都买回了家。曼托瓦尼是这十年来陪伴我最多的流行乐队了。每一次听，都会让你新鲜，让你的心变软，让你忘却眼前许多的烦恼，让你充满逝去温馨的回忆。许多事情，过去了就过去了，不可能重现，唯有音乐尤其是曼托瓦尼的音乐，能够有让往事重现的魔力。买他的每一张唱片，都不会让你后悔。

前些年，DECCA公司又一次新出版曼托瓦尼的唱片，一款两张套，是曼托瓦尼的精选版，录音从1958年到曼托瓦尼逝世的1980年（那年5月他逝世的第二天，在CBS早间新闻中高度评价了他，说他"曾使成千上万的人愉快，他将被人们怀念"），越经22年，一共精选38支绝妙的乐曲（第一支曲子就是他最为著名的 *Charmaine*，第八支曲子就是我第一次听到的那支 *Misty*），播放的总时间有两个小时零八分钟。实在是物有所值，不可多得。说这样的话，好像我拿了DECCA公司的什么好处，或是曼托瓦尼的"托儿"。但是，这确实是实实在在的。想想曼托瓦尼在20世纪30年代最开始组织乐队闯天下时，只能在马戏团里演出，艰辛之状可以想象。而后来他的唱片 *Charmaine* 在1955年一下子就发行到100万张，最后的他的唱片总发行量达到3500万张，他指挥的曼托瓦尼乐队演奏的乐曲，几乎传遍了世界的每一个角落。他的辉煌是靠他的音乐，靠时间的淘洗，群众的眼睛真是雪亮雪亮的，世上爱乐者的心里都有一个精密的筛子，知道该筛下什么，该留下什么。

曼托瓦尼最辉煌的时刻，是在20世纪60年代和70年代。想想那个时代，我们听惯的只是样板戏和语录歌的旋律，却自以为是在北大荒插队时大唱特唱,傻不傻?哪里会知道这个世界的另一面居然还有这样美妙而动人的曼托瓦尼,真是无以言说。而事过境迁,几十年过后,样板戏的旋律虽然还在苟延残喘,但只是作为一种标本的存在了;语录歌的旋律是彻底被人们遗忘了。但是,曼托瓦尼的旋律却是经久不衰,他的唱片被DECCA公司一版再版,层出不穷,常出常新。

前几年,曼托瓦尼乐队曾经来中国演出,对于中国乐迷,是件值得期待的大事。但是,实际听过之后,只有失望,乐队仿佛临时拼凑起来的一样。此曼托瓦尼已经非彼曼托瓦尼了。自曼托瓦尼去世之后,乐队虽然还打着他的牌子,却已经是江河日下,颇像我们的有些老字号卖的东西,味道早已经不是那么一回事了。

真的是相见不如怀念,如今,听曼托瓦尼,只有去听他的唱盘了。无疑,这套双盘精选版的唱盘,是听曼托瓦尼最佳选择。

它的名字叫作《醉人的黄昏》(*Some enchanted evening*),封套上印着淡淡棕红色的海滨景色,暮色朦胧,细雨蒙蒙,有鸽子飞起飞落,翅膀上驮着迷离的黄昏,终于相会的情人在翘着脚尖拥抱,尚在等待的情人在眺望苍茫的大海。封套制作得情调氤氲,想想倒也有些符合曼托瓦尼。曼托瓦尼极其适合这迷离的黄昏和霏霏的细雨,适合等待、遥望和冥想。脸颊上拂来湿漉漉的雨丝,远方有朦胧的天光在闪动,云层里有星星和月亮正在袅袅升起,这时,一丝轻柔的弦乐悠悠地飘来,荡漾在你的心中,最是恰逢其时,动人心扉,让你细雨梦回……

这一定得是曼托瓦尼。

最后的海菲兹

说来有些惭愧，一直活到40来岁，才知道世界上有个海菲兹（J. Heifetz）。

去年夏天一开始就那样闷热，一直延续了整个夏季。就在那个夏季快要熬过去的一天夜晚，没有一丝风，只剩下汗渍如虫子爬满一身一样的感觉。我随便打开音响，中央人民广播电台的立体声音乐节目正介绍海菲兹，播放着他演奏的贝多芬《D大调小提琴协奏曲》。那乐声一下子吸引了我。我不能说曲子美，那是不够的，浅薄的，只有历尽世事沧桑，饱尝人生况味的人，才会拉出这样的琴声。那有力的揉弦，坚韧的跳弓，强烈的节奏，飞快的速度，如此气势磅礴，飞流直下三千尺般冲撞着我的身心。进入第二乐章，一段飘然而至的抒情柔板，真给人一种荡气回肠之感，像是河水从万丈悬崖上急遽跌落，流进一片无比宽阔深邃的湖面，那湖面映着无云的蓝得叫人心醉的天空。悠扬的琴声立刻侵入我的骨髓，我禁不住全身心为之颤动，浑身血液都融化进那无与伦比的琴声之中。虽然是抒情，他拉得依然沉稳，绝不泛滥自己的情感，让人格外感到深沉，犹如地火深藏在岿然不动、冷峻无比的岩石之中。

这就是海菲兹！这就是贝多芬！是海菲兹把贝多芬那宽厚而博大的气势表现出来。虽然我知道这是贝多芬所创作的唯一一首小提琴协奏曲，为了纪念一位名叫丹叶莎·勃伦斯威克的伯爵小姐的爱恋之情，但绝非只是恋人浪漫曲。我从海菲兹的琴声中顽固地听出是对一种刻骨铭心的理想历尽磨折而终不可得又毕生不悔孜孜以求的复杂心音，这样的琴声不能不把我的心过滤得如水晶般澄清透明，锤打得更坚强一些而能够理解人生、洞悉人生。最后一缕乐声消失了，我还愣愣地站在音响旁，望着闷热无雨的夜空发呆，只是一下子觉得天清气爽起来，星星一颗颗可触可摸，晶亮而冰洁。

我第一次认识了海菲兹，便永远忘不了他！我忽然涌出一种相见恨晚、他乡遇故知的感情，浓浓的，一时化不开。

我找到有关海菲兹的传记材料，才知道早在我第一次听他演奏这首贝多芬小提琴曲的两年前，他便死在美国洛杉矶的一家医院里——8月10日，也是这样一个闷热的夏夜，他走完了人生84年的旅程，而我却以为他一定还活在人世，还会为我们演奏他和我一样喜欢的贝多芬！

这位出生于俄国，有着犹太血统的美国小提琴演奏家，是当今最伟大的小提琴家。萧伯纳曾这样写信给他说："爱嫉妒的上帝每晚上床都要拉点什么！"音乐界则众口一词："海菲兹成了小提琴登峰造极的同义词。"所有这一切评价，他都受之无愧！听完他演奏的贝多芬这首小提琴协奏曲，我曾特意找到其他几位小提琴家演奏的同样曲目，结果我固执而绝对排他地觉得没有一位能够赶上他，没有谁能够将乐曲那内在的深情，磅礴的气势，以及作曲家那特有的宽厚脑门中深邃的思索，一并演奏得如此淋漓尽致！无论是思特恩、祖克曼、帕尔曼，还是大卫·奥依斯特拉斯！这位11岁便开始以独奏家身份巡回演出的天才，一生足迹遍布全球，总共行程20万英里，演奏十万小时，只看这两个数字，就是多么的了不起呀！他所向无敌，征服了全世界小提琴爱好者的心！这不仅因为海菲兹有着旁人难以企及的演奏技巧，更重要的是他有着一颗与贝多芬一样坚强而博大的心灵。他在世八十余年中，经历了两次世界大战，可谓阅尽春秋演义，无论日本地震后、爪哇暴动后，还是被日本入侵天津后，他都赶赴现场演出，以他宽厚的人道主义的琴声与那里的人民交融在一起。第二次世界大战中，他上前线为战士演出三百余场。他对战士们讲："我不知道你们需要什么，我将演奏舒伯特的《圣母颂》！"他赢得战士们的掌声。《圣母颂》成为他为战士们演奏次数最多的曲子。1959年，虽然他已经宣布退出舞台，而且刚刚摔伤不久行走不便，为了参加庆祝人权宣言八周年的活动，他仍一手拄着拐杖，一手抱着小提琴，走进联合国大厅演出。正因为海菲兹有着如此举世无双的技艺和人格，才赢得人民对他长达半个多世纪的经久不衰的爱戴。当他重返苏联演出时，那里的音乐爱好者不惜变卖家具等贵重物品，凑钱买票观赏他的演出，演出结束后，年轻人伫立街头久久不肯散去，等待他从剧场出来，向他高声欢呼致意。

我对海菲兹越发崇拜。我注意搜索广播节目、报纸上海菲兹的名字。终于有一天，我见到了预报中有他演奏的贝多芬《D大调小提琴协奏曲》，托斯卡尼尼指挥。我提前半小时便将调频台对出，把准备录音的空白镀铬的金属带装好，像坐在音乐厅中一样，静静地等待海菲兹的出场。非常遗憾，那一天天不助我，噪声比往常严重得多，无论我是怎样变换天线的角度和方位都无济于事。但我还是将这长达40分钟的曲子录下音来，反复播放，一遍遍沉浸在海菲兹那炉火纯青的琴声中，即使杂音也无法遮挡海菲兹的光芒。

不过，毕竟有杂音。我希望能够买到一盘真正海菲兹的磁带或一张唱片，原版的。我竟像现在年轻人迷恋他们心目中的歌星一样，开始跑音像商店，寻找海菲兹的踪影。不过，我知道，我寻找的是一位足可以跨世纪的音乐巨星，不敢说是恒星，但绝非年轻人心中常变易的流星。可惜，王府井、西单、灯市口、北新桥的"华夏"门市部、琉璃厂的"华彩"销售点……都没有海菲兹。海菲兹哪里去了？他的琴声曾传遍世界，仅在美国胜利唱片公司一家便出版过他的长达26小时的乐曲录音，还只是他全部演奏乐曲录音的三分之一。这该有多少不同品种的磁带或唱片！为什么偏偏我就寻找不到呢？莫非我们果真如此淡漠海菲兹？

我不甘心，继续寻找。去年年底，北京农展馆举办的第三届国际音像制品展销会的目录上，我见到了海菲兹的名字。不仅有他演奏的贝多芬，还有莫扎特、勃拉姆斯、布鲁赫……我真高兴，跑到农展馆，却败兴而归：海菲兹尚在迢迢旅途中，他的唱片尚在海上运输轮船的船舱里没有到达。毕竟有了希望。那船即便半路遇到风雨，即便沿途意外抛锚，它总会到来。那是我的红帆船！

我实在没有想到它竟然这样慢。一直到了今年春天，我在灯市口音像制品商店琳琅满目、良莠不齐的激光唱片的橱窗里，才看见了 J. Heifetz 几个字母，黑色唱片封面上醒目的白色手写体，是海菲兹的亲手签名。封面是海菲兹的黑白照片剪影。这是我第一次见到他的照片：苍白的头发，宽阔的前额，高耸的鼻梁，左手抱着或许便是那把

1814 年产的跟随他一生的小提琴,右手持长长的琴弓,面部表情冷峻,俨然花岗岩石一般。但我知道就在这近似冷酷无情之中蕴涵着他的深邃与真情,他将自己炽热的性格不是燃起火,而是凝结成玉骨晶晶的冰。他拉琴时身体几乎纹丝不动,绝不像有些琴手那样动作幅度大,或故意甩动自己潇洒的长发,更不会如我们有些浅薄的歌手那样搔首弄姿。我懂得,这是只有阅尽历史兴衰,饱经沧桑之后才会出现的疏枝横斜、瘦骨嶙峋。他不会为一时的掌声而动容,也不会因些许的挫折而蹙眉。望着他那双冷漠得几乎没有光彩和眼神的眼睛,我心中涌动出对他的一份理解和崇敬。

非常可惜,这是一张西贝柳斯《D 小调小提琴协奏曲》的激光唱片,而不是我与他都那样喜欢的贝多芬的《D 大调小提琴协奏曲》。我还从未听过西贝柳斯这支协奏曲,不敢断定自己是否喜欢。我仔细将橱窗里每一张唱片又看了一遍,依然没有海菲兹的第二张唱片。我还是决定买下,毕竟这是海菲兹的西贝柳斯。爱屋及乌嘛,海菲兹一定不会让我失望的。更何况唱片上还有海菲兹的照片和手迹。

我对服务员小姐讲要买这张唱片。她风摆柳枝般摇到店铺找了好半天,居然空手而出。"对不起!唱片只剩下这一张,其余都卖光了。你如果要这一张,我就从橱窗里取出来!"她这样对我说,我只好点点头,看来还有比我幸运的捷足先登者。她从橱窗里取出这张唱片,上面落满尘土,灰蒙蒙地遮着海菲兹瘦削的面容和他那把心爱的小提琴。我拂去尘土,海菲兹无动于衷,依然凝神地望着不知什么地方。我买下这最后一张海菲兹唱片。无论怎么说,它是我自己拥有的海菲兹。

回到家,听听海菲兹琴声中的西贝柳斯。啊!一样令人感动。一开始小提琴中庸的快板头一句柔和的抒情中蕴含着力度，就立刻把我吸引。随后，低音的沉稳，高音的跳跃，与浑厚大提琴伴奏的谐和，让人感到芬兰海湾海浪苍苍、海风拂拂、一派天高海阔的画面。第二章的柔板演奏得绝非像有的琴手那样仅剩下缠绵如同软软的甜面酱，而是略带忧郁和神秘低音区与高音区的起伏变幻，像静静立在海边礁石上，对着浩瀚的包容一切的大海诉说着悠悠无尽的心事。让人遐思翩翩，能够忆起自己许多难以言说如梦如烟的往事。虽然，明显的北欧的韵味与贝多芬的小提琴协奏曲日耳曼风格不尽相同，但依然是海菲兹！他不注重宣泄个人缠绵的情感，而是更看重浑厚人生的理解和追求。他不屑于大红大紫的艺术效果，而把琴弦拨动在内心深处一隅，静静地与你交流、沟通。这在第三乐章快板中可以明显触摸到。我感谢海菲兹又给了我一个大圆脑袋秃顶的西贝柳斯！

一天，朋友来访，我请她听新买的这张海菲兹唱片。我向她推崇备至地诉说海菲兹，对她讲以前没听过西贝柳斯这支小提琴协奏曲，买了这张唱片第一次才听到，才知道其妙不可言……其实，这些话都是多余的，她是我童年的朋友，我们是街坊，那时，她的弟弟是个狂热的小提琴迷，靠着灵性和刻苦拉得一手好琴，几乎是无师自通。他最好的老师便是唱片。只是那时我们都是一群渴望太多胃口太大却又实在太穷的孩子。她弟弟一直盼望能买到几张当时的密纹唱片，永远据为己有而不用向别人借用，却苦于手头没钱。是她这个当姐姐的省下住校的饭费，为弟弟买了一张旧唱片。那一年暑假，院子里便整日响着这张唱片放出的小提琴曲。她弟弟一遍又一遍不知疲倦地学着唱片拉他的小提琴。在弟弟的熏陶下，她也成了音乐迷，比我懂音乐，用不着我絮叨，她一定会和我一样喜欢海菲兹的。

没错！她立刻听入了迷。渐渐地，我竟发现她的眼睛里蓄满晶亮的泪水，映着眼镜片上一闪一闪的。西贝柳斯这首 D 小调小提琴协奏曲结束时，她半天没有讲话，然后突然抬起头来问我："这首曲子你以前没听过吗？"我点点头。她又问："小时候？忘了？"我皱皱眉头，怎么也想不起来。她接着说："那年暑假我给我弟弟从委托商店买了张旧唱片，我弟弟学着天天拉琴，你怎么忘了呢？就是海菲兹演奏的西贝柳斯这支曲子呀！"

　　我好后悔！对音乐的喜爱来得太迟！那时，我只迷文学，不怎么喜欢音乐。天天单调地听一支曲子，心里还有些腻烦。谁料到呢，那时海菲兹便神不知鬼不觉地来到我的身边，我却如此漫不经心地与他失之交臂！那时，我不懂人生，不懂世界，更不懂历史！我未尝过艰辛，未受过坎坷，未见过各式各样的嘴脸！自然，我便不会懂海菲兹！他没有责备我年轻时的幼稚与浅薄，今天，在我迈过不惑之年的门槛时，他重新向我走来。这是命中割舍不断的缘分，还是冥冥中幽幽主宰的命运。

　　是的，只有在今天我才稍稍听懂了海菲兹。

　　童年，是听不懂海菲兹的！

卷三

寻找贝多芬

有一段时间，我突然不喜欢贝多芬，而把兴趣转向勃拉姆斯和德彪西。我觉得世上将贝多芬那"命运的敲门声"过分夸张，几乎无所不在，不仅在文学作品中屡见不鲜，以此为主人公命运的点缀，就连詹姆斯·拉斯特和保罗·莫里亚的现代轻音乐队，也可以肆意演奏他的《命运》，莫非强烈的打击乐也能发出"命运的敲门声"吗？这很有些像那一阵子将莎士比亚的《奥赛罗》改成我们的京戏，让人啼笑皆非。过分夸张，可以成为漫画，但那已经绝不再是贝多芬。而处处听那"命运的敲门声"，实在也让人受不了。贝多芬既非指照明灯那样的思想家，也不能通俗得如同不停敲打的爵士鼓。

其实，那一段时间，我如一些浅薄的人一样，对贝多芬所知甚少。除《命运》《英雄》之外，他还有着浩瀚的音乐财富。

一个闷热无雨的夏天，我忽然听到美国著名小提琴家雅沙·海菲兹演奏的小提琴。那乐曲荡气回肠，一下子把我带入另一番神清气爽的境界。其实是乐曲的第二乐章，柔美抒情中带着绵绵无尽的沉思，那音乐主题由小提琴带动不同乐器反复出现，真让人感到面前有一幅动情的画在徐徐展开，呈现出层次丰富而色彩纷呈的画面，那乐曲让我深深感受到天是那样蓝，海是那样纯，周围的夜是那样明亮、深邃，清凉一片，沁人心脾……

后来我知道，这同样是贝多芬的乐曲：《D大调小提琴协奏曲》。

贝多芬原来也还有这样近乎缠绵而美妙动情的旋律。我也知道：正是创作这支协奏曲那一年，贝多芬与匈牙利的伯爵小姐苔莱丝·勃朗斯威克订了婚。他将他的爱情心曲融进那七彩音符中。

贝多芬不是完人，却是一位巨人。当我更多地接触了一些他的音乐作品，才深感自己是面对一座高山一片森林，原来却以一石一叶而障目，自己远远没有接近这座山这片森林。贝多芬并不是夏日流行的西红柿和冬天储存的大白菜，可以俯拾皆是。他不能处处时时为你敲门，也不会恋人般无所不在地等候与你相逢。他需要寻找，用心碰他的心。

春天，我从海涅的故乡杜塞尔多夫出发，到科隆，然后来到波恩。我是专门来找贝多芬的。在这座城市波恩小巷20号的二层小楼上，1770年12月16日，诞生了这位音乐巨匠。

那一天到达波恩已是黄昏，天在下着蒙蒙细雨，沾衣欲湿，如丝似缕。踏上通往波恩小巷的碎石小道，我心里很为曾经对贝多芬的亵渎而惭愧。对一个人的了解是世上最难的事。对音乐的认识，我真还是识简谱阶段。此番之行，算是对贝多芬真诚的歉疚。

当我不止一次听贝多芬《月光奏鸣曲》和《D大调小提琴协奏曲》，每一次都为他的深情感动。贝多芬在作了这首小提琴协奏曲四年之后，他与苔莱丝小姐的婚事未成，再一次打击迎接了他，但他依然源源不断地创作出《热情》《田园》那样美妙动人的乐章。我相信这是那矢志不渝的爱的结晶。要不为什么在 10 年后，贝多芬提起苔莱丝仍然说："一想到她，我的心就跳得像初次见到她时那样剧烈！"而且写下那一往情深的《献给远方爱的人》。

不管别人如何理解贝多芬，我心目中的贝多芬的外表，绝不像街头批量生产的那种贝多芬石膏头像，也不是被人们形容的那种"狮子似鼻尖和骇人的鼻孔"的李尔王式的悲剧人物。我懂得，他所经历的痛苦远远比我们一般凡人多得多，但他绝不仅仅是一个天天咬着嘴角、皱着眉头、忧郁而愤恨的人。正由于他对痛苦的经历与认识比我们多，对爱欲欢乐渴望的意义才比我们更为深刻，更为刻骨铭心而一往情深。他不是那种描绘性的作曲家，而是用自己的深情、自己的心和灵魂进行创作的音乐家。我想，正因为这样，在他创作的最后一部《第九交响曲》中，既有庄严的第一乐章的快板，也有如歌的第三乐章的慢板，更有第四乐章那浑然一体高亢而情深的《欢乐颂》。听这样的音乐实在是灵魂的颤动，是心与心的碰撞，是感情世界的宣泄，是人与宇宙融为一体的升华。

雨丝飘飘洒洒，似乎也沾染上了贝多芬动人的旋律。暮色中的波恩笼罩着几分伤感的情调。小巷不长，很快便到了一座并不高的小楼前：淡藕荷色的墙，苹果绿的窗，翡翠绿的门，门楣上雕刻着橙黄色的花纹，均是新油饰而成。墙上排雨管边镶着一块木制门牌，阿拉伯数字"20"分外醒目。这便是贝多芬的故居？简陋而显得寒酸，如同他最后指挥《第九交响曲》一样，连一身黑色燕尾服都没有，只好穿件绿燕尾服将就。至于那门窗墙的颜色搭配得不协调，简直像是出自小学生之手，这未免太委屈了贝多芬。只有门前两个方形的小小的花坛中栽满红的黄的不知名的小花，在雨雾中含泪带啼般楚楚动人。

可惜，我来晚了，早过了参观时间，绿门已经紧闭。我无法亲眼看看贝多芬儿时睡过的床、弹过的琴，和他那些珍贵的手稿。我只有默默地仰望着二楼那扇小窗，幻想着这一刻贝多芬能够从中探出头来，向我挥一挥手；或者从那窗内飘出一缕琴声，伴随着他那一阵阵咳嗽声……

没有，什么也没有。只有雨还在如丝似缕地飘洒，只有门前的小花在晚风中悄悄细语。但我分明已经感受到了贝多芬本人的气息！我终于找到了他，虽未能认识他的全部，但毕竟结识了他！我的心头掠过一阵音乐声，是我自己谱就的，虽然不成体统，却是真诚的，从心底发出的。我相信它一定能长上翅膀，飞进小楼的窗中，飞进历史苍茫的岁月，飞到贝多芬熟睡的身旁……

街灯，在这一刹那全亮了。雨中朦朦胧胧的一片，像眨动着无数只小眼睛。哪一双眼睛是属于贝多芬的？

就在这20号门旁，是一家小商店。它的对面也是家商店，不远处可以看见有汉字招牌的中国餐馆。每一家都是灯火辉煌，正是生意兴隆时。唯独20号这幢楼暗暗的、静静的，睡着了一样。

就这样默默地走了，真不甘心！一步一回头，总觉得那窗口、那门前、那花旁、那雨中，宽脑门的贝多芬会突然出现。那样的话，我敢说所有那些商店餐馆里的人都会涌出，所有辉煌的灯光也会黯然失色。

走出小巷不远，是市政大厅前宽敞的广场。我真的看见了贝多芬，他穿着件破旧的大衣，手搭在胸前，双眼严峻却不失热情地望着我。那是屹立在那里的一座贝多芬雕像。在这里，即使没有雕像，贝多芬的影子也会处处闪现，他的音乐晚会日夜不息地流淌在波恩小巷乃至整座城市上空，然后顺着莱茵河一直飘向远方。

广场旁传来一阵六弦琴声。那里，在一家商店的屋檐下，一位流浪歌手正在演奏。在杜塞尔多夫，在科隆，我都曾经见过他。他似乎只管耕耘，不问收获，每次不管听众有几个，也不管有没有人往他甩在地上的草帽里扔马克，他一样激情而忘我地演唱或演奏。这一天，同样没有几个人在听，他同样认真而情深意长地弹着他的六弦琴。

我听出来了，那是贝多芬的《致爱丽丝》。

春天去看肖邦

说来真巧,去肖邦故居那天,正好是春分。

肖邦故居位于华沙市区50公里外一个叫作沃拉的小村。车子驶出市区,便是一片开阔的原野,平坦的土地大部分裸露着,还没有返青,到处是一丛丛亭亭玉立的白桦树,和一片片的苹果树和樱桃树,油画一样静静地站立在湛蓝的天空之下。再晚一个多星期,田野就绿了,果树都会开花,那样的话,肖邦会在缤纷的花丛中迎接我们了。

老远就看见了路牌:WOLA,虽然是波兰文,拼音也拼出来了,就是我梦想中的沃拉。

肖邦故居的门口很小,里面的院子大得出乎我的想象,虽还是一片萧瑟,但树木多得惊人,深邃的树林里铺满经冬未扫的厚厚树叶,疏朗的枝条筛下雾一样飘曳的阳光,右手的方向还有条弯弯的小河(肖邦九岁时在这条小河里学会游泳),宁静得如同旷世已久的童话,阔大得如同一个贵族的庄园。肖邦的父亲当时只是参加反对沙皇的武装起义失败后跑到这里教法语的一个法国人,破落而贫寒,怎么可能买得起这么大的庄园。我真是很怀疑,无论是波兰人还是我们,都很愿意剪裁历史而为名人锦上添花，我心里便暗暗地揣测，会不会是在建肖邦故居时扩大了地盘。

我想起1891年的秋天，也就是在肖邦逝世42年之后，俄罗斯的音乐家巴拉基耶夫建议在沃拉建立一座肖邦纪念碑，曾经专门请假到这里来过，但是他已经寻找不到哪里是肖邦的故居了，问遍村里的人，甚至不知肖邦是谁。肖邦怎么可能有这么大的园子？真有这么轩豁显赫的园子，村里的人会不知道住在这里的人是谁吗？

如今，肖邦纪念碑就立在小河前不远的地方，和故居的房子遥遥相望。那是一座大理石做的方尖碑，非常简洁爽朗。上面有肖邦头像的金色浮雕，浮雕下面有竖琴做成的图案，两者间雕刻着肖邦的名字和生卒年月。

那幢在繁茂树木掩映下的白色房子，就是肖邦的故居了。房子不大，倒和肖邦当时家境吻合。如果房前没有两尊肖邦的青铜和铁铸的雕像，和村里其他普通的房子没有什么两样。它中间开门，左右各三扇窗子，各三间小屋，分别住着他的父母和他的两个妹妹。这里如今变成展室，展柜里有肖邦小时候画的画，他很有绘画天分，还有他送给父亲的生日贺卡，是他自己亲手制作的。墙上的镜框里陈列着1821年肖邦12岁时创作的第一首钢琴曲的手稿：降A大调波罗乃兹。五线谱上的每一个音符都写得那样清秀纤细，让我忍不住想起他的那些天籁一般澄清透明的夜曲和他那被做成纤长而柔弱无骨一般的手模。

最醒目的，莫过于刚进去在右面屋子里摆放着的一架三角钢琴，节假日，特别是在夏天里的节假日里，房间里所有的窗户会打开，人们可以坐在它旁边弹奏，听众就坐在外面的草地或树丛中聆听。可惜，我们来的不是时候，只能想象那样美妙的情景，一定是人们和肖邦最亲近的时候。

客厅的一侧，有一个拱形的门洞，但没有门框、门楣和房门，空空地敞开着，门洞的后面是一扇窗，明亮的阳光透过窗纱洒进来，将那里打成一片橘黄色的光晕。走过去一看才知道，那里就是肖邦出生的地方，竟然只是一块窄窄的长条，长有五六米，宽度却大概连一米都不到，因为中间放着一个大花瓶就把宽的位置占满了。靠窗户的墙两边分别挂着肖邦的教父和教母的照片，墙外面一侧挂着的镜框里放着圣罗切教堂出具的肖邦的出生证和洗礼记录，另一侧镶嵌着一块汉白玉的牌子，上面刻着三行手写体的字母：弗雷德里克·肖邦于1810年2月22日出生在这里。（另一说肖邦出生于1809年3月10日，现在的错误源于当年巴拉基耶夫在这里建立的肖邦纪念碑上生卒日期刻错了，以致以后以讹传讹。关于肖邦的生日，一直争论不休。）

实在想象不到肖邦出生在这里，家里还有别的房间，为什么他的母亲非要把他生在这样一个憋屈的角落里？命定一般让肖邦短促的一生难逃命运多舛的阴影。

肖邦只活了39岁，命够短的。在这39年里，只有前九年的时光，肖邦在沃拉的生活应该是他最无忧无虑的时候，以后的岁月里，疾病和情感的折磨，以及在异国他乡的颠沛流离，一直影子一样苦苦地跟随着他，直至最后无情地夺去他的生命。肖邦传记的作家美国人詹姆斯·胡内克，曾经这样描述襁褓中的肖邦："听不到音乐就会哇哇大哭，就像莫扎特儿时对小号的旋律出奇地敏感。"

肖邦的母亲是纯粹的波兰人，富有教养，弹得一手好钢琴，给予他小时候最温暖的爱和最良好的音乐启蒙。据说，乔治·桑最为嫉妒肖邦的母亲,她曾经断言,母亲是肖邦"唯一的爱",因此心里一直非常的不平衡。

肖邦就是在这里和瑞夫纳老师学习钢琴,那一年,他才六岁。八岁的时候,他登台华沙演奏钢琴,引起轰动,被称为"第二个莫扎特"。瑞夫纳说他已经没有什么可再教他的,建议他去华沙。他去了华沙,和华沙音乐学院的院长约瑟夫·埃尔斯纳系统地学习音乐,又是埃尔斯纳建议他去巴黎,他去了巴黎,开创了音乐新的道路。这样两个对于他至关重要的老师,为什么没有在他的故居里见到他们的照片、画像或其他一些印记呢?也许,是我看得不仔细。

在肖邦故居里迎风遥想肖邦的往事,别有一番滋味在心头。一个那么弱小而疾病缠身的人,竟然可以让整个欧洲为之倾倒,让所有的人对波兰当时一个那么弱小一直被人欺侮的国家与民族刮目相看,该是多么了不起。音乐常常能够超越某些有形的东西而创造历史。

走出故居,沿着它的侧门走去,下一个矮矮的台阶,那里草木丛丛,更漂亮而幽静。前面不远就是那条小河,如一袭柔软的绸带,弯弯地缠绕着整个故居,淙淙地流淌着舒缓的音符。忽然,传来一阵钢琴声,听出来了,是肖邦的第一钢琴叙事曲,是从肖邦故居里传出来的。明明知道是从音响唱盘里播放出来的,却还觉得好像是肖邦突然出现在他的故居里,推开了置放钢琴的房间里的那扇窗子,特意为我们演奏。

斯美塔那大街

即使不认识捷克文，从字母上也能拼出斯美塔那几个字母来。

那天，我们从胡斯广场去布拉格有名的查理大桥，没有坐车，主人特意让我们步行，为了好好看看沃尔塔瓦河，这是一条他们最值得骄傲的河。沿着静静的沃尔塔瓦河走，街道很宁静，没有一些旅游城市的那种人流如鲫的嘈杂。在街道的一个街口，我偶然看见一个蓝色的街牌，上面的字母拼着的是斯美塔那的字样，心里一阵惊喜，莫非就是斯美塔那大街？便问主人，他们点头，并没有我的那种他乡遇故知的感觉。也是，天天在这条街上走，自然难有惊奇，就像我们常常从赵登禹路或张自忠路上走，已经很少会激起烽火年月的激情了。事过境迁之后，一切都变成了字母所形成的符号。

但是，这一发现当时让我隐隐地激动。将这条大街命名为斯美塔那，真是太恰如其分了。斯美塔那大街，这名字的音阶也极为悦耳，如果叫作德沃夏克大街，就没有斯美塔那大街动听。况且，最重要的是斯美塔那专门写过一首沃尔塔瓦河的乐曲，而德沃夏克并没有。让这条紧紧挨着沃尔塔瓦河的大街叫作斯美塔那不是再美妙、再合适不过的吗？

走在这条大街上，一下子像是和斯美塔那邂逅相逢似的，忽然觉得这条街非常美丽。其实，这条街本来就十分美丽。

那一天，我们路过这里恰是黄昏，一街金色的树叶在头顶轻轻摇曳，像是一群活泼的小精灵；一街金色的落叶在脚下瑟瑟作响，像是舔着你脚后跟在走的一群金色卷毛小狗。沃尔塔瓦河的河心小岛上更是美丽动人，那一丛丛金色的树木环绕成一幅绝妙的油画，树叶定格成为金子做成的叶子，树的呼吸和河水的涟漪化为了一种旋律，一对年轻人正在旁若无人地拥抱接吻，成了画面中相得益彰最动人的一笔，天衣无缝地融化在金色的韵律里，让人觉得如果恋爱在这里才是无与伦比的，即使是普通的亲吻也会夹杂着那金色的韵律，吻进彼此的心中而意味深长，浪漫无比，变成金色之吻。满树金色的叶子飒飒细语，在为他们伴奏，也在为我们伴奏，同时，也在为布拉格伴奏。

当然，这伴奏的旋律应该是来自斯美塔那的那首最著名的《沃尔塔瓦河》。

这时候，心里想起斯美塔那《沃尔塔瓦河》的旋律，真是非常惬意。那熟悉的旋律和着眼前沃尔塔瓦河起伏的节奏，仿佛也成了一条看得见摸得着的河一样，湿润清新，色彩缤纷，汹涌澎湃起来。眼前这段沃尔塔瓦河并不汹涌澎湃，也许在上游会有澎湃的地方，这里很平静，尤其从街树金色的叶间望去，在夕阳和晚霞的辉映下，沃尔塔瓦河轻柔荡漾，异常绚丽，宛如从水仙女那明艳动人的童话中流淌出来的，或者说像是迪士尼动画片中的那种韵律十足的河流，和斯美塔那《沃尔塔瓦河》其中开始那段温和的旋律极其吻合。说斯美塔那这旋律和眼前这条沃尔塔瓦河一样如诗如画，最恰当不过。那种浓重的油画般的色彩和样子，是出自克里穆特画笔之下，那种花开般的充满幻想芬芳诗情，则是属于斯美塔那独有的旋律。

走在斯美塔那大街，想起斯美塔那，心里的感觉真是不一样。以前，总有人说起捷克本土的音乐时，说斯美塔那师从李斯特，德沃夏克师从勃拉姆斯，而许多波希米亚的音乐家是属于德国的曼海姆乐派。这也难怪，捷克长期处于奥地利的统治之下成为殖民地，布拉格艺术氛围浓郁，却只是奥地利的后花园而已，自己的本土文化殖民化是很自然的事情。可以说，自从有了斯美塔那的艰辛努力，才有了捷克自己的民族音乐，以《沃尔塔瓦河》流传最广的《我的祖国》，奠定了斯美塔那这一坚实的位置，并让世界的乐坛对捷克这样一小国家刮目相看。来到布拉格的世界各地的游人，即使不知道捷克本土的其他音乐家，甚至连斯美塔那也不知道，但走在沃尔塔瓦河旁，不会不知道这首《沃尔塔瓦河》。一个国家有这样一个音乐家，一座城市有这样一条河，实在是件幸事。

特别是想到斯美塔那谱写这首《沃尔塔瓦河》时，正是突然双耳失聪的沉重打击到来的时候，会对这首《沃尔塔瓦河》涌起另外一种感情。想想当这首乐曲正式演出的时候，斯美塔那坐在音乐厅中，却已经听不见自己谱写的旋律了，该是什么样的心情和情景。我猜想他肯定如我一样也曾经走过这条街道，不止一次地走过这条对于他而言比我要熟悉得多的街道，眼前这条沃尔塔瓦河流淌的声音，他听不见了；眼前这秋风拂动一街树叶的金色声音，他听不见了；街上走过来的他那些熟悉的朋友热情的招呼和陌生人们亲切的交谈，他听不见了……他该是何等痛苦。有时候，美丽的情景和美丽的旋律，就是这样和痛苦的人生与痛苦的心灵紧密地联系在一起，故意造成这种强烈的对比，让我们享受着美丽的同时，品尝着痛苦。

所幸的是不管这里蕴含着多少痛苦，这里的美丽没有让人失望。这条大街，这条大街旁边的沃尔塔瓦河，因有了斯美塔那和他的美丽旋律，而更加让人遐思悠悠，心里溢满感动。这样身旁拥有一条美丽的河的城市，在这个世界上，大概只有塞纳河畔的巴黎、莫斯科河畔的莫斯科、莱茵河畔的科隆几座少有的城市能够与之相比。但我觉得似乎都比不上这里，也许，是我去这三个地方的时候不对，去前两座城市是炎热的夏天，街上到处是人，塞纳河和莫斯科河中的游艇穿来穿去，难有这里的宁静；去后一座城市是料峭的开春，湿气很重，天也寒冷，街道上少有行人，而且莱茵河已经浑浊得很，并没有想象中的那种美妙。也许是季节的原因，起码我去过的这三座城市，都没有这里金色秋季里沃尔塔瓦河两岸这样美丽辉煌的色彩，都没有行走在金色树影摇曳、金色落叶缤纷的斯美塔那大街的美感。

斯美塔那大街的尽头就是查理大桥，中间要路过民族歌剧院、五一桥和以捷克伟大画家玛内斯名字命名的俱乐部，路不算太长。但这条路，斯美塔那肯定不知走过了多少遍，因为自从1861年斯美塔那37岁从瑞典回国，到1884年他60岁时去世，整整23年，他都生活在布拉格这座城市，他的许多伟大作品，包括有这首最负盛名的《沃尔塔瓦河》在内的《我的祖国》《我的一生》《被出卖的新嫁娘》等，都是在布拉格写出的，那是他音乐创作收获的黄金时代。他同时参与了许多创建捷克民族音乐的工作，我们路过的壮丽辉煌的民族歌剧院，就是他和许多人在1868年一起募捐建立起来的。

走在这条街上，真是能让你的心充满了诗情和对斯美塔那的感念。有秋风习习拂面，有落叶在脚下窸窣作响，有沃尔塔瓦河在耳畔喁喁细语，有斯美塔那的美丽旋律在心中轻轻荡漾，真是再美好不过的一段路了。想想在北京或在别的城市，尤其是热闹的旅游城市，如今还能找得到类似这样一条街道吗？便格外珍惜而将步子放慢，极想将这一条路折叠起来，珍藏在记忆里。

晚霞正在轻轻地飘散，暮色降临了，一片朦胧的薄雾笼罩着斯美塔那大街和沃尔塔瓦河，查理大桥就在眼前，呈现出黑色的剪影，横跨在沃尔塔瓦河上，紧贴在已经变得瓦蓝色的空中。一切变得模糊起来，街灯蓦地亮了起来，像是突然盛开在街道两旁倒开的莲花。飘然而至夜色中的斯美塔那大街立刻变幻了另外一种模样，银色的灯光映照下，整条街像是一条暗流的河，波光粼粼，氤氲飘浮在上空，仿佛突然涌现出来许多活跃的小精灵。大概因为查理大桥是旅游的胜地，即使是夜色来临，前面依然是人影幢幢，喧嚣的气氛扑面而来，没有了刚才的宁静和诗意。有时候，人是美的创造者，也是美的破坏者。

只有眼前街道上这些树叶还依稀可见，在耳畔荡漾着金属般清晰而响亮的回响。实在应该感谢我们来的正是时候，秋天使这些金色的树叶成为金色的交响乐队，是比所有布拉格之春的乐队都要庞大的乐队，在这条斯美塔那大街上奏响一年四季最为辉煌的交响乐，指挥肯定是斯美塔那，我看见他的手指正在晚风中舞动。

来自波希米亚森林：德沃夏克故居记

去捷克之前，张洁大姐和国文老师知道我喜欢音乐，都高兴地对我说："到了那里，你可以看看你喜爱的音乐家了！"

的确，捷克曾经被称之为"欧洲的音乐学院"，它在整个欧洲的音乐地位无与伦比。欧洲著名的"曼海姆乐派"的重要音乐家都来自捷克，而欧洲许多著名的音乐家又都曾经到过捷克，比如贝多芬、莫扎特、李斯特、柏辽兹、瓦格纳、柴可夫斯基……都是灿若星辰的人物。到捷克去，确实能处处和这些音乐家邂逅相逢，时时有可能踩上他们遗落在那里的动人音符。

到捷克，就我个人而言，我最想遇到的是德沃夏克（A. Dvorak, 1841—1904），斯美塔那（B. Smetana, 1824—1884）和亚纳切克（L. Janacek, 1854—1928）这三位捷克本土的音乐家。

当然，这三位音乐家中，我尤其感兴趣的是德沃夏克。因为我非常喜欢他的第九交响曲《自新大陆》，特别是第二乐章中那动人的旋律，绕指柔肠，荡气涤心；回旋着对家乡对祖国的思念，刻骨铭心，清澈明净，真是让人百听不厌，有种此曲只可天上闻的感觉。到捷克，别的地方都可以不去，埋在心底的愿望是能去一下尼拉霍柴维斯和维所卡这两个地方。前者是德沃夏克的故乡，他的出生地；后者是德沃夏克晚年生活的美丽村庄，他在那里创作他最有名的歌剧《水仙女》，一直到写完他的最后一部作品《阿尔密达》。

去捷克之前，我曾经写过一篇散文《维所卡的鸽子》。德沃夏克特别爱养鸽子，那是他的情感与他的波希米亚的自然、泥土、家园联系的一种方式。维所卡的鸽子曾经雨点一样落满他的身前身后和他的肩头，便也像是一个个洁白跳跃的音符飞出他的胸膛，渲染在眼前波希米亚的天空。从1892年到1895年，他在美国其实不过仅仅三年的时间，但他忍受不了这时间和距离对祖国和家乡的双重阻隔。他特别怀念维所卡的那些鸽子，在纽约的中央公园里，有一个很大的鸽子笼，他常常站在笼前痴痴相望而无法排遣浓郁乡愁，禁不住想起维所卡的洁白如雪的鸽子。每逢我想到这些，无论是纽约中央公园的大鸽子笼，还是维所卡的鸽子，眼前浮动着的都是一幅色彩浓重、感人至深的画面。弥漫在德沃夏克心底的实在是一种动人的情怀，让我感动，并让我格外想到维所卡看一看，现在还有没有德沃夏克的鸽子在款款地飞起飞落。翅膀上驮满金子般的阳光，眼睛里辉映着天空的湛蓝……

今年的深秋季节，终于来到了捷克。一到布拉格，我就问捷克的朋友维所卡和尼拉霍柴维斯这两个地方，问到的每一个捷克人都知道这两个地方，他们高兴地冲我扬起了眉毛，熟悉得就像我们熟悉北京的故宫和天坛一样。也是，德沃夏克是他们的骄傲。

只是在我们活动安排表里没有到这两个地方的日程，大概他们觉得我们是一个作家代表团，时间紧，他们的经费又实在困难（解体后的捷克作家协会，政府不再拨一分钱的款），所以安排的都是名胜古迹的参观，或和文学有关的活动，对于他们引以为骄傲并且俯拾皆是的音乐，只好忍痛割爱了。想想尼拉霍柴维斯和维所卡这样两个在我心目中向往已久的地方，近在咫尺，却就要失之交臂，真是无法忍受。我硬着头皮一再提出这两个地方。心诚则灵，感动了捷克作家协会主席安东尼先生，他说那就删去参观一个古城堡，由他亲自开车带着团长王火、徐小斌和我到尼拉霍柴维斯。我非常感动，要知道安东尼先生已经是个70岁的老人了呀。

尼拉霍柴维斯离布拉格有30公里，那天清早，安东尼先生驾驶着他自己的那辆斯柯达小车（捷克作家协会没有一辆车），向尼拉霍柴维斯驶去的时候，天空下着蒙蒙小雨，如丝似缕，沾衣欲湿，空气像我的心情一样的清新。车子一直往北开，路的两旁是一排排的果树，正是苹果收获的季节，个头不大品种有些退化的苹果依然累累地缀满枝头，也有好多落满树下（捷克人不吃路旁苹果树上的苹果，只吃三公里外的苹果，怕来往汽车的污染），任它们烂掉。还有许多结满鲜红鲜红像是樱桃一样小果子的树，抖动着簇簇火焰，跳跃着身穿红裙子的小精灵，跳着芭蕾一样从车窗前一掠而过，又跑到前面等着我们。

离路远些的地方是连绵不断的森林，细雨中的森林，几分神秘，几分浪漫，笔直的树木像是一排排巨大的竖琴，细雨和微风弹拨它们，散发出的是那种古典氤氲的韵味，遥远而让人感动让人向往。捷克的森林覆盖率高达38%，森林真是美丽至极，秋天尽情地将金黄和彤红的色彩，还有那尚未变色依然浓绿醉人的色彩，散漫交错而恣肆忘情地挥洒在每一棵树的每一片叶子上面，让眼前的森林变得是那样的五彩斑斓，处处移步换景，是一幅幅永不雷同的莫奈的点彩油画、列维斯坦的风景油画，是在捷克书店里见到卖得最多的奥地利著名的画家克里穆特的油画。是油画，绝对不是我们的那种水墨皴染或渲染的大写意式的国画。只能是油画，才能是眼前波希米亚森林这样独有的色彩浓郁、古典淳朴、神秘幽深而又气势浑厚……

德沃夏克的故乡尼拉霍柴维斯，就在前面不远的森林旁边。看到这样辽阔而又分外美丽、壮观而又不失细腻的森林，我也就越发明白了为什么在德沃夏克的音乐里有着那样浓重的捷克民族的气息，而当有人希望他为了适合国外或国际的口味改变一下自己这种气息，他断然加以拒绝；我也就明白了为什么他出版的第一部音乐作品集选择的是《斯拉夫舞曲》。

德沃夏克曾经写过这样一支乐曲：《来自波希米亚的森林》。这是一支钢琴二重奏，1884年的作品，他43岁人到中年的时候。在通向尼拉霍柴维斯他的家乡的路上，望着这片森林，我多少明白了些这支钢琴曲中为什么蕴含着那样浓得化不开的森林的色彩、呼吸、湿润、清新和寥廓深邃的意境。波希米亚森林这一切，是德沃夏克成长的背景，是德沃夏克音乐的氛围，是德沃夏克生命的气息。

尼拉霍柴维斯到了。安东尼将车速减弱，指着前面一幢红色屋顶的白色房子告诉我们。然后，他将车打了一个弯，停在了房子的旁边。这就是德沃夏克的故居，是一幢二层的小楼，正建在路边，路的对面如果不是有房子挡着，能看见沃尔塔瓦河从布拉格一直蜿蜒流到这里。我猜想德沃夏克小时候他家的房子一定也是这样正对着一条路，只不过不会是这样平坦的柏油马路。他的父亲是一个当地的屠夫兼开着一个小旅店，旅店总是应该在路边的。

房子的右前方一二百米左右在对面马路的一侧，坐落着的是圣·安琪尔教堂，高大宏伟，气势不凡，正俯视着沃尔塔瓦河。一个小小的乡村，就有这样大的教堂，可见当时这里香火鼎盛，很是兴旺。安东尼·德沃夏克的名字，就是他刚刚落生在这座教堂里受洗的名字。

房子的旁边一片茵茵的草坪，很是轩豁空阔，几乎连缀着教堂和房子之间的空地，除了中间穿行一条马路，便都是草坪了。虽是深秋季节，草还是那样的绿，绿得有些像是春天茸茸的感觉。刚刚浇了一阵细雨，草尖上顶着透明的雨珠，楚楚动人。草坪中间矗立着德沃夏克高大的青铜塑像（后来，我知道这是由捷克雕塑家 Z. Hosek 雕塑，1987 年建立在这里的），塑像有两人多高，身穿燕尾服的德沃夏克，右手拿着指挥棒，左手轻轻地按在右手上面，站在青灰色的大理石基座上，准备好的音乐会就要开始，他正在注视着前面的乐队。他的身后草坪紧连着就是五彩斑斓的森林，那是属于他的波希米亚森林。于是，我觉得这座塑像建立得真是个好地方，德沃夏克手持指挥棒就要指挥眼前这一切，茵茵的草坪、沃尔塔瓦河、连同身后无边无际的森林，都是属于他庞大的交响乐队了。飘逸的雨丝中，使得这一切充满诗意，好像都真的活了一样。

难得的是四周非常安静，除了我们这几个不速之客，没有一个参观者，便没有了其他旅游景点人流如潮的热闹和喧嚣。我想这实在适合我们，也适合德沃夏克，没有人来打搅我们和他轻轻絮语。因为没有人来参观，德沃夏克的故居锁着大门，趁我们和德沃夏克交谈的时候，安东尼先生找到了守门人，是一个极胖的"马大姆"，她抽烟很凶，倒是很随和，麻利地替我们打开院门。这时，我才发现在房子的二楼的两扇窗户中间挂着一块比窗子略小一些的青铜浮雕，是德沃夏克的半身像，那像雕塑得并不精彩，上面雕塑着一圈花环，花环中间五个小天使一样可爱的孩子手拿着乐谱天真烂漫地唱歌的样子，让浮雕一下子生机盎然，让德沃夏克一下子返老还童。那五个孩子唱的不是德沃夏克的《摇篮曲》《感恩歌》《赞美诗》，就一定是《妈妈教我唱的歌》。（后来我买了一套明信片中看到了这个浮雕，才知道这是捷克著名的雕塑家 F. Hnatek 在 1913 年雕塑挂在这里的，大概那时德沃夏克的故居刚刚开放。）

院子不大，草却茂盛，疯长得几乎没膝，大概很少有人管理。星星点点的小花，五颜六色地撒在草丛中，像一群活泼的萤火虫在草丛中嬉戏地闪动着。草丛中有一块不大也不高青灰色的方大理石（我猜想是不是建外面德沃夏克塑像的基座时用剩下的料），上面立着一个长方形的花盆，里面只开着一朵猩红色的花，花朵很大，张开着喇叭，有些像我们的扶桑。大理石上用金字雕刻着德沃夏克的名字和生卒年月，点缀着小院，似乎童年时的小德沃夏克刚才还在这里跑过。

走进房间，守门的"马大姆"已经麻利地一手点着一支香烟，一手将录音打开，问我们听德沃夏克什么曲子。我脱口说："《自新大陆》第二乐章！"大概她未听懂中国话，也不容安东尼先生为我翻译，自作主张已经把一盒磁带放进了录音机中，音乐立刻响了起来，是《斯拉夫舞曲》中的一首。不管怎么说，这是一个好主意，也是一个好的传统，在整个参观过程中，都有德沃夏克的音乐陪伴着，德沃夏克便好像一直在我们的身边了。

房间挺大的，当时一间间是隔开的，现在已经打通了，但还能看出每一个房间的格局。走进第一个房间，安东尼先生告诉我们，德沃夏克当年就是在这里出生的。这里现在还保存着当年的一些家具,包括德沃夏克儿时的床。除了这一间还保留着德沃夏克儿时的一点儿气息,其他的房间没有当时的任何东西,只有德沃夏克的塑像、钢琴和挂在墙上的展览照片了。我弄不清楚当年德沃夏克一家住的房间到底是哪几间。德沃夏克一家当时很穷,他的父亲杀猪又开着小旅店,一身二任,聊补家用。我猜想既然一楼有德沃夏克落生的房间,这二楼大概是作为旅店的用房,一楼不可能全是他家的住房,按照乡村旅店的习惯,总得留出餐厅和小酒吧的房间,这样一算起来,他家一共有八个孩子(德沃夏克是老大),拥挤的一家住得也就不算宽敞了。遗憾的是这里现在改造得太像展览,而故居的特点被淹没得只存留在遥远的回忆里了。

但这里毕竟是德沃夏克的故居。走进一个陌生人的故居,和走进别的房间总是不一样,似乎繁华脱尽、遮掩褪去,能多少走进一个人的内心。德沃夏克在这里一直长到13岁。他一落生下来就在这里听他的父亲弹齐特尔琴,我不知道这是一种什么样的琴,但它对德沃夏克小时候耳濡目染的影响是大的。在这里,德沃夏克还能常常听到来自波希米亚的乡村音乐,那些乡间客人会放肆地将民间粗犷或优美的歌声、琴声把父亲的小旅店的棚顶掀翻。在这里,德沃夏克还能听见离家那样近的圣·安琪尔教堂里传来的庄严而圣洁的教堂音乐。他参加过教堂里的唱诗班,在父亲的小旅店里举行的晚会上,也展示过他的音乐天赋。我想这一切都是播撒在德沃夏克童年心中的音乐种子,必然会在未来的岁月里发芽。而这一切也说明了捷克音乐植根于民间的传统悠久而浑厚,设想一下,连一个杀猪的人都能弹奏一手好琴,音乐确实渗透在这个民族的血液里了。这样一想,在这样肥沃的土壤里生长起来德沃夏克这样的音乐家，就不奇怪；而德沃夏克一生钟情并至死不渝地宣扬自己民族音乐传统，也就不奇怪。

13岁那年，德沃夏克被父亲送到离家很近的小镇兹罗尼茨，不是去学音乐，而是要他秉承父业，学几年杀猪，过早地挑起了家庭的负担——有点儿像我们现在的童工。在这里，他遇到了对他一生起了关键作用的人物：一位风琴家兼音乐教师安东尼·李曼（Antonin Liehmann）。是李曼发现了藏在德沃夏克身上的音乐天赋，让他住在自己办的寄宿音乐学校里，让他在教堂的弥撒里唱赞美诗，到自己的乐队里参加演奏，教他学习钢琴、风琴和作曲理论。可以说，这是德沃夏克有生以来第一次得到正规的音乐教育，让他从小旅店里走出来，像小鸡啄破蛋壳，看到一个更广阔的天空，音乐让他爱不释手，欲罢不能。而李曼和我们的孔子一样遵从的是有教无类的思想，他说服了德沃夏克杀猪的父亲，家里再难，砸锅卖铁也要送孩子进布拉格的音乐学校学习。大概世界上所有的父亲都有望子成龙之心，这颗心一被点燃，立刻熊熊燃烧起来不可阻挡。他听从了李曼先生的话，在他最艰苦的情况下，送德沃夏克进了布拉格风琴学校学习。那一年，德沃夏克16岁。他在这所学校学习了两年，毕业成绩名列全校第二。在他的故居里展览着毕业那年老师送给他的祷告书。

在他的故居里，我首先看见了教师李曼先生和兹罗尼茨小镇的照片，还有小镇上李曼的音乐寄宿学校的照片，那是一个巴洛克风格的建筑，不大，红顶黄墙白窗，屋外立着德沃夏克不大的半身铜像。德沃夏克就是从这里走向世界的，李曼是他的第一个引路人。如果没有李曼，他或许依然喜爱音乐并钟情音乐，但他很可能和他的父亲一样，只是一个会弹奏齐特尔琴的杀猪的乡村屠夫。

德沃夏克对李曼和兹罗尼茨一直充满感情。后来在他24岁那一年特意创作了第一交响乐《兹罗尼茨的钟声》，表达了他的这种深深的怀念。据说兹罗尼茨不大，教堂晚祷的钟声可以在整个小镇回荡，那时他天天能够听到，伴他度过了贫寒却始终有音乐陪伴的那三年少年生活。在他的故居，也能看到兹罗尼茨的教堂的照片，也是巴洛克的风格，红顶黄墙白窗，只不过教堂顶上多了绿色的钟楼，那悠扬的钟声就是从那里传到德沃夏克的心中。

在德沃夏克的故居里，还有一封父亲听到他在美国创作并演出的《自新大陆》消息后写给他的一封信，大概是在别处德沃夏克纪念馆中没有的。只有在这里，才越发让人感受得到一个父亲对儿子的深厚感情，那种亲情浓郁的气息和父亲身上的杀猪气味，一起在房间里弥漫，至今未散。安东尼先生指着这封信笑着告诉我们，信里错字、白字满篇。但他却写了满满一大篇，寄往了美国。这是1894年的事情了。就在这一年，他带着对儿子的欣慰和骄傲离开了人世。这种父子感情只有在故居中才能感受到，并在这些极其细小的地方表现出来，让人感动，仿佛一切都刚刚发生，就在这个熟悉的房间里。

在故居里，我还看到了德沃夏克为了申请奥地利清寒的天才艺术家的国家奖学金，而送给勃拉姆斯的第一部作品《圣母悼歌》手稿的复制品；柴可夫斯基送给他的亲笔签名的照片；1893年，他的《自新大陆》在纽约首演的照片和广告招贴画；他的《自新大陆》的手稿复制品；最早发行于1901年他的唱片；他和妻子以及孩子在一起的照片；卡拉扬、奥依斯特拉赫、托斯卡尼尼、罗宾逊……一大批音乐家指挥、演奏、演唱他的作品的照片和各式各样的磁带，以及世界许多国家出版各种文字的德沃夏克的传记；还有1969年阿波罗载人火箭登上月球带着极具象征意义的《自新大陆》的巨幅彩色照片……

我知道勃拉姆斯、柴可夫斯基和德沃夏克之间的友情，尤其是勃拉姆斯，没有勃拉姆斯对他真诚的帮助，他的奥地利国家奖学金不会得到，他的第一部作品不会出版，一句话，他很难走出捷克而被世界所认同。以后，他怀有很深的感情专门写过一个《D小调四重奏》献给勃拉姆斯。我也知道他的妻子安娜·契尔玛柯娃（S. Choti Anmou，1854—1931），布拉格一位金匠的女儿，布拉格歌剧院杰出的女低音。他们是1873年结婚，陪伴德沃夏克31年，为德沃夏克生了四女二男。她在生活和艺术上对德沃夏克都帮助很大，结婚之后，就是用她教音乐的微薄收入让德沃夏克可以不为柴米油盐烦恼而专心进行音乐创作。她是以自己的牺牲成全了德沃夏克，按我们的说法是"军功章上有你的一半，也有我的一半"。

但是，我最感兴趣的是在这里看到了德沃夏克交给了德国出版商西姆洛克的《斯拉夫舞曲》的手稿，当然是复制品。即使是复制品，也很重要，因为这是德沃夏克出版的第一部作品。以后，他的相当多的作品都是由西姆洛克出版的，他和西姆洛克结下了很好的友情。德沃夏克是一个很念旧、重感情的人。他却和西姆洛克发生过争执。就是这次争执，让我对德沃夏克格外敬重。那是1885年，这时候德沃夏克已经在欧洲声名大震，这一年4月22日，他亲自在伦敦指挥首演了他的《D小调交响乐》，获得很大成功。这一年，西姆洛克准备出版这一交响乐时，提出要求德沃夏克签名要用德语书写，德沃夏克希望用捷克语书写，西姆洛克坚决不同意，而且讽刺了德沃夏克。我不知道当时西姆洛克都讽刺了一些什么，猜想是要国际接轨不要抱着捷克这样小的国家不放这样大国沙文主义的态度吧。德沃夏克当时极为生气对西姆洛克说："我只想告诉你一点，一个艺术家也有他自己的祖国，他应该坚定地忠于自己的祖国，并热爱自己的祖国。"

当然，这只是一个签名（后来有人揶揄说他"甚至对上帝说话也只是用捷克语"），德沃夏克的音乐始终保持着强烈的民族传统。他并不拒绝国外优秀的东西，但那只是为我所用，他不会让那些别人的东西吞噬了自己，把自己改造成一个改良的外国品种。他觉得捷克本民族的音乐足以有这样强大的力量去征服世界，他希望以自己的音乐让世界认识的不仅是自己个人而是整个捷克虽小，却是美丽丰富的民族。他的民族主义的观点是纯粹的、坚定的。即使在获得巨大成功的时候，他强调的总是："我是一个捷克的音乐家。"他无法和波希米亚脱节，和那些他从小就熟悉故乡的森林的呼吸、鲜花的芬芳、教堂的钟声、沃尔塔瓦河的水声脱节。他为人的谦和平易，与他对音乐的坚定执拗，是他性格上表现出来的两极。

他一生中曾经多次访问过英国，他在英国的知名度极高。英国朋友请求他为英国写一部以英国为内容的歌剧，他说写可以，但他坚持要写一部捷克民族的歌剧。他选择了捷克民间叙事诗《鬼的新娘》，最后完成了一部清歌剧，自己指挥在英国的伯明翰演出。

同样，在维也纳，他的朋友著名的音乐批评家汉斯立克劝说他必须写一部不要拘泥于波希米亚题材的而要是奥地利或德国题材的歌剧，才能具有世界性的主题。他希望德沃夏克根据德文脚本写一部歌剧，才能征服挑剔的德国观众。他同时好心地建议德沃夏克最好不要总住在捷克，永久性地住在维也纳对他更为有利。无疑，这些都是对他的一番好意，但他却因此非常痛苦不堪。也许是鱼翔浅底，鹰击长空，各有各的志向，各有各的道路。他无法接受好朋友的这些好意。

就在不久以后,他在捷克南方靠近布勃拉姆的维所卡买了一幢别墅,他没有居住到维也纳去,相反大多的时间住在了维所卡。南方的景色和空气比他的家乡尼拉霍柴维斯还要美丽、清新,他喜欢那里的森林、池塘、湖泊,还有他亲手饲养的鸽子。

你能说他局限吗,说他的脚步就是迈不出自己小小的一亩三分地,说他只是青蛙跳不出自家的池塘而无法奔流到海不复还地跃入江海生长成一条蓝鲸。他就是这样无法离开他的波希米亚,他的每一个乐章、每一个旋律、每一个音符,都来自波希米亚,来自那里春天丁香浓郁的花香,来自夏天樱桃成熟的芬芳,来自秋天红了黄了的树叶的韵律,来自冬天冰雪覆盖的沃尔塔瓦河。

正是这种思想和心境的缘故,1892年9月到1895年4月,他应邀到美国任纽约国立音乐学院的院长,在这短短的不到三年时间里,他带着妻子先后将六个孩子都接到了美国,并有一次整个夏天回国探望的假期,他依然像一条鱼无法离开水一样,实在忍受不了时空的煎熬。他频繁给国内的朋友写信,一次次不厌其烦地述说着他在异国他乡"举头望明月,低头思故乡"的孤独落寞之情,诉说着他对家乡尼拉霍柴维斯亲人的思念,对兹罗尼茨钟声的思念,对维所卡银矿的矿工(他一直想以银矿矿工生活为背景写一部歌剧,可惜未能实现)、幽静的池塘(后来这池塘给他创作他最美丽的歌剧《水仙女》以灵感),还有他割舍不断的那一群洁白如雪的鸽子……

因此,在美国的聘期刚一结束,美国方面希望挽留他继续聘任,但他还是谢绝了,虽然留在纽约要比在布拉格当教授高出25倍的年薪,他还是迫不及待地带着妻儿老小,立刻启程回国了。"白日放歌须纵酒,青春作伴好还乡。即从巴峡穿巫峡,便从襄阳下洛阳。"

他这样讲过:"每个人只有一个祖国,正如每个人只有一个母亲一样。"

他还这样讲过:"一个优美的主题并没有什么了不起,但要抓这个优美的主题加以发展,而把它写成一部伟大的作品,这才是最艰巨的工作,这才是真正的艺术。"

这两段话是理解和认识德沃夏克的两把钥匙。听了这段话,我们也就明白了,为什么他在美国能写出《自新大陆》那样动人的作品,尤其是第二乐章,那种"无奈归心,暗随流水到天涯"对祖国对故乡的刻骨铭心的感情,流淌的是那样质朴深厚,荡气回肠,让人听了直想落泪,那是一种深深渗透进灵魂里的旋律。同时,我们也就明白了,所有的艺术作品,为什么都有伟大和渺小之分,而优美并不是伟大,像甜面酱一样腻人的甜美乃至优美是容易的,甜美是到处长满的青草,优美是开放遍野的鲜花,而伟大却只是少数的参天大树。民族、祖国、家乡,美好而崇高的艺术可以超越它们,却永远无法离开它们;艺术家的声名可以如鸟一样飞得再高,艺术家自己也可以如鸟一样飞得再远,但作品的灵魂和韵律却是总要落在这片土地上。

对德沃夏克充满敬仰之情。以一个国土那样窄小、民族那样弱小的音乐家的身份,他用他自己的音乐让全世界认识了自己的国家,这是多么的了不起!

只是非常地遗憾,我只去成了他的故乡尼拉霍柴维斯,我是多么想拜访他晚年居住的维所卡村呀,在那里,他写出了他重要的许多作品,其中包括《水仙女》《阿尔密达》和《降B大调四重奏》。但是维所卡在捷克南方,比他的故乡尼拉霍柴维斯要远,我实在不忍心再提出这个要求请安东尼先生开车带我到维所卡。我只好把这个愿望藏在心底。我知道在我的一生中到捷克来的机会是很难再有了。

快出德沃夏克故居的时候,我的遗憾的心才得到小小的补偿。我一眼看见了靠近出门口处有一张照片,下面写着Vysoke。我不懂捷克语,但我从字母拼出了是维所卡,而且我看见了照片上坐在院子里的白色长椅上老年的德沃夏克夫妇的脚下,是一地洁白的鸽子。是的,那是德沃夏克的鸽子,是维所卡的鸽子,是波希米亚的鸽子……

走出故居,德沃夏克的《斯拉夫舞曲》还在悠扬地回荡着,守门的那位"马大姆"抽着香烟走了过来,他拿来许多纪念品让我们挑选,我买了一块德沃夏克镀银的纪念币,正面是德沃夏克的晚年头像,像的后面衬以乐谱;背面是他故居的房子,房后面是那苍郁的森林。我还买了一把微型的小提琴和德沃夏克的《自新大陆》的CD唱盘,捷克交响乐团演奏。我虽然早已经有了他的这张唱盘,但这毕竟是来自他的故居。是的,这些都来自他的故居,便也都带有他生命的气息和音乐的旋律,都有了难忘的回忆。

"马大姆"还拿出一个厚厚的纪念册,让我们每个人写上一句话留念。我看到那上面密密麻麻有来自全世界许多地方的人们的签字。我写上了这样一句话:"来自新大陆,来自心灵。"走出德沃夏克故居的院子,看到房后迎面扑来的那五彩斑斓的森林,忽然想起应该再加上一句:"来自波希米亚的森林。"

细雨迷离,还在如丝似缕地飘洒,薄雾一样轻轻地缠裹着那样秀丽浓郁的森林。那一刻,所有这一切都像是一股动人的音乐旋律,从眼前升腾,在心底弥漫开来。

维也纳随想曲

一

有人说，无论你喜欢哪一样艺术，到维也纳都能够得到满足。维也纳吸引我的是音乐，因为它是音乐的故乡，尤其是施特劳斯的故乡。在她的公园里有名扬四海的施特劳斯金色的塑像，被印在明信片上，不胫而走。

可惜，在1997年的秋天，我三过维也纳而不得入，因为没有办奥地利的签证。每一次降落在维也纳机场的时候，飞机里都要响起施特劳斯的旋律，是他最有名的，也是维也纳的象征《蓝色的多瑙河》。但这乐曲在我听来已经不那么蓝色，充满刺激和无奈。莫非我就这样和维也纳、和施特劳斯失之交臂？

最后一次到维也纳，我们把希望都寄托在我国驻奥地利大使馆的文化参赞贾建春的身上。可是，下午三点多，飞机到达维也纳机场时，说好了贾参赞来接我们的，却没见他的人影。最后的一线希望落空了。维也纳机场旅馆只有五个房间，怕夜里没有住处，只好先去办理住宿手续,然后去逛逛机场里的商店,打发寂寞的时光。想想三次都和维也纳和施特劳斯近在咫尺却又远在天涯,再琳琅满目的东西也没有了色彩。

维也纳机场实际上就是商店的世界,鳞次栉比的商店一家紧挨一家,穿行在扑朔迷离的商店之间,心里却想着施特劳斯那跳荡的音符,不知顺着多瑙河流向何方,就是流不到我的身旁。正在百无聊赖的时候,一位戴眼镜穿风衣的中国男人急匆匆地向我们走来,问我们是不是从贝尔格莱德来的。我们一下子如见亲人,几乎异口同声地叫了起来:"你就是贾参赞吧!"他点头说大使馆的车就在机场外面等着你们,看他说的那样子好像我们出机场是手拿把掐的事情。看来什么时候都别把希望的门关死,希望可能从这个门溜走,却可能又从另一个门进来。

可是,他带着我们上下转了一溜够一身汗淋淋地好不容易找到海关,海关漂亮的小伙子面无表情就是不让我们进,他的理由很简单:既然你们要到维也纳来,为什么在中国不办签证?下面就是听贾参赞和小伙子唇枪舌剑,一通德国话,我一句也听不懂,只觉得天色在一点点变黑,希望在一点点落空。因为看不见贾参赞和小伙子脸上一点阴转多晴,听得我都累得坐在一旁,接着听他们在不停地说,语言成了把门的门闩,也成了开门的钥匙。死性的维也纳人哪有一点儿活泼可爱的施特劳斯影子?

这样的交涉一直坚持了两个来小时。终于,小伙子说他要去打电话请示一下内务部。贾参赞的脸上露出了笑容,回过头冲我们长舒一口气。

事后,我问他说了些什么把这个小伙子终于说动了。他删繁就简概括为两句话，一句是强调你们是作家，维也纳是最重视艺术的；一句是我们两国的友好，前不久奥地利国家歌剧院在前总理弗拉尼基茨率领下，刚刚到中国演出了《费加罗的婚礼》。作家，在中国作家贬值的时候，我第一次感到它的礼遇和价值。

当我们走出机场，维也纳已是满城灯火，满城施特劳斯。

二

世界上有哪一座城市能比得上维也纳，满城都在飘荡着音乐？

树摇响飒飒作响的树叶是音乐；花绽开芬芳的花蕊是音乐；阳光下雨点一样飞起飞落的鸽子是音乐；暮色里梦一般回荡着晚祷的钟声是音乐；草坪如茵是音乐；月光如水是音乐；露天的咖啡座是音乐；橱窗里的卡通人是音乐；百泉宫里的茜茜公主是音乐；画廊里的克里穆特是音乐；叮叮当当的老式有轨电车是音乐；弯弯曲曲的上世纪的鹅卵石小径是音乐；喷泉是飞溅的音乐；雕塑是凝固的音乐；克恩顿步行街是抒情的音乐；圣斯蒂芬大教堂是肃穆的音乐；维也纳森林是绿色的音乐；多瑙河是蓝色的音乐……

更不用说在维也纳留下了那么多音乐家的足迹，莫扎特、贝多芬、海顿、舒伯特、勃拉姆斯、施特劳斯、格鲁克……哪一个不是一本打开的书？哪一个不是一部未完成的交响乐？维也纳有多少这样音乐家的故居？维也纳有多少这样音乐家的塑像？在维也纳街头几乎随时可见，一不留神就有可能碰上哪一位音乐家，弯腰拾起他们遗落的动人音符。

当然，还有维也纳金色大厅，每年元旦的新年音乐会，每年一样娇艳的鲜花、热烈的掌声,每年必演的《蓝色的多瑙河》、欢快的《拉德斯基进行曲》……通过电波向全世界传送,让蓝色的多瑙河流淌到世界的每一个角落。哪一个城市,哪一场音乐会有这样的魅力和能量?

还有维也纳国家歌剧院,每年秋季9月开始一直到来年的夏季7月,在这座富丽堂皇的剧院里,会有经过了时间检验经典的60部歌剧、20部芭蕾舞剧,轮番演出三百多场,几乎每一天都有着荡气回肠的咏叹调荡漾在这座剧院里,又有哪一座城市、哪一个剧院可以与之相比,有着这样的灿烂和辉煌?

说维也纳是世界音乐的中心,是名副其实的,踏在这座城市的哪一个地方,都会迸发出音乐的旋律来。这里的每一棵树都是一把提琴,每一盏灯都是一支长号,每一扇窗子都是一架管风琴……

我来到维也纳金色大厅和维也纳国家歌剧院,它们离得很近,国家歌剧院气派堂皇,金色大厅比想象的要小得多,灰色的底座,棕色的大门,粉色的墙(我不知道为什么欧洲人爱用这种粉色,在德国波恩看到贝多芬故居的墙也是涂成这种扎眼的粉色),顶上的音乐女神,门前窄小的广场,拱形的街灯……让我很难想象每年那么美妙无比的新年音乐会的音乐是从这里流淌出来的。似乎它是一个太小的蜂箱,怎么可能酿造出那么多甜美的蜜来?

可惜,是10月的金秋,离元旦还远,阳光朗朗地照着,秋风习习地吹着,我听不到《蓝色的多瑙河》,也听不到《拉德斯基进行曲》。我只能站在它的门外想象着施特劳斯,想象着指挥过他的卡拉扬、阿巴多、穆蒂、梅塔……指挥棒在他们手中的翩翩飞舞,万千音符花朵一样在他们的面前开放;想象着长笛与圆号、竖琴与双簧管、小提琴与定音鼓……声音和乐器一起在灯光中闪闪发亮，欢快的合鸣鸟儿一样款款飞翔；想象着那一天古典的维也纳、盛装的维也纳、欢乐的维也纳、沸腾的维也纳、春天的维也纳和音乐的维也纳，是怎样的仪态万方，风情万种……

站在金色大厅的门外，我最嫉妒的是赵忠祥，每年他都可以为转播维也纳新年音乐会专程来一趟这里，用不了两个月，他又可以走进梦一样的金色大厅。

如果说在金色大厅前，我的心里充满的是激动和想象；漫步在维也纳国家歌剧院的门前，我的心里荡漾的是感动和感慨。大理石基座与浑厚的石头构成的歌剧院，罗马式建筑，雍容富贵，气派不凡，让人能领略到20世纪的辉煌。这座歌剧院是在19世纪的中叶奥地利皇帝下令将环绕内城的防御工程拆除建成的，化战争为艺术。第二次世界大战期间，战争的炮火将歌剧院夷为废墟，战后的奥地利不顾经济的困难，动用马歇尔计划的援助基金，首先做的事是在这片废墟上重新修建歌剧院，他们可以忍受维也纳暂时没有别的，但不能允许维也纳可以没有用这座歌剧院。他们用了八年的时间，花费了十亿先令，终于让歌剧院重见天日。1955年的11月，在这里上演了贝多芬的歌剧《费德里奥》庆祝歌剧院的凤凰涅槃。在战争与艺术的较量中，艺术之花永远开放在维也纳的怀抱里。

其实，也可以这样说，在经济与艺术的较量中，艺术之花永远开放在维也纳的怀抱里。因为在战后八年重建歌剧院的岁月里，是所有奥地利人的节衣缩食，才将这十亿先令节省了下来——这不是一笔小数字。他们没有用这笔钱先去盖宾馆、商厦、娱乐城，而是重建歌剧院，在他们的心中艺术是第一位的，金钱首先要用的地方是艺术。就是现在虽然歌剧院辉煌而闻名世界,每天的票房收入可以高达160万先令,但仍然亏损,奥地利政府每年要贴补10亿先令给歌剧院——这依然是一笔庞大的数字。在经济和艺术的天平上,奥地利是将心毫不犹豫地倾斜在艺术一方。无论现在有钱的时候,还是原先缺钱的时候,他们都是一如既往这样做的。这样做让人敬重,并不是所有的人都能这样做的。

这样也就明白了,在维也纳为什么音乐无所不在,弥漫在空气里,荡漾在天空中,渗透在人们温和的目光里、随意的服装里,以至街头匆匆的脚步里。音乐乃至整个艺术,不是附庸风雅的点缀,不是有钱之后才懂得的炫耀,不是只属于贵族的私人花园,或少数人自我狂欢乃至意淫的专利。艺术只有融化在一个民族、一个国家、一座城市人们的血液和精神里,才永远不会被露出狰狞面容的战争所摧毁,不会被绽开媚态的金钱所诱惑,艺术才能真正成为这个民族、这个国家、这座城市的灵魂。

三

到维也纳中央墓地去参谒音乐家,是埋在心中一直的愿望。虽然离飞机起飞的时间不多了,我还是坚持要到中央墓地去一趟。好在它在市里到机场的半路上,只是稍稍拐一个弯。

午后的阳光很热烈,维也纳的秋天是那样的温暖,树依然绿绿的,草地上依然跳跃着星星点点的小花,像是这些伟大的音乐家们撒下的永不褪色的音符。墓地前的广场很宽阔,到处是卖鲜花的。这里的鲜花只为魂灵而开。墓地比我想象的要大得多,比我在布拉格去过的名人公墓要大得多,树木翁郁,草丛茂密,石板铺就的道路轩豁,有不知名的鸟鸣啁啾,有腐殖质潮湿而清新的气息扑面习习……如果不是墓碑如林,看上去简直像个旷野的公园。

在这里,我主要要找的是莫扎特、贝多芬和舒伯特的墓地,我知道他们三人像亲兄弟一样紧紧挨在一起。可是,中央墓地实在太大,第一次来找这些要找的墓地,有点儿像大海里捞针。鳞次栉比的墓地,让人感到这个世界真是太拥挤了,如果所有人都可以长生不老,眼前的墓碑都变成活着的人簇拥在一起,也是件很可怕的事。因此,对于这个世界,艺术的永恒,要比人的永恒更为重要。艺术存活在人的心间,比任何其他东西占领人生存的空间更有意义。

问过好几个人,一位手里拿墓地地图的中年妇女,看样子和我同样是个外国人,好心地领我来到了我要找的这三位音乐家的墓地。莫扎特、贝多芬和舒伯特,三人构成一个三角形,占据了整个中央墓地一块很醒目的位置,背后是一片浓密的松树、柏树、枞树交错的小树林,前面形成了一个小小的天然广场。在这里,似乎并不像我们的梁山泊按级别职务地位金钱排座次,而看的是名气,艺术家总是比那些政治家或伯爵更辉煌,来参谒的人也更是络绎不绝。

莫扎特的墓碑立在他们三人的中间偏前方的位置上,成为他们的中心。想想贝多芬是视莫扎特为老师的,舒伯特又是视贝多芬为老师的,莫扎特站在这样的位置上,是众望所归。莫扎特的墓碑显得有些古旧,在大理石的基座上高高坐着一位赤脚的女神,基座的中间有莫扎特的头像浮雕,侧面刻着他名字和生卒年月。在三人的墓碑中,它是最大的一个,青铜的女神雕像,也使得它与众不同,气派古朴而非凡。想当年莫扎特去世时在雨夜中匆匆葬在一个贫民的墓地里,第二天人们再去找都找不到他埋葬的地方了,这样的对比,让我感到人心如秤,多少给莫扎特一些安慰之外,也让我感到艺术和时间相辅相成的价值与力量。

莫扎特的左边是贝多芬的墓地,在他们三人之中,贝多芬的墓碑显得最小。它只是一个白色大理石的方尖碑,尖顶上雕刻着一个金色的圆圈,圆圈里有一只蜜蜂,中间雕刻着一个金色的竖琴,底座上雕刻着黑色的BEETHOVEN几个字母,什么装饰也没有了。朴素而简捷,但它前面摆放的鲜花最多,它的栏杆四角都擎起花篮,紫红色的鲜花像是抖动着燃烧的火焰,纷纷向上跳跃着,仿佛很想摸着方尖碑的碑顶。

最漂亮的要属舒伯特的墓碑了,两人多高的白色墓碑呈长方形,上面雕刻舒伯特和女神。有意思的是,舒伯特被雕成塑像的样子,没有手臂,胸前戴着花环,只是端庄地站着,显得有些呆板。女神却是雕刻得非常漂亮传神,高出舒伯特半头,一手拿着一把竖琴,一手高举一个花环,微笑地面对着舒伯特,不知是在说着什么悄悄话。是情话吗?仅仅活了32岁的舒伯特终身没有结婚,而且据说是在音乐家中唯一没有过恋爱的人。知道舒伯特这样的历史,再看这样的墓碑,便会懂得雕刻墓碑的人是深知舒伯特的。更为动人的是站在他们的脚下有一个长着翅膀的小天使,双手拿着一个花篮,仰着可爱的小脸倾听着他们的谈话。不知是出自谁人之手雕刻这等模样,简直就是一幅动人的画。

墓碑的底座雕刻得也别有匠心,一对天鹅双双衔着一支金色的竖琴,让人想起舒伯特临终之际写下那难忘的《天鹅之歌》的声乐套曲。有一种曲终不尽的袅袅余音在心头弥漫。天鹅下面雕刻着一行金色的德文，我虽然看不懂，但在音乐史的书中早知道，是这样的题词："死亡把丰富的宝藏，把更加美丽的希望埋葬在这里。"

舒伯特的墓地旁边是施特劳斯的墓地，这是我意外的发现。相比较而言，大概因为维也纳是施特劳斯的故乡，对他厚爱有加。他的墓碑最为富丽堂皇，与莫扎特、贝多芬和舒伯特的方方正正的墓碑相比，他的墓碑是在一整块白色的大理石顺势雕刻而成不规则的多边立体的雕塑，施特劳斯的头像雕刻在最上方，头前缠绕着紫荆花环，下面有四个错落有致的小天使，或拥抱，或唱歌，或拉着小提琴。占据墓碑主体位置的是一位女神，足有一人多高，长发飘逸，裙摆婆娑，一手拨动着一支金色的竖琴，一手扶着一个古色古香的陶罐，泉水从罐口情不自禁地流溢出来，水流过处雕刻的是施特劳斯和他的夫人的名字。同维也纳公园里那尊浑身金色、手拉小提琴的施特劳斯雕塑相比，这里透露出更古典的气味和悠长的咏叹，后者则更为现代、更为灵动。如果说这里更像是一曲旋律悠扬的《蓝色的多瑙河》，后者则更像是一曲激情跳荡的《拉德斯基进行曲》。

我就要离开中央墓地的时候，更意外地发现就在施特劳斯不远处立着勃拉姆斯的墓碑。这个突然的发现让我惊喜万分。在这些音乐家中，我对勃拉姆斯情有独钟，他那种将浪漫的情怀融入理性思考的音乐，他那种对人的心灵比对人类的命运更为深邃而深沉的探究，他那种将真正古典的悲剧性寻根溯源引入纷繁现代的精神，还有他和克拉拉长达四十余年的生死恋，实在让人荡心动魄。我曾经写过一篇《勃拉姆斯笔记》的文章，专门寄托我对他的一份深深的感情，我是多么希望有一天能到他的故居或墓地来拜谒。更何况我来到这里时，恰是他逝世百年的日子。这实在是一种天意中的缘分，让我在这样的日子里和勃拉姆斯相逢。

他的那洁白的墓碑让我喜爱，静穆的气氛，正和勃拉姆斯内向的性格吻合。长长的碑座只在中间刻着 BRAHMS 金色的字母，最下面刻着一行小字：1833—1897，这是他活在这世界上的时间，永远定格在这里。除此之外，碑座上再没有任何多余的装饰，干净得犹如他自己 64 年独身伶俜的生活。碑座的上面雕刻着勃拉姆斯的半身像，他一手扶着他那因音乐也因爱情而花白的头发，一手拿着胸前一堆乐谱的稿纸。在乐谱和手之间横放着一支猩红色的玫瑰，那一点浓重的红色和整座洁白的大理石对比得是那样醒目，让人心动。是谁如此巧妙的构思，让动人春色不需多，跳跃起这样明目爽心的一点红色？

我仔细一看，发现那不是雕刻上去的，不知谁特意放上去的一枝红玫瑰。放得恰到好处，放的正对我的心意。

那是勃拉姆斯的一颗心。

那也是我的一颗心。

又见捷杰耶夫

如今,捷杰耶夫是北京的常客。又见捷杰耶夫,明显苍老了许多,头发也谢了许多。只是那手指还是和以前一样轻如蝉翼,指挥时如翩翩起舞的蝶群,带来花雨缤纷。14年前,第一次看他率领基洛夫乐团来北京,那也是他第一次来北京的演出,往来千里路长在,聚散十年人不同,无限的感慨和变化都在他指挥的音乐中了。

这一次,捷杰耶夫虽然率领的是伦敦交响乐团,带来的却依然是他钟情的俄罗斯音乐。捷杰耶夫选择曲目非常讲究。第一天演出的第一个曲目是布里顿的《大海间奏曲》,让我忍不住想起14年前第一场演出他选择的是穆索尔斯基的《霍万兴那》,都是从水入手,不过一个描绘的是莫斯科河,一个演绎的是英国海,却一样从晨光熹微时的水波潋滟开始。

连听了捷杰耶夫指挥的两场音乐会,虽有莎拉·张和马祖耶夫两大演奏家次第登场,但主角却是肖斯塔科维奇和柴可夫斯基。他选择的是柴氏的第六交响曲和肖氏的第五交响曲,主题都是和悲剧相关,柴氏的第六就名为"悲怆",而肖氏的第五又被称为"命运"。看来他愿意选择这种充满内在张力并有戏剧性的曲目。看捷杰耶夫如何演绎两位不同时代音乐家对于人生与世界悲剧命运的音乐形象，非常能看出音乐不同的质地，也能看出指挥家内心隐秘的一隅。

也许是听多了柴氏第六交响曲的缘故，怎么都觉得捷杰耶夫指挥时显得有些懒散和放松，或者说是淡定，一种看破春秋的水阔天青。而第二天听肖氏的第五，由于是第一次现场听，也可能是坐在前排，和捷杰耶夫近在咫尺，看得清的那胡子拉碴掩盖下的表情，觉得他似乎更加投入，也更显激情，动作的幅度也大了些。当然，在我听来，肖氏比柴氏在交响的效果方面，也显得更为丰富，特别是低音提琴、铜管、木管和竖琴，浑然一体，错综复杂，真的像是织就的一天云锦，针脚密实，又灿烂无比。在捷杰耶夫纤细又白皙的不停颤动手指的调动下，那一天云锦被抖动得天光猎猎，炫目而迷人。

特别是第一乐章，大提琴阴沉的起始，先把气氛压抑下来，带进悲郁之中，在整个乐队往返如同风吹草动起伏摇曳的演奏了一个轮回之后，竖琴和小提琴交错地响起，宛如朦胧月光的衬托之下，大提琴幽灵般又出现了，还是那样的阴沉，然后是冷冰冰的钢琴，将音符如清冽的露水滴落在暗夜之中。实在是比柴氏第一乐章要丰富动人。

特别是第三乐章的广板，最初长笛的独白，接着是单簧管的独白、小提琴的独白、圆号小号的独白，那种独白乐器和乐队特别是弦乐的呼应，风来雨从，丝丝入扣，那么默契，那么熨帖，那么一唱三叹。最后在竖琴伴奏下，小提琴和木管和钢琴那辽远的回声，听得人心都要碎了。肖氏称自己的这第三乐章为"痛苦的眼泪"，如果是眼泪，是从心底流淌而出的，苦涩而磨折，欲言又止，又渴望一吐为快，是那种断雁声碎，寒霜夜尽的意境，道不尽的世态沧桑和人事荣谢。尤其是竖琴和大提琴,处理得别具一格,大提琴如沧桑的老者,竖琴如忧郁的女人,前者低回曲折,响起痛彻心骨的旋律;后者清亮而有节制,溅起哀婉透明的回声。

在听完肖氏的第四乐章后,我忽然想到,肖氏和柴氏这两支关于悲剧命运的交响曲,处理得也真是有意思,他们两人把第三和第四乐章的位置,正好颠倒处理。柴氏是把高潮处理在哀婉悲怆的延长线上,肖氏则把结尾让给了隆声震天的铜管乐中。或许是时代使然,不同时代的人对悲剧命运的切肤理解和切身经历,毕竟不同。捷杰耶夫一手托两家,恰到好处的同时把他们展示给了我们。还有一点有意思的是,在听柴氏第六,听到第三乐章貌似高潮的时候,观众以为结束,重蹈覆辙响起了掌声。忍不住想起四年前在保利剧院听艾森·巴赫指挥费城交响乐团演奏柴氏第六,也是在第三乐章这时候,观众响起了热烈的掌声。看来,多年之后再见捷杰耶夫,他和我们的变与不变,都在音乐之中。

春天的浪漫和幻想

今年的春天很冷,幸亏有斯图加特广播交响乐团的到来,让这个阴郁而多霾的春天有了别样的温暖。或许是指挥斯蒂芬·蒂尼弗是法国人的缘故,这一晚的音乐弥漫着浓重的法国味。他的选曲很有意思,上半场是舒曼的钢琴协奏曲,下半场是柏辽兹的《幻想交响曲》,都和爱情有关,便让这一晚音乐的法国味,散发着浓郁的爱情芬芳。

只是这样爱情的味道,上下两场并不完全一样。舒曼的钢琴协奏曲,是献给他的妻子克拉拉的。无论是第一乐章的快板,还是第二乐章的行板,都是那样的优美抒情。特别是第二乐章中钢琴和弦乐的对话,倾诉感极强;大提琴优雅的抒情之后,钢琴仅仅跟随其后的琴瑟相合,仿佛月色花园里的携手散步,像情不自禁涌出的喃喃自语,深情款款地诉说给对方听。浪漫曲风是那样的浑然天成,让内敛而细心的钢琴家萨热演奏得水绿天青。

如果说舒曼的钢琴协奏曲是一支浪漫曲,那么柏辽兹的《幻想交响曲》可以说是那个时代名副其实的幻想曲。幻想曲的名字听着动听,但其中所蕴含的滋味,远不如浪漫曲好消受。柏辽兹的爱情之路，更远不如舒曼顺畅。这首《幻想交响曲》，便是柏辽兹失恋之后的情感喷发之作，恰恰与舒曼和克拉拉花好月圆的爱情，呈现出巨大的反差。蒂尼弗和他的斯图加特交响乐团，仿佛有意带来这样对比明显的音乐，让我们在四月之初的春寒料峭中，感受爱情的不同侧面。

《幻想交响曲》前三乐章，或许还隐约让我们沉浸在上半场舒曼钢琴的余韵里，能够让我们涌动起一些莫名其妙的冥想，弦乐是那样丰腴、汁水饱满，鲜艳欲滴又变化多端；两支竖琴的撩拨，撕扯得若有若无、丝丝缕缕。但是，第三乐章中最后定音鼓后那几声凄厉的号声，缥缈地消逝在空中之后，幻想曲便呈现出另一种色彩和姿态。失恋令柏辽兹的性情暴躁善变，木管、铜管乐、鼓、钹大量的涌入，音响效果如同节日里腾空而起的焰火，是那样色彩绚丽；他将传统的爱情撕裂，将交响音响挥洒得那样自由奔放，演奏得那样壮丽辉煌，宛若奔跑在无边无际草原上的美丽又肆意奔跑的羚羊⋯⋯

幻想，让柏辽兹上天入地，让柏辽兹不仅对于爱情，而且对于音乐，有了一番不同凡响的想象和诠释。如果说浪漫成就了舒曼，对于如柏辽兹一样的鬼才，幻想则让他的音乐迸发出璀璨的火花，织出一天云锦来。蒂尼弗和他的斯图加特交响乐团，将这部交响曲处理得极其有层次，既细腻委婉，又不失之大气。显然，下半场的效果比上半场更好，带动得全场观众气氛高涨起来。禁不住想起柏辽兹曾经说过话："音乐和爱情是灵魂的两只翅膀。"在世俗的世界和音乐的世界里，幻想有时候是相悖的。爱情，没有因幻想帮助柏辽兹成功，却帮助他在音乐的世界里获得成功，所以事过经年之后还能够感染我们。

特别需要说一句，最后加演的三支曲子，尤其是根据我国民歌《茉莉花》改编的乐曲，演奏得真的是美轮美奂，无论是开始的进入，还是变奏展开，以致最后高潮的处理，都是那样的细致入微，层次分明，体现了这支乐团良好的素质，看得出他们对于美丽旋律的小心呵护和珍爱。这对于我们的交响乐与民间音乐关系的处理和再创作，是一个很好的示范和启示。

穆洛娃的味道

提起穆洛娃，人们总要忍不住提及穆特，在小提琴女演奏家里，"二穆"是中国乐迷心中的大小二乔。印象中穆特比穆洛娃的影响更大一些。漂亮的女人，在哪里总是受欢迎的。

其实，"二穆"的演奏风格大不相同。此次和巴塞尔室内乐团来京演出的穆洛娃，挽手相伴的是贝多芬。这是她的拿手好戏。为了契合贝多芬巴洛克时代的音乐特色，她的那把名琴特意做了手脚。但是一般人是很难听出这样细微之间的变化莫测来的。况且毕竟巴洛克离我们太遥远，谁也不知道巴洛克时代的音乐就一定是什么样子。如今对于古典的演绎，与其说是努力重返历史，不如说是想象历史。每一个人心中的哈姆·雷特是不一样的，每一个人心中的古典，自然也是不一样的。

穆洛娃演奏的是贝多芬有名的D大调小提琴协奏曲。这是贝多芬唯一的一部小提琴协奏曲，是世界所有小提琴协奏曲的鼻祖之一。演奏和聆听人们已经耳熟能详的这支协奏曲，无论对于穆洛娃还是听众，都是一种挑战。

穆洛娃的演奏，并不惊艳，甚至谈不上生动。她不动声色，冷静得出奇，犹如一尊博物馆里大理石一样的塑像，将她的琴声定格在她想象中的巴洛克时代里，幻想着和那时风和雨的回声一起荡漾，和那时的贝多芬重逢。她甚至没有想和那时的苔莱丝伯爵小姐重逢，虽然这首协奏曲是贝多芬献给苔莱丝小姐的。于是，即便在第二乐章，那段最有名的抒情柔板中，她也尽量将其中抒情的因子删除，而只留下风雨过后的霜天寥廓，细致、典雅、沉稳，极其有节制。和她同为俄罗斯的前辈小提琴家海菲兹演奏的这支协奏曲相比，她显得更为冷静，有些像是跳出了万丈红尘之外的一个旁观者，回首一望那个曾经也有风雨也有晴的年代。她将乐曲中的爱情基本芟夷，更多的则是人生的况味，淡定中隐含的一点点沧桑。

当然，有人可以不赞成穆洛娃这样对古典的演绎，但古典这一最早出现于拉丁词语中所包含的词义，就包括了典雅和节制。在我看来，其中节制尤为重要，因为没有节制，便谈不上典雅。如今，在古典音乐中，特别是十九世纪浪漫派的音乐，突破节制的脱缰之马，肆意驰骋在古典的茵茵草坪上，离巴洛克时代越来越远。所以，我们看得到越来越多的雅致、高雅、媚雅，乃至假借雅之名实际是珠光唇膏浓抹的艳俗，已经和典雅相差不只一个节气了。穆洛娃起码告诉我们古典的一种形式和内容，一种印记和想象，一种声音和味道。想起前不久在同一个音乐厅里看到的莎拉·张肢体动作近乎夸张的演奏，简直有隔世之感。

有节制，才会有可能将乐曲中的细腻和细节之处，从手指间展现出来；才有可能将乐曲中的典雅气息，从琴声中散发出来。穆洛娃以一种看遍春秋的姿态，为我们重新阐释了贝多芬和贝多芬的巴洛克时代，告诉我们古典不仅仅是抒情，更不是煽情和附庸风雅的淡妆浓抹，或只是在时髦的红酒瓶口系一条金丝带，再用一支戴白手套的手将酒倒进高脚杯那种矫饰而已。

　　古典不是一种背景音乐，演绎、聆听和理解古典，首先需要静下心来，垂下头来，向往那种典雅的境界，虽不能至，心向往之。穆洛娃没有将琴弓蛇舞一样飞跳，没有将身姿风一样扭动，她将琴与弓和自己的身体与心，连为一体。

　　不过，大概是由于出场时不小心绊了一下，她开始的演奏并不怎么在状态（或许是我走神而没在状态）。一直到后面，特别是加演巴赫的萨拉班德，状态最佳，那支萨拉班德演奏得出神入化，实在精彩。另外，她赤脚穿一双凉鞋登场，似乎离巴洛克的古典也远了些。或许是贝多芬看见了，有些小小的侧目，让神发一点小威，绊她一小脚。

天使的声音

瑞士琉森交响乐团选的曲目,有点儿意思。它来北京演出两场,我听的是第二场,上半场是普罗科菲耶夫的第二小提琴协奏曲,下半场是舒曼的第三交响曲。都不是什么如今热门的曲目,起码在我国的乐坛上,很少见到演奏。

我是奔着舒曼的第三交响曲去的。也许是先入为主吧,我对普罗科菲耶夫兴趣不大,一直以为他的音乐主题和题材宏大,多少有些炫技。舒曼不一样,他和克拉拉、勃拉姆斯三人之间美好的感情,始终让我感动。便也爱屋及乌一样,喜欢他的音乐。而且,舒曼的第三交响曲也并不那么好演奏,舒曼自己当年做指挥在杜塞尔多夫和科隆首演和第二场演出,都没有获得成功。

琉森交响乐团选择他的第三交响曲,我充满好奇,不知道他们会演奏成什么样子,会和我想象中的相似吗?有时候,听音乐和逛风景一样,没去之前总会有缤纷的想象,到了那里之后,如果和自己的想象类似,会有抑制不住的惊喜,如果和自己的想象不同,多少会有些失望,除非那里出奇的美丽,美得完全超乎在想象之外。

好在开始处理得就不错，让我对琉森交响乐团一下子有了好感。舒曼的这部交响曲，是向贝多芬致敬的一部作品，开始就有着明显的贝多芬"英雄"的意思，而且其调性用的也是和"英雄"同样的降E大调，同时乐曲本身就有明显的对比。我很怕琉森交响乐团处理得过于"英雄"化，强烈突出其对比性。好在他们的处理很柔和，一副风雨过后云淡风轻的样子。特别是双簧管、单簧管和长笛的此起彼伏的弱奏，勾勒出来的柔美的轮廓，为舒曼的这部交响曲奠定了基调。他们没有让舒曼开出一艘豪华的游轮，而是驶出了一条红帆船。

第二乐章中，舒曼乐曲中本来就具有的浓郁的民间音乐元素，被他们演绎得格外明亮。弦乐部分和管乐部分，都非常精彩，特别是他们的管乐，既不喧宾夺主，又格外有自己的分寸和特色，恰到好处的和弦乐风来云从般的彼此呼应。反复出现的民歌的旋律，即使和舒曼的时代相隔时间与空间的距离已经很遥远，即使我们完全听不懂来自莱茵河畔的民歌旋律，但从他们流畅而突出的演奏中，依然可以听得出来。来自民间的音乐总有其共性，就像我们的"茉莉花"的旋律一出现，总能够让人眼前一亮，听得分明；就像在水塘中一把捞出一条小鱼，与玻璃鱼缸里的金鱼绝对不相同一样。

本来舒曼曾经把这部交响曲命名为"莱茵"，只不过就像把第一交响曲"春天"的名字删除掉一样，他把"莱茵"这个名字也删掉了。但是，这部交响曲因有当地民歌元素的明显加入，即便我们现在听不出德国人所称赞的"莱茵生活的音乐画册"的那种感觉，但其民间纯朴明朗的感情和色彩，总是和一本正经或正襟危坐的交响曲拉开距离，便也和贝多芬的"英雄"拉开了距离。舒曼到底还是舒曼，琉森也到底还是琉森。他们一起完成了对传统交响曲浓烈得近乎煽情的表达情感的方式的一种矫正。

　　舒曼在谈到对交响曲的理解时候，曾经说过这样的话，认为它应该是"人类和天使的声音"。我不敢说琉森交响乐团真正抵达了这一境界，但看得出他们不甘心于雷同世界其他乐团特别是顶尖大乐团的努力。还要说的，是它的年轻指挥詹姆斯·扎菲根，有节制，有分寸，将感情蕴含在不过分张扬的肢体动作与心里，特别是乐曲结束后带领乐队各部分谢幕，从后跑到前，很谦和，很亲切，颇得人缘。在这一点上，和乐团整体风格正相吻合。

罗西尼牌牛肉

在音乐家之中,对金钱斤斤计较的,当属罗西尼和理查·施特劳斯。

在罗西尼时代,作曲家已经不再如巴赫和贝多芬那样穷困潦倒,曲谱能够立刻换来大把大把的银子,音乐同女人漂亮的裙子和男人剽悍的坐骑一样,成为畅销的商品。罗西尼就是这样把自己的艺术毫不避讳地当成了商品的作曲家,他直言不讳地把自己的作品和钱画上等号。

两者交换的关系如此赤裸裸,不是会让艺术跌份吗?但他不怕。这和他童年艰苦的生活有关,他常常回忆起爸爸当年给人家当小号手时的卑贱,自己跟随妈妈的草台子剧团到处流浪的艰辛。钱对于他曾经是那样的渴望,因此当钱真的攥到手里的时候,罗西尼对钱的感觉和感情与众不同。

晚年,瓦格纳拜访他时,他忍不住对瓦格纳算过这样一笔账:他花13天写完了《塞尔维亚理发师》,拿到的头一笔稿费是1300法郎,合一天100法郎,而父亲那时辛辛苦苦吹一天小号的报酬,是区区两个半法郎。

不要责备罗西尼，那是他真情的流露。他很看重这一点，他念念不忘童年的悲惨经历，他要把那时的损失加倍地找补回来。他不是那种为艺术而艺术的音乐家，他绝不故作清高，他看重市场，因为这会给他带来好的效益。这一点，他像是一个在集贸市场上斤斤计较的小商贩。

我觉得这样说罗西尼并不会冤枉他。1816 年，随着《塞尔维亚理发师》的走红，他已经彻底脱贫。但是，在 1820 年，28 岁的他还是和比他大七岁的歌剧女演员伊萨贝拉结了婚。伊萨贝拉是当时他所在圣·卡洛歌剧院的首席女高音，爱上了他这样一个从肉铺和铁匠铺来的穷小子，是看上了他的才华，才不吝闻到他身上的肉和铁屑混杂的味道；他看上的绝不是已经 35 岁衰退的姿色，而是人家身后每年两万法郎的收入，而且还有一幢在西西里的豪华别墅。其实，那时，他已经并不缺钱，却还要肥肉添膘，他就如同一个暴发户一样，钱已经不仅仅是为了花，而成为一种占据自己心理空间的象征。

所以，罗西尼的后半生没有再写什么歌剧，而是以吃喝玩乐著称的，他有的是钱，可以随意挥霍，来补偿一下童年的凄惨。

只是，他玩得并不那么高雅，有点儿像是今天我们见惯的土大款。他在波伦亚乡村养猪，采集块菰，还如我们这里的歌手在北京开餐馆一样，在巴黎开了一家名为"走向美食家的天堂"的餐厅，他亲自下厨，练就一手好厨艺替代了当年作曲的好功夫，他吃得脑满肠肥，玩得乐不思蜀。

据说，当时他的拿手绝活是一道名为"罗西尼风格的里脊牛肉"，足以和他的《塞尔维亚理发师》齐名。当时流行的不再是罗西尼的音乐，而是他有关"罗西尼美食主义"的名言，他说："胃是指挥我们欲望大交响曲的指挥家。""创作的激情不是来自大脑，而是来自内脏。"也许这就是罗西尼真实的一面，对这些匪夷所思的事情也不足为奇了，他怎么还能够拿起笔来再写他的歌剧呢？

在罗西尼的晚年，爱戴他的人筹集巨额资金，准备在米兰为他塑一尊雕像，建一座纪念碑。他听到这个消息后说："只要他们肯把这笔钱送给我，我愿意在有生之年，每天都站在市场旁的纪念碑的石台子上。"

我想这绝对不是他的玩笑话，如果真的把钱都给了他，他是会站在那石台子上去的。如果有人肯再出一些钱的话，他甚至还会在那里整天卖他的罗西尼牌牛肉呢。

之所以想起了罗西尼牌牛肉，是因为这真的有点儿像我们今天有些所谓艺术家的一个隐喻。

那年在太庙看《图兰朵》

一

那是很多年前的事情了,不知还有谁记得。

那天晚上,我去文化宫的太庙看《图兰朵》,天公作美,景色宜人,天气出奇得好,不像前两天大雨倾盆,浇得太庙和图兰朵都水淋淋有些狼狈。

夜色中的文化宫很空旷,其他院落里早已经没有什么人,除了急步匆匆赶去太庙看《图兰朵》的观众,安静得像抽空了空气的酒瓶。苍松古柏,静悄悄伫立,等待着皇宫自建立以来从未有过的辉煌演出。这一夜,文化宫只属于高贵的图兰朵。图兰朵公主漂流异邦那么多年,终于回娘家回归到她本来应该居住的皇宫深院。

到太庙来看《图兰朵》的,大多是远道而来的外国人,兴致勃勃,衣着鲜艳,香气扑鼻,首饰闪耀。他们有钱,可以买得起价格不菲的演出入场券。新奇的事,不是中国百姓不感兴趣,而是口袋里的"兵力"不足,是难得如那些老外穿着西装打扮得如同过节一样,专门乘飞机不远万里赶到现场来的，便只好观看场外报纸上频繁报道而炒得沸沸扬扬的花边消息。

图兰朵大驾光临太庙，便和太庙强强结合一般，使得彼此升值，所谓好马配雕鞍，好女配俊男，葡萄美酒要配夜光杯方才辉映得叮当作响，相互生辉。看《图兰朵》，要看新奇而制造出来的刺激，就像香槟酒在酒瓶中使劲儿冲撞之后喷涌出冲天的泡沫一样。艺术的进化，需要不断创新和出奇制胜，需要体育赛场上拳击或相扑般的刺激。原来说李白斗酒诗百篇，靠的是酒的刺激，现在酒已经太小儿科了，要靠庞然大物的太庙来刺激一下图兰朵和我们的神经了。歌剧的演出，需要走出剧院。艺术需要旅游到处游走，更需要不断寻求新鲜的卖点，不断攀登辉煌的顶点。

不知怎么搞的，坐在太庙里看《图兰朵》，我竟不合时宜地想起，"文化大革命"中我们的大合唱和钢琴伴奏《红灯记》不是也摆到天安门广场上演出过吗？那种天当被子地当床，天安门连同人民大会堂和历史博物馆一起作为舞台的背景，何其辉煌。

其实，无论包括音乐在内的所有艺术和人们的思维，多少年过去了，都并没有走多远。欣赏音乐或其他艺术，我们并不比在沙滩上和丛林中兴之所至载歌载舞的原始部落的人高明多少，也不比席地而坐在麦垛旁和田野上的浑身汗味和泥土味的农民高明多少（原始时代的舞台和古希腊时期的舞台，比现在的太庙不知要宽阔多少倍），相反越来越失去原来对艺术本真的纯朴之情，而变得越来越追逐时髦、新奇和刺激。

不要以为穿着西装革履，喷洒法国香水，举止谈吐文雅，所欣赏的艺术和欣赏的心态就一定高雅得不得了。

不要以为《图兰朵》在太庙一上演，就一定身价百倍。

不要以为花了昂贵的价钱坐在太庙里看着《图兰朵》，就一定身价百倍。在太庙演出的《图兰朵》不过是一枚镀了金的项链，可以满足我们的虚荣心，暂时金碧辉煌地戴在身上，辉映在那一晚的夜色里。

二

《图兰朵》在太庙之中，确实异常辉煌。没有正式演出之前，只看太庙周围的灯光打在瓦蓝色的夜空和夜空下中国古老宫殿八角飞檐的琉璃瓦顶、蓊郁森严的古柏苍松，就先声夺人，未闻曲调先有情，此时无声胜有声。演出之后，刚刚出场的响遏云天的激越锣鼓、五彩缤纷的中国宫廷服装，再听那融合着北京皇宫花香树香以及星光月色的中气十足的咏叹调，更给人一种仪态万千、气势恢宏的辉煌之感。

老外们情不自禁地说：Wonderful！

看《图兰朵》，不必看懂里面的剧情，不必听懂里面的唱腔，它外表的辉煌就已经喷薄四射而将剧本和唱腔吞没。

不过，除了背景和服装是中国的，演出的其他所有一切都是外国的，看一帮外国人在中国古老的太庙前演出驴唇不对马嘴、漏洞百出、令人啼笑皆非的故事，似乎并未引得人好笑，观众们正在正襟危坐而被吸引。客观地讲，无论普契尼、祖宾·梅塔，还是张艺谋，都是出色的，他们把一出完全靠幻觉编造的故事演绎得美轮美奂，在他们的手里，历史和人物的真实都让位于艺术的想象，看他们在舞台上尽情演绎，让我感到那一刻艺术囊括万千的威力。但我总觉得有一种似是而非的可笑蕴藏其中，包括普契尼、祖宾·梅塔和张艺谋，也包括我自己在内，都显得极其可笑。因为我们都是一样被这种虚拟的辉煌所包围而自以为是。

是的，这种辉煌让我感到的是虚拟的辉煌，是艺术的辉煌，走出太庙就立刻消失的辉煌。这种辉煌是对于以往逝去岁月的，而不是对未来的。

或许，这就是艺术的魅力？是艺术让这些虚拟的、假设的、想象中的辉煌，在我们的面前飞闪而过七彩虹霓，哪怕瞬间即逝，也曾让我们眼前为之一亮。

但是，在《图兰朵》演出结束的时候，所有的演员出场，舞台上一片金碧辉煌，所有的观众在热情地鼓掌，欢呼这一片辉煌和演出的成功。这时，灯光齐刷刷亮了起来，太庙如同一条硕大无比的鲸鱼从海底浮出水面，映在明亮的灯光之中，浮动在雷鸣的掌声之中，我的心里忽然对涌出这样的念头：这到底是谁的辉煌？谁的成功？

是艺术的辉煌和成功吗？是普契尼、祖宾·梅塔和张艺谋的辉煌和成功吗？是那男高音、女高音歌唱家的辉煌和成功吗？是那动人的《今夜无法入睡》和《茉莉花》的旋律的辉煌和成功？是那刚烈自殉的柳儿和惨淡象征的月亮的辉煌和成功？是那舞美、道具、灯光、音响和成百上千件描龙绣凤叹为观止的中国古老宫廷服装的辉煌和成功？

在那一瞬间，我明白了，其实是太庙的辉煌和成功。如果今晚《图兰朵》不是在太庙演出，意味是不一样的。

太庙巍巍屹立着，任喧哗逝去，任音乐逝去，图兰朵从远方走来又向远方走去。

这是1998年9月的事情。事过很久,我陪一位朋友到文化宫参观,路过太庙的时候,我对他说起那一年前在这里曾经有过《图兰朵》辉煌的事情。他对我说:"太庙这里有过辉煌的事情很多。"他说得没错,发生在古老太庙这里辉煌的事情的确很多,《图兰朵》的演出只不过是其中的一件。

科普兰印象

匈牙利裔的美国音乐史家保罗·亨利·朗格，在论述美国音乐的时候，特别愿意将其和英国音乐做对比。他说这是因为"19世纪英国和美国音乐史之间具有某些相似之处。两国都经受了外国音乐的侵略，都征服了侵略者，建立了他们自己的艺术之国；两国都是通过开明的音乐政治家的有远见的决心策划而达到了目的；两国都是通过德国浪漫派和浪漫派以后的音乐道路获得了自由"。朗格同时也指出两国的不同："一个重要的区别在于他们对德国影响的方式的不同。英国是超越了它，美国是消化了它。"

这说明了美国的胃口的强悍。

自巴赫以来，一直都是德国音乐在世界上占有着统治的地位，一直都是以欧洲为中心的音乐侵略着欧洲以外的地盘。一百多年以前，在19世纪末和20世纪初，新生的移民国家美国，还没有自己的民族音乐，它需要消化欧洲的精髓，吃的是德奥的古典传统，挤出的是自己美国的音乐。你不得不佩服美国人的胃口，也许，这就是移民国家的优势，它什么都能够吃得下去，什么都能够化为自己的营养，什么都能够移花接木变成自己的东西。

只要想一想那个时期,一方面它敞开着自己的国门,吸纳着八面来风;一方面它派出自己的人才去欧洲,实行着拿来主义;两相交叉作业,壮大着自己,诞生了自己新生婴儿。前者,如当时法国著名的音乐家瓦雷兹(E·Varese 1883—1965)、瑞士的犹太音乐家布洛赫(E·Bloch 1880—1959),以及从新成立的苏维埃逃亡出来的拉赫马尼诺夫,都是那时候前后来到了美国。而后者,代表人物无疑应该要说阿伦·科普兰(Aaron·Copland 1900—1990),他是那时第一个到欧洲学习音乐的美国本土音乐家(他师从法国的布朗热和匈牙利的戈德马克)。他便也成为美国第一位本土民族风味的音乐家。

听美国的音乐,科普兰应该是首选。

我买到一套三张碟的科普兰作品精选,是由科普兰自己指挥,索尼公司出版,被企鹅评为三星。确实是非常好的一套唱盘,三碟一共有近四个小时的录音,不敢说一网打尽了科普兰,但科普兰几乎好的作品都是应有尽有了。

这套唱盘中的第一部作品选的是《墨西哥沙龙》,这是科普兰的成名之作。他1932年第一次来到墨西哥,经过四年的沉淀与发酵,终于在1936年成功。他运用了大量的墨西哥民间音乐,使得作品一下子与众不同,特别是和欧洲的舶来品不同,显示出它浓郁的民族风味,旋律和配器的色彩尤其艳丽,立刻夺人眼目。或许就是从这时候开始,科普兰发现了民歌不同凡响的魅力,他之后的作品中总是有浓重的美国民歌的元素,才使得他的音乐本土化和民族化了吧。

听科普兰的音乐,这种地道和浓重的美国味儿,除了民歌的元素之外(因为民歌很可能成为一种装点的形式,像涂抹在音乐外面的脂粉，你没听见我们现在不少歌手唱的民歌已经将民歌本来拥有的淳朴与真情唱得面目皆非而只剩一具空壳了吗），更在于那种明快昂扬的精神头，那种透明清澈的韵律，让我们想起美国刚刚建立时期那种朝气蓬勃，那种青春洋溢，那种阳光灿烂的心情，那种大汗淋漓的情绪，那种发自心底的呼吸顺畅和爬山越岭的尽情尽兴。一个时代真是有一个时代自己独特的音乐，那是来自人们心底的共鸣，不过是以音乐家所创作出的音乐方式代表出来罢了，它是骗不了人的。单纯模仿别人，除了自己的幼稚之外，很可能只是为邀宠或谄媚于别人，而如我们现在流行的晚会或歌手大奖赛之类的音乐，透露更多的是功利和虚情假意，都是无法和科普兰这样的音乐相比的。

科普兰的音乐不是那种个人情感的浅吟低唱，他抒发的是一种宽广的情怀，依托的不是电视晚会和大奖赛，而是美国西部正在开发的山川和耳熟能详的风土人情。

《小伙子比利》（科普兰著名的三大舞剧之一，另外两部是《牧区竞技》和《阿帕拉契亚的春天》），宁静的引子，透明的调子，辽阔的西部平原，狂放不羁的西部牛仔，一幅色彩鲜艳的西部风情画。你能够感受到天高气爽，清新的空气和马蹄溅落的尘土飞扬的土腥味，以及开荒者身上蒸腾的汗味，甚至还有那么一点剑拔弩张、残酷的血腥，一起被太阳晒得热辣辣呛鼻刺眼。特别是第三乐章夜色中的纸牌游戏，很舒缓，很柔情，长笛悠悠，喇叭呜咽，和着弦乐此起彼伏摇曳，让人想到无边的荒原之夜在月光和小酒店油灯辉映下的旷远，星垂平野阔，月涌大江流，燃起你的想入非非。

《牧区竞技》先声夺人的开头，不断加速的圆舞曲，甜美的夜色，如歌的梦呓，自由的回旋，兜起风，兜起星汉迷蒙，兜起夜空迷离。

周末的狂欢，奔放的鼓点，精神抖擞的快板，有点儿爵士味道的小号，加上打击乐，弦乐嘈嘈切切，密如急雨的热烈，西部独有的一股股热浪氤氲地向你扑来。

《阿帕拉契亚的春天》是我最喜欢的一部作品，这是一部开荒者之歌，质朴的旋律，犹如阿帕拉契亚山区的山民，一派田园风光，高远的山顶紧紧挨着蔚蓝透明的天空，空气的清冽之中能够闻得见山间草木在春天回黄转绿时散发的清香。非常慢的开始，仿佛从遥远的山涧里流淌出清澈的泉水，由远而近地逶迤着淙淙地流来，流出宗教般的沉静，天籁一样澄净静谧，蝉噪林愈静，鸟鸣山更幽，也许是山区独有的氛围。快板中笛声的清脆，铜管乐的明亮，奏得满山摇响林涛谡谡，呼应着山风猎猎。而行板中如今听有一丝怀旧的味道，那种恬静与甜美，仿佛过滤一样；那种飘忽如云的梦幻，被旋律织就的那样熨帖；那种天真，充满孩子的气息；那种从容，是那个已经逝去的时代的从容。如今怎么可能还会有这样的天真的从容？只有在百废待兴的年轻时期，只有在一切都还没有但充满着想象和梦想的时候，才会有这样的天真和从容，如今一切都已经拥有，在现实无穷的挤压和碰撞中，在各种欲望时刻在膨胀和泛滥中，如此的天真和从容只能是一种奢侈的梦境，只能从科普兰的音乐里去触摸一丝冰冷的脉搏了，去遥想参加青春年少的当年了。

还有那用单簧管吹出的民歌旋律中和激情弦乐映衬下的《林肯肖像》，还有那用英国管和小号吹出的动人音符中矗立的《寂静的城市》，还有美妙如歌的《我们的小镇》，温馨宁静的《家书》……

科普兰所给予我们的都是这样在美利坚合众国处于开创时期蓬勃和青春的印象，那印象是那样的纯真和透明，是如婴儿的眼泪一样的透明,如尚未开垦的处女地一样的纯真。科普兰的音乐,就是这样血脉相融一般介入当时的现实,融入当时正奔波在乡村和街市的人们的脚步匆匆中,尤其是西部开拓者的心跳里,而不是沉迷于自己一隅的悲欢离合中,也不是遁入空门退回到古典主义的老巢里。科普兰用欧洲古典音乐的形式装进自己国家的内容,创作出本土的音乐,尽管有人批评他的音乐略显得保守(比如《牛津简明音乐史》的作者杰拉尔德·亚伯拉罕),但他以自己的音乐为那个朝气蓬勃时代中的美国留下了历史的声音,如果当时有摄影师为其留下的光与影的照片,科普兰为照片配上了最贴切而动人的背景音乐。

顺便说一点,不知怎么搞的,听科普兰的音乐,总让我想起北大荒。那是我年轻时候插队的地方,可惜的是没有科普兰音乐中一样的牛仔装束,只有臃肿肥大的兵团服,那种绿不是正规军装的绿,被我们叫作"屎绿"。但那里有同科普兰音乐中一样的昏黄的马灯、呛人的土烟,还有那无边的荒地,荒凉而静寂;开春时分冰河的解冻,回黄转绿;还有如阿帕拉契亚一样的山林和一样的清新和宁静,还有和他们一样聚集着无数的开荒者,以及和他们一样的年轻的青春。

如今,一切都逝者如斯。只有科普兰的音乐还在,错位地在为我早已经逝去的青春旧梦伴奏。

面对欣德米特

同为德国音乐家,保尔·欣德米特(Paul·Hindemith, 1895-1963)显然远不如他的前辈巴赫、贝多芬那样有名,也赶不上他的同辈理查·施特劳斯那样为我们所熟悉。同样因被纳粹讨伐而逃离国外,欣德米特和勋伯格走的路也不尽相同,他不赞成无调性和一切新潮的音乐做法,而是顽固地坚持退回到巴赫时代,如蜗牛一样缩进古典音乐之中。20世纪初期在日益兴起的各类先锋面前,古典主义已经不那么吃香了,作为一个艺术家,他能够不为潮流所动,坚持着自己心目中的音乐形象,即使是保守的,也是难能可贵的。

正是因为这一点,我敬佩欣德米特,因此找来了他不少唱片听。

当然,首先听的是他最有名的《画家马蒂斯》,还有他的《世界和谐》。这是他的两部歌剧,也被他谱写为了同名的交响曲。听完这两部音乐,我的心头有一种隐隐的激动。今年夏天北京少有炎热,似乎清凉了许多,弥漫着潮湿和汗味的空气中,多了一丝能够让人感动的习习的音符。我在想,是什么让我感动呢?是欣德米特新古典主义的音乐做法?不尽是。无论古典主义还是新古典主义,好听的音乐多得是，欣德米特并非独占鳌头或一览众山小，比如和欣德米特同时期就有米约、奥涅格等六人组成的赫赫有名的法国六人团，创作业绩不凡。

那么，究竟是因为什么？我渐渐在自己的心中梳理清楚了，在听欣德米特这两部作品的时候，我是将他的音乐和他的文学合在一起来欣赏了，而不仅仅是在听两部优美的音乐。这样，就像是把氢和氧合在一起，听出的效果便是新鲜轻盈的水一样了。我猜想，欣德米特自己在创作这两部作品的时候，大概也是这样将两者合在一起，让他的音乐融合文字的理想，让他的文字插上音乐的翅膀，彼此进行着氧化作用。我想这样的猜测是有道理的，否则《画家马蒂斯》干吗要欣德米特自己去写剧本，倾注了他如此的心血和期望，拼命去做音乐家力所不能及的活儿？

也许，在新的世纪刚刚到来的时候，王纲解体，人们的思想追求和艺术口味都变得无所适从，新潮的音乐门派大旗林立，五花八门，失去重心的音乐一下子显得单薄起来，单靠音乐自身来搭救音乐自身，力量是不够的，于是欣德米特希望借助文字、借助历史、借助人物这样的外力，来达到他固守的音乐理想。我想，这样的揣测是有依据的，否则欣德米特为什么在他至关重要的两部作品中，非要舍近求远选择了文艺复兴时期的两位巨人来做他音乐的主角？

《画家马蒂斯》中的宫廷画家马蒂斯（Matisse，1470—1528），不是后来的野兽派画家马蒂斯。如果不是那一对意外闯进他的画室里受伤的父女，马蒂斯可能就一辈子为宫廷画着粉饰太平的金碧辉煌的壁画，一辈子可以衣食无忧，过着一种现在许多艺术家所向往的生活。但是，这一对父女女刺激了马蒂斯，激活了他一腔沸腾的血液，他毅然决然地走出他为人附庸的画室，离开了他这样衣食无忧的生活，跟随这一对父女加入到农民起义的队伍之中。

《世界和谐》中的科学家开普勒（Kepler, 1571—1630），同样也是教皇的叛逆者。开普勒所发明的行星运动三大定律，奠定了日后牛顿万有引力定律的基础，至今仍然是物理学的核心。开普勒的《宇宙和谐论》成为文艺复兴时期著名的科学论著之一，而开普勒也被教廷视为危险人物，饱受了教廷的迫害，生计艰辛，不堪设想，却万难不屈，一直坚守着自己科学的理想与高贵的尊严。

认识了伟大的马蒂斯和开普勒，我们也许能够触摸到欣德米特内心世界的一隅，他和遥远的他们的心是相通的。在新的世界和新的世纪里，四顾茫茫，知音难觅的时候，他在音乐的世界里求助的是巴赫，在思想的天地里求助的就是马蒂斯和开普勒。他企图让他们一起形成合力，在自己的心底和外部的世界抛下牢固的锚，而不再像彩色鲜艳的旗子那样容易随风飘摇，或拿在手里去闹市招摇。

《画家马蒂斯》是欣德米特1934年的作品；《世界和谐》是欣德米特1957的作品。虽然过了23年，但依然可以清晰地看到血液百折不回地在欣德米特心中流淌的方向。欣德米特并不是犹太人，却因《画家马蒂斯》而受到希特勒的迫害，他在《世界和谐》中将这一经历融入了开普勒的身上，他不会忘记历史留下的惨痛的伤痕，他便不会像有些音乐家时过境迁之后那样轻易地就将伤痛遗忘在逝去的风中，如同换装一样很快就换上了轻佻而时髦的新式装束，去作风花雪月的后庭花曲了。

欣德米特从马蒂斯身上感受到生逢乱世时一个艺术家的良心和作用，他曾经说马蒂斯让他油然升起"小知识分子的耻辱"。而历尽苦难不改初衷坚持对真理追求的开普勒，则是他音乐以及人生立身的万有引力。

这就是欣德米特的音乐理想。

也许，现在我们会觉得欣德米特这样的固执，他强行加入了人物在音符之中，使得他的音乐有些理念化，文学性和思想性对音乐性有些冲淡。但是，我们怎么可以责备他的这种音乐理想呢？面对欣德米特，我常常会感到惭愧。因为面对艺术和人生两方面的理想，我都没有欣德米特那样明确而坚定。在政治统率一切的时代里，在金钱君临天下的时代里，我没有看到艺术的良心和作用。乱世之中，我们看到更多的是艺术家的自我检讨和对别人的揭发；乱世过后，我们没有看到我们对我们这一代耻辱的忏悔。新时代到来，我同样没有看到作为一代艺术家的良心和道义存在的价值和意义，只不过从自残和相残一步跨到自恋和自慰之中而已。

在政治的高压下，我们常常是以投降和龟缩为定格的姿态。而在经济时代里，我们更容易满足于中产阶级的生活状态而故作附庸风雅，或者在准官场的环境中招蜂惹蝶。无论面对政治还是金钱的诱惑，我们的艺术家能够做到独善其身就很不错了，退隐山林，常常是我们艺术家最常见的活法儿。回避现实，也回避自己的良心，失去了艺术的万有引力的定力，自然使得我们的艺术飘忽，常常愿意向阳花木易为春一般朝着阳光灿烂一面飞，不是朝着政治的功利，就是朝着金钱的势力，而我们自以为飞的姿势很漂亮呢。其实，漂亮的羽毛在风中飞，同真正的鸟儿在空中飞，意义和价值是不一样的。我们就轻而易见地发现，艺术家是分为有理想的和没有理想的两类。而在一个价值系统整体失衡的状态下，最容易失去理想的正是一些所谓的艺术家。

　　欣德米特一生作品繁多,《画家马蒂斯》和《世界和谐》,外加上早期创作的《卡迪拉克》,这三部都是以艺术家为主角的歌剧号称"艺术家三部曲"。如今,听《卡迪拉克》和《世界和谐》的人,远不如《画家马蒂斯》多。无疑,《画家马蒂斯》是最值得一听的了。那是欣德米特三十多岁时的作品,年轻时候的理想一直激荡在他的心中,一直到晚年还没有遗忘,足以让人尊敬了。这一部作品的版本很多,库贝利克、阿巴多、卡拉扬、伯恩斯坦等著名指挥家都曾经指挥演奏过它。但是,最值得一听的应该是1934年富特文格勒指挥柏林爱乐乐团的演奏,尽管后来富特文格勒曾经归顺过纳粹,但在1934年他是冒着风险的雪中送炭,是友情而正义的举动,那场演出肯定不同凡响。不知有没有录音保存下来,反正我是没听过,只能迎风遥想当年了。

偶遇德利布

有时会在偶然之间想起19世纪下半叶的欧洲音乐，真是很羡慕，也很神往。那是一个多么辉煌的时期，多少好听的音乐至今还响在我们的耳边，经久不衰。都说美的东西是易凋零的，那是指花朵、美人，美的音乐是常存的。美的画当然也可以保存，但时间的影子落在画上面，总要使画褪色，但美的音乐即使乐谱再古老破旧，只要经过乐队一演奏，立刻焕然一新，就像安徒生的童话中说的那样：仙人的手指轻轻一抚摸，所有冰冻的玫瑰花立刻都绽开了花瓣。在所有的艺术门类里，只有音乐青春永驻。

19世纪下半叶的欧洲音乐，真是让人羡慕，那才是真正的群星灿烂时刻。我不太明白，为什么那个时期会出现那么多的音乐家，那么多好的音乐作品，而且风格多样、色彩丰富。如果仅仅按一般音乐史上介绍的那个时期的音乐家来按图索骥听音乐，我们常会和好多非常棒的音乐家失之交臂。这是因为那个时期的音乐家太多了，我们在简单的音乐史中介绍不过来。

德利布（L·Delibes，1836–1891）就是这样一个差点儿被我错过的音乐家。

我是偶然和他相遇的。差点儿就和他擦肩而过。对于19世纪的下半叶的欧洲音乐，我所知甚少。我是在听《西尔维亚》时才认识德利布的。这是德利布谱写的芭蕾舞曲。我也才知道德利布是专门谱写芭蕾舞曲的音乐家。他还谱写过另一个有名的芭蕾舞《葛佩丽娅》。

《西尔维亚》真是一盘好听的乐盘。听乐盘和看芭蕾或歌舞剧的感觉是不一样的。听时只管是不是好听，不管剧情的，我们听格里格的《培尔·金特》时，还在意易卜生剧本的艰涩吗？好听的旋律，是我听时的唯一选择，这时再伟大的剧本也被音乐的旋律淹没了。《西尔维亚》确实旋律格外优美，此起彼伏的旋律一个紧接这一个，像是翩翩起飞的一只只漂亮的鸽子，刚刚消逝在蔚蓝而透明的天际，又有一群长着美丽羽毛的小鸟飞来了，落在开阔广场上正飞珠溅玉的喷泉旁，缤纷的翅膀上闪亮着透明的水花。我一边听一边在想，我该用什么来比喻这样美妙无比的音乐呢？我忽然想起曾经看见过的那些捏面人的艺人，那些面团是那样听他的话，他想捏成什么，那些面团就在他的手中变成了什么，或飞禽走兽，或仕女武士。德利布也像是一个这样捏面人的艺人，他将乐队的每一件音乐揉捏得像是手中的面团，好像要什么声音就有什么声音，要什么色彩就有什么色彩，要它们到哪儿就到哪儿，上穷碧落下黄泉，两处茫茫皆可见，是那样得心应手，随心所欲。

难怪柴可夫斯基听了德利布的音乐后大为赞赏，认为他超过了勃拉姆斯。

不能说柴可夫斯基说得完全是情绪激动时的语言，我虽然很喜欢勃拉姆斯，但也不得不承认柴可夫斯基说得不是没有一点道理。从旋律而言，勃拉姆斯是不如德利布动听悦耳。当然，好的音乐的判断标准，动听悦耳不是唯一的，但好听悦耳的音乐总是容易让人接受，就像是漂亮而清纯的姑娘总能让人产生好感而想多看几眼。从本质来讲，勃拉姆斯和德利布不是同一类的音乐家，勃拉姆斯是理性的，德利布是感性的，以我的说法，勃拉姆斯创作的是心理音乐，德利布创作的是表情音乐，所以他的音乐就是这样一个漂亮的姑娘，天生丽质，亭亭玉立。他就是让他的旋律曲线流溢，让他的配器色彩绚烂，让他的装饰音花团锦簇，让他的小号撩落天上飞翔的白云，让他的小提琴（他的那段在第一幕最后的小提琴独奏实在是太美了）招引来山间轻盈的清风，让他的抒情甘甜怡人，如同和他一起走过百花盛开的幽谷，让他的激情酣畅淋漓，如同伴他和飞流千尺的瀑布一起跌落下葱茏碧绿的山崖。

有的音乐家一生就是和美的旋律为伍，他们不追求深刻，只追求优美；他们不向往伟大，只向往清新；他们不在意厚重，只在意轻盈；他们不向往澎湃的大海，只流连邻座的小溪。德利布就是这样的一个音乐家。

19世纪下半叶的欧洲音乐，怎么不让人羡慕？想一想和德利布在一起的该有多少和他一样美好的音乐家呀！圣－桑（1985年出生）比他大一岁，勃拉姆斯（1833年出生）比他大两岁，比才（1838出生）比他小两岁，夏布里埃和马斯耐（都是1842年出生）比他小六岁。只比他小四岁、和柴可夫斯基同时代的俄罗斯人鲍罗廷（1834年出生）、巴拉基列夫（1836年出生）、穆索尔斯基（1839年出生）、里姆斯基－科萨科夫（1844年出生），也是和他年龄相仿的一群。我不知道还有多少人，但和德利布一样有着美妙无比的音乐呀！艺术生长可能有自己的生长期，就像是一窝一窝繁殖的鸟或动物，这一窝和那一窝就是大不一样，在某一个时期会盛产一批艺术家，让我们叹为观止。那真是一个令人羡慕的时期，像是肥沃的土地上长满着丰硕的庄稼，在风中拔节疯长，彼此竞争着，相互提携着，肆无忌惮地批判着对方，也在毫不留情地鼓吹着、激情洋溢地欣赏着对方。我一时无法弄清在那个时期所呈现出如此辉煌灿烂景色的原因，但有一点我敢肯定，那就是好的气候才会有好庄稼的丰收，好的氛围才会有不是一个人而是大面积音乐家的百花竞放。而这好的气候和好的氛围，在于外界的时代背景和客观环境，也在于艺术家自身的心理、素质、胸怀和精神。

我庆幸自己偶遇德利布，但会不会也正和其他人擦肩错过？

到印第安纳波利斯听贝尔

印第安纳是贝尔的家乡,他出生在这里的布卢明顿,在印第安纳大学的音乐学院读过书。在印第安纳博物馆的名人廊里,有他手抱小提琴的照片,是将他同文学家冯内古特、印象派画家斯蒂尔,并称为"印第安纳三杰"的。印第安纳州曾经授予他政府艺术大奖。因此,这一次贝尔到印第安纳,在印第安纳波利斯市中心的希尔伯特环形音乐厅演出,颇受到家乡人的欢迎。他已经好久没有回家乡了。我听他的母校人说,印第安纳大学音乐学院早就聘请他为教授,请他有时间回母校教授年轻的学生,可是很难见到他的影子,也是,他太忙了。名声和忙碌总是连在一起的。

我很庆幸这次来印第安纳正好赶上了这次难得的机会,虽然是楼上后排的座位,但总算买上了票。此次来印第安纳,贝尔演出三场,三场的节目一样,都是西贝柳斯的 D 小调小提琴协奏曲——其实,只是上半场的演出,下半场是印第安纳波利斯交响乐团自己的保留节目:德沃夏克的交响曲"自新大陆"。但我知道,所有这三天来希尔伯特环形音乐厅的人,都是奔着贝尔来的。

没有想到，来到音乐厅，几乎爆棚。尽管我知道在美国有人觉得贝尔爱作秀，但还是有不少人欢迎他的，他的演奏技术没得说，还曾获得过奥斯卡和格莱美等大奖，而且他长相俊美，特别受美国女人的宠爱。但印第安纳波利斯毕竟偏了些，而且人口不多。不过想想，这里毕竟是他的故乡，来这么多人捧场，也是应该的。

令我没有想到的是音乐厅里的观众几乎都是老人，有的还是坐着轮椅来的。这样的情景，让我感慨，古典音乐的受众面越来越狭窄，越来越老龄化，已经是全世界的趋势，纵然是再顶尖的音乐家现身，再杰出的古典音乐演绎，也难以挽狂澜于既倒。想起在北京的国家大剧院听古典音乐，见到的还不全是这样的满目白发皱纹，多少还可以给人一点安慰。

贝尔对于中国的乐迷并不陌生，他来过中国演出，他为电影《红色小提琴》的配乐，也为大家所熟悉。而且，人们更熟知2007年他戴着棒球帽，穿着T恤衫，在华盛顿地铁站里演奏的实验，45分钟的演奏，上千人路过，只有七人驻足听，仅27人给了钱，一共是32元17美分。致力于音乐古典和现代的融合方面，贝尔一直在努力。

二十多年前，即20世纪90年代初，CD的品种有限，有的还不大好买。那时，我想买一盘海菲兹演奏的西贝柳斯D小调小提琴协奏曲的CD，几乎跑遍北京城的大小音像店，也没有买到，最后只好退而求其次买了一盘贝尔的。那时，贝尔还没有后来那样名声大噪，我对他并不熟悉。记得很清楚，那是在当时灯市口的一家音像店，左选右选，只是无奈地选择了他。想想，也算是缘分吧，那时的贝尔才二十多岁，他是1967年出生的。CD封套上他的照片，可谓风流倜傥。

在全场雷动的掌声中,贝尔一身黑色的演出服,抱着他那把价值昂贵的1713年斯特拉底名琴出场,尽管二十多年过去,他已经是快五十岁的人了,但依然显得非常年轻,身材修长,像运动员的体型,是很多音乐家难得拥有的。而且他确实长得很帅,特别有女人喜欢的那种容颜。以前,提起当代小提琴演奏家,人们公认为美女的是穆特。和贝尔对比看,远不如贝尔,那种俊秀中的俊朗,真的和他优美的琴声相配。

不过,说心里话,听贝尔现场,不如听他的CD。不知怎么搞的,总觉得他演奏得过于激情,而且有些炫技。当然,西贝柳斯的这支D小调本身就蕴含着炫技和火热情感的成分,但西贝柳斯是将两者深藏在内敛的冷峻里面的。隐隐觉得,不如二十多年前曾经买过的他那盘CD。或许,回忆中的贝尔,存在着我自己的感情在内,但也可能那时闯荡江山不久的年轻的贝尔,操琴时还小心翼翼。如今的他,已经久经沧海,曲子在他的那把名琴上滚瓜烂熟。

他拉琴的动作幅度较大,这也多少影响了效果,和我想象中的贝尔多少也有些距离。想象中的贝尔,即使不是海菲兹那样冷峻如冰,拉琴时身子纹丝不动,但也不应该是现在这样将苗条的身子起伏如摇曳的柳枝。尽管,年轻的捷克指挥和乐队与他配合得不错,第一乐章的大提琴,第二乐章的木管,第三乐章的铜管乐,和他的小提琴风来雨从,将那种哀婉、柔美和狂放的起伏变化演绎得棱角分明,总是觉得和真正的西贝柳斯有一段距离。

演出结束后,全场起立为他鼓掌,渴望他能够加演一支乐曲。他一次次的返场谢幕,但始终没有加演。他并没有给家乡一个额外的赠品。

用剪刀剪出来的音乐

来布卢明顿，正好赶上它的艺术季，据说在这个贯穿整个夏季和秋季的艺术季里，将有一千多场包括音乐、美术的活动，遍布在印第安纳大学校园和布卢明顿这座不大的城市的各个角落。我赶上的第一个节目，是印第安纳大学美术馆的特展"马蒂斯剪纸：'爵士'"。在展览的最后一周的周日，将有一场真正爵士乐的演出，是为这次特展专门作曲的音乐会。今年，恰是马蒂斯逝世60周末的纪念。

美术与音乐联姻，并不是什么新鲜的事情，当初，德彪西的印象派音乐，最初的灵感便来自法国画家莫奈的《日出印象》；莫索尔斯基的钢琴组曲《展览会上的图画》，更是用音乐为绘画作品进行旋律素描。艺术如水，总是相通的，且看这里是如何将马蒂斯的剪纸化为音乐的。

特展"马蒂斯剪纸：'爵士'"，是马蒂斯的一组剪纸画，同时展出的还有他的一些速写和为文学作品如乔伊斯的小说《尤利西斯》所作的插图，再有便是马蒂斯的生平照片。显然，只是展览剪纸画，布不满偌大的展厅，其余的那些是为剪纸画助兴的配角。因为这一组剪纸画一共只有20幅，每幅大约80厘米x60厘米大小，只是占了展厅的一面墙而已。这是1942年时马蒂斯的作品，那时马蒂斯73岁，正在患病中，信手拿起了剪刀和纸，剪起来。他自己说剪纸帮助他养病，度过了那一段寂寞难熬的时光。对于马蒂斯，剪纸成了一剂良药；对于我们，则看到了他绘画艺术的另一面。剪刀在他的手中，鬼魂附体一般，灵动如仙；鲜艳的色块和诡异的线条，充满难得的童趣。在这组剪纸里，有他的回忆，关于童年看到的马戏团，以及后来旅行和对民俗的印象。1945年，马蒂斯从这些剪纸画中选出20幅，用水粉重新勾勒一遍，限量印制了270本画册，起名为"爵士"。其中第150本，被印第安纳大学收藏，现在展览的便是有马蒂斯亲笔签名的这本《爵士》。

"爵士"这个书名，为今天的展览提供了艺术的想象与音乐的拓展的空间，也成为这次特展别致的重头戏。音乐会那天，便专门去听。音乐会在美术馆里进行，不过是将展览马蒂斯剪纸画的展厅用隔扇隔出一片空间，真正的爵士乐和剪纸的爵士，今天音乐家的爵士和马蒂斯的爵士，便近在咫尺，甚至可以握手言欢，融合一起了。

音乐会的规模不大，观众有一百来人，前面摆着一架钢琴和一把大提琴贝斯，旁边是白色的幕布，幻灯打上马蒂斯的剪纸画。演奏钢琴的叫克里斯多夫，专门从波士顿赶来，所有的作曲都出自他手，他说他从2009年开始创作，到2012年完成了对马蒂斯这20幅剪纸画的音乐创作。贝斯手叫阿伦，是印第安纳大学专门教授爵士乐的教授。每一段音乐开始的时候，幕布上会打出马蒂斯的剪纸画；每一段音乐结束的时候，会有一个人出来朗诵一段关于马蒂斯和他的这几幅剪纸的介绍。

这是一场沙龙式的音乐会，安静、优雅，摇曳的烛光代替了爵士里应该有的那种如蛇一般灵动喷射的火焰；尤其是修复甚至是改造了爵士乐和马蒂斯画中那种来自底层的民间色彩。克里斯多夫说他的音乐融有爵士乐和现代音乐，在我听来，爵士乐那种明显的节奏和即兴的成分，并不明显；而现代音乐的成分似乎也不多；更多的是古典的回顾，山高水低，云淡风轻，无形中倒也多少吻合了当年马蒂斯剪纸疗伤的平和心情。明朗的乐色，和适可而止、欲言又止的爵士节奏，洋溢在钢琴与大提琴的呼应中，淡淡地撩拨着马蒂斯的那些萤火虫般明灭跳跃的回忆。

其实，马蒂斯的这些剪纸画，大部分我都曾经看过，只是是分散在画册中，甚至明信片中，有好几幅，在孩子小的时候，我和孩子都拿来剪刀和杂志花花绿绿的封面，照葫芦画瓢地剪过。所以，看着马蒂斯的剪纸画，都很熟悉，很亲切；而听到为其配的音乐，有些似是而非，显得有些遥远。或许，这是克里斯多夫对马蒂斯的理解和想象，还有他自己的一份回忆。面对同样一幅画，每个人的理解和感受都不会一样，这关系到他观画时的心情和瞬间的回忆。这就是具象的绘画和音乐所不具备的延展性和丰富性，它能够为你提供和你自己完全不同的另一种参照和想象，一种你自己完全没有想到的新天地。马蒂斯在为印制270本剪纸画《爵士》时说，这是用剪刀剪出来的画。那是属于画家的实验。如今，可以说这是属于克里斯多夫和阿伦的实验，是他们借用马蒂斯的剪刀剪出来的音乐。

音乐会结束的时候，克里斯多夫站了起来，向观众表示感谢，同时，他转过头，举起手臂，向身后幕布上出现的马蒂斯像挥了挥，表示敬意。幕布上的马蒂斯不动声色，但我感觉得到两代艺术家在那一刻交融。无论什么样的艺术实验，都是艺术与人生的实践，艺术和人生就是在这样的实践中相得益彰地走远。

卷四

到纽约找鲍勃·迪伦

2006年的春天,我从芝加哥来到纽约。其中一个很重要的目的,就是寻找鲍勃·迪伦当年的足迹。那时,我刚刚读完鲍勃·迪伦自己写的传记 *Chronicles*(我国翻译为《像一块滚石》,江苏人民出版社2006年1月出版)。年轻的鲍勃·迪伦,当年也是从芝加哥来到纽约。这是他第一次来到纽约,自从1959年的春天,他离开家乡北明尼苏达的梅萨比矿山,来到了明尼阿波利斯之后,他还是第一次离开家乡到这么远的地方来,要穿过伊利诺伊州、印第安纳州、俄亥俄州、宾夕法尼亚州,一直向东再向东。只不过,和我来纽约的时间不一样,那是一个冰雪覆盖的冬天。他坐在一辆1957年黑羚羊破车的后座上,昏沉沉地坐了整整一天一夜24小时,一刻没停地来到了纽约。当这辆黑羚羊驶过乔治·华盛顿桥,他被"砰"的一声甩下车,像货物一样重重地落在了纽约冰冷的雪地上。

在那本传记里,他说:"我终于来到了这里,纽约市,这座好像一张复杂得难以理解的大网的城市,我并不想尝试去理解它。"

三月春天的纽约,虽然树木还没有一丝绿意,春寒料峭之中,匆匆行走在曼哈顿大街上的人们，依然还需要穿着厚厚的棉衣，但已经不再是鲍勃·迪伦感受的冬天中那种"城市的所有的主干道都被雪盖着"的昏暗冰冷的情景了。

站在纽约街头，我在想，鲍勃·迪伦为什么选择在那一年的冬天来纽约呢。哪怕是和我现在一样初春时来，也要好得多呀，起码可以不必为烤火取暖而不被冻死街头去担心，起码可以不必那么着急去那个叫作"问号瓦"的酒吧打工，没有工钱，每晚只有可怜巴巴的几个零花钱，乞丐一般地勉强糊口度日。也许，他就是专门选择这样一个季节，励志青年一样，为的就是考验一下自己的意志和决心。

来到纽约的第一天晚上，我来到了时代广场。当它突然出现在我的面前的时候，它比我想象得要小。人流如鲫，疯狂的霓虹灯闪烁着，让这里比纽约的任何一个地方都要流光溢彩，喧嚣而沸腾，给我的感觉像是一杯满满腾腾溢出杯口的色彩炫目的鸡尾酒。我不知道此刻的时代广场和当年是不是一模一样，只知道当年在"问号瓦"酒吧里，听说时代广场上有一个叫作"赫伯特的跳蚤博物馆"的演出地方，鲍勃·迪伦特别渴望跳出狗窝一样的"问号瓦"，能够到那里去唱歌。我不知道他后来找没找到那个地方，但那确实是他来到纽约之后第一个向往的地方，他渴望沾一沾那杯鸡尾酒溢出的泡沫的味道。

第二天的晚上，我来到了格林尼治，"问号瓦"酒吧就在这里，那只是地下室里一间肮脏而潮湿的屋子，却是鲍勃·迪伦在纽约表演生涯开始的地方，他用口琴为人家伴奏。夜色笼罩下的格林尼治，安静异常，除了迷离的街灯梦游一般闪烁，几乎见不到行人。虽然再没有了当年冬天的寒风呼啸，却也再没有了当年的"问号瓦"酒吧。在那间简陋破败的酒吧里，我难以想象，年轻的鲍勃·迪伦朝不保夕，竟然充满着那样的自信,起码在他现在写的自传里,显得是那样的自信:"我不是来寻找金钱和爱情。我有很强的意识要踢走那些挡在我路上不切实际的幻想。我的意志坚强得就像一个夹子,不需要任何证明。在这个寒冷黑暗的大都市里我不认识一个人,但这些都会改变——而且会很快。"

他为什么觉得命运很快会改变?我一直奇怪鲍勃·迪伦的自信是从何而来。是因为时过境迁之后将一切包括心情和事实不自觉地都重新改写,还是仅仅是出自心中对音乐的那一份痴迷,便战胜了一切艰难困苦。也许,是因为年轻的缘故吧,只有年轻,才会将一切痛苦和磨难都化为幸福,让哪怕是丛生的荆棘,也能够编织成鲜花的花环。他就像现在那些居住在我们北京郊区农民房子里或蜷缩在城里楼房地下室里的"北漂一族"一样,让心中音乐的理想之花开放在一片近乎无望的阴暗潮湿之中。

在鲍勃·迪伦的自传中,有一段他和"煤气灯"酒吧的著名歌手范·容克(Dave Van Ronk)的传奇邂逅,写得很精彩。他极其崇拜范·容克,在来纽约之前,他就听过范·容克的唱片,而且对着唱片一小节一小节地模仿过他的演唱。鲍勃·迪伦曾经这样形容范·容克:"他时而咆哮,时而低吟,把布鲁斯变成民谣,又把民谣变成布鲁斯。我喜欢他的风格。他就是这个城市的体现。在格林尼治村,范·容克是马路之王,这里的最高统治者。"

那个纽约寒冷的冬天,鲍勃·迪伦如一枚被抽打的陀螺,不停地旋转着在格林尼治村的几个酒吧里混日子。有一天,他正在一个叫作"民谣中心"的酒吧里,人高马大的范·容克披着一身雪花走了进来,让鲍勃·迪伦对和他的不期而遇感到异常的惊异,一时不知该如何是好。他看见范·容克抖落身上的雪花，摘下手套，指着挂在墙上的一把吉布森吉他要看。就在他看完并拨弄几下琴弦之后要走的时候，鲍勃·迪伦一步上前，"把手按在吉他上，同时问他如果要去'煤气灯'工作，该找谁？……范·容克好奇地看着我，傲慢，没好气地问我做不做门房。我告诉他，不，我不做，而且他可以死了这条心，但我可不可以为他演奏点什么。"

他们就这样认识了。那天，鲍勃·迪伦为范·容克演奏了一曲《当你穷困潦倒的时候没人认识你》。他便从"问号瓦"走到了"煤气灯"，开始了和范·容克一起演唱的生涯。他每周可以有60美金的周薪，这是他来纽约之后第一次有了相对稳定的收入。这个坐落在麦克道格街上首屈一指的酒吧，将带着他改变命运。当他第一天晚上去那里演唱，在走向"煤气灯"的半路上，他在布鲁克街一个叫米尔斯的酒馆前停了下来，走进去先喝了点儿酒，镇定一下自己的情绪。"出了米尔斯酒馆，外面的温度大概是零下10度。我呼出的气都要在空气中冻住了。但我一点也不觉得冷。我向那迷人的灯光走去……我走了很长的路到这里，从最底层的地方开始。但现在是命运显现出来的时候了。我觉得它正看着我，而不是别人。"

我猜想，大概从那个零下10度的冬夜开始，纽约对于鲍勃·迪伦不再那样的寒冷，而成为了他自己的纽约了吧？在这以后，纽约即使不是敞开温暖的怀抱拥抱他，起码如同一轴长长的画卷，开始向他舒展着他渴望看到的温馨而能够充满想象的一面，而不再仅仅是冰冷阴暗垃圾簇拥的一面。那时候，他常常一清早就爬起来，跑到城北边的博物馆里，看了他从来没有看到过的那么多画家的名画，从委拉斯凯兹、戈雅、鲁本斯、格列柯，到毕加索、康定斯基、博纳尔和当时的现代派画家雷德·格鲁姆斯。在格林尼治那阴暗潮湿的地下室里，他读了大量的文学作品，还有卢梭的《社会契约论》、奥维德的《变形记》、马基雅维利的《君主论》、伯里克利的《理想的民主城邦》、弗洛伊德的《超越快乐原则》、克劳塞维茨的《战争论》，乃至塔西佗的讲演稿和书信，可谓是儒道杂陈，五花八门。当然，他读的最多的还是诗歌，拜伦、雪莱、彭斯、费朗罗和爱伦·坡，都成为他的启蒙老师，他第一次将爱伦·坡的《钟》谱写成了歌曲，弹奏着他的吉他演唱，开始了他歌曲新的创作，那种民谣风格融入丰厚的文学的光彩，如雪花一样晶莹闪烁。风雪交加的纽约，给了鲍勃·迪伦最初的磨炼和考验的同时，也给了他最初的艺术营养和积累，让他一点点羽毛丰满，终于有一天箭在弦上，时刻处于引而待发的状态，饱满的张力，如同一颗阳光下快要炸裂的种子。

在这个时候，他还乘一个半小时的长途汽车，到新泽西莫里斯镇，爬上山坡上那个叫作灰石的医院，去看望他所崇拜的正在病危中的民谣大师伍迪·格思里（Woody Guthrie），给他带去了他最爱抽的罗利牌香烟，为他演唱歌曲，每一首都是格思里自己创作的，他用这样的方式向心目中的大师致敬，也慰藉着病重中的大师。鲍勃·迪伦还曾经遵照格恩里的嘱咐，踩着那时候风雪泥泞的沼泽，特地到布鲁克林的科尼岛上格恩里的家中，寻找格恩里未来得及谱上曲的那一箱子歌词和诗稿。我知道，格恩里代表着50年代，而鲍勃·迪伦则代表着新生的60年代，这是新一代和老一代的交接和告别仪式，意味着50年代的结束和60年代的开始。

可以说，所有以后发生的这一切，纽约的作用不可低估，纽约是鲍勃·迪伦这一起跳最有力量的一块跳板。很难想象，如果鲍勃·迪伦一直还在明尼苏达或者伊利诺伊州会是什么情景，还会有今天的鲍勃·迪伦吗？纽约并不像鲍勃·迪伦所说的只是"一张复杂得难以理解的大网"，而更像一株盘根错节枝叶参天的大树，让每一只飞翔的鸟都有自己落栖之处，给你磨难，也给你营养，给你眼泪，也给你欢笑，然后送你飞上更广阔的天空。

其实，我在纽约前后只住了短短的三天，但是根据他写的自传，我还是尽可能找到他在那里面提到过的一些地方。在格林尼治，他最常出没的地方，几乎都能够看到他年轻的身影，即使当年他所演唱的那些酒吧早已经物是人非，新的地图上勾勒出的是新的地表景观。我也曾到第三大街和第七大街，那里分别是爱伦·坡和惠特曼的故居，当年，鲍勃·迪伦每一次路过这里的时候，总要对着那窗子投去哀悼的目光，想象着他们在那里写出的并唱出的灵魂深处的真实的声音。那时候，望着他们人去楼空的窗子，他渴望自己能够像他们一样成功，渴望着自己也能唱出他们那样至诚至爱的声音。而如今，正如鲍勃·迪伦说的："这个城市像一块未经雕琢的木块，每一名字、形状，也没有好恶。一切总是新的，总在变化。街上的旧人群已经一去不返了。"我只不过是在重复着鲍勃·迪伦的步伐和心情而已。

我没有能够找到赫德逊街和斯普林街，它们应该就在格林尼治附近，但那晚我去的时候，风很大，街上难得见到行人，好不容易看见了人，都是旁边纽约大学的学生，他们不是一脸茫然，就是说的英文我听不懂，人生地不熟，我只好无功而返。

在那两条街间，那时候在一个垃圾桶旁边，曾经有一个小咖啡馆。那个鲍勃·迪伦初来纽约寒冷的冬天，有一天，他走进了这家小咖啡馆。"午餐柜台的女招待穿着一件紧身的山羊皮衬衫。这件衣服勾勒出她优美的身体曲线。她的蓝黑色头发上戴着一块方头巾，有一双有神的蓝眼睛。我希望她能爱上我。她给我倒上冒着热气的咖啡，我转身对着临街的窗。整个城市都在我面前摇晃。我很清楚所有的一切都在哪里。未来没什么可担心的。它已经很近了。"在鲍勃·迪伦的自传里，读到这里，我很感动。也就是那时候，合上了书，我下决心，到纽约的话，一定要找找鲍勃·迪伦当年在这里的轨迹。

　　3月的纽约，寒冷却生机勃勃，百老汇大街上，人头攒动，到了夜晚，灯红酒绿，更是人的海洋，难怪提起纽约，鲍勃·迪伦总会说它是"世界的首都"。其实，在那个寒冷的冬天里，纽约终于也成了鲍勃·迪伦的首都。从鲍勃·迪伦那个第一次从芝加哥来到纽约的时候算起，将近半个世纪的时光过去了，鲍勃·迪伦已经老了。年轻的鲍勃·迪伦，只和这座城市的记忆和他自己的歌声同在。

　　我想起前两年，鲍勃·迪伦出现在格莱美、金球奖和奥斯卡奖颁奖晚会上的样子，和他年轻时候的照片对比，你不得不感慨时光的无情，将一个年轻人迅速地雕刻成了一个瘦骨嶙峋的小老头。在电视屏幕上看到，当听到他的名字，所有到场的观众欢腾的情景，让我感到有些奇怪，因为并不是所有的摇滚歌手都能够赢得如此值得骄傲的荣誉，他得到了。难道他不应该得到吗？约翰·列侬去世了，世界上只剩下他一人从20世纪60年代唱到上一个世纪末又接着唱到新世纪的到来（2001年，他出版了新的专辑《爱与偷》）。他和他的歌声一起跨越了一个世纪。在万众欢腾瞩目中，2001年，那一年整整60岁的鲍勃·迪伦站起身来走向台上的时候，镜头上他的脸如核桃皮一样坚硬而皱纹纵横，但我相信里面的仁儿肯定是软的，是香的。

　　鲍勃·迪伦曾经这样说过："民谣在我的脑海里响着，它们总是这么响起。民谣是个地下故事。"这是他对民谣的理解,也是他把民谣当成了一生的艺术生命,才有可能如风相随一般总那样在脑海里响起。想起鲍勃·迪伦,总会想起他唱过的《答案在风中飘》《战争的主人》《上帝在我们这一边》《像滚石一样》《大雨将至》……那一首首脍炙人口的民谣。这些民谣伴随了一代人的成长,走过了近半个世纪,刻进了时代的年轮。歌声真的是有生命的,和人一样渐渐长大,慢慢地变老,而且比人的生命还要长久,哪怕人的生命结束了,歌声还会在这个世界上荡漾。

　　离开纽约的那天夜晚,我再次来到时代广场,在旁边便道上,见到一对来自上海的卖画的夫妇,他们在卖约翰·列侬头像的铅笔素描,我花了10美金买了一幅,可惜没有卖鲍勃·迪伦的画像,这让我很奇怪,也有些扫兴。在三角广场上,一组歌手正拉开阵势,弹奏着电吉他,演唱着民谣,虽然不是鲍勃·迪伦的风格,也不是鲍勃·迪伦常用的木吉他,却是和鲍勃·迪伦初闯纽约时一样的年龄。纽约的夜空,正如当年接纳鲍勃·迪伦的歌声一样,有些嘈杂,却很激越地回荡着年轻的歌声。

答案在诺贝尔文学奖上飘

听到鲍勃·迪伦获得今年诺贝尔文学奖的消息,我很有些兴奋。诺贝尔文学评奖,有时候像体育比赛,总给人一些意外。如果都在意料之中,也确实没什么意思。这个奖给鲍勃·迪伦比给村上春树要更热闹,起码让我兴奋。

一脸褶子的鲍勃·迪伦,已经获奖无数,但诺贝尔文学奖,却是破天荒第一次给了一位摇滚歌手。起码,让我们对于文学与音乐的关系,应该有一个新的认识。没有文学的介入,好音乐难以诞生;同样,没有音乐更早对于文学的启迪,文学不会出现复调和多声部。世界上摇滚歌手多如过江之鲫,鲍勃·迪伦绝无仅有,不仅在于颁奖词说的"诗意的表达",而在于从20世纪60年代起他便和美国的历史融合一起,和人民的心声合辙押韵。半个多世纪,抱着一把木吉他,唱着沙哑粗糙的民谣。他就像是上帝专门为时代而创造的歌手一样,敏锐地感知着时代的每一根神经。面对生活所发生的重大事件,他都用他嘶哑的嗓音唱出了对于这个世界理性批判的态度和情怀。

1961年,他唱出了《答案在风中飘》和《大雨将至》,那是民权和反战的战歌。

1962年，他唱出了《战争的主人》，那是针对古巴的导弹基地和核裁军的正义的发言。

1963年，他唱出了《上帝在我们这一边》，那是一首反战的圣歌。

1965年，他唱出了《像滚石一样》，那是在动荡的年代里漂泊无根、无家可归的一代人的命名……

他以那样简朴疏朗又易学易唱的旋律、意象明朗且入木三分的歌词、沙哑深沉而强烈愤恨的情绪，站在时代领头羊的位置上，充当着人民的代言人的角色。听他那时的歌，总让我情不自禁地想起我们的《黄河大合唱》，他就像是站在那浩浩大合唱前面的慷慨激昂的领唱和领颂。

在《答案在风中飘》中，有这样两句歌词，我一直忘不了。一句是"炮弹要飞多少次战争才能永远被禁止"，一句是"一个人要长多少耳朵才能听见人们哭泣"。前者，是他对战争的愤怒；后者，是他对人与人之间隔膜的质询。多少年过去了，战争依然没有被禁止，隔膜也没有减少。鲍勃·迪伦不是要给我们红头文件一般的答案，而是如刺一样刺痛我们越来越麻木而自私的神经。

鲍勃·迪伦不仅唱这样宏大主题的歌曲，也唱震颤人心的小曲。他唱过一首叫作《他是我的一个朋友》的歌，是从芝加哥的街上一个叫作艾瓦拉·格雷的瞎子歌手那里学来的，他只是稍稍进行了改编。那是一首原名叫作《矮子乔治》，流行于美国南方监狱里的歌。这首歌是为了纪念黑人乔治的，乔治仅仅因为偷了70美金就被抓进监狱，在监狱里，他写了许多针对时弊的书信，惹恼了当局，竟被看守活活打死。鲍勃·迪伦愤怒而深情地把这首歌唱出了新的意义，他曾经一次以简单的木吉他伴奏清唱这首歌,还有一次用女声合唱做背景重新演绎,两次唱得都那样情深意长、感人肺腑。他是以深切的同情和呼喊民主自由和平的姿态,抨击着弥漫在这个世界上种种强权、种族歧视以及贫富不均所造成的黑暗和腐朽。

鲍勃·迪伦的歌,不仅有骨头,还有血肉;不仅有灵魂,还有皮肤;不仅是天上闪亮的星,还是地上萋萋的草。坚持半个多世纪这样唱歌并且唱着这样的歌的鲍勃·迪伦,值得尊敬。

半个多世纪呀,时间是雕塑师,能够把人雕塑得面目皆非,坚持初心,谈何容易。想想我们自己,半个多世纪以来,残酷的政治运动如今已经被体育运动所取代,疯狂的球迷已经替代了当年对政治运动的迷恋,手机微信更是替代了当年的日记、情书里的悄悄话和大字报墨汁淋漓的揭发。饥饿是少数人的专利,"三高"已经让减肥成了世界性的流行趋势。为了一个信仰、一个理想而献身,成了愚蠢和傻帽儿的代名词,唯利是图已经不再羞怯,笑贫不笑娼已经深入人心,绝对不再相信经过了岁月的磨洗蚌壳里会含有珍珠,而是早就心急气躁地打开蚌壳,就着进口的红酒吃里面的蚌肉了。实用主义和犬儒主义发霉的青苔爬满我们的周围,而我们自己却以为那是环绕的绿围巾,我们跌入了烂泥塘却以为那是舒服的席梦思软床,就实在是见多不怪了。

这个世界上,还有一个鲍勃·迪伦,尽管他已经改用电吉他,不可能再像滚石一样重返61号公路了。毕竟还有一个鲍勃·迪伦,还在向我们唱着苦苦寻找着人生和世界很多答案的歌。如今,谁还能陪一个老炮儿玩?诺贝尔文学奖想起了他,愿意和他一起玩。即使算不上一件多么有意义的事,总是一件有意思的事。

听恩雅

一位爱乐之友从美国回来告诉我：现在国外流行一种叫作 New Age 的音乐。这种音乐借助于电子乐声，但更多地造成神秘旷远的感觉，向辽阔清静的大自然回归，和一般的流行音乐尤其是摇滚拉开了明显的距离，非常动人。

我不知道他这样的解释是否准确，但一听是电子音乐，先入为主我就有些反感。电子进入音乐，使得音乐不那么纯粹，以假乱真而有些像假冒的人造毛皮或腈纶纺织品的感觉，很难再找到音乐那种丝绸爽滑细腻与肌肤亲切一体的质感了。以前曾听过一次喜多郎的《丝绸之路》，没有足够的耐心听完。

恩雅（Enya），是我第一次听到的 New Age。这是一盘叫作《树的回忆》（The Memory of Trees）的磁带，据说很有名，确实非常动人，矫正了我对电子音乐的偏见。恩雅，这位爱尔兰人让我认识了另一种流行音乐。这是和时髦的流行音乐相抗衡的音乐。眼下的流行音乐，以我来看最致命的毛病是旋律的造作和歌词的虚伪。几乎千篇一律的旋律，让人觉得处处似曾相识；为赋新诗强说愁的歌词加上声嘶力竭的吼唱,唱得再惊天动地,也让人觉得句句是嘴不对心。如果说这样的音乐是把音乐从天国拉到了地上,拉到了醉生梦死酒绿灯红的现实,拉到了实际、实惠、实用的世俗世界,那么恩雅的音乐,会让人感到诸神归位,让音乐回归到原有的位置,音乐本来就在天国之中,在心灵之中,在梦想之中。正如恩雅在《曾经金光四身寸》(*Once You Had Gold*)中唱道:"No one can promise a dream come true, time gave both darkness and dreams to you……"没错,没有一人能保证让梦变为现实,即使时光带给我们夜晚的黑暗,但同时也带给我们夜晚的梦想。

其实,听恩雅不必听她的歌词。罗玛·莱恩(Roma Ryan)为她作的歌词并不精彩,恩雅自己美妙的歌唱早把歌词淹没了,就像是月光把无边的夜色淹没,清清的溪水把茵茵的草地淹没一样,让我们只沐浴在明媚的月光中,只浸润在湿漉漉的溪水里,而将夜色和草地都融化其中了。"孤帆远影碧空尽,唯见长江天际流",听恩雅,就是这样的感觉,歌词已经淡去,唯剩下美妙的音乐。音乐本来就不属于歌词,而属于旋律,再好的歌词也只是音乐的累赘。语言是地上生长的草,而旋律是天上飘飞的云。好的音乐,无须搅拌歌词添加剂,将一池透明的好水搅浑。恩雅好就好在以她的感情、她的感觉、她的心灵、她的梦想,将音乐演绎得澄清透明,让我们忽略了或遗忘了原本的歌词。恩雅的音乐,确实是一种清纯得有些令人悲伤得要落泪的梦境。梦能说出来吗?能说出来的都不是梦。但梦可以用音乐表现出来。恩雅的音乐就是这样的音乐。

恩雅的音乐还能让人想起自然,让我们能与自然共舞,并能和它一起呼吸到那一份天籁般的清新。不过那种自然不是都市里制造的人工景观，当然也不是能够上溯到远古的原始森林，而是远避尘嚣的现代中的自然，拥有一份可以找到的天籁。在爱尔兰岛空旷的山谷，在爱尔兰海寂静的海边，面对山风猎猎，面对海浪苍苍，让我们能感受到水雾的弥漫，清冽而湿润；让我们能感受到轻风的絮语，绵绵而深切。恩雅的音乐能让我们被各种膨胀的欲望炙烤的心，稍稍平静下一些，如一袭绿荫遮盖一下骄阳的辐射，让我们冒出的虚汗稍稍清静下来一些。

听《树的回忆》《平安经》《上天之父》，那反复吟唱的歌声像是平原的落日，风紧紧追随着你，有几分温暖，几分离开家很久就要到家时，那种能撩拨内心深处的感动和激动的感觉；那眼泪一样清澈的旋律像是海天相连起伏的弧线，让你的身心柔软和它起伏的弧线一样韵律自如，带着你荡漾到地平线之外；还有那轻轻敲打的打击乐，如密密的雨点一样不停地打在你的心弦上，震撼着你的心灵，如影相随，仿佛要催促着你快长上透明的翅膀，到蓝天碧野到久违的山野中的树林（不是城里人工栽下的树林，不是街道旁被污染的街树）去悠悠飞翔。

《树的回忆》这盘磁带，《回家路上》和《四处皆然》有着过多过重的打击乐和过于明快的节奏，太热闹，欢快得像是中学生放学回家，我不太喜欢；除此之外，其他几支乐曲可听。尤其是《曾经金光四射》，有一种在现在流行音乐里难得觅到的神圣和庄严，有几分教堂音乐的感觉。听这支音乐，让我忽然想起那一年在德国科隆的大教堂里，那一次正好赶上复活节，除了我们几个中国人站着之外，那么多虔诚的教徒都跪拜在神像和蜡烛面前，跪拜在红衣主教的脚下，阳光从教堂高高的彩色玻璃间洒下，四周静寂如夜，只有音乐在空旷的教堂里发出浑厚的回声，让你觉得生命和岁月在凝固，心灵和思绪在洗礼……恩雅的这支音乐，让我拥有那时的感觉，让我感到站在那么多虔诚教徒之中的浑身不自在，让我感到一种被同化被净化的力量，像是踩在一朵洁白的云彩上面，不由自主地飞升。

恩雅的音乐不属于古典，但她找到了连接古典与现代的纽带。她的音乐更多的是民谣之风，但她有意识地过滤出民谣清纯的一面，并且有意识地摒弃了现代流行音乐很容易做到的躁动喧嚣和对神圣庄严的解构与嘲笑，而是浇灌着她汲取的民谣纯净之水，种植下了古典浪漫的种子。她让它发芽，即使未长成大树，却是让它散发出一丝丝清新与神圣的气息，让我们多少能垂下头懂得沉思，仰起头来懂得望一望头顶的天空中还有着明亮而高贵的日月星辰。

恩雅的音乐很少能让我们感到温馨，温馨的音乐太多了，神圣而庄严的音乐却太少了。温馨已经缠裹得我们滋生小市民的青苔，装进蜗牛的盔壳，而只能在广场的方砖上或大街的柏油路上蹒跚而得意地散步。神圣和庄严，像先哲一样已经悄然离我们远去。虽然只有这样一点点，恩雅毕竟给了我们一些安慰。恩雅恰如其分地运用了电子乐声，让它们来表现出这一点，让我们听到那种电子乐声独有的效果，那种空旷辽远的回声，那种笼罩神秘色彩的隐隐呼唤，那种伴随着她歌声的喃喃自语和轻轻叹息。

听恩雅，最好一个人听，最好夜晚在自己的家里听。听恩雅，不适合在旅途中听，也不能在酒吧或咖啡馆听。它怕嘈杂，怕燥热。它难以融进美酒或咖啡里，但它能融进月光和夜色之中。月光和夜色，是恩雅音乐最好的底色和背景，是恩雅音乐的来路和归途。

我们的上面是天空：约翰·列侬诞辰75周年纪念

在约翰·列侬诞辰75周年、逝世35周年的日子里，想起曾经看过的一则新闻，为纪念约翰·列侬，英国利物浦机场改名为约翰·列侬机场。虽然已经事过经年，但在当时这实在是一则颇为轰动的新闻，因为在世界上有用领袖、伟人、英雄或作家、诗人的名字来命名的地方，真还没有听说过有哪一个地方是用一个摇滚歌手的名字来命名的。想想这原因很简单，人们对摇滚充满误解。在传统和正统的思想里，摇滚是和高雅的艺术相对立的，摇滚只是属于年轻人的玩闹之类，起码也是不入流的，怎么会将一个不是神圣也是庄重的地名用一个摇滚歌手的名字来代替呢？这不是有辱大雅、有损斯文吗？

利物浦机场是世界上第一个用摇滚歌手的名字来命名的地方。

利物浦机场从那一刻起似乎成了摇滚的机场。

利物浦似乎忘记了约翰·列侬不过就是一个出生在这座城市里普通的孩子，一个失去了父亲又接着失去了母亲的无助孤儿。它也似乎忘记了这座城市对他们的冷漠，约翰·列侬和几个伙伴（那时约翰·列侬还是个不到20岁的年轻小伙子）刚组织起披头士乐队时，没有地方演出，只好在码头附近的低级小酒馆卖唱，他们是几经艰难最后不得不离开利物浦到了德国的汉堡，获得成功后才"出口转内销"回到利物浦的。它也忘记了披头士红火的年代被英国女王授予帝国勋章时，那些达官贵人对约翰·列侬以及摇滚乐表现出来的不屑一顾和自以为高贵的愤怒，而纷纷将自己的勋章退回以显示自己的清白与高贵。同时它也那样宽宏大量地原谅了约翰·列侬的疯狂、荒诞、吸毒，乃至对利物浦的忘恩负义，因为约翰·列侬到最后也没有回到家乡而是在美国纽约定居的……可是，在约翰·列侬死去多年之后，它忽然想起了他。

时光让一座城市幡然醒悟，懂得了分辨与珍爱，明白豪华上流包装的垃圾毕竟只是垃圾，而金子终归是金子。利物浦应该以有约翰·列侬而骄傲。虽然它拥有声名赫赫的皇家利物浦足球队和皇家利物浦交响乐团，拥有着英国最大的教堂、维多利亚时代格拉德斯通首相的故居和藏有拉斐尔和罗丹作品的博物馆……但是，它把离自己最近的约翰·列侬忘记了。现在，它蓦然回首，才发现站在灯火阑珊处的约翰·列侬，原来就是从利物浦出发的，才发现约翰·列侬对于利物浦和整个世界的价值和意义。

这个世界真是变了。人们不再视摇滚为洪水猛兽，而且不仅仅是居高临下的宽容，或多元化平等民主的对视和对话，而是忽然认识到了，在这半个世纪里摇滚对于艺术和人们的思想思维乃至整个价值观念和系统的颠覆和再造。自从1993年美国发行了纪念"猫王"普莱斯利的邮票，这大概是世界上第二次表示它对摇滚的隆重态度了。利物浦将机场更名的事情，让我想起在约翰·列侬逝世20周年的日子里，古巴的哈瓦那广场上建立起的那尊约翰·列侬的塑像，卡斯特罗总统亲自去为之揭幕而举办了纪念仪式。要知道在以前约翰·列侬在古巴是被视为资本主义的毒素而遭禁止的。

这个世界的变化还不快吗？

谁能够想到呢？约翰·列侬能够想到吗？

在这个世界上，约翰·列侬和披头士的作用真是不可低估。难道不是这样吗？仅仅在十年的时间里，他的唱片就发行了5000万张，在为纪念他逝世20周年的那张红色封套专辑《1》，在世界28个国家发行，排名全球第一。这样的数字就是在世界乐坛上，也是绝无仅有的奇迹，它说明他确实不可低估更不容忽视。是约翰·列侬和披头士的出现，不仅让音乐出现了另一种可能的形式，而且对越来越荒谬的世界发出越来越响亮的发泄、反抗和诘问，同时重新组装了人们的大脑。用约翰·列侬自己的话说是："披头士比耶稣还要深入人心。"约翰·列侬几乎神话般成为摇滚歌神似的神明般的人物。不说这些，仅仅看约翰·列侬对尼日利亚大饥荒的关注，反对无休止的越战给全世界带来的灾难，为社会的贫穷和和平的募捐……难道还不值得人们对他的尊敬吗？

如果我们明白了这些，我们也就明白了，在如今失去了激情、想象、理想和信仰而沉浸在享乐主义、犬儒主义的年代，没有勇气面对现实去抗争，而只会在灯红酒绿中狂欢，精神的衰落，音乐也当然在沦为后庭花般的靡靡之音。重新怀念起他的歌声，是因为他的歌声中拥有着现在缺乏的发自内心的真诚的紧张感与压迫感、对梦想真挚的诉求、对世界不公的反抗和对生命理想的天问。我们便也就真的原谅了他的种种缺点，伟人还要三七开呢，何况他只是一个歌手。我们便也就明白了，为什么在他诞辰、逝世的纪念日，纽约的中央公园里花环如海，无数封电报从世界各地飞来，上万名他的歌迷自发地来到公园里，捧着鲜花，点燃蜡烛，唱着他的歌，为他彻夜守灵。

据说，更名后的约翰·列侬机场，新的标志图也改成了约翰·列侬的卡通像，上面写着："我们的上面是天空。"想出这句话的人实在是聪明，它一语双关，既是机场最形象的说明，也表达着对约翰·列侬的感怀。因为这是他1971年创作并演唱的《想象》里的一句歌词。

在这首歌里，他曾经这样激情洋溢地唱道："想象这里没有天堂，这很简单，如果你想试试的话。我们的下面也没有地狱，我们的上面是天空。想象所有的人民，只为今天的和平生活；想象没有国家，想象没有杀戮，想象没有牺牲，想象没有宗教，这一切并不难做到。想象没有占有没有贪婪没有饥饿四海之内皆兄弟……你可以说我是做梦的人，但我不是唯一的一个，我希望有一天你能加入进来，那么世界就能变成一个。"

利物浦机场有理由更名为约翰·列侬机场。利物浦因有约翰·列侬而为人所知、光彩夺目，并且成为匍匐在地的梦想得以飞翔的一个象征。

走在这个机场里，我们谁都可以抬起头来望一望头顶，是啊，我们的上面是天空！

加州旅店

《加州旅店》是美国老牌"老鹰"乐队的一首有名的老歌,仅此《加州旅店》这一张专辑,就卖出了1100万张这样惊人的数字。歌中唱的是一个驾车行驶在高速公路上的人,被引到加州旅店,他不知道那其实是一家黑店,他在里面尽情地跳舞饮酒,最后发现自己已无法脱身。歌中最后唱道:"你任何时候都可以付账,但你永远无法离去。"这家加州旅店是象征?是写实?如果不是那一代和美国70年代历史息息相关的人,便很难理解这些空洞乏味而显得颓废的歌词,居然在二十多年之后"老鹰"乐队复出也能够使他们如此疯狂。就像我们现在的假货盛行、房价飞涨,下一代很难理解一样,只可惜我们没有这样类似《加州旅店》的歌流行。

听《加州旅店》这样的老歌,就像看那个年代遗留下来的老照片,在我们看来已经褪色、面目凋零,但对于和那段历史荣辱与共的一代人来说,却是踩上尾巴头就会动的啊。这首似乎有些老掉牙的老歌,让美国这一代人端起了怀旧的酒杯。

这种情景,很像如今我们的歌迷听邓丽君、听罗大佑、听蔡琴、听崔健，那种我们中国特有的怀旧感情和感觉。事过境迁之后，歌词都只是次要的，即使忘记都没有什么关系，只要那熟悉的旋律蓦然间响起，就能够听得出来那过去了的生活，再遥远也立刻近在咫尺；或者说一想起那过去的生活，耳边便总能不由自主地响起与之对应的那熟悉的旋律，一下子把许多想说的话都在音乐中淋漓尽致地体现出来了。音乐成了那段历史的一个别致的饰物，即使许久未见，只要看见它，立刻他乡遇故知一样，引起无限青春岁月的回忆。音乐的引子只要一响起，便如泄洪堤坝拉开闸门一样，无法遏止，开了头，就没了个头。音乐的作用有时就是这样的奇特。

1973年，"老鹰"乐队出版这张《加州旅店》唱盘的时候，我在北大荒插队，正赶上秋天割豆子，一人一条垄，一条垄八里长，从清早一直割到天黑，结了霜、带着冰碴的豆荚把戴着手套的手割破，一片齐刷刷的豆子前仆后继还在前面站着。这样的日子，就像长长的田垄一样没有尽头，希望消失在夜雾笼罩的冰冷的豆地里。

我现在在想，那时属于我们的音乐是什么。在北大荒漫无边涯、秋霜封冻的豆地里，什么样的音乐如同"老鹰"的歌一样伴随着我呢？

我仔细想了想，有这样三种音乐在那时伴随着我和我们这样一代人：一是在知青中流传的自己编的歌，一是苏联那些老歌，再有便是样板戏。真是这样，在收工的甩手无边的田野里，在冬夜漫长的炕头上，在松花江、黑龙江畔开江时潮湿的晨风里，在白桦林、柞树林的树林里，在达紫香和野百合开花的田野里……有多少时候就是那样情不自禁地唱起了这些歌，有时唱得那样豪放，有时唱得那样悲伤，有时唱得那样凄凉。记得有一次到完达山的老林子里伐木，住在帐篷里的人，夜里躺在松木板搭的床铺上，睡不着觉，齐声唱起了苏联的老歌，一首接一首，唱着唱着，全帐篷里的人竟然没来由地哭了起来，哭声越来越大，以至响彻了整个黑夜。

在人类的历史中，没有文字甚至没有语言时就先有了音乐，音乐是历史的一块活化石，是即使我们说不出也道不明的历史最为生动的表情或潜台词。明白了这一点，也就明白了，前些年在北京的舞台上，上演了一出由浩亮、刘长瑜、袁世海等原班人马出演的现代京戏《红灯记》，为什么那么多人为之兴奋雀跃，竟然和"老鹰"乐队复出一般遥相呼应，不分中外的雷同。熟悉的旋律，熟悉的戏词，乃至熟悉的一招一式，都会唤起那一代人共同的集体回忆。《红灯记》的内容已不是主要的了，和样板戏、我们知青自己编的歌，以及那些苏联的老歌所起的作用是一样的，它只是作为一种象征，作为载我们溯流回到以往岁月的一条船。它能够让时光重现，让逝去的一切尤其是青春的岁月复活，童话般重新绽开缤纷的花朵。不知道别人听到它时想到什么，听到它时我就会忍不住想起那时的待业和割豆子，在特殊的音乐的荡漾中荡漾起一代人那无情逝去的青春泡沫。

每一个时代会有每一个时代的音乐，这个时代的音乐就成为这一代人的精神饮品，在当时和以后回忆口渴时饮用。也成为这一代人心头烙印上的钙化点或疤痕，成为这一代人抹不去记忆里一种带有声音图案的标本，注释着那一段属于他们的历史。就像一枚海星、海葵或夜光蝾螺，虽然已经离开大海甚至沙滩，却依然回响着海的潮起潮涌的呼啸。当然，有时候，音乐就是这样成为我们的青春致幻剂。

昔日重现

《昔日重现》是一首老歌。我第一次听,是二十多年前,卡朋特唱的,朴素真诚,没有花里胡哨,唱得很幽婉动听,倾诉感和怀旧感很强。那歌词即使不能完全听懂并记牢,但那一句"Yesterday once more",如丝似缕,总也忘不了。

这一次,朋友发来视频,配合这首歌的画面是黑白片的老电影,里面出现了《罗马假日》的赫本和《魂断蓝桥》的费雯丽。选的真的是好,如果选彩色电影,还会有这样的效果吗?赫本和费雯丽是这首歌深沉的两个声部,她们的出现,让歌词从旋律中飞出,变成了动人的画面。

在这两部老电影中,赫本的清纯,费雯丽的忧郁,让人感动。想起第一次看《魂断蓝桥》,是刚刚粉碎"四人帮"的时候,电影是在体育馆里放映的,费雯丽迎着车灯光迷离走去,很多人都在暗暗落泪,我也一样,觉得费雯丽是那样的让人难忘。前年,在去美国的飞机上,电视里可以选择的电影很多,我选择了老电影《罗马假日》,赫本让我想起自己年轻的时候,青春期再如何迷茫与蹉跎,也是美好的，赫本就是青春的一种象征。

出演《罗马假日》时，赫本才23岁，那实在是一个令人怀念的年龄。费雯丽演《魂断蓝桥》时27岁，却已经经历生离死别。23岁时，我在北大荒；27岁时，我刚回北京，在郊区一所中学里教书。那时候，父亲突然脑溢血去世，家中只剩下老母亲一人，我只好和青春恋人在北大荒春雪飘飞的荒原上离别。我没有赫本如此美妙的罗马假日，却有着和费雯丽一样的生离死别。

那时候的电影，真的是那样叫人难忘；那时候的演员，真的是那样叫人迷恋。日后好莱坞的明星也出了不少，却总觉得没有那个时期的明星让人信任。特别是女演员，如赫本和费雯丽，她们所表现出来的清纯和真情，让人觉得就是生活中的真实，在她们青春洋溢的脸上，看不到一点儿的风尘、脂粉与沧桑。而我们如今的影视屏幕上那些女演员，能找到哪位像赫本和费雯丽一样的清纯与真情呢？她们的脸上，让我看到更多的是风尘、脂粉和久经沧海难为水的沧桑，以及徐娘半老偏要扮嫩的从心灵到肉体的一体化的虚假。

同样，如今我们也缺少如《昔日重现》这样真情自然倾诉的歌声。尽管我们的晚会上载歌载舞的歌曲很多，尽管我们的电视中真人选秀的歌手很多，吼叫着比试嗓门，像书法里比试怪写法一样，比试着怪唱法的很多，却很难听这样和赫本与费雯丽一样清澈纯情的歌声。我们那些陕北信天游里的酸曲，内蒙古的长调短调，还有青海的花儿，都不知道跑到哪儿去了。我们缺少这样自我吟唱式的歌唱，是因为我们已经缺少了这样朴素的表达方式。从历史的原因来说，和我们社会曾经长期处于的假大空有着明里暗里的关系，或是无奈的藕断丝连，或惯性的轻车熟路。从现实的原因来看，流行文化和消费文化致命到骨髓的影响，我们更愿意九百九十九朵玫瑰式的和爱你一千年一万年不变的感情奢靡和空泛的抒发。朴素的表达方式便这样理所当然地被抛弃，真诚便这样轻而举易地被阉割。难以找到《昔日重现》，难以找到赫本与费雯丽，便是理所当然毫不奇怪的了。

红颜薄命，赫本只活到 64 岁，费雯丽更短，只活到 57 岁。她们创作的《罗马假日》和《魂断蓝桥》让她们始终定格在青春时清纯的模样。

妹妹卡朋特死得更早，只活到了 32 岁。她的生命，留存在她的歌声里。

《昔日重现》，真的一首百听不厌的好歌。赫本、费雯丽和卡朋特，连同我们自己的记忆，都会在这样的歌声里不止一次的重现。

Yesterday once more！

沃拉涅歌声

要说沃拉涅什么最美,我说是它的歌声。

沃拉涅在南斯拉夫的塞尔维亚共和国的南方。它不大,只有一条中心街道,连着唯一繁华一些的步行街。它是一个工业城市,又有些偏僻,没有什特殊的景色可看,到这里旅游观光的人很少,街上很清静,有少数的狗在寂寞地散步,有落叶在秋风中萧瑟地盘旋……

但沃拉涅的歌声实在是美。它的歌声把这些落寞和萧瑟一扫而光。

夜已经很深了。在这座我叫不上名字却是沃拉涅最好的一家餐厅里,歌声一直在荡漾着。起初,我竟没有注意到这歌声,我也不知道是什么人在什么地方演唱,因为一起用餐的有本地的年轻诗人戴尼奇和维拉夫妇,还有来自加拿大和以色列的诗人,我们在交谈着诗和当晚的晚餐,以及味道不错的白葡萄酒和冰淇淋。但是,这歌声一直在轻轻如水地荡漾着。当这水一样的歌声流进我的耳朵里,我就立刻被它征服了。它是那样的动听,如乳燕出谷,如清风临水。是一个女中音,略带沙哑的嗓音,浑厚的中气,悠婉的共鸣,袅袅的回音……

我很少听到这样让心动的歌声。它不是那种声嘶力竭吼唱出的劲歌，这样的歌声我们听到的太多了，要死要活、恨天爱海地浑身颤抖得像触电，实在让我难以接受。它也不是那种小巧玲珑唱出的甜歌，甜得齁你的嗓子，矫揉造作得让你浑身起鸡皮疙瘩，非得吃苯海拉明不可，这样的歌声我们听得更多。

而它的声音不是那种小鸟可人般的豆蔻年华，是那种青春如轻烟似的在悄悄地散去时的女人的声音。但也只有这样的年龄，才会有着这样的深挚和回环，略带一些沧桑，略带一点忧郁，和今晚迷离的夜色、凄清的月光，恰好吻合。

如果把歌声比作水，前者是那种掺入烈性酒的水，后者是染上色素的水，只有这样的歌声才是真正的清水，从山涧淙淙流淌而来，毫无污染，毫无杂质，清冽、清新、清澈见底。

我忍不住让大家安静下来，都来听这优美的歌声。在座的所有人都和我一样地感动。好的歌声不分国界，大家都能接受。虽然我们完全听不懂塞尔维亚语，听不懂唱得到底是什么，但音乐是这个世界上唯一无须翻译的国际语言。我顽固地认为，好的音乐不需要语言，再动听的歌词只是音乐的一件外套（有的歌词制作成性感的内衣）。好的音乐听的只是旋律。

坐在我旁边的本地女诗人维拉告诉我这些歌都是塞尔维亚的民歌。这些民歌太美了，它让我仿佛看到一群白羊在茵茵绿草地上悠闲地吃草，仿佛看到母亲敞开衣襟露出健壮而丰满的乳房给天使般的孩子喂奶，仿佛看到细雨如丝打在镜子般透明的湖水上荡漾开来的一圈圈柔和如梦的涟漪，仿佛看到月亮在白莲花般的云朵里穿行……

她就是这样一首接一首地唱着，尤其是当我听到一首歌是那样的哀婉凄恻，楚楚动人，唱得我真是心动，直想落泪。我忍不住问维拉这是一首什么样的歌。维拉告诉我这是一首科索瓦的情歌，唱的是一位年轻的姑娘等候在战场上一去不复返的情人。我心里禁不住一动，我知道这里离科索瓦很近，不到 100 公里的样子。科索沃是塞尔维亚一个著名的古城，1389 年，土耳其入侵之后，在科索瓦爆发过著名的反抗土耳其侵略者的战争，历史上叫作"科索瓦战役"。这里的人都非常强悍，没想到这里的歌声竟是这样的凄楚迷人。动人的旋律，永远是真诚的，来自心灵的。没有科索瓦惊心动魄的战争，没有在血污中盛开过这样撕心裂肺的纯洁而痴情的白莲花，就不会有这样的等候，不会有这样的怀念，不会有这样的刻骨铭心的爱，不会有这样动人心扉的歌声。这是科索瓦的望夫石，这是科索瓦的长恨歌。

那歌声消逝后，大家久久都没有说话。那歌声似乎融化在空气中，如花的芬芳，在我的心里弥漫不散。

夜已经很深了，歌声又轻轻地荡漾开来，餐厅里只有我们一桌人静静地听。烛光闪烁，星光明灭，夜风摇曳，歌声如水，将我们的身心温柔地沁透。那一夜，歌声就这样一直伴随着我们。人在天涯，岁月和旅途一样漫长而寂寞地流逝，能遇到有这样动人歌声的夜晚是不多的。

当我们马拉松的晚宴结束，走下楼梯的时候，我才发现在一楼楼梯旁幽暗的角落里，有一个姑娘站在一架风琴旁边唱歌。弹风琴的是位中年的汉子，唱歌的姑娘很年轻，笔直地站在风琴旁，双手垂在腿旁，目视前方，一动不动在唱着。我不知道她是在望着什么地方或什么东西什么人，或者只是望着她想象中的一切，唱得是那样深情而投入。我走到她的身边，向她表示感谢，也表示我对她由衷的赞美。她微微对我笑笑,依然不停止她的歌声。她的个子不高,模样也不出众,穿戴也很朴素,只是一条深色带有浅色花纹的长裙,但那一夜所有美丽动人的歌声都是她唱出的。

沃拉涅,因有了她的歌声而美丽无比。

早市上的组合

在国内买菜一般都会到自由市场去，我们这里称为"早市"。在美国，也有这样的早市，一般开在周六和周日的上午，都是附近农场的农民将自己田里种的蔬菜、水果，自己做的面包、点心、果酱和蜂蜜拿来卖，也有一些手制的工艺品。每家一个摊位，上置凉棚。热热闹闹的，和国内很相似。只是有一点不同：在国内的早市上的东西都比超市的要便宜，这里却要卖得比超市贵，原因就是直接从田间而来，东西新鲜，没有污染和转基因。

几乎在美国所有的早市上，都有一个传统，除了卖东西的之外，还有唱歌的。在布卢明顿，自从我第一次去早市，就看见不止一位唱歌的，有老有少，有男有女。有的歌手有舞台、麦克和音响设备，也有随地而唱的歌手，在地上摆个打开的琴匣，或扔个帽子，为收钱用，但不管有钱没钱，有人没人，他们都在那里尽情而忘我地唱着，不问收获，只管耕耘。

印象很深的是在那里碰见的一对年轻夫妻（或是情侣），他们每次都在同一个地方，这个地方是早市的中心位置，四周被摊位所包围,留下一个小小的空场。女的穿着一件跨栏背心,露出小麦色健康的臂膀,男的穿着牛仔格子衫,金色的头发和金色的长胡子分外扎眼。他们都手抱着一把吉他,男的脚下敲着鼓,鼓箱上用一个细线系着一个气球,就那么对唱或合唱或二重唱。他们的吉他盒前,摆着一张卡纸,上面写着"Wild Flower"。野花组合,这真是一个有意思的名字。

"野花组合",是布卢明顿早市上的一道风景,驻足听他们唱歌的人不少。我想听歌的人肯定不是因为像我一样好奇和浮想联翩,而是他们唱得确实不错。他们的歌和他们的名字一样,自由的风一样,随风飘荡,随遇而安,吉他声、鼓声和歌声混杂一起,在早市上尽情荡漾。如果碰见有小朋友在听他们唱歌,他们会把系在鼓箱上的气球解下来,送给孩子,然后再吹起一个新气球,重新系在鼓箱上,飘荡在半空。

"野花组合",让我想起了另一个组合,那是我住在新泽西的时候,在靠近普林斯顿不远的西温莎小镇,也有一处这样的"早市"。它是利用树林间的一片空地。早市被绿树环绕,自成一体,仿佛森林中的童话一般,让那些瓜果菜蔬在那里面盛放姹紫嫣红的舞会。

那里的早市,和布卢明顿的早市一样,辟出一块地方,搭上帐篷,装好麦克和音响,作为专门的音乐演出地。和"野花组合"这样的自由歌手或流浪歌手不一样的是,那里一般都是请来当地的民间乐队和歌手。这项活动,由当地银行出资资助。

和布卢明顿还有一点不一样的是,这里演出场地前面,一左一右,也搭起了两个帐篷作为凉棚,摆上几把椅子,供观众坐下来听。不过很多人,尤其是孩子,更愿意席地而坐,听他们演唱。

这似乎已经形成了传统，每一次来，我都能看见不同的面孔，听到不同的音乐。这里的面积大约和我们在国内一般见到的中等规模的早市相差不多，由于有四围树木环抱，比较拢音，到处荡漾着音乐的声音，无论卖主还是买主，心情都会随音乐而轻松起来。音乐也给这些花花绿绿的菜蔬水果伴奏，仿佛这些东西能够随之跳起舞来，有个好卖相，卖个好价钱。

有一次，看见两男一女，坐在那里弹唱，三位都弹着电吉他，坐在右边的这一位男的弹贝斯，左边的女的边弹边唱，有时候，中间弹吉他的男的也和她二重唱。看他们的年纪都是六十多岁了，如此大的年纪，还跑到这里演唱，并不多见，格外引起注意，我便坐在旁边的凉棚下听了起来。

他们唱的都是民谣老歌。嗓音并不特殊，但很投入、很放松，味道有些像保罗·西蒙，特别是保罗·西蒙的那首《斯卡布罗集市》。有一种来自田野间芫荽、鼠尾草、迷迭香和百里香的味道，即使歌词并不能听得太懂，却让人感到很亲切，仿佛在和你叙家常，诉说他们的回忆，美好而清新。一曲听罢，我热烈鼓掌，还不管他们听懂听不懂，用中国话大声向他们叫：再来一个！他们好像听懂了一般，向我笑着，接着又唱了一曲。

这一曲唱罢，我走过去，和他们闲聊，我称赞他们唱得好，并问他们唱了多长时间了。他们告诉我从年轻时候就唱，退休之后，组成了这个组合，并向我指指他们脚下的一个牌子。我才发现牌子上写着"泽西组合"几个黑体的英文字母。接着聊，知道他们三人都来自泽西镇，女的和坐在中间弹吉他的男的是一对夫妇，贝斯手是他们的老朋友，专门请来的。平常的日子，三个人也常常聚在一起自弹自唱，让日子过得有些音乐的味道，而不只是柴米油盐和瞌睡打鼾或者电视里插科打诨的味道。

忍不住想起我们很多退休的朋友，寻找到唱歌的方式来打发寂寞、消磨光阴、疏解心理、抒发怀旧之情、丰富生活情趣，和他们的选择几乎是殊途同归。不分国界，音乐是晚年心情最好的入口和出口，乃至发泄口。稍稍不同的是，我们极其愿意聚集一起，震天动地的大合唱。在北京，天坛公园、北海公园等好多公园里，都会看到退休的老头老太太们聚在一起大合唱。而在美国的公共场所里，我从来没有见过这样壮观的景象。

还有一点不同，由于我们缺少民谣的传统，其实，这样说也不准确，我们的民间音乐也非常丰富，只是新中国成立以来，除了王洛宾等人有过真正意义的搜集和整理，真正传唱开来的民谣并不多。因此，在公园大合唱里，听到的只是少得可怜的民歌，大多是五六十年代曾经风靡一时如电影《英雄儿女》插曲"烽烟滚滚唱英雄"那样气势不凡的歌曲，或者是所谓的"红歌"。于是，我很少能够听见如"泽西组合"这样地道的民谣，这样自吟自唱的个体抒发。或许，这就是我们和他们的不同吧，无所谓优劣，只是民族特点不同，所经历的历史不同，音乐渗透进各自的生活不同，选择的方式自然也就不同。音乐，有时候像是一种传统很悠久的香料，注定了我们的口味乃至整个饮食习惯。

时近中午，我离开这个"早市"的时候，回过头来，看见他们还坐在那里，一脸汗珠淋漓的在弹唱。无人喝彩，他们也旁若无人。

"野花组合"也好，"泽西组合"也好，都是普通人自娱自乐的一种组合，也可以说是找乐儿的一种方式。之所以说起布卢明顿的"野

363

花组合",又想起了新泽西的"泽西组合",是因为他们一个是属于年轻人,一个属于老年人,呈现出人生两种样态,却一样可以寻找到属于各自的快乐方式、快乐之地。有意思的是,这个快乐之地,他们英雄所见略同,共同选择了早市。这应该是普通人物美价廉的最好选择,就像我们这里爱唱歌跳舞的大爷大妈们,愿意选择的地方是广场和公园一样。

不要在地铁里睡觉

这是一首老歌,是英国老牌的摇滚歌手彼得·墨菲(Peter Murphy)在1995年唱的,名字叫作《地铁》。我非常喜欢听这首歌,他唱得格外温情脉脉,一开始就那样缓缓低飞如同飞机要平稳安全着陆到家的感觉,充满着他歌中少有的温馨。

在这首歌里,他反复地唱道:"不要在地铁里睡觉,不要在倾盆大雨里睡着。"真的让我感动,像是很少听到的一种叮咛,尤其是在人情冷漠如冰的今天,在人流如鲫、匆忙而拥挤的地铁里,在到处都是旁若无人地低头忙着看微信发微信的熟人之间,在擦肩而过而面无表情却一腔心事重重,随时都有可能入爆竹点燃炸响的陌生人的面孔前,特别是在夜晚最后一班地铁那昏昏欲睡的惺忪眼神里,这种叮咛是那样感人而清新,一下子让人觉得亲近而心生温暖。更何况,这种叮咛来自一个陌生人,甚至异邦。

在现代化都市里,地铁真的是一个奇特的场所。作为城市的公共空间,地铁并不是唯一,剧场、公园、广场、博物馆、音乐厅、体育场、大会堂,乃至飞机场或火车站,我们不见得每日都需要去那里,但地铁对于人们尤其对于上班族,却是一日都不能离开。所以,地铁的新线路开通,总会让人们的眼睛随线路一起延长;而地铁的票价上涨,让人们的心敏感乃至脆弱。特别是道路越来越拥挤,住处越来越靠近郊区,地铁便越来越和人们密不可分。地铁的公共空间,便成了流动的空间,连接着人们从起床到工作再到睡觉的若干个公共空间和私人空间,是任何一个公共空间都无法比拟的。

只有在地铁里,你才可以看到,那么多人来来往往,素昧平生,谁也不知道谁来自何方,又将去何方;那么多人拥挤在一起,挤成了相片,能够闻得见对方身上的湿漉漉的汗味,能够听得见彼此怦怦的心跳,却是彼此隔膜着,心的距离,比身子紧贴着的距离不知远多少倍。所谓近在咫尺,却远隔天涯。像以前徐静蕾演过的电影《开在春天里的地铁》那样的奇迹,只能在电影里发生,永远不会出现在地铁里。

所以,彼得·墨菲反复地唱道:"不要在地铁里睡觉,不要在倾盆大雨里睡着。"你就会感到,这种叮咛里面,不仅仅是怕你在大雨倾盆中睡着着凉,还包含着对四周带有几分警惕的劝告,比如地铁里常见伸向女人的咸猪手,那些伪装睡着或看报的男人,将前身若无其事地贴在站在车厢里打瞌睡的年轻姑娘的身后,或用手掌触摸车座上已经睡着的年轻姑娘的大腿,甚至肆无忌惮地摸向她们的屁股和乳房。如今,用手机拍下的这样的照片,常常会挂在网上。在我看来,其实,这些就是彼得·墨菲歌声同声放映的画面;或者说,彼得·墨菲的歌声,是这些照片的画外音。

"不要在地铁里睡觉,不要在倾盆大雨里睡着。"唱得真好,温暖的叮咛,又带有仔细的提醒,既是出于人生况味的关怀,又是出于世事沧桑的警告，多层含义，像絮进一层层羽绒的背心，温暖的手臂一样将你紧紧拥抱。然后，他才会接着这样唱道："恨是一种罪恶，这条道很窄，像冰一样的薄，我们却可以在这里的某一个地方遇到。"从隔膜到不信任到警惕，再到恨，有时离得很近，只有一步之遥，就在我们再熟悉不过的地铁里。

我确实得佩服彼得·墨菲，他能够准确地捕捉得到生活中微妙的瞬间，让我们在地铁和他不期而遇，听他唱出那难得的温情和叮咛、宽容和期待，乃至细致入微的劝告和警告。他不是那样大而化之，没有我们的歌中常常听得到的只是名词和形容词堆叠起来的防空洞，而是浓缩到最能够打动人心的一点上，让他的歌声飞溅出魅力四射的水珠，湿润着我们的麻木而干涸的心。

听这首《地铁》，总让我想起的无论是纽约、东京、巴黎还是我们北京的地铁里，夜晚在司空见惯摇摇晃晃的车厢里，那些北京城和外乡昏昏欲睡的人；也总让我想起吕克·贝松导演的那部叫作《地下铁》的电影，那些镜头里的奔忙如蚂蚁的人流，冷漠如木偶的面孔，和那震耳欲聋的地铁轰隆隆的响声。那些对生活的回避，对现实的逃离，孤独的流浪，漂泊无根的无奈，还有电影里面的那一支乐队……便总会情不自禁地叠印着跳跃进彼得·墨菲的这首歌中来。那种日子对人生的重压，日复一日的繁忙对人心的蚕食，地铁车轮撞击铁轨的隆隆单调声响，伴随着彼得·墨菲的歌声，正是对人疲惫麻木和昏昏欲睡的最好伴奏，安慰着人心，温馨地渗进人们的梦中。仿佛他就在地铁西直门或东直门站喧嚣拥挤的哪一个角落里，抱着他的吉他，悄悄在唱着这首歌，告诉你："不要在地铁里睡觉，不要在倾盆大雨里睡着……"

真的，无论什么时候，只要一听到"不要在地铁里睡觉"，不要说是歌声，哪怕只是一句轻轻的诉说，也足以让人感动了。现实的生活里，除了自己的父母，谁还会说这样一句"不要在地铁里睡觉"的嘱咐和叮咛？就是自己的亲兄弟姊妹也都在各自的奔波之中无暇顾及，人们变得越来越自私，越来越现实，就像罗大佑在歌里唱的那样："人们变得越来越有礼貌，可见面的机会却越来越少。苹果的价钱卖得比以前高，味道不见得比以前的好。"客气的礼貌，并不是真正的关心和爱；生日的豪华蛋糕和999朵玫瑰，代替了日常琐碎一点一滴的关照。温馨和温情，已经被挤压得如同人们品尝咖啡时壶底的碎末或嘴里含过的话梅核，可以被随手扔掉。谁还在乎这样一句再普通不过的话？

"不要在地铁里睡觉，不要在倾盆大雨里睡着……"

胡萝卜花之王

一年前，我就见过这个男孩。那时，他总是在布卢明顿市中心的农贸市场里唱歌。这个农贸市场每周六日上午开放，附近农场的人来卖菜卖花卖水果，很多城里人愿意到这里来买些新鲜的农产品。他总是选择周六的上午站在市场的一角，抱着把吉他唱歌。

那时，他总是唱鲍勃·迪伦的歌，每一次见到他，他都是在唱鲍勃·迪伦，他对鲍勃·迪伦情有独钟。只是，那年轻俊朗像是大学生的面孔，光滑如水磨石，阳光透过树的枝叶洒在上面，柔和得犹如被一双温柔的手抚摸过的丝绸，没有鲍勃·迪伦的沧桑，尽管他的嗓音有些沙哑，并不像一般年轻人的那样明亮。心里暗想，或许他喜爱鲍勃·迪伦，但他真的并不适合唱鲍勃·迪伦。他应该唱那种爱情或民谣小调。如果他爱老歌，保罗·西蒙都会比鲍勃·迪伦合适。

不过，听惯了国内各种好声音比赛中歌手那种声嘶力竭或故作深情的演唱，他更像是自我应答的吟唱，心很放松，很舒展，如啼红密诉，剪绿深情的喃喃自语。他不做高山瀑布拼死一搏的飞流宣泄状，而是溪水一般汩汩流淌，湿润脚下的青草地，也湿润梦想中的远方。

他的歌声让我难忘。

今天,他再次出现在我的面前,依然站在布卢明顿的农贸市场上,站在夏日灿烂阳光透射的斑斓绿荫中。和去年一样,他穿着牛仔裤和一件蓝色的圆领体恤,脚下还是穿着磨砂牛仔靴,好像只要到了这个季节他家里家外一身皮,只有这一套装备。他的脚下,还是那把琴匣,仰面朝天地翻开着,里面已经有人丢下了纸币和硬币。那一刻,真的以为时光可以停滞在人生的某一刻,定格在永远的回忆之中,歌声和吉他声,只是为那一刻伴奏。

但是,琴匣边的另一个细节,立刻告诉我逝者如斯,一年的时光已经过去了,人生可以有场景的重合,也可以有故人的重逢,却都已经物是人非。那是一叠CD,我蹲下来看,上面有醒目的名字"Blue Cut"。他已经出唱盘了,每张五美金。站起身,禁不住仔细端详他,发现他比去年胖了不少。想起去年还曾经画过他的一张速写,把他的人画矮了些,他人长得挺高的,去年像一个瘦骆驼,今年已经壮得如一匹高头大马。

有意思的是,他不只是抱着那把吉他,脖颈上还挂着一个铁丝托,上面安放着一把口琴,成为他的吉他的新伙伴,里应外合,此起彼伏。而且,今年他唱的不是鲍勃·迪伦,而是美国组合"中性牛奶旅店"(Neutral Milk Hotel)的歌。这支乐队20世纪90年代中期成立,然后解散,去年又重新复出,颇受美国年轻人欢迎,他们的音乐浅吟低唱、迷惘沉郁,洋溢着民谣风,歌词更是充满幻想和想象力,处处是象征和隐喻。更有意思的是,站在他前面不远处,有一个和他一样年轻的姑娘,身穿一袭藕荷色的连衣裙,一直笑吟吟地望着他唱歌,那目光深情又如熟知的鸟一般,总是在我们几个听众和他之间跳跃，无形中透露出她的秘密，我猜想一定是这个小伙子的恋人。我想起这支"中性牛奶旅店"曾经唱过的歌："我们把秘密藏在不知道的地方，那个曾经爱过的人你不知道她的名字。"在去年他可能不知道她的名字，今年，他知道了。他的歌声便比有些忧郁的"中性牛奶旅店"多了一些明快。

一年过去了，总会有很多故事发生。禁不住想起罗大佑的歌："流水带走光阴的故事，改变了一个人。"不仅是光阴改变了一个人，歌声也改变了一个人，一个人也可以改变自己的歌声。他从鲍勃·迪伦变成了"中性牛奶旅店"，一下子从20世纪五六十年代，飞越到新世纪。

我们点了一首歌请他唱，还是"中性牛奶旅店"的歌：《胡萝卜花之王》(*King of Carrot Flowers*)。他换下脖颈上挂着的口琴，弯腰向身边的一个袋子，我看见里面装的都是大小不一的口琴。是他的"武器库"，除了吉他，他的装备多了起来。他换了一把小一点儿的口琴，开始为我们演唱《胡萝卜花之王》。这是一首关于爱情和成长的歌，青春永恒的主题。在口琴和吉他声中，头一段歌词像在显影液中轻轻地显现出来："年轻时你是一个胡萝卜花之王，那时你在树间筑起一座塔，身边缠着神圣的响尾蛇……"嗓音还是以前那样有些沙哑，却显得柔和了许多，像是有一股水流淌过了干涸的沙地，让沙地不仅绽开胡萝卜花，也绽开星星点点的其他野花，还有他的那座神秘的塔和那条神圣的响尾蛇。

我往琴匣里放上五美金，买了一盘他的"Blue Cut"。他和那个身穿藕荷色连衣裙的姑娘一起对我说了声"谢谢"。告别时问他是不是印第安纳大学的学生。他点点头，说是印第安纳大学音乐学院的学生。我问他学的什么专业，他说是古典音乐，说后便不好意思地笑了。身边的姑娘也笑了起来。这没什么，古典音乐不妨碍流行音乐，以前"地下丝绒"乐队的鲁·里德和约翰·凯尔也是学古典音乐的。

回家的路上，听他的这盘"Blue Cut"。由于是在录音棚里录制的，比在农贸市场听的要清晰好听，第一首歌，简单的吉他和口琴伴奏下他那年轻的声音，尽管有些沙哑，却明澈如风，清澈如水。还有什么比年轻的声音更让人能够在心底里由衷地感动的呢？一年的时间里，他没有让年轻的脚步停下来，也没有如我们这里的歌手一样疯狂地拥挤在各种电视选秀的路上，而是选择了这样一条寂寞却清静的路，课时在音乐学院学习，业余到农贸市场唱歌，有能力出一张自己的专辑，不妨碍歌声传情捎带脚谈谈恋爱。只不过一年的时间，却让我看到了青春的脚步，成长的轨迹。尽管这期间肯定有不少艰难，甚至辛酸，但哪个人的青春会只是一根甜甘蔗，而不会是一株苦艾草，或一茎五味子，或他唱的那朵胡萝卜花呢？想想，倒退半个多世纪，1957年，在一辆黑羚羊牌的破卡车的后座上，他曾经喜爱的鲍勃·迪伦，和现在的他一样年轻，不是从家乡北明尼苏达的梅萨比矿山，穿过印第安纳州，昏沉沉地坐了整整一天一夜的大卡车，去纽约闯荡他的江山吗？说青春是用来怀念的，只是那些青春已经逝去的人说的话，青春是用来闯荡的。

车子飞驰在布卢明顿夏日热烈的阳光下。车载音响里响起"Blue Cut"中的第二首歌，是女声唱的，不用说，一定是一直站在他身边的那位藕荷色连衣裙姑娘。青春，有艰难相陪，也有爱情相伴。那是他的胡萝卜花之王呢。

莲花音乐节和爵士音乐节

没来布卢明顿之前，便知道这里有个莲花音乐节，每年九月初秋举办一次。"莲花"这个名字，很有点儿中国味儿。到了这里一看，满布卢明顿也没有见到一朵莲花，艺术大概都是这样，越是没有什么，便越是想要什么，艺术总是能够帮人们完成很多未竟的和不切实际的梦想与幻想。

期待中的莲花音乐节开幕了，为期五天，中间跨一个周末。没有听说有什么开幕式，或领导的讲话，也没有听说有什么大牌的歌星和乐队出席助兴。就那么悄无声息地开始了，看到了节目单，知道很多节目，除了在音乐厅，不少是在各种大小酒吧、街心公园和校园，就像风来了，雨来了，四处的莲花和其他许多花朵都相约好了，纷纷开了起来，一夜怒放花千树，并不需要什么扯旗放炮。

今年，是第20届莲花音乐节。每一届的音乐节都会请来世界一些国家和地区的乐队和歌手参加，据说，前几年，还请来我们中国的一个乐队，布卢明顿努力想把它办成了一个国际的音乐节。这让我想起法国的阿维尼翁，也是一座小城，但是一座古罗马遗留下来的古城，每年举办一次国际戏剧节，请来世界一些戏剧家带着他们的剧目到那里演出，前年，还请了我国的孟京辉带着他的先锋话剧，参加那里的戏剧节。因为小城不大，演出的地点也是在剧场、酒吧、学校和露天广场和公园，蒲公英一般飘散在古城的各个角落，便立刻落地开花。和布卢明顿不一样的，是它有一座古老的剧场，剧场前有古罗马时代开阔的广场，成为戏剧节的主会场。和阿维尼翁相比，布卢明顿的历史还不够长，没有这样的古迹可以利用，它的规模也还不算大，但对艺术的爱好和追求，和阿维尼翁是一样的。阿维尼翁戏剧节从二战后1946年就开始举办，已经连续举办了近七十年，等到布卢明顿音乐节也能够有韧性地再走半个世纪，一直坚持到那个年头，肯定会和阿维尼翁有一拼。

周日，我去看莲花音乐节，只是音乐节众多演出场所的一个，是在靠近城中心不远的一座街心公园，这里有一座带弧形顶棚的舞台，猜想会不会是专门为音乐节而盖的。舞台不小，公园不小，在闹市里有这样一片轩豁的绿地，不大容易。舞台前是一片开阔的草坪，没有一把椅子，观众席地而坐，便可以欣赏节目。负责舞台的音响师，也站在草坪上摆弄这自己机器上的按钮和键盘。舞台的旁边，是儿童乐园，带着孩子的大人，可以把孩子放在那里玩，不耽误自己看节目，孩子们的嬉闹欢笑声和音乐声，此起彼伏，互不妨碍，各得其所。

草坪的前方扎起了几座帐篷，颜色各异，鲜艳得真如莲花开放一般。其中一座帐篷名为"音乐工厂"，里面的音乐家演出的节目，是和观众互动的。公园便一下子有了两个不同内容和样式的演出区。其余几个帐篷，全部是为孩子而设立的，一座帐篷里，摆着几块大型的画板，放着各种颜色的画笔，孩子们可以在上面尽情挥洒涂抹，当音乐节结束的时候，画板上呈现出连凡·高都要叹为观止的最现代派的画。另几座帐篷里，有志愿者帮助孩子们制作各种手工小玩具和许愿卡。花花绿绿的许愿卡和纸风车，被孩子们挂在树枝上，随风飘荡，更像是各色花朵，大概就是孩子们心目中的莲花吧。

我心里想，与其说布卢明顿是一座崇尚艺术的小城，不如说是一座懂得或者说是更会自娱自乐的小城。莲花音乐节，让他们欣赏音乐，更让他们能够有一个找乐儿的机会和场所。在这里，音乐，不过为他们的这种生活伴奏而已。除了莲花音乐节，布卢明顿一年四季不知道有多少这样名目繁多的属于艺术的节日，让他们单调的生活多些色彩，让僻静的地方多些热闹，让他们携妻将雏，扶老挽幼，走出户外，尽情撒欢。他们将艺术世俗化，或者说，艺术融入了他们世俗生活之中，而不只是高高地端坐在莲花盘陀上。

音乐会开始了，这边帐篷里是来自加纳的打击乐，观众和乐手们交错坐在表演区域里，击打着非洲鼓，站在前面的演员带动全体观众，随着鼓点的节奏翩翩起舞。那边舞台上，连续三个乐队次第登场演出，最开始出场的是美国南部的民间音乐。接着的是来自加拿大魁北克的民间音乐，最后出场的是来自波兰的乡村音乐。压轴的他们最为精彩，一共五个人，却都一专多能，变魔术一样，手中不停变换着不同的乐器。特别是其中一位，边弹奏着乐器，边歌唱起来，就像在谷场在田头在这里用旧谷仓改造的乡村舞会上，对着月亮和太阳，也对着扬起的尘土，载歌载舞。他的嗓音很甜美，又带有一点点忧伤，是我听惯的那种东欧的情调。那种来自民间的旋律，真的非常朴素又动听，是我们如今已经晚会化和比赛化的歌声中越来越缺少的乡土之声和天籁之音。

暮色降临的时候，音乐还在继续。莲花音乐节，彰显的就是这样民间音乐的主调。他们不玩高雅，专搞下里巴人。他们像老朋友聚在一起自弹自唱，自娱自乐，让日子过得有了音乐的味道，而不只是柴米油盐和瞌睡打鼾或者电视里插科打诨的味道。他们像蚯蚓钻入泥土，不愿意如百灵鸟只在高高的枝头或精致的笼中歌唱。

莲花音乐节，让我想起去年夏天在这里碰到的首届爵士音乐节。在布卢明顿，由于依托于印第安纳大学的音乐学院，音乐节特别多。首届爵士音乐节，地点的选择，很有些特别，出乎我的意料。不在我们这里司空见惯的音乐厅体育馆酒吧或公园，而是在市中心第五街旁的一条不足百米长、二三十米宽的一条小街上。

街两头用黄色带子一围，车辆禁止通行，一头搭起了白色的帐篷，安放了音响器材，算作舞台，一头是入口，免费开放，人们随便出入。中间摆放着折叠椅，路旁开来一辆装满啤酒和饮料的厢式货车，人们可以边喝着啤酒或饮料边欣赏爵士乐了。这种临时将街巷当成舞台的情景，便于附近社区人们欣赏文艺演出，在国内未曾见过。

音乐会在上午11点开幕，到晚上11点结束，中间不停歇，各个组合轮番上阵，演奏不同风格的爵士乐。我不大懂爵士乐，只听到时而欢快时而忧郁，架子鼓、吉他和贝斯敲打得格外激越，即兴的演奏特别多。

此次爵士音乐节最吸引我的是由印第安纳大学音乐学院教授组织并领衔出演的爵士乐。这颇有些与民同乐的意思。其实，爵士乐本来就属于底层人民，属于酒吧或广场，属于现场和即兴。如今音乐的日新月异，已经渐渐把爵士乐转化为所谓高雅艺术，其表演的色彩多于原始的宣泄，造作多于即兴。在音乐中，无论演奏还是演唱，即兴的部分并不只是随意而为，更能彰显一个乐手和歌手的修养和日常的积累，以及对于音乐的感悟与认知。应该说，印第安纳大学音乐学院教授的出场，也算是将越来越学院化和唱片化的爵士乐还于人民。教授们并非是屈尊下驾，但他们如此自觉而乐此不疲，还是令人感动。

或许，布卢明顿是依托印第安纳大学而兴建的一座城市，大学有责任和义务为社区人们服务。这里音乐学院的教授们，还有一桩要做的事情便是走进教堂。教堂是不少美国人常去的活动空间，是社区人们聚会的重要场所。可以说，教堂和街巷是人们活动对应的两极，由此联结着家，构成稳定的"金三角"。教授们能够做的，是把他们的学生组织成乐队，定期到教堂演奏音乐。今年，他们的主题是莫扎特的康塔塔。音乐不再只是居庙堂之高，也可以处江湖之远；音乐的专业人士不再只是一种职业的身份，而是和社区融合在一起，成为他们之中普通的一员，受惠于社区，又反哺于社区，这才是艺术的本分与价值。

音乐不只属于所谓高雅与票房，属于少数有钱、有闲的人，而属于社区普通的人民。如此，在布卢明顿，音乐节才会如此名目繁多，令人目不暇接。

一万种夜莺

春天又到了。

20世纪50年代，巴黎的郊外，还没有现在这么多热衷于踏青的游人，即使是有名的枫丹白露的巴比松、瓦兹河畔的森林，都不会有现在这样多的游人。

这些地方，曾经是梅西安（Olivier Messiaen，1908-1992）常常去的。他想要找到的新的夜莺鸣叫了，只要站在林子里仔细一听，他就能够听得出来的，哪些是老朋友了，哪些是初次闯进他耳膜的啼叫。

第二次世界大战刚刚开始的时候，梅西安三十岁出头，却还像是毛头小伙子一样，曾经约上三位年轻的音乐家一起徒步旅行，先到的就是这些地方，然后去凡尔登和南希。他天生愿意和大自然在一起，虽然那时战火已经弥漫在他的国家法兰西了，一路走去，他还旁若无人地钟情于收集他的鸟鸣呢。

就是在那样的路上，他被德国兵俘虏，关进了波兰的集中营里。他太天真了，乃至忘记了，那时候的炮声已经取代了他一直喜爱的夜莺。

但是，战火并没有让他的这种爱好消失。从集中营里放出来，他回到巴黎音乐学院教书，课余时间里，他还是一如既往地热衷于收集各种各样的鸟鸣。他已经渐渐成为一个行家了，他能够听得出来法国五十多种不同的鸟的叫声，欧洲和世界其他地方五百五十多种鸟的叫声呢。

现在，他迷上了夜莺。几乎每天的晚上，他都要叫上妻子克莱尔："亲爱的，准备好了吗？咱们可以出发了吧？"

克莱尔早已经站在客厅里，穿好了风衣，拿好了一台录音机，等着他呢。她知道，录音机是她负责的活儿。

"今天，我们准备到哪儿去？"她问。

其实，梅西安也没有想好到哪里去。附近的地方差不多都去过了。假期里，他和妻子一起去了欧洲其他地方，还远到日本、澳大利亚、以色列，甚至太平洋那些偏僻的小岛上，专门收集从来没有听过的鸟叫，特别是夜莺。

克莱尔是一位小提琴演奏家，嫁给梅西安之后，就知道这是他最大的爱好。鸟鸣已经融入梅西安的音乐创作之中，而且成为其中最重要的组成部分，是这部分使得他的音乐与众不同而格外迷人。

开始的时候，她很不理解，曾经问过他怎么会对这些鸟叫声这样的痴迷。梅西安告诉她："可能是我小时候弱视的缘故吧，眼睛不好，耳朵就越发的敏感。我六岁的那年，第一次世界大战爆发了，我的父亲当兵打仗去了，母亲带着我和弟弟到外祖母家去避难，外祖母家在阿尔卑斯山脚下，家旁边就是茂密的山林，那里有各种各样的鸟，成天可以听它们欢快地叫着。也许就是从那时候对这些鸟感兴趣的吧。"

其实，他这样说也不完全准确，11岁，他以优异的成绩破格考入巴黎音乐学院，他的老师，著名的音乐家保罗·杜卡曾经对他说："倾听鸟儿们吧，它们才是我们的大师。"准确地说，应该是大自然和杜卡教授，合在一起，是引导他开先河把鸟鸣谱进乐谱的最初的老师。

夜幕沉沉地压了下来，城市里辉煌的灯火，已经远远地消失在地平线之外，星星不多，稀疏零落地镶嵌在夜空中。开车行驶在巴黎郊外的土路上了，梅西安还没有想好到哪里去。

好长一段时间了，他迷上了夜莺。他忽然觉得，春天朦胧的夜色中，林间密密叶子的掩映下，夜莺的叫声是那样的神奇，它们的叫声能够传得很远，先在夜色里清脆地回荡着，连树上的叶子都有了韵律，跟随着一起在微微地抖动，然后一点点消融在夜色里，就像水一滴滴地被泥土吸收，消失得没有了一点影子。

"我们不会又是要去一夜吧？"克莱尔有些担心，因为这已经不是第一次了，而今天她没有准备夜宵，她希望能够早点回家，明天她想回自己的父母家看看，这是梅西安答应好的事情。不过，梅西安也可能早就忘了，最近，夜莺迷得他有些忘情，夜莺像是他痴情的情人，让他魂牵梦绕，一天不见都不行，要命的是，还必须每天所见的不能够重样，每天都要花样翻新。

车子已经把村落远远地抛在后面，前方黑黝黝一片，看不见一点灯火闪烁的亮光。由于天空只有一轮浅浅的眉毛似的上弦月，乡间小路的路面上飘浮着一层霜似的东西，除此之外，模模糊糊的，什么也看不清。

凭着经验，克莱尔知道，这又是他们从没有来过的地方，梅西安愿意到这样从没有到过的地方去。

凭着经验，梅西安知道，前面有一片挺大的树林。"听到了吗？有夜莺在叫。"他转过头对克莱尔说。

克莱尔没有听见，但她相信肯定是有夜莺在啼叫，梅西安的耳朵出奇地灵敏，对鸟的叫声有着常人所没有的敏感，他常常骄傲地说，就是鸟类学专家，也没有他的耳朵灵敏。近乎藏在林中的巫师一样，仅仅从一叶花瓣或一芽嫩叶所散发出的一缕清香就能够辨别出是什么品种的花朵或什么样的树种来一样，他能够从遥远传来的一声鸟叫，分辨出是什么样的鸟来。

果然，车子没开多远，前面是一片林子，黑黝黝的，神秘地矗立在微微陡起的山坡上面，暗淡的星光下，隐隐约约能够看到树林的树梢在夜空中勾勒出的浓重的剪影。这时候，克莱尔也听见了夜莺的叫声，一声间或一声，清脆悦耳，好像只是两只夜莺，略微有些羞怯，正在试声，一起一伏的，练习着它们的二重唱。夜风把它们的声音吹得有些颤颤巍巍的，树叶轻微的飒飒声，呼应着，起伏着，仿佛是它们合唱部分的伴奏。

下车之后，克莱尔熟练地把录音机准备好，为夜莺录音是她的活儿，用笔记录夜莺的唱谱，是梅西安的活儿。不过，梅西安的笔再迅速，也赶不上鸟叫的速度，常常是梅西安的笔还没有记完鸟的这段歌唱，鸟已经不耐烦了，早蹦到下一支曲子了；或者是，他还在记录着这只鸟的歌唱，而另一只鸟觉得自己唱得更出色，嫉妒地挤了进来，一展歌喉。他只好请妻子用录音机帮忙，回家后根据录音机的磁带和自己的笔记，对照着，进行第二次记谱。战后十多年，一直都是这样,分工很明确,克莱尔早已经是一个熟练的录音师了。

不过,这一次,梅西安对克莱尔轻轻地说了句:"先不用录音。你没听出来吗?这两只夜莺的叫声和我们昨天听见的一样。"

即使和梅西安在野外那么多次合作,克莱尔还是有些惊异,他怎么这么自信地肯定,这就是昨天听过的那两只夜莺呢。

梅西安开玩笑地说:"会不会是它们两位舍不得我们,跟着我们一起从那片树林跑到这片树林来的呀?"

克莱尔也轻轻地笑了。怎么会呢?这两片树林离得挺远的呢。

那两只夜莺还在唱着,起码和昨晚遇到的夜莺品种相同。梅西安是那样的肯定。它们的声音比刚才听到的要嘹亮了一些,连贯了一些,也湿润了一些,好像刚刚饮了一下嗓子,显得底气也足了一些,仿佛知道他们的到来一样,要开始正式演出了。

梅西安站在一棵老松树下,抬着头,身子直直的,一动不动,静静地倾听着。这样美妙的夜莺的叫声,让他如醉如痴,每一声啼叫,都像是从浓浓的夜色中滴落下来的露珠一般,那样晶莹而清澈。克莱尔望着他,觉得那一瞬间他也变成了一棵树,就等着有一只夜莺欢快地啼叫着,飞落在他的肩头。

两只夜莺演出完毕,最后叫了两声,仿佛说了声"谢谢",扑棱着翅膀飞走了,树叶轻轻地抖动了几下,一切又恢复了寂静。天阶夜色,清凉如水,夜莺的啼叫,犹如天香一样沁人心脾。梅西安和克莱尔向林子深处走去,这是最让他感到迷人的时候了。最近一段时期,他越来越发现,在春天的林子和夜色的双重作用下,夜莺最为适得其所,成了所有鸟中的最富于神秘感和性感的精灵。有时,他会觉得它们像天使;有时,他会觉得它们像少女;有时,他会觉得它们像花瓣,是从月亮里飞落下来的;有时,他又会觉得它们像鱼儿,是从水里面飞溅出来的。林子和夜色,是它们啼叫的背景,是它们的和声和配器部分,缺了哪一点,它们的啼叫都不会那样的迷人。

他们继续向林子深处走去,本来就很淡的星光月色,更显得细若游丝,林子里面幽暗一片,仿佛来到一个神秘的童话世界。梅西安又听见了夜莺在歌唱,他忙对克莱尔轻轻地说:"快!快录音,是新的夜莺!"自己忙打开手电筒,一边听一边飞快地记着谱子,同时在脑子里飞快闪动着:用什么样的乐器才适合它们的声音,是长笛,还是木琴,或者是钢琴?

梅西安从心里感谢森林,埋藏着这么丰富的宝藏,任何时候都不会让他空手而归,一只一只的夜莺是那样的不同,一只一只的夜莺啼叫声是那样的不同,就像是森林里每一棵树是那样的不同,每一片叶子是那样的不同的一样,给了他多少意外的发现和快乐呀,让他的音乐创作有了那样丰富的可能性。他的老师杜卡说得对:"倾听鸟儿们吧,它们才是我们的大师。"

这是一只夜莺,它反复唱着一种旋律,一唱三叹的样子,好像是在等待着伙伴,等了很长的时间。它不知疲倦地唱着,就在前面不远的一株老朴树密密的叶子里面。

"你听出来了吗?它的声音有些忧郁。"梅西安对克莱尔说,间或,他能够听得出来,它在重复的时候,有些微微的变调,变奏一般,将风的方向引到别处,然后又回到原处等候。

梅西安和妻子就这样在这片林子走着,记着,录音着。除了夜莺,这片林子还有许多别的鸟,但今天梅西安更钟情的是夜莺。这只新的夜莺,让他兴奋,他从来没有听过夜莺这样的歌唱,这样的旁若无人,这样的倾情抒怀。稍微沙哑的声音里面,带着淡淡的忧伤,像是抽出来的一丝丝泛着月色的溪水,浅浅的、缓缓地、蜿蜒地流淌出来,好像是碰见了石头或杂草的撞击,声音显得有些呜咽的样子,一次次受到了阻击,一遍遍地在重复着的声音里变换着强弱和长短,夹杂着不同的颤音、琶音和装饰音。连克莱尔都听得入了迷,跟着梅西安去过各种各样的树林,她从来没有听过这样迷人的夜莺的歌唱。

梅西安觉得今晚只要有这样一只夜莺,自己就没白来,这只夜莺是今晚整个树林中的诗人。

梅西安一直有这样一个梦想,希望记录下一万种不同夜莺的歌唱,然后为夜莺谱写一支曲子,他说那是为夜莺留下的肖像。他已经创作了《百鸟苏醒》《异国鸟》《鸟儿的小小素描》《花园里的夜莺》和钢琴曲《鸟鸣集》,灵感都来源于鸟鸣。《鸟鸣集》13集中就包括黄鹂、卡兰德来云雀、欧洲莺、林鹬等77种欧洲鸟的鸣叫声。

一万种!开始克莱尔惊讶不已,觉得那是不可能的,她建议梅西安现实一些,哪怕改成一百种也好呀。但对于梅西安来说,这并不是什么奇迹,只要去做,是可以做到的。只要一只一只夜莺去倾听,就能够从一到一万的。

不知什么时候,天已经渐渐亮了,东方吐出了鱼肚白,朝霞也已经烧红了半边天空。只是因为林深树密,霞光和晨曦被挡在外面,从树梢筛下来的光线,让梅西安觉得天才蒙蒙亮。夜莺是属于夜色中的精灵,在这一瞬间,它们好像听到了号令一样,齐刷刷地喑哑了嗓子,没有了一点声音,取而代之的是一群叽叽喳喳的麻雀和黄雀的叫声,在林间此起彼伏,把阳光很快就带了进来,让每一株树的树梢都染上一片金红。

梅西安后来终于创作出了《花园里的夜莺》，就是他从一万种夜莺里采集来的啼叫声中提炼出来的音乐，是夜莺之大全，是夜莺之肖像，是夜莺最美声音的精华与升华。

如今，还有这样创作音乐的音乐家吗？